DIE RETTUNG VON RAYNE

Die Rettung von Rayne (Die Delta Force Heroes, Buch Eins)

SUSAN STOKER

Copyright © 2019 Susan Stoker

Englischer Originaltitel: »Rescuing Rayne (Delta Force Heroes Book 1)«
Deutsche Übersetzung: Marion Blusch für Daniela Mansfield Translations 2019

Alle Rechte vorbehalten. Dies ist ein Werk der Fiktion. Namen, Darsteller, Orte und Handlung entspringen entweder der Fantasie der Autorin oder werden fiktiv eingesetzt. Jegliche Ähnlichkeit mit tatsächlichen Vorkommnissen, Schauplätzen oder Personen, lebend oder verstorben, ist rein zufällig.
Dieses Buch darf ohne die ausdrückliche schriftliche Genehmigung der Autorin weder in seiner Gesamtheit noch in Auszügen auf keinerlei Art mit Hilfe von elektronischen oder mechanischen Mitteln vervielfältigt oder weitergegeben werden.

Titelbild entworfen von: Chris Mackey, AURA Design Group
Fotografie: Darren Birks
Covermodel: Tyler Morgan

KAPITEL EINS

Captain Keane »Ghost« Bryson lehnte den Kopf zurück an den Sitz, schloss die Augen und ignorierte den Regen, der so stark war, als hätte jemand einen Wasserhahn aufgedreht. Der graue Tag schien beschlossen zu haben, jedem Mann, jeder Frau und jedem Kind auf dem überfüllten Flughafen die Stimmung zu vermiesen.

Früher hatte er es gehasst, Linienflüge nehmen zu müssen, doch mittlerweile machte es ihm nichts mehr aus. Als Delta Force-Mitglied und Teamleiter waren seine Einsätze immer streng geheim und er und seine Teamkollegen benutzten normalerweise Linienflüge, um an den Ausgangsort des jeweiligen Einsatzes zu gelangen oder um nach Hause zu fliegen.

Die Verwendung eines Militärflugzeugs wäre in mancherlei Hinsicht wirtschaftlicher und wahrscheinlich sicherer, doch das Militär wollte, dass sie ihre Anonymität wahrten, indem sie unter gewöhnlichen Männern und Frauen reisten, die in den Urlaub fuhren oder auf Geschäftsreisen gingen. Darüber hatte sich Ghost auch nie beschwert ... es hatte definitiv Vorteile, unbeachtet zu fliegen, abgesehen von gelegentlichen Verspätungen und Stornierungen.

Ghost hatte gerade einen prachtvollen Einsatz beendet. Das Team war nach Deutschland geflogen und dann in die Türkei gereist, um bei der Rettung einer entführten Unteroffizierin der Armee namens Penelope Turner zu helfen. Sergeant Turner war während einer humanitären Mission in einem Flüchtlingslager in der Türkei von der Terrorgruppe ISIS entführt worden. Sie und drei ihrer Kameraden aus der Armeereserve waren während einer Patrouillenfahrt durch das Lager in einen Hinterhalt gelockt worden. Die drei Männer, die Sergeant Turner begleitet hatten, waren getötet und ihre Enthauptungen aufgezeichnet und veröffentlicht worden. Sergeant Turner war als Propagandainstrument zur Unterstützung der anti-amerikanischen Bewegung von ISIS eingesetzt worden.

Das Navy SEALs-Team, das aufgeboten wurde, um sie herauszuholen, schaffte es ohne Probleme, sie aus dem Lager zu retten. Als sie jedoch zur Spezialeinheit in der Türkei geflogen waren, um sich neu zu gruppieren und das Land zu verlassen, war ihr Hubschrauber von Aufständischen in den Bergen an der türkisch-irakischen Grenze abgeschossen worden.

Ghost und sein Team wurden geschickt, nachdem sie von einem pensionierten SEAL namens Tex die Information erhalten hatten, die ihnen half, die Männer und den Sergeant ausfindig zu machen. Sie hatten anfänglich nicht gewusst, ob jemand getötet oder verwundet worden war, doch am Ende hatte sich der Einsatz als relativ einfach erwiesen.

Die SEALs hatten ihre Arbeit gut gemacht und Ghost und seine Kollegen von der Delta Force mussten nur noch das »Army Night Stalker Team« retten – einige waren verwundet worden und einige unglücklicherweise bereits beim Hubschrauberabsturz umgekommen –, den SEALs grundlegende Erste Hilfe leisten, ein paar einzelne Terroristen ausschalten und einen zweiten Rettungshubschrauber für ihre gesamte Gruppe herbeirufen, um so schnell wie möglich aus der Türkei zu verschwinden.

In der kurzen Zeit, in der Ghost die entführe Unteroffizierin gekannt hatte, war er von ihr beeindruckt gewesen. Penelope war temperamentvoll und definitiv nicht an der Gefangenschaft zerbrochen. Sein Delta Force-Team verabschiedete sich auf der Incirlik Luftwaffenbasis in der Türkei von Penelope und den SEALs.

Ghost lächelte und dachte an Penelopes einfache letzte Worte. »Vielen Dank.« Er spürte, dass die Worte von Herzen kamen, und obwohl Ghost wusste, dass sie sie für unzureichend hielt, bedeuteten sie ihm alles. Aufgrund der Geheimhaltungspflicht ihrer Arbeit geschah es nicht oft, dass sie ein Dankeschön erhielten, doch Penelope hatte es definitiv ernst gemeint. Er hatte keine Ahnung, ob er sie jemals wiedersehen würde, doch da sie beide auf dem gleichen Militärposten stationiert waren, nahm er an, dass sie sich irgendwann über den Weg laufen würden. Sie wusste nicht, dass das Delta Force-Team aus Fort Hood, Texas, stammte, hatte aber hoffentlich genügend Training erhalten, um zu wissen, dass sie keinen von ihnen als Delta ansprechen durfte, wenn sie einen der Männer sah. Sie würde höchstwahrscheinlich zur Nachbesprechung bestellt werden und falls sie bisher noch nicht wusste, wie streng geheim die Anwesenheit der Männer auf der Militärbasis war, würde sich das bald ändern.

Ghost rutschte auf dem unbequemen Sitz im Wartebereich am Londoner Flughafen Heathrow hin und her. Er und seine Teamkollegen waren wie gewohnt aus der Türkei nach Deutschland geflogen und hatten sich dann aufgeteilt. Fletch und Coach flogen zuerst nach Frankreich und dann zurück in die Staaten. Hollywood und Beatle flogen direkt aus Deutschland nach Hause, Blade flog über Amsterdam und Truck machte einen Abstecher nach Spanien.

Er hätte einen Direktflug nach Austin nehmen können, doch der Flug nach Dallas/Fort Worth kam etwas früher an und hatte einen freien Platz beim Notausgang. Es war eine Frage der Bequemlichkeit gewesen, doch da es nun in Strömen regnete, dachte Ghost, dass er vielleicht doch den späteren Flug hätte nehmen sollen.

»Ist dieser Platz noch frei?«

Ghost wandte sich der leisen, rauchigen Stimme zu, die ihn sofort an Sex denken ließ. Er hatte wahrgenommen, dass sie auf ihn zugekommen war, so wie er alle Leute wahrnahm, die sich um ihn herum bewegten. Er war immer auf der Hut und bereit, alle notwendigen Maßnahmen zu ergreifen. Das war tief in ihm verwurzelt.

Eine Brünette stand neben ihm. Ihr Haar war im Nacken zu einem Knoten zusammengebunden. Ein paar einzelne Haarsträhnen, die sich gelöst hatten, fielen ihr ins Gesicht. Sie war ziemlich groß, besonders in den hohen Schuhen, die sie trug. Ghost vermutete, dass sie ungefähr ein Meter dreiundsiebzig groß war. Sie hatte an den richtigen Stellen angenehme Rundungen. Ihr Marilyn Monroe-Körperbau war attraktiv, genauso wie das Lächeln, das sie ihm schenkte.

Ihr Akzent verriet, dass sie Amerikanerin war. Sie trug einen dunkelblauen Rock und eine dunkelblaue Bluse und zog einen blauen Koffer mit einer dazu passenden kleinen Tasche hinter sich her. Sie war offensichtlich eine Angestellte der Fluggesellschaft, eine Flugbegleiterin, und begrüßte ihn herzlich.

Ghost schüttelte den Kopf, gestikulierte zum Sitz und lud die Frau ein, sich neben ihn zu setzen.

»Danke.«

Die Frau nahm Platz, öffnete die kleine blaue Tasche und fischte ihr Handy heraus. Sie drehte sich zu ihm und fragte: »Wohin geht die Reise denn?«

Ghost war sich nicht sicher, ob er wirklich mit ihr ins Gespräch kommen wollte, doch ihm war langweilig und der Zeitvertreib kam ihm gelegen. Er hatte es sich noch nie nehmen lassen, mit einer hübschen Frau zu reden und zu flirten. »Nach Hause.«

Seine kurze Antwort schien die Flugbegleiterin nicht zu entmutigen. »Ah, Sie sind Amerikaner. Wo ist denn Ihr Zuhause?«

»Texas.«

»Wirklich? Meins auch! Dann fliegen wir also an denselben Ort. Von all den Leuten, neben die ich mich hätte setzen können, habe ich mir die Person ausgesucht, die auf meinem Flug ist.« Sie lachte. »Sie *sind* doch auf Flug 823, oder?«

Ghost nickte.

»Schön. Meine Wohnung in Texas ist allerdings eher ein Lagerplatz als ein Zuhause, da ich meistens arbeite. Momentan habe ich die Europa-Schicht. Ich bin öfter weg als zu Hause.«

Ghost lächelte innerlich. Die Frau war sehr hübsch und ihre quirlige Persönlichkeit angenehm. »Ja, ich reise auch viel, ich weiß genau, was Sie meinen.«

Sie strahlte. »Ich hätte Sie nicht für einen Geschäftsmann gehalten, aber der Schein kann trügen, nicht wahr?«

»Wofür haben Sie mich denn gehalten?«

Die Frau neigte den Kopf zur Seite und dachte nach. Sie

zog den Mund zusammen und biss sich auf die Unterlippe. Ghost spürte, wie er steif wurde.

Himmel, war er so scharf auf eine Frau? Er versuchte, sich zu erinnern, wann er zum letzten Mal eine Frau in seinem Bett gehabt hatte, und es erstaunte ihn, dass er es nicht wusste. Das Team war in letzter Zeit damit beschäftigt gewesen, den Plan von ISIS, Panik auf der ganzen Welt zu verbreiten, zu bekämpfen, und sie hatten zu Hause nicht viel Zeit für sich selbst gehabt. Aber es lag wohl eher daran, dass er genug von den Uniformjägerinnen in Texas hatte ... Frauen, die nur mit Soldaten schlafen wollten, um damit anzugeben. Soldaten wurde oft nachgesagt, dass sie verrückt nach Sex waren, doch in Wirklichkeit gab es um Militärbasen herum viele Frauen, die nur deshalb Soldaten heiraten wollten, um aus ihrer mittellosen Existenz herauszukommen. Nicht nur das, einige waren sogar besessen davon, mit so vielen Soldaten wie möglich zu schlafen.

»Kopfgeldjäger«, sagte sie entschlossen.

Ghost wurde aus seinen Gedanken darüber, wann er das letzte Mal Sex gehabt hatte, gerissen und lachte laut über ihre überraschende Schlussfolgerung. »Kopfgeldjäger? Wirklich?«

»Mhm.«

Als sie nichts weiter sagte, verschränkte Ghost die Arme vor der Brust und grinste sie an. »Warum?«

»Lassen Sie mich überlegen. Ihr Blick schweift ständig umher, auch während wir uns unterhalten. Sie nehmen alles um sich herum äußerst bewusst wahr. Ich wette, Sie wussten, dass ich auf Sie zukomme, bevor ich überhaupt hier war. Sie sitzen mit dem Rücken zur Wand, eine Position, von der aus man sich gut verteidigen kann. Sie strotzen vor Testosteron, sind muskulöser als jeder andere hier und tragen Kampfstiefel.«

»Und all das macht einen Kopfgeldjäger aus mir?«

Sie lächelte ihn an, lehnte sich zurück und drehte sich zu ihm. »Ja. Habe ich recht?«

»Nein.«

»Und?«

Ghost wusste, was sie wollte, doch er genoss es, mir ihr zu spielen. »Ich bin Geschäftsmann.«

Sie schaute ihn einen Moment lang schief an. »Lassen Sie mich raten ... Sie könnten es mir verraten, aber dann müssten Sie mich umbringen ... stimmt's?« Sie grinste und genoss die Flirterei offensichtlich genauso wie er.

»So ungefähr.«

Sie rollte die Augen. »Okay, mein zweiter Gedanke war Spion. Es muss eines der beiden sein. Kopfgeldjäger oder Spion. Ich bin übrigens Rayne Jackson. Mit einem Y und einem E geschrieben. Hat nichts mit Regen zu tun.« Sie streckte ihm nicht die Hand entgegen, sondern schaute ihn erwartungsvoll an.

Rayne. Ghost gefiel das. Ein ungewöhnlicher Name für eine ungewöhnliche Frau. Wenn sie wirklich dachte, dass er wie ein Kopfgeldjäger aussah, hätte sie sich ihm wahrscheinlich nicht nähern sollen. »Ghost.«

»Ghost? Wirklich?« Sie rollte wieder die Augen. »Also gut, Ghost. Schön, Sie kennenzulernen. Und ich habe meine Meinung geändert. Sie sind definitiv ein Spion.«

»Gleichfalls. Schön, Sie kennenzulernen«, entgegnete er und ignorierte ihren Kommentar, mit dem sie etwas zu nahe an der Wahrheit dran war. »Denken Sie, dass wir es heute noch hier rausschaffen?«

Sie lächelte ihn an. »Reden wir jetzt über das Wetter? Okay, können wir machen. Haben Sie es eilig, nach Hause zu kommen?«

Ghost wusste nicht, warum sie das fragte, doch er antwortete vorsichtshalber: »Nicht besonders.«

»Gut, denn meiner Expertenmeinung nach sitzen wir heute hier fest.«

»Hm. Worauf basiert denn diese Expertenmeinung, abgesehen von Ihrem Beruf als Flugbegleiterin?«

Rayne grinste. »Nun, ich bin zwar keine Meteorologin, aber ich fliege schon eine ganze Weile diese Strecke und jedes Mal, wenn es so stark regnet, haben die Flüge entweder Verspätung oder werden gestrichen.«

»Scheiße«, murmelte Ghost. Er musste eigentlich nicht dringend nach Hause, sein Team konnte den Bericht an den Oberstleutnant in der Basis verfassen, doch er wollte auch nicht unbedingt in London übernachten. Die anderen waren wahrscheinlich schon lange auf dem Heimweg. Verdammtes englisches Wetter.

»Ja«, sagte Rayne mitfühlend. »Ich habe mich mittlerweile ziemlich daran gewöhnt.«

In diesem Moment wurde eine Ansage über die Lautsprecher des belebten Flughafens gemacht.

Flug 828 nach Dallas/Fort Worth hat Verspätung. Bitte entnehmen Sie weitere Informationen der Anzeigetafel.

»Na, was habe ich gesagt?«, fragte Rayne mit einem Lächeln.

»Macht es Ihnen wirklich nichts aus, dass Sie möglicherweise hier festsitzen?«, fragte Ghost. »Die meisten Frauen, die ich kenne, werden extrem ... unbeherrscht ... wenn nicht alles nach Plan verläuft.«

Rayne schnaubte und Ghost bemerkte, dass selbst dieses leise Geräusch, das sie von sich gab, attraktiv war.

»Nein. Ich werde nicht ... wie war das Wort noch mal? Unbeherrscht?« Sie schüttelte den Kopf. »Ich hätte nicht gedacht, dass ein Mann wie Sie ein solches Wort benutzt. Gehört das zum Super-Spion-Vokabular?« Ihre Frage war offensichtlich rhetorisch, denn sie redete weiter, bevor er antworten konnte. »Nein, ich werde nicht sauer, wenn Flüge Verspätung haben oder gestrichen werden. Das gehört für mich zum normalen Alltag. Vergessen Sie nicht, dass ich bei der Arbeit und nicht im Urlaub bin. Dank der Verspätungen und Stornierungen habe ich die Gelegenheit, den Flughafen zu verlassen und mir die Städte anzusehen, in denen ich mich befinde. Ich habe im Schatten des Eiffelturms gegessen, eine Gondelfahrt in Italien unternommen und während eines Zwischenstopps in Amsterdam sogar einen Joint geraucht.«

»Nun, eine Frau von Welt«, scherzte Ghost.

Rayne lachte ihn an. »Nicht einmal annähernd. Lassen Sie sich nicht von meinen Abenteuern täuschen. Ich sitze viel lieber zu Hause und lese ein Buch als auszugehen. Aber ich finde, solange ich jung genug und sowieso hier bin, kann ich mir genauso gut die Städte ansehen, von denen die meisten Leute nur träumen.«

»Sehr vernünftig und erwachsen«, sagte Ghost ehrlich.

»Wollen Sie etwa sagen, dass ich alt bin?«, scherzte sie.

»Nein, gnädige Frau. Ich weiß, dass man nie auf das Alter einer Frau anspielen darf.«

»Gut. Denn mit achtundzwanzig Jahren bin ich noch nicht alt. Nicht einmal annähernd.«

Meine Güte, achtundzwanzig. Das erschien ihm mit seinen sechsunddreißig Jahren so jung. Er hatte während seines Lebens Dinge gesehen, die sie sich nicht einmal vorstellen konnte, doch seinen Körper schien das nicht zu kümmern. Er fühlte sich zu ihr hingezogen, das konnte er nicht leugnen. »Achtundzwanzig ... praktisch ein Baby.«

»Ach Quatsch. Und wie alt sind Sie ... zweiunddreißig?«

»Sechsunddreißig, aber danke.«

»Sind Sie nicht.«

»Was bin ich nicht?«

»Sechsunddreißig. Das kann nicht sein.«

»Wollen Sie etwa sagen, dass ich lüge?« Ghost richtete sich auf und legte einen Arm auf die Rückenlehne des Sitzes, auf dem sie saß. Sie war zum Schießen.

»Nicht wirklich lügen, aber es könnte sein, dass Sie sich mir gegenüber weltgewandter geben wollen, als Sie in Wirklichkeit sind.«

Wenn sie nur wüsste, wie weltgewandt er in Wirklichkeit war, würde sie vermutlich sofort davonlaufen. »Ich bin sechsunddreißig. Wollen Sie meinen Ausweis sehen?«

Rayne winkte lachend ab. »Nein. Ich mache nur Spaß. Also ... was machen Sie, wenn unser Flug gestrichen wird?«

Ghost starrte die Frau an, die neben ihm saß. Er traf eine sekundenschnelle Entscheidung. »Hoffentlich eine hübsche Brünette zum Abendessen ausführen und ihr einige Sehenswürdigkeiten von London zeigen, die sie vielleicht verpassen würde, wenn sie in ihrem Hotelzimmer bleiben und ein Buch lesen würde.«

Er beobachtete, wie Rayne errötete und ihn einen Moment lang anstarrte. Dann überraschte sie ihn mit den Worten: »Ich glaube, jetzt müssen Sie mir wirklich Ihren Ausweis zeigen.«

»Meinen Ausweis?« Der Themenwechsel brachte Ghost einen Moment lang aus dem Konzept.

»Mhm. Vielleicht würde ich ja sogar mit Ihnen essen gehen, aber ich habe schon zu viele Episoden auf dem Krimi-Kanal gesehen. Ich werde meiner Freundin zu Hause

Ihren Namen, Ihre Adresse und Ihr Geburtsdatum durchgeben. Dann können wir hier warten, bis wir wissen, ob unser Flug tatsächlich gestrichen wurde. Wenn Sie weiterhin so interessant sind wie in der letzten halben Stunde und nichts völlig Abstoßendes oder Abartiges tun, wie zum Beispiel mich darum bitten, mein Höschen auszuziehen, damit Sie es einstecken können, würde ich mir gern die Sehenswürdigkeiten Londons mit Ihnen anschauen.«

Sie überraschte Ghost erneut, jedoch auf angenehme Art. Er wusste nicht warum, doch der Gedanke, dass Rayne vorsichtig und sicherheitsbewusst war, rief ein seltsames Gefühl in ihm hoch. Zu wissen, dass sie auf sich aufpasste und vorsichtig war, törnte ihn völlig an. Überraschenderweise. Er griff nach seiner Brieftasche in seiner Gesäßtasche. Er zog seinen texanischen Führerschein heraus und übergab ihn ihr, ohne den Blick von ihr abzuwenden. »Ich habe da eine Regel. Ich frage bei einer ersten Verabredung nie nach dem Höschen.«

Sie lächelte, sagte jedoch nichts weiter. Rayne balancierte seinen Ausweis auf ihrem Knie, machte mit ihrem Handy ein Foto und tippte dann eine Notiz an ihre Freundin.

Ghost wusste, dass die Informationen, die sie an ihre Freundin weitergab, sie niemals zu ihm führen würden. Er benutzte einen seiner vielen Decknamen. Alle Teammitglieder hatten mehrere Decknamen, um sicherzustellen, dass sie inkognito zu den Einsätzen reisen konnten. Ghost bedauerte, dass er Rayne angelogen hatte, doch er schob den Gedanken zur Seite. Sie wollte sich offensichtlich amüsieren, genauso wie er.

Sie schaute zu ihm auf. »John Benbrook? Das ist Ihr Name?«

»Ja, was ist daran nicht in Ordnung?«

»Ich weiß nicht.« Rayne rümpfte auf bezaubernde Art die Nase. »Er passt irgendwie nicht ... zu Ihnen.«

»Nennen Sie mich Ghost«, verlangte er. »Ich benutze John sowieso nicht oft.« Das war nicht gelogen.

»Okay ... Ghost. Danke, dass Sie mir Ihren Ausweis gezeigt haben. Und ich denke immer noch nicht, dass Sie wie sechsunddreißig aussehen.«

Er lächelte sie an und steckte das Kärtchen wieder in seine Brieftasche. »Also ... wie lange sind Sie schon Stewardess?«

»Flugbegleiterin.«

»Wie bitte?«

»Wir werden nicht mehr Stewardessen genannt. Wir sind Flugbegleiterinnen.«

Ghost lächelte und entschuldigte sich. »Entschuldigen Sie, mein Fehler. Flugbegleiterin. Wie lange sind Sie schon Flugbegleiterin?«

»Ungefähr sechs Jahre.«

»Sechs Jahre? Sie haben jung angefangen.«

Rayne hörte die verborgene Frage und erklärte: »Ja, ich habe einen Universitätsabschluss im Erziehungswesen. Ich habe dieses ganze Lehramtsreferendariat gemacht und das Staatsexamen mit allem Drum und Dran bestanden.«

»Aber ...«

»Aber erstens konnte ich keinen Job finden, zumindest nicht in einer Gegend, die mir passte, und zweitens stellte sich heraus, dass mir die Kinder eigentlich egal waren.«

Ghost brach in schallendes Gelächter aus und ließ sich entspannt in seinen Sitz sinken. »Das hätten Sie doch schon vor dem Abschluss wissen sollen.«

»Ja, das könnte man meinen, oder?« Rayne lachte. »Ich schwöre, die Professoren schicken die Referendare nur zu Schülern, die sich gut benehmen. Während ich ein paar

Wochen selbstständig unterrichtet habe, habe ich gemerkt, dass Lehrer wirklich mies behandelt werden. Sie werden schlecht bezahlt, ganz zu schweigen von den standardisierten Tests, bei denen der Lehrer bestraft wird, wenn die Kinder nicht gut genug abschneiden. Und wenn die Kinder sich schlecht benehmen, ist es irgendwie immer die Schuld des Lehrers und nicht die der Eltern oder sogar des Kindes.« Sie stieß einen langen, frustrierten Seufzer aus, der tief aus ihrem Inneren zu kommen schien. »Ich weiß. Es ist klischeehaft, natürlich wird der Lehrer die Kinder und die Eltern beschuldigen. Aber im Ernst, ich denke, wenn der Staat seine Lehrer besser bezahlen würde, würden die öffentlichen Schulen besser werden.«

»Und wofür haben Sie sich dann entschieden? Sich die Welt anzuschauen?«, fragte Ghost.

»So ungefähr. Da stand ich nun, mit einem unbrauchbaren Abschluss in der Tasche. Ich hatte keine Ahnung, was ich mit meinem Leben anfangen sollte. Ich hatte eine Freundin, deren Mutter für eine Fluggesellschaft arbeitete, und als ich mich darüber beschwerte, keinen Job zu finden, der mir Spaß machte, schlug sie die Sache mit der Flugbegleitung vor.« Rayne zuckte mit den Schultern. »Da dachte ich mir, dass ich mir die Welt ansehen könnte, während ich mir überlegte, was ich beruflich machen will. Und sechs Jahre später bin ich immer noch hier und sehe mir die Welt an – oder zumindest die Flughäfen der Welt – und versuche immer noch zu entscheiden, welcher der perfekte Job für mich ist.«

»Es hört sich nicht schlecht an, so seinen Lebensunterhalt zu verdienen«, sagte Ghost und dachte sich, dass sie sich aus fast demselben Grund als Flugbegleiterin beworben hatte, aus dem er in seinen späten Teenagerjahren der Armee beigetreten war. Er hatte nicht gewusst, was er mit seinem Leben anfangen wollte. Ein Freund in seiner Abschlussklasse war zur Rekrutierungsstation gegangen und er war einfach mitgegangen. Der Rest war Geschichte. Er hatte als Soldat die Karriereleiter erklommen und sich dann zum Ziel gesetzt, ein Delta Force-Soldat zu werden ... und ein Offizier.

»Ist es auch nicht. Verstehen Sie mich nicht falsch. Ich mag meine Arbeit, sonst würde ich sie nicht machen, aber es ist nicht das, was ich für den Rest meines Lebens tun will. Ich bin eigentlich ein häuslicher Mensch. Ich gehe manchmal hinaus und sehe mir einige der Städte an, in denen ich Aufenthalte habe, aber es macht nicht viel Spaß, sie alleine zu erkunden, und manchmal fühlen sie sich auch nicht wirklich sicher an.«

»Wenn Sie sich nicht sicher fühlen, sollten Sie auch nicht einfach so dort herumlaufen«, sagte Ghost nüchtern.

»Das weiß ich. Aber ich weiß auch, dass ich nie wieder die Gelegenheit haben werde, einige dieser Orte zu besuchen.«

»Das darf keine Rolle spielen. Sie könnten getötet, vergewaltigt oder entführt werden an einigen dieser Orte ... Sie können sie sich zwar ansehen, riskieren aber Ihr Leben oder setzen Ihre Gesundheit aufs Spiel.«

Rayne nickte zustimmend. »Sie haben recht. Und falls Sie meinen, dass Sie sich so gut auskennen und mich herumkommandieren können, ich hatte mich bereits entschieden, etwas vorsichtiger zu sein, wenn ich in Übersee bin, jetzt, wo ISIS komplett verrückt geworden ist und überhaupt keinen moralischen Kompass mehr hat.«

Ihre Verwegenheit brachte Ghost zum Lachen. »Gut. Wie lange dauert es noch, bis Sie denken, dass –«

Seine Worte wurden durch die automatische Stimme unterbrochen, die über die Sprechanlage erklang.

. . .

Wir bedauern, Ihnen mitteilen zu müssen, dass Flug 823 gestrichen wurde. Bitte wenden Sie sich an einen Vertreter der Fluggesellschaft, um Ihren Flug umzubuchen. Der Flughafen Heathrow entschuldigt sich für die Unannehmlichkeiten.

Ghost stand auf und streckte Rayne die Hand entgegen. »Also, da es nicht sicher ist, alleine herumzulaufen ... wollen Sie mit mir zusammen London erkunden?«

KAPITEL ZWEI

Rayne saß neben John Benbrook, auch Ghost genannt, im Taxi und fragte sich, was zum Teufel sie da tat. Das war untypisch für sie. Sie riss keine fremden Männer an Flughäfen auf. Sie hatte auf ihren Reisen viele gut aussehende Männer getroffen und war auch von vielen von ihnen angeflirtet worden. Doch dieser war irgendwie anders.

Er hatte es nicht auf sie abgesehen, nicht wirklich. Sie hatten zwar geflirtet, doch er war höflich und sogar ein wenig distanziert gewesen. Aber als er sie das erste Mal angelächelt hatte, hatte sich etwas in ihr gerührt. Er war gut aussehend, rauh und ungepflegt. Irgendwie wusste sie, dass er unter seinem zerrissenen und leicht schmutzigen T-Shirt wahnsinnig muskulös war. Sie wollte nichts anderes, als sich neben ihn hinzusetzen und mit ihm zu reden ... okay, sie wollte mehr als das, doch sie würde sich mit dem zufriedengeben, was sie bekommen konnte.

Jetzt waren sie auf dem Weg in die Innenstadt. Es regnete immer noch und Ghost hatte einen Anruf getätigt und ihnen eine Reservierung in einem der Restaurants im Park Plaza besorgt, einem schönen Hotel in der Nähe der

Westminster Abbey und dem London Eye. Er sagte, dass sie immer noch absagen konnten, falls sie sich entscheiden würden, irgendwo anders hinzugehen, dass er jedoch einen Plan B haben wollte, nur für alle Fälle. Es war noch früh am Nachmittag, deshalb nahm Rayne an, dass sie spät zu Mittag oder früh zu Abend essen würden und danach ...

Sie wusste nicht, *was* sie danach tun würden. Sie würde es einfach auf sich zukommen lassen.

Es gab eine Menge Dinge, die sie sich gern in London ansehen wollte, doch jetzt, wo sie jemand anderen bei sich hatte, dachte sie, dass sie in Betracht ziehen sollte, was *er* gern machen würde, anstatt nur auf das zu beharren, was *sie* tun wollte.

Rayne fühlte sich besser, nachdem sie ihrer Freundin Mary zu Hause John Benbrooks Daten geschickt hatte. Klar, wenn Ghost sie vergewaltigte und umbrachte, würde ihre Leiche vielleicht nie gefunden werden, aber zumindest würde Mary wissen, mit wem sie unterwegs gewesen war, und könnte die örtlichen Behörden alarmieren.

Rayne hatte Ghost nicht angelogen. Sie war ein häuslicher Mensch. Sie mochte ihren Job als Flugbegleiterin und sie traf viele interessante Leute, doch in ihrer Freizeit blieb sie am liebsten zu Hause und tat Dinge, die die meisten Leute für langweilig hielten. Lesen, einkaufen, mit Mary zusammen Filme ansehen, sogar stricken.

Doch jetzt lebte sie gefährlich. Rayne hatte noch nie in ihrem Leben einen One-Night-Stand gehabt. Sie war immer mit respektablen, sogar langweiligen Männern ausgegangen. Sie ging eine Weile mit ihnen aus, bis es sich »richtig« anfühlte, bevor sie mit ihnen ins Bett ging. Doch Ghost hatte etwas an sich, für das sie sich am liebsten die Kleider vom Leib gerissen und sich auf ihn gestürzt hätte.

Sie rutschte unruhig auf ihrem Sitz hin und her und es

machte sie verlegen, dass sie unfähig war, an etwas anderes zu denken als daran, wie er wohl aussehen würde, wenn er nackt auf ihr lag, sich abstützte und in sie hineinstieß –

»Machen Sie das oft?«, fragte sie nervös, lenkte sich von ihren Gedanken ab und versuchte, sich wieder unter Kontrolle zu bringen.

»Was denn?«

»Auf Flughäfen Frauen aufreißen und sie ausführen?«

Ghost grinste. »Nein. Sie sind die erste.«

Rayne zog die Augenbrauen hoch und sah ihn ungläubig an.

Er verstand offensichtlich Augenbrauensprache, denn mit seinen nächsten Worten versuchte er, sie zu beruhigen. »Im Ernst. Ich reiße keine Frauen auf.«

Rayne schaute den gut aussehenden Mann an, der neben ihr saß. Die Kampfstiefel und das braune T-Shirt, das er trug, waren wild und männlich. *Er* war wild und männlich. Sein Haar war zerzaust und etwas zu lang, um modisch zu sein. Er hatte nur einen kleinen Seesack bei sich. Seine Cargohose war über seine muskulösen Oberschenkel gespannt. Er hatte einen Dreitagebart und seine braunen Augen waren ganz auf sie konzentriert. Sie wollte sich nicht von ihm angezogen fühlen, doch sie konnte nichts dagegen tun. Er machte den Eindruck, als ob er auf sich selbst und alle um ihn herum aufpassen könnte. Davon fühlte sie sich angezogen wie eine Motte vom Licht. Gleichzeitig frustrierte es sie, denn sie wusste, dass sie wahrscheinlich eine von unzähligen Frauen war, die alles dafür geben würden, ihn glücklich zu machen, im Bett und auch sonst.

»Ja, das kann ich mir vorstellen. Weil sich die Frauen wahrscheinlich auf Sie stürzen, nicht wahr?«, widersprach Rayne neckend und machte ihm klar, dass sie ihm die Geschichte nicht abkaufte.

Er unterdrückte einen Lacher und schüttelte den Kopf. »Egal wie sehr sie sich auch auf mich stürzen würden, Rayne, ich würde nur die auffangen, die mich interessieren.«

Rayne dachte einen Moment lang nach. »Ich habe mich nicht auf Sie gestürzt.«

»Nein«, stimmte er zu.

»Was tun wir denn dann eigentlich?«

Ghost neigte sich nach vorn. »Du hast dich nicht auf mich gestürzt und ich wusste, dass du das nicht tun würdest. Vielleicht liegt es daran, dass du so entzückend bist.« Er zuckte mit den Schultern. »Was auch immer der Grund dafür sein mag, ich habe die Flugstornierung als Zeichen dafür genommen, dass unsere Anziehungskraft nicht zufällig ist. Es war schön, dass ich derjenige war, der fragte, anstatt gefragt zu werden oder unerwünschte Annäherungsversuche abwehren zu müssen. Und was wir tun? Wir erkunden gemeinsam die Stadt ... und kosten es aus, dass unser Flug gestrichen wurde.«

Rayne schluckte, sagte jedoch nichts.

»Aber ich muss dich warnen, Rayne. Ich bin kein Typ für Beziehungen. Deshalb kann der heutige Tag auf zwei Arten enden. Wir können den Tag zusammen verbringen, uns ein paar Sehenswürdigkeiten anschauen, lachen und eine gute Zeit zusammen verbringen – und dann gehen wir getrennte Wege.«

»Und was ist die andere Art?«

»Wir können den Tag zusammen verbringen, uns ein paar Sehenswürdigkeiten anschauen, lachen und eine gute Zeit zusammen verbringen – und dann sehen wir, wohin die Anziehungskraft uns führt. Und *morgen* gehen wir getrennte Wege.«

Sie atmete tief durch und versuchte, tapfer zu sein. »Du

meinst also, dass nichts weiter daraus werden kann, als dass wir zusammen schlafen?«

»Das ist *alles*, was daraus werden kann.«

Rayne wusste, dass Ghost etwas verschwieg. Sie war nicht dumm. Der Kerl würde nicht diesen Spitznamen haben, wenn er ein normales Leben führen würde. Sie war nicht der Typ Frau, der mit einem Mann ins Bett ging, von dem sie wusste, dass er keine Beziehung eingehen wollte – doch sie wollte ihn. Mary wäre stolz darauf, dass sie etwas Außergewöhnliches tat.

Rayne konnte spüren, wie sich ihre Brustwarzen zusammenzogen, wenn sie Ghost nur anschaute. Es war Lust, aber eine Art von Lust, wie sie sie nicht mehr empfunden hatte, seit sie auf dem College gewesen war und eines Abends auf einer Privatparty diesen gut aussehenden Schwimmer entdeckt hatte. Sie konnte sich nicht mehr an seinen Namen erinnern, doch er war groß und schlank gewesen und hatte extrem breite Schultern gehabt. Sie hatte sich vorgestellt, wie es wäre, wenn er einen Blick auf sie werfen und sich total in sie verlieben würde, aber anscheinend war das nicht der Fall. Er war völlig betrunken gewesen und hatte von seinen Teamkollegen nach Hause gebracht werden müssen, nachdem er in die Büsche gekotzt hatte.

Selbst nach all diesen Jahren bedauerte sie immer noch, dass sie nie die Chance gehabt hatte, ihre Gefühle diesem Schwimmer gegenüber zu erforschen. Deshalb entschied Rayne, dass sie sich mit einer einzigen Nacht mit Ghost zufriedengeben musste.

Ihre Gedanken wanderten wieder. Wie würde sich seine nackte Haut wohl anfühlen? War seine Brust haarig oder glatt?

»Ich –«, begann sie, ohne wirklich zu wissen, was sie

sagen wollte, doch die Stille zwischen ihnen fühlte sich wie eine schwere Decke an.

Ghost unterbrach sie, indem er einen Finger auf ihre Lippen legte.

»Schhhhhhh, entscheide jetzt nichts. Wir sehen einfach, was passiert. Ohne Druck. Wir verbringen den Rest des Tages zusammen, schauen uns an, was wir uns anschauen wollen, und dann sehen wir weiter. Okay?«

Sie fühlte sich plötzlich wie eine Straßenhure, die sich zum Sex verabredet hatte, und platzte heraus: »Du darfst aber nicht sauer sein, wenn ich nicht –«

»Auf keinen Fall«, beruhigte Ghost sie sofort. »Enttäuscht? Vielleicht. Aber sauer? Nein. Es ist deine Entscheidung. Ich habe noch nie eine Frau zu etwas gezwungen, was sie nicht tun wollte, und ich werde auch jetzt nicht damit anfangen.«

»Okay.«

»Gut. Du musst aber wissen, dass ich alles daransetzen werde, dich davon zu überzeugen, die Nacht mit mir zu verbringen. Ich fühle mich zu dir hingezogen, Rayne mit einem ›Y‹ und einem ›E‹, und ich habe mir bereits vorgestellt, wie du unter deiner biederen Uniform aussiehst. Das macht mich wahrscheinlich zu einem Tier, aber ich will ehrlich zu dir zu sein. Was auch immer dir heute durch den Kopf gehen mag, während wir uns in London amüsieren ... dich zu fragen, ob ich meine Meinung geändert habe oder ob ich dich wirklich will, sollte nicht einer dieser Gedanken sein.«

Ghost wandte den Blick nicht von Raynes Lippen ab. Sie hatte sich wieder auf die Unterlippe gebissen, während er gesprochen hatte.

Er hob die Hand, legte sie auf ihre Wange und streichelte mit seinem Daumen über ihre Lippen. »Hör auf, dir auf die Lippe zu beißen, Rayne.«

Er neigte sich zu ihr und schob seine Hand an ihren Nacken. Ghost ignorierte den Taxifahrer und kam ihr so nahe, dass Rayne seinen Atem an ihrem Mund spüren konnte.

»Mein Gott, deine Lippen sind zum Küssen gemacht. Sie sind voll und rot ... und ich stelle mir gerade vor, wie weich sie sich anfühlen werden.« Er übte ein wenig Druck auf ihren Nacken aus, zog sie jedoch noch nicht ganz an sich heran. Es war offensichtlich, dass er wollte, dass sie entschied, ob sie ihn küssen wollte oder nicht.

Rayne wollte unbedingt die Lippen dieses Mannes auf ihren eigenen spüren. Sie neigte sich vor, um den Abstand zwischen ihnen zu verringern, als ob seine Lippen Magnete waren, deren Zugkraft sie nicht widerstehen konnte.

Ihre Lippen berührten sich und Rayne hätte schwören können, dass sie spürte, wie etwas zwischen ihnen klickte, sobald sie aufeinandertrafen. Sie hatte keine Zeit, das seltsame Gefühl zu analysieren, denn er strich mit seiner Zunge über ihre Lippen und sie öffnete sofort ihren Mund für ihn und ließ ihn sich nehmen, was er wollte.

Ghost legte seine andere Hand auf ihre andere Wange und drehte ihren Kopf, sodass er sie besser küssen konnte. Sie knutschten auf dem Rücksitz des Taxis und achteten nicht darauf, wohin der Fahrer sie brachte oder ob er absichtlich einen langen Umweg zum Hotel machte, um mehr Geld zu verdienen. Rayne war das egal, denn sie wusste, dass die Fahrt jedes Pfund wert war. Ghost ließ seine Hände auf ihrem Gesicht ruhen und machte keine Anstalten, sie weiter nach unten wandern zu lassen.

Rayne schmiegte sich an Ghost und legte ihre Arme um ihn. Sie krallte sich an ihn und wollte ihm so nahe wie möglich sein. Sie war verrückt vor lauter Lust. Es war irre. Sie wusste nichts über den Mann, der ihre Lippen verschlang, als ob er nicht genug bekommen konnte, außer dass sein Name John Benbrook war und er in Fort Worth, Texas lebte. Doch im Moment war ihr das egal.

Sie hatte keine Ahnung, wie weit ihre Knutscherei gegangen wäre, wahrscheinlich nicht so weit, wie *sie* es wollte, doch der Taxifahrer räusperte sich und erklärte, dass sie am Park Plaza Hotel angekommen wären.

Rayne ließ Ghost los und wich seinem Blick aus, da sie merkte, wie sie errötete. Sie spürte, dass dieser eine Kuss sie mehr angetörnt hatte als das letzte Mal, als sie mit einem Mann geschlafen hatte. Sie wollte nicht ungeduldig wirken, doch sie war bereit, auf die Tour zu verzichten und sich von ihm in ein Hotelzimmer bringen und ihm freie Hand mit ihr zu lassen.

Ghost hob eine Hand und ließ sie sanft über ihren Kopf, ihr Haar und ihren Rücken gleiten. Er strich wortlos mit dem Daumen über ihre angeschwollenen, feuchten Lippen.

Rayne brachte schließlich den Mut auf, Ghost anzuschauen, und als sie den Glanz in seinen Augen sah, fühlte sie sich besser und wusste, dass diese wahnsinnige Anziehungskraft nicht einseitig war. Er schien kurz davor zu sein, sie auf den Sitz zu werfen und dafür zu sorgen, dass sie den Verstand verlor.

Mit einem letzten Lächeln ließ er von ihr ab und klaubte seine Brieftasche aus seiner Gesäßtasche. Er zog ein Bündel Pfundnoten heraus, die er am Flughafen gewechselt hatte, und bezahlte den Fahrer.

Rayne griff in der Zwischenzeit nach ihrer Tasche und öffnete die Tür. Sie ging zur Rückseite des Taxis und wartete auf Ghost und den Fahrer. Schließlich stiegen sie aus und kamen zu ihr. Der Fahrer öffnete den Kofferraum und holte ihre Reisetasche und Ghosts Seesack heraus.

»Komm, Rayne«, sagte Ghost, streckte die Hand aus, packte den Griff ihres Koffers und zog sie mit der anderen Hand zu sich. »Lass uns die Taschen beim Concierge abstellen und herausfinden, was wir alles anstellen können.«

Erleichtert darüber, dass die sexuelle Spannung abgeflaut war, zumindest für den Moment, hielt sie mit Ghost Schritt und wusste ziemlich genau, welche Entscheidung sie am Ende des Abends treffen würde. Sie wollte nichts anderes, als die Nacht mit diesem mysteriösen Mann an ihrer Seite zu verbringen.

Die Konsequenzen waren ihr egal.

KAPITEL DREI

»Bist du sicher, dass du dich nicht umziehen willst? Mit diesen unbequemen Schuhen kannst du nicht durch die Stadt laufen«, bemerkte Ghost zum dritten Mal.

»Hast du den letzten *Jurassic Park* Film gesehen?«

Ghost schaute sie verwirrt an, nickte jedoch.

»Ich bin wie Claire. Sie ist während des ganzen Films in hochhackigen Schuhen vor den Dinosauriern weggelaufen und hat dabei nicht mit der Wimper gezuckt. Das heißt nicht, dass ich will, dass ein Indominus hinter dem Big Ben auftaucht oder so etwas Ähnliches, aber solange du nicht vorhast, einen Halbmarathon zu laufen, werde ich es schaffen.«

Ghost grunzte. »Einen Halbmarathon? Für so etwas wollte ich heute eigentlich keine Energie verschwenden. Ich will nur nicht, dass du deine Schuhwahl auf halber Strecke bereust. Ich würde es vorziehen, wenn du dich auf andere Dinge konzentrieren würdest.«

Sie ignorierte die unterschwellige sexuelle Anspielung und war sich nicht sicher, ob es überhaupt eine war. Sie fühlte sich angetörnter als je zuvor und es war möglich, dass sie seine Worte auf eine Art interpretierte, die er gar nicht beabsichtigte. »Im Ernst, es ist alles gut«, beruhigte sie ihn. »Ich bin fast jeden Tag den ganzen Tag auf den Beinen, Ghost. Es ist alles in Ordnung. Die Fluggesellschaft hat dafür gesorgt, dass unsere Uniformen bequem sind ... und dass man sie auch außerhalb der Arbeit tragen kann. Ich würde sie nicht jeden Tag anhaben wollen, aber im Moment ist es einfach einfacher, sie anzubehalten, so vergeuden wir keine Zeit. Ich bin am Verhungern!«

Er grinste und wechselte das Thema. »Was möchtest du denn essen?«, fragte Ghost, als sie darauf warteten, dass der Concierge mit dem Gepäckticket zurückkam.

»Fish and Chips.«

»Das hört sich so an, als wärst du entschlossen.«

Rayne sah Ghost ungläubig an. »Ich kann nicht in England sein und *nicht* Fish and Chips essen! Das verstößt bestimmt gegen das offizielle Tourismusgesetz oder so ähnlich!«

Er lächelte sie an und nickte. »Fish and Chips soll es sein.«

Der Concierge kam mit dem Ticket für ihr Gepäck zurück und hörte Ghosts Kommentar.

»Falls Sie ein gutes Restaurant suchen, kann ich ›Mickey's Fish and Chips‹ empfehlen. Es ist hinter dem Hyde Park, aber man kann ganz einfach mit der U-Bahn dort hingelangen.«

Rayne liebte es, Leuten mit einem britischen Akzent zuzuhören. Sie wusste, dass viele Leute kein Wort von dem, was der Mann gerade gesagt hatte, verstanden hätten, aber anscheinend beherrschte Ghost nicht nur die Augenbrauensprache, sondern auch britisches Englisch. »Danke. Das wäre toll.«

Der Concierge schrieb auf, welche U-Bahn-Linien sie

nehmen mussten, um in die Nähe des Restaurants zu gelangen. Dann fügte er hinzu, welche Linien sie zurück zum Hotel, zum Buckingham-Palast und zur Westminster Abbey bringen würden, und übergab Ghost den Zettel.

Sie bedankten sich und machten sich auf den Weg zur U-Bahn-Station um die Ecke.

Rayne lächelte, als Ghost sich schützend zwischen ihr und der Straße positionierte und sie durch den Fußgängerverkehr zu der riesigen U-Bahn-Station geleitete. Er kaufte die Fahrscheine und Rayne genoss es, seine Hand an ihrem Rücken zu spüren, während sie auf der Rolltreppe standen, die sie zur nächsten Ebene brachte, um auf ihre U-Bahn zu warten.

»Du kennst dich in Sachen U-Bahn ziemlich gut aus, Ghost«, neckte ihn Rayne. »Jetzt denke ich erst recht, dass du ein Spion bist.«

Ghost lächelte und schaute Rayne an. Ihre Wangen waren von der Hitze und dem kurzen Spaziergang zur U-Bahn-Station leicht gerötet. Als er sie anschaute, erinnerte er sich, wie sie seinen Kuss auf dem Rücksitz des Taxis begeistert erwidert hatte. Er war angenehm überrascht gewesen, als sie sich genauso inbrünstig wie er darauf eingelassen hatte.

»Ich bin es gewohnt zu reisen, und Londons öffentliche Verkehrsmittel gehören zu den besten und benutzerfreundlichsten der Welt.«

Rayne schüttelte nur den Kopf, weil er ihre Antwort sowieso nicht verstanden hätte, da in diesem Augenblick eine U-Bahn in ihr Blickfeld rauschte.

Die Türen öffneten sich und eine riesige Menge von Leuten versuchte, sich den Weg nach draußen zu bahnen, während die Neuankömmlinge hineindrängten. Das war einer der Gründe, warum Rayne große Städte und die U-

Bahn hasste. Sie trug fast immer ein paar blaue Flecke von dem ganzen Gedränge davon.

Aber nicht heute. Ghost zog sie eng an sich und schritt durch die Menge, als wäre er der König von England. Er führte sie zu einer Bank und forderte sie auf, sich hinzusetzen. Anstatt neben ihr Platz zu nehmen, stellte er sich vor sie hin und beschützte sie vor dem Gedränge der Passagiere, die entweder ein- oder ausstiegen. Er hielt sich an der Stange über ihren Köpfen fest und stand mit weit gespreizten Beinen da, um nicht das Gleichgewicht zu verlieren.

Es gab so viele Dinge, die Rayne sagen wollte, doch sie fühlte sich gehemmt und beobachtet von all den Menschen um sie herum. Sie begnügte sich damit, dankbar zu lächeln und ihm dabei zuzusehen, wie er die Leute um sie herum beobachtete, als wären sie Terroristen, die sie in die Luft jagen wollten. Rayne hatte keinen Zweifel daran, dass Ghost jede Situation meistern und neutralisieren konnte. Seine Ausstrahlung gab ihr ein Gefühl der Sicherheit.

Er stand mit dem Profil zu ihr und Rayne konnte ihn in Ruhe betrachten. Sein Bizeps zog sich zusammen, als er sich an der Halteschlaufe über seinem Kopf festhielt. Sein T-Shirt schmiegte sich eng an seinen Körper und Rayne musste schlucken. Sie war auf Augenhöhe mit seinem Schritt, der wirklich beeindruckend war. Er war ein ganzer Mann und in seiner Gegenwart fühlte sie sich klein und beschützt.

Sie versuchte, seine Körpergröße zu schätzen, und kam zu dem Schluss, dass er mindestens eins fünfundachtzig oder eins neunzig groß sein musste, da sie ihm bis zum Kinn reichte. Sie war groß für eine Frau und selbst mit ihren hohen Absätzen klein im Vergleich zu ihm. Sein Körper schwankte mit den Bewegungen der U-Bahn. Rayne schloss die Augen und stellte sich vor, wie seine muskulösen Arme sie festhielten und ihren Körper an seinen drückten, während er langsam ihre Bluse hochschob und dabei nie den Blickkontakt verlor ...

Die U-Bahn hielt an der nächsten Haltestelle und Raynes Augen sprangen auf. Ghost schaute mit einem unergründlichen Blick zu ihr hinunter. Sie hatte immer gedacht, dass sie gut darin war, Gesichtsausdrücke zu interpretieren, in ihrem Job musste sie das auch sein, doch sie erkannte, dass sie absolut keine Ahnung hatte, was Ghost dachte. Die U-Bahn fuhr wieder los und er ließ erneut seinen Blick über alle Leute um sie herum schweifen und musterte jede Person, als müsste er sich beim Aussteigen daran erinnern können, was für Kleider sie trug. Rayne hatte keine Zweifel daran, dass er dazu in der Lage wäre, falls es dazu kommen würde.

Nach ein paar weiteren Haltestellen beugte sich Ghost zu ihr nach unten und sagte: »Bei der nächsten Haltestelle steigen wir aus.«

Rayne nickte, stand auf und bewegte sich in Richtung Tür. Sie spürte, wie Ghost seinen Arm um ihre Taille legte, als die U-Bahn die Fahrt verlangsamte. Das sollte ihr dabei helfen, ihr Gleichgewicht zu behalten. Für jeden zufälligen Beobachter sah es wie eine zuvorkommende Geste aus. Aber für Rayne fühlte es sich eher ... wie ein Versprechen an.

Ghosts Arm strich gegen ihre Brust, als er ihn an ihrem Körper entlang bewegte, und Rayne konnte jeden Zentimeter *seines* harten Körpers an ihrem Rücken spüren, als er sie zu sich hinzog. Seine Handfläche lag auf ihrer Hüfte und sie konnte seinen festen Griff spüren. Sein Daumen bewegte sich in einer kaum spürbaren Liebkosung hin und her. Obwohl er nur einen seiner Arme um sie gelegt hatte, fühlte sich Rayne von Ghost beschützt und so sicher, als wäre sie zu Hause in den Staaten.

Die Türen öffneten sich und sie traten aus der U-Bahn, wobei Ghost darauf achtete, dass niemand sie anrempelte. Nachdem sie die U-Bahn-Station verlassen und sich orientiert hatten, machten sie sich auf den Weg zu Mickey's.

Das kleine Lokal war typisch britisch. Draußen hing eine Union Jack-Flagge und das Restaurant war klein und dunkel. Die Speisekarte, die auf einer Tafel hinter der langen Theke aufgeschrieben war, enthielt verschiedene Arten von gebratenem Fisch. Der himmlische Geruch von Fisch, Panade und Kartoffeln hing in der Luft und Rayne konnte spüren, wie ihr der Magen knurrte.

»Weißt du, was du essen willst?«, fragte Ghost und ging zur Theke.

»Fish and Chips natürlich«, antwortete Rayne schnell. »Ich kann nicht in London in eine Fish and Chips-Bude gehen und Calamari bestellen.«

»Fish and Chips, natürlich.« Ghost wandte sich an den jungen Mann hinter der Theke und gab schnell eine Bestellung auf.

Rayne bot an zu bezahlen, Ghost warf ihr jedoch einen so verärgerten Blick zu, dass sie einen Schritt nach hinten machte und beschwichtigend die Hände hob. »Okay, okay, ist ja gut. Ich wollte es wenigstens versuchen.«

Er schüttelte den Kopf, rollte die Augen und zog einige Pfundnoten aus seiner Brieftasche, um für ihre Mahlzeit zu bezahlen. Sie gingen zu einem kleinen, abgewetzten Tisch in der Ecke und warteten.

Sie war nicht überrascht, als Ghost ihren Stuhl hervorzog und sich dann mit dem Rücken zur Wand hinsetzte. Sie suchte nach einem interessanten Gesprächsthema.

»Sag mal ... hast du irgendwelche Tätowierungen?«

Ghost grinste. »Ich zeige dir meine, wenn du mir deine zeigst.«

»Abgemacht.« Rayne genoss den überraschten Ausdruck in seinem Gesicht.

»Wirklich? Du hast eine Tätowierung?«

»Schau nicht so überrascht. Ich bin nicht so damenhaft, wie ich aussehe.«

»Ich würde dich nie als damenhaft bezeichnen, Rayne. Poliert, geschmackvoll und elegant, aber nicht damenhaft.«

»Das sollte wohl ein Kompliment sein.«

»Also ... wie viele hast du?«

Rayne lehnte sich zurück, verschränkte die Arme vor der Brust und legte ein Bein über das andere. »Drei. Du?«

»Wirklich? Drei?«

»Wirklich.« Rayne beobachtete, wie Ghosts Blick an ihrem Körper entlangglitt, als ob er irgendwie durch ihre Kleidung hindurch die Tätowierungen sehen könnte, von denen er jetzt wusste, dass sie da waren. »Du kannst sie nicht sehen, wenn ich meine Kleider anhabe.«

Sobald sie diese Worte ausgesprochen hatte, errötete Rayne. Wenn sie laut ausgesprochen wurden, klangen sie viel zweideutiger als in ihrem Kopf.

»Hm, ich kann es kaum erwarten, diese mysteriösen Kunstwerke zu sehen.« Ghosts Worte waren unschuldig, doch sein Ton war so intensiv, dass sie sich auf die Lippe biss und den Blick abwandte.

»Zweimal Fish and Chips. Bestellung abholbereit!«

Die Unterbrechung war willkommen und Ghost stand auf, um ihre Mahlzeit zu holen. Er trug die Körbe, die zum Bersten voll mit fettigem, paniertem Fisch und dicken Pommes waren, zurück an den Tisch und fragte, ob Rayne Ketchup dazu wollte. Rayne schüttelte den Kopf und fing an zu essen, ohne auf Ghost zu warten. Sie nahm einen der »Chips«, wie die Briten Pommes Frites nannten, und biss seufzend hinein. Er war heiß, fast heiß genug, um sich den Mund zu verbrennen, und so fettig und so gut.

Sie aßen eine Weile lang schweigend, bis Rayne fragte: »Wie viele hast du?«

Ghost wusste genau, wovon sie sprach. »Eine.«

»Nur eine?«

»Ja.«

»Ich schätze, als Spion kannst du es dir nicht leisten, zu viele Tätowierungen zu haben, die von den bösen Jungs erkannt werden könnten, was?«

Ghost verschluckte sich fast an seinem Wasser. Er wusste, dass sie ihn nur neckte, doch ihre Worte kamen der Wahrheit viel näher, als ihr bewusst war. Er überspielte es. »Natürlich.« Er zog das Wort in die Länge und fuhr in einem starken russischen Akzent fort: »Ich kann nicht zulassen, dass Feinde meine Tätowierungen erkennen.«

Sie kicherte und zeigte mit einer Pommes auf ihn. »Ich wusste es!«

Ghost neigte sich vor, biss in die umherschwirrende Pommes und lachte, als sie laut rief: »Hey! Das ist meine! Iss deine eigenen Pommes!«

Es war schon eine ganze Weile her, seit er so viel Spaß mit einer Frau gehabt hatte. Normalerweise dachten er oder die Frau zu sehr darüber nach, wie die Nacht enden würde, anstatt den Moment zu genießen. Und obwohl er sich vorgestellt hatte, wie Rayne wohl aussehen würde, wenn sie zerzaust und zufrieden neben ihm im Bett lag, genoss er die Vorfreude mehr als sonst. Es war, als ob er in eine warme Decke gehüllt war, die glückliche Gefühle in ihm weckte und nicht die heiße Lust, die er normalerweise verspürte, wenn er eine Frau mit ins Bett nahm.

Sie aßen zu Ende und Ghost schob seinen leeren Korb zur Seite, stützte die Ellbogen auf dem Tisch auf und beugte sich zu Rayne vor. »Also, was möchtest du heute unternehmen?«

Sie zuckte sofort mit den Schultern. »Keine Ahnung, was möchtest *du* denn unternehmen?«

Er schnalzte. »Komm schon, Rayne. Ich weiß, dass du darüber nachgedacht hast. Was würdest du tun, wenn du alleine wärst und einen freien Tag hier in London hättest?«

»Wenn du es wirklich wissen willst ...« Ihre Stimme wurde leiser.

»Ich will es wirklich wissen. Ich habe schließlich gefragt, nicht wahr?«

»Das bedeutet nicht, dass du es *wirklich* wissen willst. Es gibt Leute, die machen das die ganze Zeit, sie –«

»Rayne ... spuck's aus.«

Anstatt sich über ihn zu ärgern, weil er sie unterbrochen hatte, lachte sie. »Okay, okay, Herr Spion. Beruhige dich. Ich möchte unbedingt Westminster Abbey sehen. Und natürlich Big Ben. Und wenn es nicht zu weit ist, den Buckingham-Palast.«

Ghost nickte und hatte angenommen, dass diese Sehenswürdigkeiten auf ihrer Liste standen. »Was ist mit dem Tower of London? Oder dem Nullmeridian?«

»Dem Null was?«

»Meridian. Dort wo der Längengrad anfängt.«

»Hä? Anfängt?«

»Ja. Wenn du dir ein GPS anschaust, ist es die genaue Position, an der die Ostzahlen in Westzahlen übergehen. Wenn du das GPS halten und an der richtigen Stelle stehen würdest, würden die westlichen Koordinaten 000.00.000 lauten.«

»Hm, also wenn ich ehrlich bin, klingt das nach etwas, das sich nur ein Super-Spion anschauen würde.«

Ghost warf den Kopf zurück und lachte. Er hatte schon seit langer Zeit nicht mehr laut gelacht. Er schob sich vom Tisch weg und sammelte den Abfall ein. »Komm, lass uns mit Westminster Abbey anfangen und dann sehen wir weiter.«

KAPITEL VIER

Ghost betrachtete Raynes Gesicht, während sie durch die Westminster Abbey gingen. Er hatte ihre Hand genommen, als sie das Fish and Chips-Lokal verlassen hatten, und sie seitdem nicht mehr losgelassen. Glücklicherweise schien sie ihn auch nicht loslassen zu wollen.

Sie war bezaubernd. Rayne sagte andauernd: »Ooh«, und: »Aah.« Ghost war ein harter Mann. Er hatte mit seinen sechsunddreißig Jahren zu viel gesehen, um von irgendetwas überrascht oder sogar beeindruckt zu sein. Doch London mit Raynes Augen zu sehen, war eine völlig neue Erfahrung. Er hatte die Tendenz, durchs Leben zu eilen, sich Dinge zwar anzuschauen, sie jedoch nicht über die Bedrohung hinaus, die sie darstellten, zu analysieren … Es sei denn, es ging um Leben und Tod. Bei ihm selbst oder seinen Teamkollegen.

Rayne hörte staunend dem Reiseleiter zu, der die verschiedenen verstorbenen Könige und Königinnen aufzählte, die in der riesigen Kirche begraben waren. Gelegentlich drückte sie Ghosts Hand, lehnte sich an ihn und flüsterte: »Wow«, oder: »Hast du das gewusst?«

Natürlich konnte Ghost nur daran denken, wie es sein würde, wenn sich ihr kurvenreicher Körper an seinen schmiegen würde, wie sich ihre Brust anfühlen würde und ihr Hüftknochen, der gegen seinen drückte. Jede ihrer Bewegungen ließ ihn hoffen, dass sie die Nacht in seinem Bett verbringen würde, anstatt ihren eigenen Weg zu gehen.

Der Kuss im Taxi war in seinem Gedächtnis eingebrannt. Er hatte sich so natürlich angefühlt, als ob sie sich schon ihr ganzes Leben lang geküsst und umarmt hätten. Die leisen Seufzer, die sie von sich gegeben hatte, während er ihren Mund verschlungen hatte, ließen ihn sehnsüchtig darauf warten, wie sie sich wohl anhören würde, wenn er den Rest von ihr verschlang. Sie war unschuldig und gleichzeitig abgebrüht, und diese Gegensätzlichkeit weckte sein Interesse ... und zwar sehr.

»Ich kann kaum glauben, dass wir genau dort stehen, wo Prinz William und Kate geheiratet haben. Das ist so ein tolles Stück Geschichte – und wir sind hier!«, flüsterte Rayne mit ehrfürchtiger Stimme.

Sie hatten sich von der kleinen Gruppe von Touristen, die dem Reiseleiter folgten, abgewandt. Ghost schob Rayne in eine Nische und zog sie frontal zu sich heran, während er sich an die alte Mauer lehnte. Er griff nach ihrem Hintern und lächelte, während sie sich an ihn schmiegte und ihre Arme auf seine Brust legte.

»Du hast dir bestimmt die Hochzeit von Prinzessin Diana im Internet angeschaut, nicht wahr?«, fragte Ghost mit ernster Miene und kannte die Antwort bereits.

»Oh ja«, seufzte Rayne. »Sie war so wunderschön. Sie hatte diese extrem lange Schleppe, den ihre kleinen Cousinen hinter ihr hertrugen. Wusstest du, dass Di und Charles eigentlich beschlossen hatten, in der St.-Pauls-Kathedrale zu heiraten anstatt hier, weil es da mehr Sitzplätze gab? Doch die Hochzeit fand *hier* statt. Genau hier. Es ist unglaublich.«

Ghost fing an, sich unbehaglich zu fühlen, als Rayne weitersprach. »Du bist eine Romantikerin«, bemerkte Ghost mit seltsamer Stimme.

Rayne drehte den Kopf und schaute ihn an. Sie nickte. »Ja. War ich schon immer und werde ich auch immer bleiben.«

»Die Welt ist aber kein Märchen, Rayne«, sagte Ghost mahnend und spürte, wie ihn wieder ein Gefühl der Vorahnung überkam.

»Das weiß ich. Ich bin keine Närrin. Ich lese zwar gern Romane und schaue mir romantische Komödien an, aber ich bin realistisch.«

»Ich glaube nicht –«

Rayne unterbrach ihn. Sie lehnte sich zurück und grub ihre Fingernägel in seine Brust. Ghost dachte, dass sie das wahrscheinlich unbewusst tat.

»Letzte Woche war ich mit einer Frau auf einem Flug, die nach New York reiste, um sich einer experimentellen Darmkrebsoperation zu unterziehen. Sie war alleine unterwegs und sie tat mir leid. Nachdem ich die Getränke serviert hatte, habe ich mich neben sie gesetzt und mich mit ihr unterhalten. Ihr Mann konnte nicht mitkommen, weil er arbeiten musste. Er konnte keinen Krankenurlaub mehr nehmen und sie war über seine Krankenversicherung mitversichert. Sie konnten nicht riskieren, dass er seinen Job verlor, also musste sie alleine reisen. Ich konnte mir vorstellen, wie viel Angst sie gehabt haben und wie sehr ihr Mann bereut haben musste, dass er nicht an ihrer Seite sein konnte.

In der Woche zuvor bemerkte ich eine Frau mit einem blauen Auge, die neben einem sehr großen, sehr verärgerten Mann saß, von dem ich nur annehmen konnte, dass er ihr Mann war. Es war offensichtlich, dass sie misshandelt wurde, doch ich konnte nichts tun. In derselben Woche hatte ich das fragliche Vergnügen, ein Paar und ihre beiden Kinder zu unterhalten. Die Kinder waren außer Kontrolle und den Eltern war es egal. Die wollten einfach nur so viel Alkohol wie möglich trinken.«

Sie schmiegte sich an Ghost, als ob es ihr dabei helfen würde, ihren Standpunkt darzulegen. »Ich weiß, du denkst, dass es schlecht ist, romantisch zu sein. Und obwohl ich zugeben muss, dass ich gern einen Mann treffen würde, mit dem ich den Rest meines Lebens verbringen kann, *weiß* ich, dass das Leben nicht nur eitel Sonnenschein ist. Eher bewölkt und neblig. Genau deshalb lese ich diese Art von Büchern und schaue mir diese Art von Filmen an. Und auch wenn ich nur durch meine Fantasie, Märchenbücher und Hochzeiten des englischen Königshauses Romantik erleben kann, werde ich es trotzdem tun. Ich lasse mir meine Freude nicht nehmen, Ghost. Bitte gönn sie mir.«

Ghost wollte dagegenhalten, dass es mehr Arschlöcher als Prinzen auf der Welt gab und dass sich diese Tatsache auch durch das Lesen von Liebesromanen oder das Anschauen von kitschigen Filmen nicht ändern ließ. Er wollte ihr klarmachen, dass er kein Prinz war. Er mochte zwar ein nicht ganz so großes Arschloch sein wie andere Männer, die er in seinem Job getroffen hatte, doch er wollte ihr keine falschen Hoffnungen machen und sie in dem Glauben lassen, dass das, was sie später tun würden, zu einem glücklichen Ende führen würde.

»Komm, setz dich zu mir.«

Er schleppte sie zu einer Reihe Bänke in der riesigen Kirche und zog sie hinter sich her, bis sie die Mitte erreichten. Er setzte sich und wartete darauf, dass Rayne neben ihm Platz nahm. Sie saß unruhig da und er konnte sehen, wie sie sich krampfhaft an der Bank festhielt, da ihre Knöchel weiß geworden waren.

Es war nicht Ghosts Absicht, sie zu verärgern, doch er musste ihr seinen Standpunkt klarmachen. Er wollte nicht, dass sie sich in ihn verliebte. Er wusste, dass er eigentlich hätte aufstehen und gehen sollen, bevor sie anfing, sich mehr von dieser Nacht zu erhoffen, als er ihr geben konnte, doch er tat es nicht. Er brauchte diese Frau. Er mochte ihre eigenwillige Persönlichkeit und er wollte sie. Mehr als er seit Langem eine Frau gewollt hatte.

»Ich bin kein romantischer Typ, Rayne. Ich bin nicht für eine Beziehung gemacht.«

»Blödsinn.«

»Rayne –«

»Nein, im Ernst.« Sie drehte sich zu ihm um. »Ich glaube dir, wenn du sagst, dass du keine Beziehung willst, aber ich werde dir nie abnehmen, dass du nicht romantisch bist.«

»Ich habe in meinem ganzen Leben noch nie einer Frau Blumen geschenkt. Ich habe auch noch nie einen Antrag gemacht. Verdammt, normalerweise bleibe ich nicht einmal lange genug, um der Frau zu sagen, dass es mir mit ihr gefallen hat.«

Seine Worte taten weh, doch Rayne unterdrückte den Schmerz. Sie hatte gewusst, worauf sie sich einließ, als sie sich entschieden hatte, mit ihm zusammen London zu erkunden. Doch sie wollte, dass er ihren Blickwinkel verstand, ob es ihm gefiel oder nicht. »Gut, vielleicht bist du einfach ein Neandertaler, wenn es um Beziehungen geht. Du bist nicht perfekt. Großartig. Ich verstehe es. Aber, Ghost, du *bist* romantisch.«

Als Ghost den Kopf schüttelte, ob als Verneinung oder

aus Abscheu konnte sie nicht sagen, legte sie ihm die Hand aufs Knie. »Lass mich ausreden.«

Sie wartete, bis er schließlich nickte, und fuhr fort: »Du hast für alles bezahlt, was wir heute unternommen haben. Vom Taxi über das Mittagessen bis hin zum Trinkgeld für den Concierge im Hotel. Als wir zur U-Bahn-Station gingen, hast du mich auf dem Bürgersteig vom Verkehr ferngehalten. Du hast mich vor dem Menschengedränge beschützt, als wir in die U-Bahn ein- und ausstiegen. Du hast dich neben mich gestellt, als ich mich hingesetzt habe, und dafür gesorgt, dass mir niemand zu nahe kommt. Du hast sogar meinen Koffer vom Taxi zum Hotel getragen. Im Ernst, Ghost, du tust all diese Dinge, ohne es überhaupt zu merken. Das ist ein Zeichen dafür, dass du weißt, wie man eine Frau behandelt. *Das* ist, was Frauen für romantisch halten. Vergiss die Blumen, die sterben früher oder später sowieso. Und selbst wenn du gehst, ohne dich vorher von einer Frau zu verabschieden, bin ich sicher, dass du dich gut um sie kümmerst, bevor du verschwindest ... habe ich recht?«

Wenn sie es nicht mit ihren eigenen Augen gesehen hätte, hätte sie es nicht geglaubt; doch sie war sicher, dass Ghost leicht errötete, nachdem sie das gesagt hatte.

»Du kannst dich vielleicht als beziehungsunfähig bezeichnen, aber bitte verkauf dich nicht unter deinem Wert und sag, dass du unromantisch bist. Bei Romantik geht es nicht um die äußeren Merkmale, die uns von Kindesbeinen an von der Gesellschaft eingeprägt werden. Romantik bedeutet, dass man der Person, mit der man zusammen ist, durch all diese kleinen Gesten zeigt, dass man sich für sie interessiert. Dass man sie beschützen wird, wenn es hart auf hart kommt, dass man sich um sie kümmert, dass man sie bestimmen lässt, was man tut und wo man isst, auch wenn es nicht nach dem eigenen Geschmack ist.«

Ghost schwieg einen Moment lang und Rayne fing an zu denken, dass er vielleicht überhaupt nichts sagen würde, als er schließlich ihre Hand nahm, die noch auf seinem Knie lag, sie bis zu seinem Mund anhob und die Handfläche küsste.

»Okay, du hast gewonnen. Ich weiß, dass ich mich eigentlich jetzt verabschieden sollte. Ich sollte dich in Ruhe lassen, damit du London genießen und weitermachen kannst, als ob du mich nie getroffen hättest.«

Als sie den Mund öffnete, um zu protestieren, schüttelte Ghost den Kopf und fuhr schnell fort: »Aber das kann ich nicht. Ich weiß nicht, ob ich dir deine Vorstellung von Romantik abkaufe, aber ich kann dich jetzt noch nicht verlassen. Du bist lustig, interessant und ich fühle mich zu dir hingezogen. Der Drang, deine Tätowierungen zu sehen, ist stärker als der, dich zu verlassen. Aber du musst wissen, dass ich dich verlassen *werde*.«

»Dann ist es also ein One-Night-Stand.« Das war keine Frage.

»Ich befürchte ja.«

»Gut. Ich bin eine Romantikerin und du beziehungsunfähig, doch ich kann dir versichern, dass wir uns einig sind, Ghost. Entspann dich. Ich werde am Ende des Abends keinen Verlobungsring erwarten. Ich werde dich auch nicht ans Bett ketten, wie Kathy Bates es in dem Film *Misery* getan hat. Es ist alles in Ordnung.«

Ghost nickte.

Rayne konnte sich eine letzte Neckerei nicht verkneifen. »Verdammt, für einen geheimen Super-Spion benimmst du dich aber wie ein Weichei.«

Sie erinnerte sich daran, wo sie waren, und konnte nur

knapp einen Schrei unterdrücken, als Ghost plötzlich mit todernster Mine auf sie losging. Bevor sie überhaupt eine Chance hatte, ihm auszuweichen, lag sie flach auf der Kirchenbank. Er hielt ihr die Arme über dem Kopf fest, drückte mit seinem ganzen Körpergewicht auf sie und hielt sie bewegungsunfähig.

»Weichei?«

Rayne lächelte und wusste, dass er ihr am helllichten Tag in der betriebsamen Kirche nicht wehtun würde, während sie voller Touristen war. »Zu meiner Verteidigung, du hast *tatsächlich* mehr über deine Gefühle geredet als jeder andere Mann, zu dem ich mich je hingezogen fühlte.«

»Erstens mag ich es nicht, wenn du über andere Männer redest, während du harte Brustwarzen hast, die darum betteln, von mir berührt zu werden ...«

Rayne wandte den Blick nach unten und schluckte. Er hatte recht. Es gefiel ihr, wie er sie auf draufgängerische Art herumbugsierte, jedoch darauf achtete, sie nicht zu verletzen. Und seinen harten Körper auf ihrem zu spüren törnte sie an. Ihr Körper bewies es.

»... und zweitens, jetzt, wo wir uns einig sind, kann ich dir garantieren, dass wir später nicht mehr viel reden werden.«

Rayne sagte nichts, lag einfach da und wartete darauf, dass er den nächsten Schritt machte. Als er für einige Augenblicke sein Gewicht nicht verlagerte, wölbte sie minimal ihren Rücken und testete seinen Griff um ihre Handgelenke.

Schließlich atmete Ghost tief durch, ließ den Blick noch einmal zu ihrer Brust schweifen und schaute ihr dann wieder in die Augen. Er beugte sich zu ihr und küsste sie leicht und vorsichtig auf die Lippen, setzte sich dann aufrecht hin und zog Rayne zu sich hoch.

»Du bringst mich noch ins Grab. Ich kann nicht auf einer Kirchenbank in der Westminster Abbey mit dir rummachen. Ich mag zwar ein Spinner sein, aber selbst ich bin nicht bereit, mein Glück herauszufordern. Da sind zu viele Geister, die über meine Schulter schauen, ich bekomme Gänsehaut. Komm, der Buckingham-Palast ist ganz in der Nähe. Dort haben Prinzessin Diana und Catherine und William in aller Öffentlichkeit ihre Hochzeitsküsse ausgetauscht. Da du so romantisch bist, wird dich das doch sicher interessieren, oder?«

Ghost wusste, dass er die richtige Wahl getroffen hatte, als Raynes Augen aufleuchteten und sie atemlos fragte: »Wirklich? Wirst du mich dorthin bringen?«

»Komm, Prinzessin. Lass uns den Balkon anschauen.«

KAPITEL FÜNF

Ghost lächelte Rayne an, während die königlichen Wachen ihren Dienst taten. Es hatte für einen Moment aufgehört zu regnen, doch die Wolken hingen immer noch tief am Himmel, ein Vorgeschmack auf den Sturm, der sicher bald zurückkehren würde. Es regnete zwar nicht, doch die Feuchtigkeit in der Luft erzeugte einen leichten Nebel, von dem er wusste, dass er sich jede Sekunde in einen Regenschauer verwandeln konnte. Doch es war, als ob das Wetter wusste, dass Rayne unbedingt die Ablösung der Wachen und den Balkon sehen wollte, auf dem sich die Mitglieder des britischen Königshauses präsentierten, wenn die Welt es von ihnen verlangte und erwartete.

»Das machen die jeden Tag?«, fragte Rayne atemlos, unfähig, ihren Blick von dem Schauspiel vor ihnen abzuwenden.

Ghost lächelte. Er hatte schon den ganzen Tag über wie ein Irrer gegrinst, doch das war ihm scheißegal. Rayne machte ihn glücklich. Sie sah die Welt durch eine so ungetrübte Linse. Wenn er es nicht mit eigenen Augen gesehen hätte, hätte er nicht für möglich gehalten, dass jemand so …

unschuldig sein konnte. Fletch und die anderen im Team würden ihn für das alberne Grinsen, das er in Raynes Gesellschaft auf dem Gesicht hatte, ganz schön aufziehen. »Ja, Prinzessin. Das machen die jeden Tag.«

Sie rümpfte auf eine süße Art die Nase. »Aber es ist so ... protzig.«

Ghost stieß einen kurzen Lacher aus. »Es mag zwar protzig sein, doch es ist Tradition. Und die Briten stehen auf Tradition.« Es gefiel ihm, dass Rayne keine Angst hatte zu sagen, was sie dachte. Sie hatte sich den ganzen Tag über mit keinem ihrer Gedanken zurückgehalten. Sie hatte sich laut darüber beschwert, dass die Fliesen in der Westminster Abbey nass waren und jemand ausrutschen und sich das Genick brechen könnte, und obwohl Blut auf dem Boden der Kirche wahrscheinlich nichts Neues für das jahrhundertealte Gebäude war, war das heutzutage wohl keine gute Idee mit all den Touristen, die nur zu gern Klagen einreichen würden. Ghost hatte bemerkt, dass kurz nach Raynes Bemerkung jemand einen Teppich vor der Tür ausgerollt und ein Schild mit der Aufschrift »Achtung! Rutschgefahr« in der Nähe aufgestellt hatte.

»Ich verstehe ja, dass sie das schon immer getan haben«, fuhr Rayne fort, »aber können sie die Tradition nicht auf andere Weise aufrechterhalten? Ich meine, die Soldaten müssen das ganze Tamtam satthaben und es ist eine Verkehrsgefährdung. Sie müssen jedes Mal den Verkehr anhalten, wenn die Wachen wechseln. Das ist verrückt.«

Ghost verkniff sich das Lachen und versuchte, das Thema zu wechseln. »Ist der Balkon so, wie du ihn dir vorgestellt hast?« Er erwartete eine sofortige positive Antwort, doch wie in gewohnter Manier überraschte Rayne ihn.

Sie neigte den Kopf zur Seite und blickte auf den leeren

Balkon auf der anderen Seite eines großen Brunnens, der mitten auf einer Verkehrsinsel stand. Sie befanden sich auf dem Bürgersteig gegenüber den riesigen schmiedeeisernen Toren, die den Eingang zum Palast darstellten. Ghost hatte versucht, sie näher zum Tor zu führen, doch sie wollte lieber auf der anderen Straßenseite bleiben, damit sie sich alles ansehen konnte.

»Glaubst du, dass sie jetzt alle im Palast sind und auf uns und die Leute, die vorbeigehen, hinunterschauen und sich wünschen, ein normales Leben zu haben? Ich meine, ich stehe hier und denke darüber nach, wie großartig es wäre, mit einem Prinzen verheiratet zu sein, im Palast zu wohnen und auf Händen getragen zu werden. Aber wie du heute so treffend bemerkt hast, ist die Welt kein Ponyhof und es ist wahrscheinlich doch nicht allzu romantisch, zur Königsfamilie zu gehören.«

»Rayne –«

Sie ignorierte ihn und redete weiter. »Ich meine, Diana dachte wahrscheinlich, dass sie das große Los gezogen hatte. Sie war jung, viel jünger als ich es jetzt bin, und sie war in England aufgewachsen. Sie hatte ihre Kindheit wahrscheinlich mit der Vorstellung verbracht, dass die Königsfamilie das Gelbe vom Ei war ... und noch eine Tüte Chips obendrauf. Amerikanische Chips, keine Pommes. Und dann hat sie in die Familie eingeheiratet und mittlerweile *wissen* wir ja, dass es für sie kein Zuckerschlecken war. Ich –« Sie stockte, schaute zu Ghost hinüber und zuckte fast verlegen mit den Schultern. Sie beendete schnell ihren Satz. »Ja, es ist toll, hier zu sein und den Balkon zu sehen.«

»Soll ich ein Foto von dir machen?«

»Wirklich? Ja, bitte.« Rayne posierte mit einem albernen Grinsen im Gesicht auf dem Bürgersteig und zeigte auf den kleinen Balkon an der Vorderseite des Buckingham-Palastes. Ghost gab ihr das Handy zurück und Rayne zog ihn zu sich hin. »Komm, diesmal ein Selfie!«

Ghost wusste, dass er das nicht tun sollte. Er wusste, dass er ihr erklären sollte, dass er einen Job hatte, bei dem er nicht riskieren konnte, dass Bilder von ihm im Internet auftauchten. Er könnte sie einfach darum bitten, es nirgendwo zu veröffentlichen. Doch selbst wenn sie jetzt zustimmte, konnte sie es vergessen oder sauer auf ihn werden und es könnte irgendwie trotzdem auftauchen. Es war einfach nicht besonders klug, mit weiblichen Bekanntschaften auf Bildern zu sehen zu sein. Punkt. Sie waren vom Oberst gewarnt worden und jeder im Team wusste, dass sie es um jeden Preis vermeiden mussten, fotografiert zu werden. Aber Rayne kannte ihn als John Benbrook, nicht als Keane Bryson, und nach dem heutigen Abend würde er sie nie wiedersehen. Außerdem nahm er nicht an, dass sie die Art von Frau war, die alle ihre Aktivitäten in den sozialen Medien verbreitete. Sie hatte geradeheraus gesagt, dass sie noch nie zuvor einen One-Night-Stand gehabt hatte, deshalb dachte er, dass es sicher war, für ein Bild mit ihr zu posieren.

Ghost legte den Arm um Rayne und zog sie näher zu sich heran. Sie lachte und streckte die Hand aus, mit der sie das Handy hielt.

»Lächeln!«, befahl sie. Rayne machte ein Foto und drehte das Handy herum, um es sich anzusehen. Sie wendete sich mit einem Stirnrunzeln zu ihm um. »Du hast nicht gelächelt«, beschwerte sie sich. »Komm, noch eins. Und diesmal *lächle*, verdammt noch mal.« Ihre Worte waren streng, hatten jedoch einen neckischen Unterton.

Aus Gründen, die Ghost nicht verstand – er hielt nicht inne, um sein Verhalten zu analysieren –, zog er sein eigenes Handy heraus. »Diesmal auf meinem.«

Rayne lächelte ihn an, offensichtlich froh, dass er auch ein Bild von ihnen haben wollte.

»Okay. Aber sieh zu, dass du den Balkon mit draufkriegst. Und schneide uns nicht die Köpfe ab. Oh, und wenn du die …«

»Sei still, Frau, ich kann das«, sagte Ghost mit einem spielerischen Knurren. »Ich bin ein Profi.«

Rayne kicherte, legte ihre Arme um seine Hüfte und schmiegte sich an ihn. »Ein Profi? Fragt sich nur worin.« Sie sah ihn wieder lächelnd an und die Freude drang aus all ihren Poren. »Okay, aber gib nicht *mir* die Schuld, wenn du nicht alles draufkriegst.«

Ghost schaute die Frau an seiner Seite an. Er hatte einen Arm um ihre Schultern gelegt und den anderen ausgestreckt, Handy in der Hand, bereit, das Foto zu machen. »Ich kriege schon alles drauf, keine Sorge.«

Rayne lächelte und drehte den Kopf, um auf sein Handy zu schauen.

»Okay, auf drei«, befahl sie. »Eins … zwei … drei!«

Ghost schoss das Foto und steckte das Handy wieder in seine Tasche, bevor Rayne es ihm aus der Hand schnappen konnte, um sich das Foto anzusehen.

»Ghost! Ich muss es sehen und genehmigen!«

»Genehmigen?«

»Ja, du weißt schon, überprüfen, ob es gut genug ist, um es zu behalten. Könnte ja sein, dass ich wie eine Idiotin aussehe!«

»Du siehst nicht wie eine Idiotin aus«, sagte Ghost ehrlich.

»Ach was. Du hast es dir nicht mal angesehen und außerdem kann man der Meinung eines Mannes nicht trauen.«

»Wirklich?«

»Ja. Dinge wie Haare und Make-up oder ob das Bild verschwommen ist, sind einem Mann egal.«

»Dein Haar sieht gut aus, du trägst nicht viel Make-up und das Bild war nicht verschwommen.«

»Woher willst du das wissen? Du hast es dir nicht mal angesehen! Was ist, wenn meine Augen geschlossen waren? Das wirst du dann erst später sehen und ganz traurig sein, denn anstatt vor deinen Kumpels mit der Braut in London zu prahlen, musst du ...«

»Ich werde nicht mit dir angeben.«

Rayne verstand den Ton in Ghosts Stimme nicht. Sie neigte den Kopf zur Seite und sagte mit ernster Stimme: »Ich dachte immer, dass alle Jungs mit ihren Eroberungen prahlen.«

»Erstens, *richtige Männer* tun so etwas nicht. Nur Arschlöcher machen das. Zweitens habe ich nicht vor, meinen Freunden dein Foto zu zeigen. Dieser Tag gehört nur uns.«

»Aber –«

»Es ist nicht so, dass ich nicht gern meine Kumpels damit eifersüchtig mache, dass ich nach einem wundervollen Tag in London die Nacht mit einer schönen Frau verbracht habe ... aber was ich tue und mit wem ich es tue, geht nur mich etwas an. Und dich. Und sonst niemanden.«

»Wow. Ähm, okay. Aber du musst wissen«, Rayne rümpfte die Nase und zog die Schultern hoch, »dass ich wahrscheinlich mit meiner Freundin Mary darüber reden werde. Ich meine, ich werde nicht ins Detail gehen, aber nach der SMS, die ich ihr geschickt habe, wird sie bestimmt wissen wollen, wie es war. Im Moment weiß ich noch nicht, *wie* es werden wird, aber ich schätze mal, dass du mich völlig umhauen wirst. Und da dies mein erster One-Night-Stand ist, muss ich es meiner besten Freundin erzählen. Frauengespräch und so.«

Sie spürte, wie Ghost schmunzelte. »Du sagst nie das, was ich gerade von dir erwarte.«

»Hoffentlich ist das nichts Schlechtes.«

»Es ist nichts Schlechtes.«

»Okay. Also ... kann ich nun das Foto sehen? Ich will wissen, ob meine Augen geschlossen waren.«

»Nein.«

Rayne rollte die Augen. Sie ließ schließlich seine Hüfte los und blickte zum Himmel auf, da es wieder anfing, leicht zu regnen. Sie seufzte. »Okay, gut. Du hast gewonnen. Es regnet wieder«, sagte sie überflüssigerweise.

»Hast du genug vom Balkon gesehen?«

»Ja.« Rayne drehte sich für einen Moment zu dem großen Palast um. »Er ist wirklich schön, nicht wahr?«

Ghost antwortete nicht.

Rayne schaute in seine Richtung. »Okay, ich habe dich lange genug gefoltert. Was steht als Nächstes auf dem Plan?«

Ghost wusste genau, was er tun wollte. »Warst du schon mal auf einem Riesenrad?«

»Natürlich.«

»Aber nicht auf einem wie diesem hier. Komm!« Ghost nahm ihre Hand und rief nach einem Taxi.

KAPITEL SECHS

»Ich weiß nicht, Ghost«, sagte Rayne nervös und umklammerte seine Hand, als sie in eines der Abteile des berühmten London Eye einstiegen. Bis jetzt war der Tag wunderbar gewesen. Rayne hatte keine Ahnung, wie sie so viel Glück haben konnte. Sie hatte sich zufällig dafür entschieden, sich am Flughafen neben Ghost zu setzen, dann wurde ihr Flug gestrichen und nun verbrachte sie den Tag mit ihm in der Stadt. Doch einem geschenkten Gaul schaute man nicht ins Maul. Sie würde sich einfach treiben lassen und hoffen, dass am Ende alles gut ging.

»Keine Angst, Prinzessin. Denkst du, ich würde dich zu etwas überreden, bei dem du dich verletzen könntest?«

»Äh ...«

»Das würde ich nie tun. Bei mir bist du sicher.«

Rayne schaute zu Ghost hinauf. *Sicher bei ihm.* Sie wäre am liebsten dahingeschmolzen. Er machte sich lustig darüber, dass sie im Grunde ihres Herzens eine Romantikerin war, dabei sollte er sich selbst reden hören. Sie hatte versucht, ihm zu erklären, dass alles, was er bisher getan hatte, *romantisch* war, doch sie wusste, dass er ihr nicht glaubte.

Tatsache war, dass sie sich *tatsächlich* sicher bei ihm fühlte. Und niemand würde sich trauen, ihre Zweisamkeit zu stören. Man konnte auf den ersten Blick erkennen, dass er kein Mann war, mit dem man leichtfertig umgehen konnte. Genau das hatte sie gedacht, als sie ihn das erste Mal am Flughafen gesehen hatte. »Ich weiß.«

Das Taxi, das sie am Buckingham-Palast genommen hatten, wurde von einem sehr zwielichtig aussehenden Fahrer gelenkt. Wenn sie alleine gewesen wäre, wäre sie nicht eingestiegen, sondern entweder zu Fuß gegangen oder hätte ein anderes Taxi gerufen. Aber nicht Ghost. Er zog sie auf den Rücksitz, neigte sich mit seinem Handy nach vorn, machte ein Bild von der Zulassungsnummer des Fahrers und drückte dann noch ein paar weitere Tasten auf dem Handy. Dann sagte er dem Fahrer, er solle sie zum London Eye bringen, und fügte mit tiefer, klarer Stimme und ernstem Ton hinzu: »Ich habe gerade Ihren Ausweis an einen Freund geschickt, der ein Offizier bei der Londoner Polizei ist. Wenn Sie Ihren Job behalten wollen, werden Sie uns wohlbehalten an unser Ziel bringen. Er erwartet in zehn Minuten eine SMS von mir. Die Zeit sollte für die Fahrt dorthin ausreichen. Wenn er keine Nachricht bekommt, wird die gesamte Truppe nach diesem Taxi suchen ... und nach Ihnen.«

Der Fahrer sagte nichts, sondern nickte nur etwas nervös, wie Rayne fand. Sie hatte keine Ahnung, ob Ghost wirklich jemanden kannte, der hier in London bei der Polizei arbeitete, doch ehrlich gesagt hätte sie das nicht überrascht. Sie wusste immer noch nicht, wie er seinen Lebensunterhalt verdiente, aber sie vermutete, dass ihr

Gedanke, dass er ein Spion oder Kopfgeldjäger war, treffender war, als sie angenommen hatte. Sie hatte eigentlich nur Spaß gemacht, doch jetzt war sie sich nicht mehr so sicher.

Der Fahrer hatte das Taxi in den Verkehr gelenkt und sie, ohne viel zu sagen, zu der berühmten Touristenattraktion in der Nähe der Abtei gebracht. Bei Verlassen des Fahrzeugs hatte Ghost lediglich gesagt: »Schönen Abend.«

»Komm, das wird dir gefallen«, meinte Ghost und brachte sie so in die Gegenwart und zu dem überdimensionalen Riesenrad zurück, bevor er sie zu der kleinen Bank in der Mitte des Abteils führte.

Als sich die Tür hinter ihnen schloss, fragte Rayne überrascht: »Sind wir die Einzigen hier drin? Dieses Ding kann mindestens dreißig Personen aufnehmen, was ist hier los?«

»Es regnet und es ist ein normaler Mittwochabend, Prinzessin, da kommen hier nicht viele Leute hin. Ich habe dem Burschen fünfzig Pfund zugesteckt und ihn gebeten, uns das ganze Abteil zu überlassen.«

Rayne runzelte die Stirn. »Du hast ihn bestochen?«

»Ja.«

»Aber ...« Rayne fiel kein gutes Gegenargument ein.

Ghost lachte über ihre schockierte Reaktion. »Genieß es einfach, Rayne. Es ist alles in Ordnung.«

»Okay. Was soll's. Aber wenn du nicht wirklich einen Freund bei der Polizei hast und du ins Gefängnis gesteckt wirst, wenn wir aussteigen, dann erwarte bitte nicht von mir, dass ich für deine Kaution aufkomme.«

Sie saßen Hand in Hand nebeneinander, als sich das riesige Rad zu drehen begann. Es war nicht so wie die Riesenräder in den USA. Dieses hier bewegte sich extrem langsam. Rayne konnte nur erkennen, dass sie sich bewegten, weil die Landschaft immer kleiner und kleiner wurde, je höher sie in die Luft stiegen.

Rayne stand auf und hielt sich an der Schiene beim Fenster fest. Sie spürte, wie Ghost sich von hinten näherte. Er legte seine Hände auf ihre Hüften, schmiegte sich an sie und wies auf Sehenswürdigkeiten in der riesigen Stadt hin, als sie sich langsam immer höher und höher über die Themse erhoben.

»Da ist der Tower of London.«

»Wurden dort im Keller nicht Leute gefoltert?«

Ghost grinste. »Geschichte ist wohl nicht deine Stärke, oder, Prinzessin?«

Rayne versuchte, sich umzudrehen und zu protestieren, doch Ghost hatte seine Hände fest auf ihre Hüften gelegt und hielt sie an Ort und Stelle. Er beugte sich zu ihr, sodass sein Kopf mit ihrem auf einer Höhe war. »Entspann dich. Ich habe nur Spaß gemacht. Der Tower of London ist der Ort, an dem die Königsfamilien ursprünglich lebten. Er war auch einmal eine Waffenkammer, eine Schatzkammer und sogar die Kronjuwelen Englands werden dort aufbewahrt und streng bewacht. Aber um deine Frage zu beantworten, ja, er war auch einmal ein Gefängnis. Trotz allem, was die Geschichte die Leute glauben lässt, wurden jedoch vor den 1940er Jahren nur sieben Menschen dort hingerichtet. Jetzt ist es nur noch eine Touristenattraktion.«

»Oh. Das ist irgendwie enttäuschend. Ich mochte die Vorstellung, dass er ein großes Gefängnis war, in dem die Schlimmsten der Schlimmen eingesperrt waren. Du weißt eine Menge darüber«, bemerkte Rayne.

Ghost zuckte mit den Schultern. »Ich mag Militärgeschichte.«

»Offensichtlich.«

Ghost lächelte Rayne an. Er mochte es, wenn sie ein

wenig schnippisch wurde. Sie war herzerfrischend im Gegensatz zu den Leuten, mit denen er normalerweise zu tun hatte.

»Was kann man sonst noch sehen?«

Ghost wies auf andere namhafte Wahrzeichen der Londoner Skyline hin, als sie weiter an Höhe gewannen. Als sie den höchsten Punkt erreichten, veränderte Ghost ihre Position, bis sie weit unter sich wieder die Westminster Abbey sahen.

»Ghost, schau! Da ist Big Ben!«

»Sein richtiger Name ist eigentlich ›Elisabeth Tower‹.«

»Wie bitte?«

»›Elisabeth Tower‹. Big Ben ist nur ein Spitzname. Davor wurde er einfach ›Clock Tower‹ genannt.«

Rayne drehte sich zu Ghost um und legte die Arme locker um seine Hüfte. »Wirklich? Gut, dass sie den geändert haben. ›Clock Tower‹ ist ein vollkommen langweiliger Name für eine der bekanntesten Uhren der Welt. Was noch?«

»Wie meinst du, was noch?«

»Was weißt du sonst noch über Big Ben?«

Ghost grinste sie an. »Big Ben ist der Spitzname für die Uhr und den Turm, in dem sie eingebaut ist, aber es ist eigentlich der Name der Glocke selbst. Und es ist auch nicht die größte viergesichtige Uhr der Welt … die größte ist in den Staaten zu finden … in Minneapolis, um genau zu sein. Es ist ausländischen Besuchern nicht erlaubt, auf die Spitze des Turms zu klettern, Einwohnern Großbritanniens jedoch schon, solange sie von einem Mitglied des Parlaments gesponsert werden.«

»Sonst noch etwas?«, fragte Rayne mit einem Grinsen und staunte, wie viel Wissenswertes er zu erzählen hatte.

»Ja, es gibt keinen Aufzug. Also muss jeder, der nach

oben will, die dreihundertvierunddreißig Stufen hochsteigen, um zur Spitze zu gelangen ... und dann alle dreihundertvierunddreißig wieder hinunter.«

»Dreihundertvierunddreißig? Hast du dir das ausgedacht? Woher weißt du das? Warst du schon mal da oben?«

Ghost lächelte Rayne an, antwortete jedoch nicht.

»Du warst da schon mal! Wie zum Teufel hast du das geschafft? Kennst du jemanden in der Regierung und jemanden bei der Polizei? Du wohnst doch nicht hier, oder?«

»Richtig. Ich bin US-Bürger, genau wie du.«

Rayne starrte Ghost einen Augenblick lang an und versuchte, ihre nicht-existierenden hypnotischen Fähigkeiten zu nutzen, um ihn dazu zu bringen, ihr seine Geheimnisse preiszugeben. Schließlich atmete sie aus. »Ich hatte recht ... du bist ein Spion. In Ordnung, sag nichts. Du bist wahrscheinlich ein guter Freund der Königin oder so.«

»Oder so« stimmte tatsächlich, doch Ghost wollte nicht, dass sie das wusste. Es war erstaunlich, welche Verbindungen er hatte, nur weil er ein Soldat der Delta Force war. Er hatte während seiner Karriere einige einflussreiche Männer und Frauen beschützt und sogar einigen das Leben gerettet.

Er drehte Rayne um, damit sie wieder über die Stadt hinausblicken konnte. Die Sonne wurde schwächer und näherte sich dem Horizont. Es wurde langsam dunkel.

Rayne seufzte, als Ghost sie in die Arme nahm. Er legte seine Hände auf ihre Hüften und sie erschauerte leicht. Gott, er fühlte sich gut an!

Als er spürte, dass sie zitterte, rieb er leicht ihre Arme. »Kalt, Prinzessin?«

Oh Gott. Prinzessin. Konnte es noch besser werden? Er

hatte sie schon ein paar Mal so genannt, doch jetzt war es offensichtlich, dass er diesen Kosenamen zu ihrem neuen Spitznamen erkoren hatte. Sie hätte eigentlich irritiert sein sollen, doch er gefiel ihr. »Nein, nicht wirklich.«

»Komm her.« Ghost zog sie in seine Arme. Er legte sie ganz um sie herum, sodass seine rechte Hand auf ihrer linken und seine linke Hand auf ihrer rechten Hüfte lag. Sie legte ihre Hände auf seine Unterarme. Schließlich seufzte sie.

»Was geht in deinem Kopf vor sich?«

»Ich hatte heute viel Spaß.«

»Und?«, wollte Ghost wissen.

»Und ich will nicht, dass der Tag zu Ende geht. Aber«, sagte sie mahnend, als sie spürte, wie sein Griff sich verengte, »ich habe Angst.«

Seine Umarmung lockerte sich und sie vermisste sie sofort. Er drehte sie um, sodass sie ihm von Angesicht zu Angesicht gegenüberstand. Er legte einen Finger unter ihr Kinn und hob es an, sodass sie keine andere Wahl hatte, als ihn anzusehen. »Hast du Angst vor mir?«

Rayne schüttelte den Kopf. »Nicht wirklich.«

»Rede mit mir. Erkläre es mir.«

Rayne biss sich, ohne es zu merken, auf die Lippe und überlegte, wie sie ihre Angst am besten beschreiben konnte. »Ich habe gehört, was du vorhin gesagt hast ... und ich stimme allem zu. Aber ich habe das noch nie gemacht.« Sie gestikulierte zwischen ihnen. »Ich habe es ernst gemeint, als ich dir erzählt habe, dass ich eine Langweilerin bin. Ich habe normalerweise keine One-Night-Stands. Ich hatte seit zwei Jahren keinen Freund mehr. Ich lese gern. Du weißt ja bereits, dass ich eine Romantikerin bin. Mit dir zu schlafen widerspricht all meinen Prinzipien. Es ist nicht sicher, mit jemandem ins Bett zu gehen, den man nicht kennt. Ich weiß nicht, ob du eine Macke hast oder ein Perversling bist oder sonst etwas. Soweit ich weiß ist dein Ausweis gefälscht, dein Name nicht John Benbrook und du bist auch nicht aus Fort Worth. Ich habe einfach ... Angst.

Doch du musst wissen ... dass ich nie einen Mann mehr gewollt habe, als ich dich will. Ich muss mich dazu zwingen, an etwas anderes zu denken als daran, wie dein Oberkörper wohl aussieht oder wie groß dein ... nun, wie groß du bist, oder sogar wie deine Hände sich auf meiner Haut anfühlen würden. Das macht mich alles total verrückt. Alles. John, ich glaube nicht, dass ich –«

»Nenn mich Ghost«, befahl er sofort und als sie nickte, fuhr er fort: »Du hast absolut recht, es ist nicht sicher, mit jemandem zu schlafen, den man eben erst getroffen hat. Aber ich versichere dir, dass ich keine Macke habe und kein Perversling bin. Obwohl, wenn jeden Zentimeter deiner Haut kosten zu wollen, dich so hart ficken zu wollen, dass du mich Tage später noch spürst, dich lecken zu wollen, nachdem du auf meinem Schwanz gekommen bist, perverses Verhalten ist, dann nehme ich das zurück. Und, Prinzessin, die Anziehungskraft ist gegenseitig. Ich konnte nicht aufhören, darüber nachzudenken, was unter diesem sexy Outfit steckt, seit du dich am Flughafen neben mich gesetzt hast. Wir sollten es unbedingt tun. Jede Frau braucht mindestens einmal im Leben einen One-Night-Stand. Nimm dir, was du willst. Nimm mich. Ich habe es schon mal gesagt und ich werde es noch einmal sagen, du bist bei mir sicher, Rayne Jackson.«

»Wie lange dauert es noch, bis dieses Ding wieder am Boden ankommt?«

»Ich glaube, wir haben noch etwas Zeit«, murmelte

Ghost und neigte den Kopf. »Genügend Zeit, um erneut diese leckeren Lippen zu küssen.«

Rayne lächelte den Mann an, der vor ihr stand, und leckte sich in Erwartung seines Kusses die Lippen.

»Mein Gott«, stöhnte er, »du wirst mich noch ins Grab bringen.« Dann senkte er seine Lippen zu ihren.

KAPITEL SIEBEN

Ghost wusste, dass er einen der größten Fehler machte, die er je in seinem Leben machen konnte, doch er konnte sich nicht zurückhalten. Wenn Hollywood hier wäre, würde er ihm auf den Hinterkopf schlagen und ihm sagen, er solle *nachdenken*. Aber weder Hollywood noch einer seiner anderen Teamkollegen war da. Und Ghost konnte der süßen, lustigen, etwas streberhaften Frau nicht widerstehen, die seine Hand hielt und verzweifelt versuchte, nicht zu hyperventilieren.

Er hatte sich mies gefühlt, als sie auf dem London Eye ihre Verwirrung und Furcht zum Ausdruck brachte und erklärte, dass es ihr zwar Angst machte, dass sein Name vielleicht gar nicht wirklich John war, jedoch nicht genug, um zu verhindern, was gleich passieren würde. Er *brauchte* Rayne. Er brauchte sie so, wie ein Drogensüchtiger seinen nächsten Schuss brauchte. Ein Teil von ihm wusste, dass er es bereuen würde, wenn er sie nicht mit ins Bett nehmen würde … und zwar nicht weil er scharf auf sie war, sondern weil er wusste, dass die Zeit, die sie gemeinsam verbringen würden, ihn grundlegend verändern würde.

DIE RETTUNG VON RAYNE

Das klang zwar sentimental, doch Rayne war seit Langem die erste Frau, die ihn gleichsam durch ihre Persönlichkeit als auch ihren Körper anzog. Sie sagte, was sie dachte, hatte keine Angst, ihre Emotionen zu zeigen, und er war gern mit ihr zusammen. Sie war außerdem ziemlich heiß und er konnte es kaum erwarten, sie zu berühren, doch die ganze Sache ging tiefer. Zum ersten Mal in seinem Leben fühlte er sich mit einer Frau verbunden.

Das machte ihm zwar Angst, doch Ghost wusste, dass er nicht weglaufen konnte. Nicht weglaufen *wollte*.

Als er gehört hatte, wie Rayne sagte, dass sie sich gefragt hatte, wie er unter seiner Kleidung aussah ... dass sie wissen wollte, wie groß sein Schwanz war – in diesem Moment war er zu Wachs in ihren Händen geworden, ohne dass sie eine Ahnung davon hatte. Absolut keine Ahnung. Sie hatte gesagt, dass sie Angst vor ihm hatte, doch in Wirklichkeit war es genau umgekehrt. *Sie* machte *ihm* Angst. Er hatte sich in seinem ganzen Leben noch nie so gefühlt. Als ob er nie wirklich gelebt hätte, wenn er nicht in sie eindringen, sie nicht schmecken, sie nicht riechen und sie nicht hören und nicht spüren konnte, wie sie in seinen Händen bebte.

Doch es war mehr als das. Tief in seinem Inneren wusste er, dass eine Nacht nicht ausreichen würde. Er dachte zum allerersten Mal darüber nach, wie er sich erneut mit dieser Frau treffen konnte, um sie wiederzusehen. Er hatte nicht gelogen, als er ihr gesagt hatte, er wäre kein Mann für eine Beziehung. Erstens, weil sein Job es verlangte, und zweitens, weil er noch nie eine Frau getroffen hatte, die ihn so sehr interessiert hatte, dass er sie genauer hätte kennenlernen wollen.

Das machte ihn zwar zu einem Arschloch, aber bisher hatte sich noch niemand darüber beschwert. Er sagte einer Frau immer gleich, dass er nicht mehr als eine Nacht mit ihr verbringen konnte, und wenn ihr das nicht passte, ließ er sie links liegen und verschwand. Ein oder zwei hatten versucht, die Regeln zu ändern, nachdem sie gefickt hatten, aber Ghost war trotzdem immer gegangen.

Tatsache war, dass er mehr über Rayne wissen wollte. Er wusste, dass nur eine Nacht, in der sie unter ihm, über ihm und in so vielen anderen Positionen, wie sie sich vorstellen konnte, und einigen, die sie sich nicht vorstellen konnte, sein würde, nicht ausreichen würde. Tief drinnen wusste er es, doch das änderte nichts an der Tatsache, dass er nicht haben konnte, was er wollte.

Ghost hätte ihr wahrscheinlich immer noch widerstehen und den Rücken zukehren können, doch als sie gesagt hatte, dass sie noch nie zuvor einen One-Night-Stand und seit zwei Jahren keinen Freund mehr gehabt hatte, konnte er nur noch daran denken, wie sauber sie war. *Sauber*. In Keane Brysons Leben gab es kein »sauber«. Seine Hände waren im übertragenen Sinne mit dem Blut all der Männer und Frauen bedeckt, die er für sein Land getötet hatte.

Er hatte zu viel Hass, Eifersucht, Völlerei, Egoismus und reine Dummheit in der Welt gesehen. Ghost kannte niemanden, der so unbedarft und naiv wie Rayne Jackson war. Solche Leute kamen nur in den Märchenfilmen vor, die sie sich so gern anschaute. Und selbst wenn er so jemanden gekannt hätte, hätte er nie angenommen, dass *er* überhaupt eine Chance haben würde. Doch er konnte ihr nicht widerstehen, als sie ihm gegenüberstand und ihm unverblümt eröffnete, dass sie darüber nachgedacht hatte, wie er sich auf ihrer Haut anfühlen würde.

Ghost war kein Egoist. Das Delta Force-Team kam immer zuerst. Danach das Vaterland. Wenn jemand Hunger hatte, überließ er ihm seine Nahrung. Wenn jemand eine

Waffe brauchte, überließ er ihm seine. Er würde sogar sein Leben riskieren, wenn es darum ging, einen seiner Teamkollegen oder jemand anderen zu retten, auf den er bei einem Einsatz achtgeben sollte.

Aber das hier? Das konnte er nicht aufgeben. Ghost dachte, dass er es verdient hatte, ein einziges Mal an sich zu denken.

Er brauchte Rayne. Und er würde sie sich nehmen. Und zwar nicht nur einmal, sondern so oft wie er konnte, bevor es Zeit war zu gehen. Danach würde er sie aus seinen Gedanken verbannen und nur noch eine Erinnerung an die heiße Frau haben, die er während eines glücklichen Aufenthaltes in London verführt hatte.

Nachdem sie die Eingangshalle des Park Plaza Hotels betreten und beim Concierge ihr Gepäck abgeholt hatten, waren sie beinahe in eine Frau im Rollstuhl gestoßen, die ihren Assistenzhund dabeihatte. Ghost wich ihr aus und murmelte eine Entschuldigung. Seinen Arm hatte er immer noch um Rayne gelegt, während er an die Rezeption trat und ihnen ein Zimmer für die Nacht buchte.

Ghost merkte, dass es Rayne peinlich war. Sie errötete, als er um das größte Bett im Hotel mit Blick auf das London Eye bat. Sie errötete, als er der Frau an der Rezeption seine Kreditkarte gab. Sie errötete sogar, als die Dame im Rollstuhl wieder von draußen zurückkam und »Hallo« sagte, als sie auf dem Weg zu ihrem Zimmer an ihnen vorbeirollte.

»Du musst dich nicht schämen, Rayne«, sagte Ghost, als die Rezeptionistin für einen Moment im Hinterzimmer verschwand.

»Ich fühle mich, als würden *One-Night-Stand* und *Schlampe* auf meiner Stirn geschrieben stehen«, flüsterte sie.

Ghost neigte sich zu ihr und küsste ihren Kopf. »Ich

kann dir versichern, dass das nicht der Fall ist. Du bist das genaue Gegenteil einer Schlampe. Entspann dich.«

Nachdem er eingecheckt hatte, warf er sich den Seesack über die Schulter, packte mit der einen Hand ihren Koffer und griff mit der anderen nach ihrer Hand. Keiner von beiden sprach, als sie im Aufzug standen und zu ihrer Etage fuhren.

Ghost schloss die Zimmertür auf, trat zur Seite und ließ Rayne den Vortritt. Er beobachtete, wie sie ihre Handtasche auf die Kommode stellte und direkt zu der großen Fensterfront ging. Das Zimmer war hübsch, jedoch nicht groß, so wie es für europäische Hotels üblich war. Rayne zog den Vorhang zurück und ihr stockte der Atem.

Die Sonne war ganz untergegangen, während sie eingecheckt hatten, und von ihrem Zimmer aus konnten sie sowohl das London Eye als auch die Westminster Abbey sehen.

»Wunderschön«, seufzte Rayne, während sie auf die Lichter der Stadt hinausschaute.

Ghost trat hinter sie und legte die Hände auf ihre Schultern. »*Du* bist wunderschön«, sagte er ehrlich, strich ihr Haar zur Seite und küsste sanft ihren Hals.

»Ich glaube, ich kann von hier aus sogar den Buckingham-Palast sehen. Waren wir auf dem London Eye wirklich so hoch oben? Oh, um wie viel Uhr geht unser Flug morgen? Du bist doch auf der Warteliste, oder? Brauchen wir einen Weckruf?«

Ghost drehte Rayne vom Fenster weg, bis sie ihm von Angesicht zu Angesicht gegenüberstand. Er wusste, dass sie sich über die bevorstehende Nacht Sorgen machte. »Ja. Ich habe mit der Mitarbeiterin im Kundendienst gesprochen, mich auf die Warteliste setzen lassen und gesagt, dass ich morgen früh bestätigen werde. Du brauchst nicht nervös zu sein, Prinzessin. Du bestimmst das Tempo, okay?«

Er sah, wie sie schluckte und nickte. »Okay.«

»Warum ziehst du nicht etwas Bequemeres an? Und dann setzen wir uns hin und reden.«

»Reden?«

»Ja, reden. Wenn du danach mehr willst, gehen wir einen Schritt weiter. Und wenn du zu irgendeinem Zeitpunkt aufhören willst, hören wir auf.«

»So einfach ist das?«

»Ja, Prinzessin, so einfach ist das. Ich habe dir heute schon einmal gesagt, dass ich dich nie zu etwas zwingen würde, das du nicht tun willst, und daran hat sich nichts geändert. Obwohl ich zugeben muss ... dass ich hoffe, dass du *nicht* aufhören willst. Ich werde alles daransetzen, dich davon zu überzeugen weiterzumachen.«

»Ich will dich, Ghost. Ich bin nur nervös. Danke, dass du Geduld mit mir hast. Ich brauche nur etwas Zeit.«

»Ich werde den ganzen Abend lang warten, wenn es sein muss. Los, zieh dich um, ich gehe nach unten und kümmere mich um unseren Weckruf.« Er wusste, dass er den Raum nicht verlassen musste, um den Weckruf zu organisieren, doch er wollte, dass Rayne sich in Ruhe umziehen konnte.

»Danke Ghost. Es wird nicht lange dauern.«

Ghost zog Rayne zu sich und legte seine Arme um sie. Er wartete und freute sich, als er spürte, wie sie ihre Hände zaghaft um seinen Hals legte. Er löste sich aus ihrer Umarmung, küsste sie leicht auf die Lippen und drückte ihre Oberarme. »Ich bin gleich wieder da.«

Er fuhr mit dem Aufzug nach unten in die Eingangshalle und ging, kurz nachdem er mit der Frau an der Rezeption gesprochen hatte, nach draußen und lehnte sich an die Wand des Gebäudes. Für sich selbst brauchte er keinen

Weckruf zu bestellen. Er würde ohne Probleme aufstehen. Er wachte morgens immer früh auf. Die Jungs im Team konnten ihre Uhren nach ihm richten. Er bat jedoch um einen Weckruf um sechs Uhr für Rayne. Sie musste zurück zum Flughafen, um zu arbeiten, und er wollte nicht, dass sie ihren Flug verpasste und in Schwierigkeiten geriet. Da er wusste, dass das, was er vorhatte, eine ziemlich arschige Sache war, traf er die notwendigen Vorkehrungen, um sicherzustellen, dass Rayne am Morgen ohne ihn zum Flughafen gelangen konnte. Er hatte sie gewarnt, also wusste sie, dass sie höchstwahrscheinlich alleine aufwachen würde … oder sie würde zumindest nicht überrascht sein, wenn er nicht da war.

Ghost wartete so lange, wie Rayne seiner Einschätzung nach für das Umziehen und alles andere, was Frauen so taten, um sich bettfertig zu machen, brauchen würde, und ging dann wieder nach oben. Er steckte den Schlüssel ins Schloss und öffnete die Tür. Das Licht war gedämpft und Ghost konnte nur knapp Raynes Umriss auf dem Bett erkennen. Er ging zu seinem Seesack, ergriff ihn und ging ins Badezimmer.

Ein paar Minuten später kam er in einer grauen Jogginghose und ohne Hemd wieder heraus. Er tastete sich zum Bett vor und zog das Laken zurück. Er streckte sich auf seiner Seite aus und stützte sich auf seinem Ellbogen auf, das Gesicht Rayne zugewandt.

Sie saß aufrecht da und hatte die Arme um ihre Knie geschlungen. Rayne trug ein schwarzes Trägerhemd und eine lilafarbene, locker sitzende Hose. Ghost lächelte.

»Lila, was?«

Er sah, wie Rayne lächelte und dann ihren Kopf zu ihm drehte. »Ja, ich mag leuchtende Farben.«

»Offensichtlich. Lass uns ein Spiel spielen.«

»Ein Spiel?« Rayne runzelte verwundert die Stirn.

»Ja. Wortassoziation. Ich gebe ein Wort vor und du sagst mir, woran du als Erstes denkst, wenn du es hörst. Dann gibst du ein Wort vor und ich werde dasselbe tun.«

»Wozu das Ganze?«

Ghost lächelte wieder. Er mochte ihre Direktheit. »Damit du dich etwas entspannst ... und damit wir uns ein wenig besser kennenlernen.«

»Wie soll uns denn dieses Spiel dabei helfen, uns besser kennenzulernen? Widerspricht das nicht dem Zweck eines One-Night-Stands?«

»Soldat«, sagte Ghost, ohne ihre Frage zu beantworten. Der Sinn und Zweck des Spiels war es, sie von dem abzulenken, was sie gleich tun würden, und sie dazu zu bringen, sich zu entspannen.

»Fort Hood«, antwortete sie sofort.

»Warum Fort Hood?«

»Weil das die größte Militärbasis in Texas ist. Mein Bruder ist da stationiert und ich habe als Erstes an ihn gedacht.«

Ghost fluchte innerlich. Vermutlich war ihr Bruder sogar am selben Ort wie er stationiert. Doch selbst mit diesem Wissen war er nicht bereit, sich von Rayne abzuwenden. Er brauchte sie einfach zu sehr, um jetzt wegzugehen. »Okay, du bist dran.«

»London«, sagte sie mit funkelnden Augen.

»Dich auf dem London Eye zu küssen«, antwortete Ghost sofort. Er beobachtete, wie Rayne lächelte. »Sex.«

»Unangenehm.« Sobald sie es gesagt hatte, hielt sie sich eine Hand vor den Mund und kniff beschämt die Augen zu.

Ghost berührte mit einer Hand ihren Fuß. »Sex ist für dich unangenehm?«

»Leider ja.«

»Inwiefern?«

»In jeder Hinsicht. Es ist einfach abgedreht. Sich vor jemandem auszuziehen, nicht zu wissen, was ich mit meinen Händen tun soll, darauf zu warten, bis er fertig ist ... es ist einfach seltsam.«

Ghosts Puls beschleunigte sich, während er ihr zuhörte. Es war offensichtlich, dass sie keine Jungfrau mehr war, aber verdammt, er wollte sie der Leidenschaft näherbringen. Wenn sie sich wirklich gehen lassen könnte, würde sie sich keine Sorgen mehr darüber machen, wo ihre Hände waren oder ob er gekommen war oder nicht. »Du bist dran«, sagte er mit erstickter Stimme.

Rayne ließ sich zurück in die Kissen sinken und streckte ihre Beine vor sich aus. Mit einer Hand strich Ghost von ihrem Fuß zu ihrem Oberschenkel.

»Zu Hause.«

Das erste Wort, das ihm in den Sinn kam, war »nirgendwo«, doch er wusste, dass er das nicht sagen konnte. »Fort Worth.«

Es war für einen Moment still im Raum, bevor sie leise sagte: »Du bist dran.«

»Erzähl mir von deiner Familie.«

»Meiner Familie? Ich weiß nicht, ob mich das in Stimmung bringen wird, Ghost.«

Er schmunzelte. »Erzähl mir trotzdem von ihr.« Er sah, wie Rayne sich noch mehr entspannte. Sein Plan funktionierte, genau so, wie er es sich erhofft hatte.

»Also, ich habe einen Bruder und eine Schwester. Ich bin das mittlere Kind. Meine Schwester ist drei Jahre älter als ich und ich bin zwei Jahre älter als mein Bruder. Samantha ist Schauspielerin und lebt in Kalifornien. Sie wurde schon für ein paar Filme engagiert, wartet aber immer noch auf den großen Durchbruch.«

»Und dein Bruder?«

»Chase lebt in Killeen und ist ein Leutnant in der Armee. Er ist in Fort Hood stationiert. Er wollte schon immer zur Armee, wurde dann in West Point aufgenommen und wird wohl den Rest seines Lebens in der Armee verbringen. Ich habe ihn immer geneckt und ihm gesagt, dass ich ihm niemals salutieren würde ... auch wenn er zum General aufsteigen würde.« Sie schmunzelte über sich selbst.

»General Jackson?«, fragte er und hoffte, dass es unbeschwert klang.

»Ja, lächerlich, nicht wahr? Ich schätze, er hat es einfach im Blut.«

»Hast du nie daran gedacht, der Armee beizutreten? Auf diese Weise hättest du dir auch die Welt ansehen können.«

Rayne schaute ihn mit solchem Entsetzen an, dass er grinsen musste.

»Auf keinen Fall. Ich wäre eine schreckliche Soldatin. Wenn es jemals zu einer Apokalypse kommt, werde ich die Erste sein, die von den Zombies getötet wird, weil ich nicht einmal dann laufen kann, wenn es um Leben und Tod geht.«

»Zum Überleben gehört mehr als nur Laufen, Prinzessin.«

»Ach was. Ich kann keine Liegestütze, habe seit meinem achten Lebensjahr keine Rumpfbeugen mehr gemacht und ehrlich gesagt bin ich nicht sehr gut darin, Anweisungen zu befolgen.«

Als Ghost nichts weiter sagte, legte Rayne sich hin, ahmte seine Pose nach, drehte sich zur Seite und stützte den Kopf auf ihren Ellbogen. Er sah aus, als würde er über etwas nachdenken, also ließ sie ihn sinnieren.

»Ich werde Regen nie wieder mit denselben Augen sehen«, sagte er scheinbar aus heiterem Himmel.

»Wie bitte?«

»Ohne den Sturm wäre der Flug nicht gestrichen worden und ich wäre jetzt nicht hier bei dir und so angetörnt, dass ich kaum klar denken kann.«

Rayne sah ihn überrascht an. »Bist du das denn?«

»Ja, Prinzessin. Ich fühle mich wieder wie fünfzehn, als ich neben Whitney Pumperfield beim Fußballspiel unter der Tribüne stand.«

Rayne kicherte und Ghost erzählte seine erfundene Geschichte weiter. »Sie war ein Jahr jünger als ich, aber offensichtlich frühreif, denn sie hatte die besten Titten, die ich je gesehen hatte. Und die wollte ich anfassen ... unbedingt.«

»Erzähl weiter ... hast du es geschafft?«

»Oh ja ...« Ghost hielt inne, um die dramatische Wirkung zu verstärken. »Sie ließ zu, dass ich sie eine Weile küsse, und ich dachte, dass ich wahnsinnig clever war. Ich schob meine Hand unter ihr Oberteil und bewegte sie langsam nach oben. Ich machte mich direkt an ihrem BH zu schaffen und zog ihn herunter. Ich drückte ihre üppige Brust und spürte, wie ihre Brustwarze in meiner Hand steif wurde.«

»Und?« Rayne lächelte und gestikulierte, dass er weitermachen sollte. »Erzähl weiter!«

Ghost rutschte näher und legte seine Hand auf ihre Hüfte.

»Und genau dann, als sie stöhnte, explodierte ich in meiner Hose und ihre beste Freundin, die gleich um die Ecke stand, rief nach ihr. Sie ließ mich stehen und ich kam nicht mehr dazu, noch irgendetwas anderes mit ihr zu tun.«

»Du bist gekommen, nur weil du ihre Brust berührt hast?«

»Ich war fünfzehn, Prinzessin. Und du hast ihre Titten nicht gesehen.«

Rayne lachte wieder und versuchte sofort, es vor ihm zu verbergen.

»Ja, jetzt kann ich darüber lachen, aber damals habe ich mich geschämt und war gleichzeitig sauer. Ich wollte sie anfassen ... überall, doch später an diesem Abend überzeugte ihre Freundin sie davon, dass ich ihr nur an die Wäsche wollte, und danach wollte sie nie wieder irgendwo mit mir hin.«

»Und, wolltest du ihr wirklich nur an die Wäsche?«

»Vergiss nicht, dass ich erst fünfzehn war«, scherzte Ghost.

»Ja, stimmt, tut mir leid.« Sie kicherte.

Ghost dankte seinem Glücksstern dafür, dass Rayne sich endlich entspannte. »Wie gesagt, ich bin jetzt genauso angetörnt wie damals, als ich meine Hand auf Whitneys Brust hatte.« Er bewegte seine Hand langsam an der Seite von Raynes Körper auf und ab.

»Wirst du auch abgehen, wenn du meine Brust berührst?«

»Auf keinen Fall. Ich habe seitdem gelernt, mich zu beherrschen.«

»Küss mich, Ghost.«

»Mit Vergnügen.« Ghost neigte sich nach vorn und hatte ein zufriedenes Gefühl im Bauch, als Rayne sich entspannt auf den Rücken legte und ihn anschaute, als wäre er ihr erster Liebhaber.

»Ich werde dich küssen, Prinzessin. Dann werde ich endlich sehen, wie *deine* wunderschönen Titten aussehen. Ich habe sie mir schon den ganzen Nachmittag lang vorgestellt. Ich weiß, dass die Erinnerung an Whitney Pumperfield verblassen wird, nachdem ich deine gesehen habe. Und dann werde ich dir diese scheußliche lilafarbene Hose ausziehen und nachsehen, ob deine Beine tatsächlich so lang sind, wie sie heute in diesem Rock aussahen.«

»Hey! Meine Hose ist nicht scheußlich!«

Ghost ignorierte ihren Protest und fuhr fort: »Und dann werde ich dich nehmen. Ich werde dich so lange sanft und langsam nehmen, bis du mich anflehst, dich kommen zu lassen. Und dann, während du kommst, werde ich dich hart und schnell nehmen, bis du nicht mehr an Sex denken kannst, ohne an mich zu denken. Und Prinzessin? Ich garantiere dir, dass du nach dem heutigen Abend nie wieder denken wirst, dass Sex unangenehm ist. Du wirst endlich erleben, was du die ganze Zeit verpasst hast.«

Er hielt inne und wartete darauf, dass sie etwas sagte, um ihn aufzuhalten. Als sie keinen Muskel bewegte, nicht einmal zum Atmen, lächelte Ghost sie an. »Oh ja, Whitney ist nichts im Vergleich zu dir.«

Als er sich zu ihr neigte, um sie zu küssen, freute er sich, als Rayne sich aufbäumte, damit sie seine Lippen erreichen konnte. Gott sei Dank.

KAPITEL ACHT

Rayne konnte nicht glauben, dass sie im Begriff war, einen One-Night-Stand mit einem Mann zu haben, den sie genau genommen am Flughafen aufgerissen hatte. Er war ehrlich gesagt der attraktivste Mann, den sie je getroffen hatte. Muskulöse Arme, ein Waschbrettbauch, eine Tätowierung auf seinem linken Arm ... er hätte ein Model sein können, wenn er nicht so viele Narben gehabt hätte, die im Zickzack über seinen Oberkörper liefen. Trotz der Narben war er schön und sie wollte ihn am ganzen Körper berühren. Warum er sich für eine einfache Frau wie *sie* zu interessieren schien, wusste sie nicht, doch das wollte sie nicht hinterfragen.

Sie wollte ihn. Unbedingt. Rayne hob ihr Kinn an und leckte sich die Lippen, während Ghost mit seinem Kopf immer näher kam. Sie behielt die Augen offen und wollte keine Sekunde verpassen.

Ghost spürte, wie sein Herz anfing, wie wild zu schlagen, als er sich vorstellte, Rayne nackt zu sehen und in sie einzudringen. Er konnte sich nicht erinnern, wie lange es her war, seit er sich so darauf gefreut hatte, eine Frau nackt zu sehen … wahrscheinlich seit er ungefähr fünfzehn gewesen war.

Ihre Lippen berührten sich und Ghost legte seine rechte Hand an Raynes Gesicht, während er sich auf seinem rechten Arm abstützte. Ihre Zungen verfingen sich ineinander, als sie gegenseitig ihre Mundhöhlen erforschten. Er streichelte ihre Wange mit seinem Daumen, während ihre Köpfe sich erst in eine Richtung, dann die andere neigten und sie sich gegenseitig verschlangen.

Ghost zog sich zurück und schluckte. Er wollte sie sofort. Er wollte in ihr sein, koste es, was es wolle, doch er wollte sie nicht erschrecken und vor allem wollte er romantisch sein. Es mochte zwar eine einmalige Sache zwischen ihnen sein, doch der Romantiker in ihm, der normalerweise tief vergraben war, wollte ihr eine Nacht schenken, an die sie sich noch lange erinnern würde.

»Du schmeckst wie Minze.«

Ghost grinste sie an. »Du auch.« Einen Moment später fragte er: »Ist alles in Ordnung?«

Rayne nickte. »Alles in Ordnung.«

»Ist es dir so bequem?«

»Mhm. Warum?«

»Weil ich glaube, dass du für eine Weile auf dem Rücken liegen wirst.«

Rayne lachte nervös, hob ihre Hand, um seinen Bizeps zu berühren, und nahm undeutlich wahr, dass ihre Fingerspitzen sich gar nicht berührten, als sie ihre Hand um seinen Oberarm legte. »Werde ich das?«

»Ja.«

»Ich hätte nicht gedacht, dass du die Missionarsstellung magst.«

Ghost neigte sich zu ihr und küsste, ohne zu antworten, ihr Kinn. Dann knabberte und leckte er die Haut neben ihrem Ohr. Daraufhin nahm er ihr Ohrläppchen zwischen seine Zähne, saugte leicht daran und ließ seine Zunge damit spielen. Schließlich flüsterte er Rayne ins Ohr: »Ich mag die Missionarsstellung, ich mag es von hinten, ich mag die umgekehrte Reiterstellung und jede andere Position, die du dir ausdenken kannst. Ich will dich, egal wie, und ich habe vor, jede Minute unserer gemeinsamen Nacht zu nutzen, um dich zu befriedigen. Aber zuerst möchte ich dich lecken ... und die beste Position dafür ist, wenn du auf dem Rücken liegst. Verstehst du?«

Ihr schneller Atem war Antwort genug. Ghost hob den Kopf und Rayne konnte sehen, wie seine Augen vor Lust dunkel wurden. Seine Hand glitt von ihrer Wange über ihre Brust, über ihre steife Brustwarze bis zu ihrer Taille. Ohne den Blick von ihr abzuwenden, hob er ihr Trägerhemd an und schob seine Hand darunter.

Keiner von ihnen sagte ein Wort, während Ghost mit den Fingern langsam nach oben zu ihrer Brust glitt. Sie trug keinen BH und seine Hand bedeckte sie vollständig. Dann drückte er zu.

Rayne bewegte sich unter ihm und spürte, wie seine selbstbewusste Berührung sie feucht werden ließ.

»Ich kann es kaum erwarten, die beiden zu sehen«, murmelte Ghost ehrfürchtig. »Du bist so weich und deine Brustwarze bettelt darum, von mir berührt zu werden.«

»Ghost, bitte.«

»Bitte was, Prinzessin?«

Er lächelte sie an, genoss deutlich, wie sie sich unruhig unter ihm bewegte, und wusste, dass seine Berührung sie erregte.

»Berühre mich.«

»Ich berühre dich doch.«

»Ghost ...« Sein Name klang wie ein Winseln und Rayne

schämte sich dafür. Sie hätte sich jedoch keine Sorgen machen müssen.

»Mein Gott, es gefällt mir zu hören, wie du den Verstand verlierst. Und ich habe noch nicht mal angefangen. Heb die Arme hoch und zieh dein Hemd aus.«

Rayne zögerte einen Augenblick. Das war der Moment. Wenn sie aufhören wollte, musste sie es jetzt tun.

Doch sie ließ diesem Gedanken keine Chance. Sie wollte Ghost. Er war den ganzen Tag über ein Gentleman gewesen. Er hatte sie beschützt, als sie unterwegs gewesen waren, und sie hatte einen humorvollen Kern unter seiner rauen Schale entdeckt. Er hatte ihr versichert, dass er nichts tun würde, was sie nicht auch tun wollte, und selbst wenn sie das wie eine dieser dummen Frauen in Horrorfilmen aussehen ließ, würde sie ihm vertrauen.

Sie hob die Arme hoch.

Ghost atmete tief durch und entspannte sich, als Rayne schließlich ihre Arme hob, damit er ihr das Trägerhemd ausziehen konnte. Er hatte sich einen Moment lang gefragt, ob sie aufhören wollte, und obwohl ihn das fertiggemacht hätte, hätte er sich zurückgezogen. Gott sei Dank war sie noch dabei.

Ghost setzte sich rittlings auf sie und streichelte durch das Hemd hindurch langsam ihren Bauch. Während er auf seine Hände – und seine Trophäe – hinunterschaute, ließ er seine Finger unter ihr Trägerhemd gleiten und schob es ganz langsam nach oben. Erst wurde der Bauchnabel freigelegt, dann wurden die unteren Kurven ihrer Brüste sichtbar und schließlich, als sich seine Hände über beide Brustwarzen bewegten, lag ihre ganze Brust frei.

Sie war wunderschön. Nicht perfekt und er wusste, dass sie ihm vermutlich alle Stellen ihres Körpers aufzählen würde, die sie als mangelhaft empfand, wenn er sie danach fragte. Doch ihre Üppigkeit ließ ihn nur noch härter werden. Sein ursprünglicher Gedanke, dass sie wie Marilyn Monroe aussah, traf den Nagel auf den Kopf. Sie hatte breite Hüften und große Brüste. Ihre Brustwarzen hatten sich verhärtet, als ob sie um seine Berührung bettelten. Sie hatte einen kleinen Bauch, doch alles, was Ghost sah, war himmlisch.

Ghost konnte nicht warten, beugte sich nach unten, nahm eine ihrer Brustwarzen in den Mund und stöhnte, während er ihr das Trägerhemd über den Kopf und die Arme streifte. Ihre Knospe war hart und er konnte spüren, wie sie sich noch mehr zusammenzog, sobald er anfing, daran zu knabbern.

Seine Hände waren jetzt frei. Er drückte mit der einen die Brust hoch, an deren Brustwarze er saugte, und mit der anderen Hand die andere Brust.

Er spürte, wie Rayne sich unter ihm wölbte, und lächelte. Es gab Männer, die den Hintern einer Frau bevorzugten, doch ihm gefielen die Brüste besser. Ohne nach oben zu schauen, bewegte er sich zu ihrer anderen Brust. Er knabberte an der Wölbung ihres üppigen Busens entlang und schaute schließlich zu ihr auf, während er mit der Zunge mit der vernachlässigten Brustwarze spielte.

Rayne schaute ihn mit leicht geöffnetem Mund an und er konnte ihre schnellen Atemzüge hören. Er wandte seinen Blick wieder auf ihre Brüste. »Es gibt nichts, was mir mehr Spaß macht, als mit Titten zu spielen. Und ich muss dir sagen, Prinzessin, deine sind absolut perfekt.«

»Besser als die von Whitney Pumperfield?«

Ghost erinnerte sich erst nach einigen Sekunden, von wem sie sprach. Da Whitney erfunden war, konnte er ehrlich antworten und lächelte. »Tausendmal besser als die von Whitney.«

Er zog sich zurück, setzte sich aufrecht hin und beugte sich dann wieder über Rayne. Er ließ seine Hände auf ihren Brüsten, die er weiter streichelte und liebkoste. »Deine sind so üppig, dass ich mit meinem Schwanz zwischen ihnen hin und her rutschen könnte, wenn ich das hier tue.« Er drückte ihre Brüste zusammen, bis sie sich berührten.

Er ignorierte Raynes Keuchen und bewegte seine Finger so weit, bis er ihre Brustwarzen kneifen konnte. »Deine Brustwarzen sind groß und ragen schön heraus, sodass ich mich an ihnen festhalten kann, wenn ich das tun will ...«

Ghost drehte leicht seine Finger und schaute zu, wie sie langsam errötete. Er wusste, dass er ihr nicht wehtat, da sie sich unbewusst in wellenförmigen Bewegungen unter ihm wand. Ein Stöhnen kam über ihre Lippen und er konnte spüren, wie ihre Fingernägel sich in seinen Hintern gruben und sie sich an ihm festkrallte. Am wichtigsten war, dass sie ihn nicht darum bat aufzuhören und sie sich auch nicht von ihm zurückzog.

»Du bist wunderschön, Prinzessin.« Wieder umfasste er mit seinen Händen ihre Brüste, drückte sie sanft und strich mit seinen Handflächen über ihre Brustwarzen.

Er schien etwas gesehen zu haben und beugte sich vor, um es sich genauer anzuschauen. »Ah, Tätowierung Nummer eins.«

Fast versteckt und bestimmt nicht sichtbar, wenn sie stand, war ein kleines rosafarbenes Band, das auf die Unterseite ihrer linken Brust tätowiert war. Daneben war ein winziges violettes Herz. Die Tätowierung war sehr klein, wahrscheinlich nur zwei Zentimeter groß. Ghost beugte sich nach unten und leckte darüber. Dann küsste er sie sanft, bevor er sich erhob.

»Interessante Stelle für eine Tätowierung. Das muss wehgetan haben.«

Rayne lachte ihn an. »Sie ist für meine Freundin Mary. Sie hatte Brustkrebs und ich habe die Tätowierung aus Solidarität machen lassen. Der Schmerz, den das Tätowieren verursacht hat, war nichts im Vergleich zu dem, was sie durchmachen musste.«

»Die Frau, der du meine Informationen geschickt hast?«

»Mhm ... äh, Ghost ...«

»Ja, Prinzessin?« Ghost wusste genau, was er tat, als er ihre rechte Brustwarze weiterhin stimulierte, während er sprach. Er hatte ihre linke Brust hochgeschoben, damit er das kleine Abzeichen sehen konnte, und er konnte buchstäblich spüren, wie ihr Herz unter seiner Handfläche hämmerte.

»Können wir das später besprechen?«

»Was später besprechen?«

»Herrgott, Ghost. Meine Tätowierung. Meine Freundin Mary. Brustkrebs. Das alles.«

»Ja, du hast recht. Ich war doch gerade beschäftigt, nicht wahr?«

Rayne nickte überschwänglich.

»Okay, Prinzessin. Das wäre dann schon mal eine Tätowierung. Ich kann es kaum erwarten, die anderen beiden zu entdecken. Er lachte, als sie unter ihm stöhnte. Er rutschte an ihrem Körper entlang nach unten, bis sein Becken auf der Höhe ihrer Knie war. »Spreiz deine Beine.«

Ghost gefiel, dass sie sofort tat, was er verlangte. Er positionierte sich so, dass sie ihre Beine weiter spreizen konnte, und kniete sich vor sie. Er rutschte nach oben, sodass sie ihre Beine noch breiter machen musste. Er legte seine Hände auf ihre Hüften und spürte, wie sie erschauderte.

Nach einer Weile sah sie zu ihm auf. Ihre Hände zitterten nervös, als ob sie nicht wüsste, was sie mit ihnen anfangen sollte.

»Ich kann riechen, wie erregt du bist, Prinzessin. Willst du mich immer noch? Willst du es?«

Sie nickte und schluckte.

»Gott sei Dank.« Er zog langsam an dem Kordelzug, wodurch sich der Bund ihrer violetten Baumwollhose lockerte. Er presste seine Daumen auf ihre Hüftknochen und bewegte sie dann methodisch über ihre Hose, scheinbar ohne Hast.

Er beugte sich nach vorn, küsste den Bereich direkt unter ihrem Bauchnabel und schob ihre Hose mit dem Kinn weiter über ihre Hüften. Er blickte überrascht auf und sagte: »Du trägst kein Höschen.«

»Ich weiß. Ich dachte, dass ich es sowieso ausziehen würde, wenn ich mit dir ins Bett gehe, deshalb habe ich es gleich weggelassen, um Zeit zu sparen.«

»Himmel, kein Wunder, dass ich dich so gut riechen kann.« Seine Hände bewegten sich nicht, doch Ghost schob seine Nase zwischen ihre Beine und atmete tief ein.

Rayne rutschte verlegen hin und her, wollte, dass er weitermachte, und kommentierte trocken: »Weißt du, es würde schneller gehen, wenn du deine Hände benutzt.«

Ghost verkniff sich das Lachen. Sie war wirklich urkomisch. »Ich weiß, aber ich lasse mir gern Zeit.«

»Das weiß ich auch sehr zu schätzen, aber wir haben nur eine Nacht, Ghost. Können wir bitte zur Sache kommen?«

Seine Augen funkelten, als er aufblickte. »Bist du bereit für mich?«

»Ja.«

Ghost bewegte sich von ihr weg und stellte sich neben das Bett. Als seine Hände zu seinem Hosenbund glitten, gestikulierte er zu ihrer Hose und befahl schroff: »Zieh sie aus.«

Rayne hob ihren Po, schob sich ihre Lieblingshose über die Hüften und benutzte dann ihre Füße, um sie an den Beinen entlang nach unten zu schieben und auszuziehen. Sie konnte ihren Blick nicht von Ghost abwenden. Er hatte seine Hose ausgezogen, stand neben dem Bett und betrachtete sie, als ob sie eine Mahlzeit wäre und er seit Tagen nichts gegessen hätte.

Verdammt, er sah gut aus. Es hatte eine knorrige Narbe auf seinem linken Oberschenkel, ansonsten war er makellos. Sie konnte die tätowierte Schrift an der Seite seines Oberkörpers sehen, sie jedoch nicht entziffern. Sie war abgelenkt von seinem Schwanz, der lang und dick zwischen seinen Oberschenkeln hervorragte. Noch bevor sie sich sattsehen konnte, bewegte sich Ghost wieder aufs Bett und setzte sich zwischen ihre Knie.

Er schob sich erneut zwischen ihre Beine, bis sie ganz gespreizt waren. Sie bog ihre Knie, damit sie ihn aufnehmen konnte, und keuchte, als er beide Hände unter ihren Hintern schob und ihr Becken anhob.

Rayne krallte sich wieder an seinen Armen fest und war vor Erwartung außer Atem. Es hatten sie schon vorher ein paar Männer geleckt, doch keiner war so ... intensiv gewesen. Ghost hatte behauptet, dass er wollte, dass sie sich der Leidenschaft hingab, und es sah so aus, als ob das auch tatsächlich geschehen würde.

»Tätowierung Nummer zwei«, sagte Ghost.

Rayne konnte sehen, dass seine Aufmerksamkeit auf die kleine Tätowierung auf ihrem Innenschenkel, gleich neben ihrer Bikinilinie, gelenkt war. Er beugte sich nach unten und leckte das chinesische Symbol. Sie spürte, wie sich Gänsehaut auf ihren Armen ausbreitete.

»Was bedeutet das Zeichen?«

»Willst du etwa sagen, dass du kein Chinesisch kannst?«

Rayne atmete tief ein, als er erneut über die Tätowierung leckte.

»Nein.«

»Du bist aber ein komischer Spion. Es bedeutet Stärke.«

»Hm, das gefällt mir.«

»D-danke ...« Rayne hatte mehr sagen wollen, doch Ghost wollte offensichtlich nicht mehr über Tätowierungen reden, weil er angefangen hatte, langsam an ihrer Klitoris zu saugen. Er hatte keine Zeit verschwendet und war gleich auf den Punkt gekommen.

»Ghost ... verdammt ... oh mein Gott ... ja ... Scheiße ...«

Ghost verstärkte den Griff um Raynes Hüften, als sie sich unter ihm wand. Sobald er sie dort hatte, wo er sie haben wollte, verschwendete er keine Zeit mehr. Sie roch göttlich und er konnte erkennen, wie ihre Schamlippen vor Feuchtigkeit glänzten. Er wollte plötzlich sehen, wie sie sich in seinen Armen auflöste, losließ, ihm vertraute und zuließ, dass er sie zum Höhepunkt brachte.

Er spürte, wie sie ihre Fingernägel in ihn grub, als sie versuchte, sich an etwas festzuhalten. Ghost gefiel es, ihr unzusammenhängendes Gemurmel zu hören, während er sich an ihr ergötzte. Seine Hände waren beschäftigt und er konnte sie nicht mit den Fingern zum Höhepunkt bringen, deshalb brachte er seinen Mund in Position und leckte ihre Spalte der Länge nach. Sie war tropfnass und Ghost zog sich für einen Moment zurück, um einen guten Blick auf ihre rosa Falten zu werfen.

Sie wand sich weiter in seinem Griff und er grinste. Gott. Sie war unglaublich. Er senkte den Kopf und machte sich wieder an die Arbeit. Er wollte sie dazu bringen, in seinem Mund zu explodieren. Also ließ er seine Zunge hart und schnell gegen ihre Klitoris schlagen und rieb mit seinem Kinn an ihren Schamlippen.

»Ja, genau da.« Tiefer ... Scheiße ... ja ... Ghost ... Ich ...«

Sie musste ihn nicht warnen, Ghost konnte sehen, dass sie bald so weit war. Er setzte erbarmungslos den Druck auf die kleine Stelle gebündelter Nervenenden fort und plötzlich verkrampfte sich ihr Unterleib, zitterte und bebte, als der Orgasmus sie in Wellen überkam. Er ließ ihr Becken auf die Matratze sinken, hörte jedoch nicht auf, ihre Klitoris zu bearbeiten. Da er nun die Hände frei hatte, drückte er langsam einen Finger in ihren Eingang, während er die schnellen, harten Zungenschläge fortsetzte.

Er stöhnte, als er spürte, wie sich ihre heiße Muschi um seinen Finger herum verengte. Er zog ihn heraus und fügte einen weiteren hinzu. Dann setzte er sein Spiel in einem gleichmäßigen Rhythmus fort. Ghost spürte, wie Rayne ihre Hände an seinen Kopf führte und versuchte, ihn stärker gegen sie zu drücken.

Er zog sich einen Zentimeter zurück und blies auf ihre Klitoris. Er schaute zu ihr auf und sah, dass sie ihn beobachtete. »Gefällt dir, was du siehst, Prinzessin?«

»Mhm.«

Ohne den Blickkontakt zu verlieren, sagte Ghost: »Das ist wahre Leidenschaft. Sich dem hinzugeben, was mit dem Körper geschieht. Zuzusehen, wie deine Partnerin es genießt. Du bist schön, Rayne. So verdammt schön.«

Ihr Kopf fiel auf das Kissen zurück und sie stöhnte. Unter seiner Hand bewegte sie ihr Becken und drängte ihn weiterzumachen. Ghost senkte den Kopf und konzentrierte sich wieder auf seine Aufgabe. Er verlor sich genauso wie sie in der Leidenschaft zwischen ihnen. Ghost leckte gern eine Frau, aber normalerweise war es ein Mittel zum Zweck. Je feuchter die Frau wurde, desto besser war der Sex für ihn.

Aber bei Rayne war es anders. Als er sie unter seiner Zunge kommen spürte, fühlte er sich im siebten Himmel. Es ging nicht darum, dass sie sich abwechselten, damit er auch auf seine Kosten kam. Er wollte einfach, dass sie immer wieder einen Höhepunkt erlebte, auch wenn er nicht zum Zug kam.

Es war dieser Gedanke, der ihn jeden Muskel in seinem Körper anspannen ließ, einschließlich seiner Finger, die tief in ihrem Körper steckten. Er biss versehentlich in ihre empfindliche Klitoris und obwohl er sofort wieder seinen Kiefer entspannte, war es zu spät. Sie kam einmal mehr. Ghost spürte, wie ihr Saft sich über ihn ergoss, und sie presste mit ihrer Muschi seine Finger so fest zusammen, bis es schmerzte. Der Gedanke daran, wie sie das tat, wenn sein Schwanz in ihr war, war fast zu viel.

Mit der Hand, die unter ihrem Körper gewesen war, packte er seinen Schwanz und drückte ihn fest zusammen, um zu verhindern, dass er sich unkontrolliert auf das Laken ergoss. Heilige Scheiße.

KAPITEL NEUN

Ghost war ein Mann, der immer die Kontrolle über sich und alles um ihn herum behielt. Dass er nun schon bei dem Gedanken daran, wie es sich anfühlen würde, in Rayne zu sein, fast den Verstand verloren hatte, passte nicht zu ihm.

Während sie sich von ihrem zweiten Orgasmus erholte, griff Ghost nach dem Kondom, das er auf den Nachttisch gelegt hatte, bevor er zu Rayne ins Bett gekrochen war. Er streifte es schnell über und wunderte sich, wie empfindlich er war. Dann setzte er sich rittlings auf sie. Er platzierte seine Hände neben ihren Schultern und wartete, bis sie ihn anschaute.

Rayne räkelte sich genüsslich und machte langsam die Augen auf. Obwohl sie überrascht war, Ghosts Gesicht so nahe vor sich zu sehen, lächelte sie und griff nach seinen Oberarmen. »Hey.«

»Du auch hey.«

»Das war ... wow.«

»Du siehst wunderschön aus, wenn du kommst.«

»Äh, danke.«

»Gern geschehen. Bist du bereit für mich?«

»Oh! Ja, klar. Du bist dran.« Rayne zog die Knie hoch und hob ihr Becken an. »Ich bin bereit.« Als Ghost sich nicht bewegte, drehte Rayne den Kopf nach hinten und schaute ihn mit gerunzelter Stirn an. »Ghost?«

»Es geht nicht um *quid pro quo*, Rayne.«

»Ich verstehe nicht.«

»Du tust so, als ob ich ihn nun, nachdem du gekommen bist, einfach in dich reinschieben kann, und sobald ich auch gekommen bin, sind wir quitt.«

»Oh, nun, du bist noch nicht ... du weißt schon ... und ich schon.«

»Und du wirst noch mehrere Male kommen.«

»Ghost, ernsthaft, ich weiß, dass du ein knallharter Spion bist, aber so läuft das nicht.«

»Doch, Rayne, genau *so* läuft das. Willst du wissen, was ich gedacht habe, als ich meine Zunge in dir hatte und du über meine Finger gekommen bist?«

»Ähm, nein, nicht wirklich.«

Er ignorierte ihre süße, nervöse Antwort und fuhr fort: »Ich dachte, dass ich dir die ganze Nacht lang zuschauen könnte, wie du kommst, und dabei völlig zufrieden wäre, auch wenn ich nicht an die Reihe käme.«

»Wie meinst du das? Das ist ... ich weiß nicht, was das ist.«

»Es ist ehrlich. Das ist es.«

»Aber du bist steif, du bist bereit.« Rayne hob ihr Becken so weit an, bis die Spitze von Ghosts Schwanz gegen sie stieß.

Ghost stöhnte, zwang sich jedoch zum Weiterreden. »Ich *bin* bereit. Aber ich will, dass *du* bereit bist. Ich möchte, dass du dir sicher bist. Ich kann auch kommen, ohne in dich einzudringen. Wir können es so machen, wenn du willst.« Er beobachtete, wie Raynes Augen sich weiteten.

Gott, es fühlte sich so gut an, dass seine Worte sie antörnten.

»Ich will dich in mir haben. Bitte, Ghost.«

»Nimm ihn in die Hand. Führe ihn dahin, wo du ihn haben willst.«

Ghost wusste, dass er sich auf dünnes Eis begab. Rayne seinen Schwanz anfassen zu lassen, würde ihn bis zur Spitze treiben. Als sie mit ihrer Hand auf dem Weg nach unten seinen Bauch berührte, zog sich jeder Muskel in seinem Körper zusammen und er versuchte, an alles Mögliche zu denken, nur nicht daran, wie gut sie sich anfühlte.

Er spürte, wie sie seinen Schwanz umfasste und leicht an ihm zog, um ihn dazu zu bringen, sich zu ihr zu bewegen. Ghost rutschte zu ihr hin, bis er ihren warmen Körper an seinem spürte. Er konnte das Stöhnen nicht unterdrücken, als er merkte, wie sie seinen Schwanz zwischen ihre Schamlippen schob.

Als sie ihn dorthin gebracht hatte, wo sie ihn haben wollte, ließ sie ihn los und legte die Hand auf Ghosts Hüfte. Sie krallte sich fest und zog ihn zu sich. »Fick mich, Ghost. Bitte.«

»Oh verdammt, Prinzessin.« Es war, als ob ihre Worte etwas in ihm auslösten. Er schob seinen Schwanz tief in sie hinein, bis es nicht mehr weiter ging. Dann griff er nach Raynes Becken, hob es an und drückte es gegen sich, um weitere entscheidende Millimeter zu gewinnen. Ghost konnte die warme Haut ihres Hinterns an seinen Hoden spüren.

»Ghost, oh ja. Gott, du fühlst dich gut an.«

Ghost schloss die Augen, als Raynes innere Muskeln sich um seinen Schwanz herum anspannten. Heilige Scheiße. Er hatte schon viele Frauen gefickt. Er schämte sich nicht für seine sexuellen Abenteuer, aber das hier war etwas ganz anderes. Rayne fühlte sich enger, heißer, feuchter ... und besser an als alles, was er je zuvor gespürt hatte.

Er öffnete die Augen und schaute nach unten. Raynes Kopf lag auf einem Kissen und sie schaute nicht zu ihm hinauf, sondern nach unten zu der Stelle, an der ihre Körper verbunden waren.

Ghost zog sich einen Zentimeter aus ihr heraus, drang dann wieder in sie ein und genoss den Ausdruck auf Raynes Gesicht, als sie das Spiel beobachtete. Er wiederholte die Bewegung, zog sich noch weiter heraus, bevor er langsam wieder in sie eindrang, bis er ganz in ihr war. Ghost konnte sehen, dass Rayne anfing zu keuchen, und spürte, wie sie ihr Becken noch weiter anhob.

Er wiederholte das Ganze immer wieder und es gefiel ihm, wie Rayne ihren Blick nicht von seinem Schwanz abwandte und beobachtete, wie er ihn aus ihr zog und ihn dann bedeckt mit ihrem Saft wieder in sie hineindrückte. Normalerweise konzentrierte er sich darauf, seinen Schwanz zu betrachten, wie er von dem Körper einer Frau verschlungen wurde, doch diesmal machte es ihm mehr Spaß, Rayne zu beobachten. Sie seufzte, stöhnte und biss sich auf die Lippe, als er seinen langsamen Angriff auf ihre Sinne fortsetzte, doch sie ließ seinen Schwanz nicht eine Sekunde lang aus den Augen.

Ghost spürte, dass er bald kommen würde, zog sich zurück, bis nur noch die Spitze seines Schwanzes von Raynes heißem Körper umgeben war, und hielt inne ... wartete. Schließlich fühlte er, wie ihr Becken kaum spürbar zusammenzuckte, und drang mit voller Wucht wieder in sie ein. Sie wandte den Blick von der Stelle ab, an der ihre Körper verbunden waren, ließ ihren Kopf zurück auf das Kissen fallen und stöhnte.

Keiner von beiden sagte etwas, doch Ghost wusste, dass

sie trotzdem mit jedem Stoß miteinander kommunizierten. Er wollte unbedingt spüren, wie sich ihre Muskeln während des Orgasmus um seinen Schwanz herum zusammenzogen, so wie es gewesen war, als er ihren Finger in ihr hatte. Er liebkoste mit einer Hand Raynes Klitoris, während er hart zustieß. Schließlich, als er schon dachte, dass er alleine kommen würde, spürte Ghost das verräterische Zucken ihrer inneren Muskeln und wie sie sich fester an ihn klammerte.

»Stärker, Ghost, Gott ja, reib stärker ... ja, genau da ... Ghost!«

Sie stieß seinen Namen wie einen Seufzer aus, das war ein Zeichen dafür, dass sie einen Orgasmus hatte. Sie wölbte sich, ihr Becken stieß gegen seines und sie verlor sich in dem erlösenden Gefühl, das er ihr aufgezwungen hatte.

Ghost hielt für einen Moment inne, als er die köstlichen Kontraktionen wahrnahm, die tief in ihrem Körper seinen Schwanz zusammendrückten, und ließ sich endlich gehen. Er stieß einmal zu, dann ein zweites Mal, dann hielt er inne und spürte schließlich, wie das heiße Sperma, das in seinen Hoden brodelte, aus ihm herausspritzte.

Sie zuckten und stöhnten beide, als ihre Muskeln sich zusammenzogen. Dann ließ Ghost sich langsam zu Rayne hinuntersinken. Er hielt sie fest in seinen Armen, während sie beide keuchten und nach Atem rangen.

Ghost fühlte, wie ihre inneren Muskeln immer noch zuckten, während sie langsam wieder zu sich kam. Er strich mit einer Hand über ihr Haar und war stolz darauf, dass er ihr ein paar Schweißperlen auf die Stirn gezaubert hatte.

»Ist alles in Ordnung?«, fragte er leise.

»Nein, ich glaube, du hast mich umgebracht.« Ihre Stimme war tief und rau und sie räusperte sich, während sie die Augen öffnete. »Mann, was für eine Art zu sterben.«

Sie lächelten sich einen Moment lang an, bevor Ghost murmelte: »Ich muss dieses Kondom loswerden. Beweg dich nicht.«

»Ich könnte mich nicht einmal bewegen, wenn ich es wollte.«

Ghost grinste selbstzufrieden und zog sich von ihr zurück. Sie stöhnten beide, als er aus ihrem Körper glitt. »Bin gleich wieder da.«

»Okay.«

Im Badezimmer zog Ghost sich das Kondom ab und kam schnell zu Rayne zurück. Sie hatte sich keinen Zentimeter bewegt und er schlüpfte rasch wieder neben ihr ins Bett. Er lag auf dem Rücken und sie kuschelte sich an ihn, legte einen Arm über seine Brust und ihren Kopf auf seine Schulter. Er legte seinen Arm um sie und genoss, wie gut sich das anfühlte.

»Ich sollte eigentlich müde sein, bin es aber nicht«, murmelte Rayne. »Ich fühle mich wohlig entspannt, bin aber noch nicht bereit zum Schlafen. Ist das normal?«

Ghost grinste. »Ich habe keine Ahnung, aber ja, mir geht es genauso.«

Sie waren für einen Moment still, dann fragte Ghost: »Was ist das Seltsamste, das du je auf einem Flug gesehen hast?«

»Ich dachte, dass nur Frauen nach dem Sex reden wollen«, neckte sie ihn.

Ghost zuckte mit den Schultern. »Ich dachte, wir könnten uns etwas die Zeit vertreiben, bevor wir wieder loslegen.«

»Noch mal?« Rayne stützte sich auf ihren Ellbogen und starrte ihn an.

»Ja. Du hast doch nicht etwa gedacht, dass ein Mal reichen würde, oder? Es gibt noch so viele Dinge, die ich mit dir tun möchte, bevor unsere Nacht vorbei ist, Prinzessin.«

Sie legte sich schnell wieder hin und war aus irgendeinem Grund verlegen. »Oh, okay, dann ist es ja gut. Ich schätze, wir können genauso gut reden, während wir uns ... erholen.«

Ghost schmunzelte und es gefiel ihm, wie bezaubernd sie aussah, wenn sie verlegen war. Er strich mit seiner Hand über den Teil ihres Rückens, den er erreichen konnte. Er griff nach ihrer Hand und spielte mit ihren Fingern, während sie weiterredete.

»Das Seltsamste, was ich je auf einem Flug erlebt habe? Hmm, natürlich habe ich Paare erwischt, die versucht haben, den Höhenrekord zu brechen ... aber ehrlich gesagt kann ich mir nichts Schlimmeres vorstellen, als in einer kleinen Flugzeugtoilette Sex zu haben. Das *kann* weder hygienisch noch bequem sein!«

Ghost lachte, wie sie es erwartet hatte. Dann fuhr sie fort. »Ich glaube, ich muss deine Frage in verschiedene Kategorien einteilen. Das Erstaunlichste, was ich jemals auf einem Flug erlebt habe, war, als der Pilot die Passagiere darüber informierte, dass wir zwei verstorbene amerikanische Soldaten auf unserem Flug hatten, die zurück in die Staaten gebracht wurden. Einer der Passagiere hat spontan eine Sammlung für die *Stiftung der Verwundeten Soldaten* gestartet. Fast jede Person im Flugzeug hat an diesem Tag mindestens einen Dollar gespendet.«

»Das ist erstaunlich«, sagte Ghost leise.

Rayne schniefte kurz. »Ich weiß. Vermutlich bedeutete es mir so viel, weil Chase in der Armee ist. Er war gerade für seinen ersten Einsatz in den Irak geschickt worden und der Gedanke, dass *er* derjenige in dem Sarg unter uns hätte sein können, hat mich wirklich stark getroffen. Ich habe den größten Respekt vor jedem, der beim Militär ist. Es ist ein hartes Leben und die Soldaten müssen Dinge tun, die wir Zivilisten nie verstehen würden. Ich bewundere sie.«

Ghost gefiel die Richtung nicht, in die das Gespräch ging, und er versuchte, es in ein weniger gefährliches Terrain zu navigieren. »Das war also das Erstaunlichste, und was kommt als Nächstes?«

Rayne räusperte sich. »Okay, also das Seltsamste ... geschah auf einem Flug von Gabun in Afrika nach Paris. Da war eine ganze Familie ... und mit einer ganzen Familie meine ich mindestens zwanzig Personen. Ich weiß nicht, wie genau sie miteinander verwandt waren, aber mitten während des Fluges zog jemand ein gerupftes Huhn hervor und fing an, es über einem kleinen Gaskocher zu kochen.«

»Wie sind das Huhn und der Gaskocher denn überhaupt an Bord gekommen?«, fragte Ghost entsetzt.

»Ich habe keine Ahnung, offensichtlich sind die Sicherheitsvorschriften dort viel lockerer als in den Staaten, wie auch immer, da waren sie und versuchten, den Vogel zu kochen. Einigen der anderen Passagiere wurde schlecht und sie beschwerten sich. Am Schluss fing die ganze Familie an, sich wegen des Huhns zu streiten. Die einen wollten es kochen, die anderen waren dagegen. Sie schrien sich einfach immer weiter an. Es war wirklich seltsam.«

»Und wie wurde das Problem gelöst?«

»Eine der älteren Frauen verpasste schließlich einem der jüngeren Männer einen Schlag an den Hinterkopf und sagte etwas in strengem Ton. Das Huhn und der Gaskocher wurden wieder eingepackt und das war's. Wie ich schon sagte. Seltsam.«

Ghost genoss es in vollen Zügen, neben Rayne zu liegen und ihre Geschichten zu hören. »Erzähl weiter.«

»Okay, lass mich nachdenken … der beängstigendste Moment? Als wir fast eine Bruchlandung hatten.«

Ghost spürte, wie sie sich neben ihm anspannte, hob den Kopf und küsste sie auf die Stirn. »Das muss ganz schön furchterregend gewesen sein, aber da du jetzt hier bist, ist anscheinend alles gut ausgegangen.«

»Ja. Ghost … ich weiß nicht, wie ich das erklären soll. Ich dachte, ich würde sterben. Wir waren gerade dabei, die Getränke zu servieren, und wir flogen durch einige verrückte Turbulenzen. Es war verrückt. Die Leute, die nicht angeschnallt waren, wurden regelrecht aus ihren Sitzen katapultiert. Ich selbst wurde auch herumgeworfen und schlug mir den Kopf an der Decke des Flugzeugs an, bevor ich wieder auf den Boden fiel. Wir zogen die Getränkewagen schnell in die Bordküche zurück und schnallten uns in unseren Klappsitzen an. Der Pilot sagte, dass wir durch einen Sturm geflogen und vom Blitz getroffen worden waren. An einem der Triebwerke war Schaden entstanden, weil wir offensichtlich durch einige Turbulenzen geflogen waren. So mussten wir auf dem nächsten Flughafen notlanden.«

Rayne hielt inne, atmete tief durch und fuhr dann fort. »Ich saß neben der Tür mit dem kleinen Fenster, durch das ich nach draußen sehen konnte. Alles, was ich sehen konnte, waren diese riesigen Berge. Ich dachte, wir würden in sie hinein krachen. Das war mir eigentlich ganz recht, denn ich dachte, dass das wenigstens nicht wehtun würde. Ich wollte nicht sterben, und mich im Angesicht des Todes zu befinden war nicht lustig, doch ich konnte mich damit anfreunden, auf der Stelle und ohne Schmerzen zu sterben. Wir taumelten noch zwanzig Minuten so weiter, bevor wir landeten. Die Landung war holprig und unkontrolliert, doch zum Schluss kamen wir heil wieder auf dem Boden an.«

»Und du bist immer noch Flugbegleiterin?«

Rayne lachte grimmig über den ungläubigen Ton in Ghosts Stimme. »Ja, verrückt, was? Ich wusste, dass ich um Haaresbreite mit dem Leben davongekommen war. Ich bin zu einem Therapeuten gegangen und habe viel darüber nachgedacht. Wir werden alle irgendwann sterben. Ich mag meinen Job ... zumindest vorerst, und ich wollte mich nicht einschüchtern lassen. Der Pilot wusste genau, was er tat, und obwohl es furchterregend war, solche Dinge passieren andauernd.«

»So kann man es auch sehen«, kommentierte Ghost.

»Na ja, es war entweder das oder zurück zum Unterrichten«, sagte Rayne scherzend und lachte.

»Ich verstehe, was du meinst.«

»Was ist mit dir?«

»Was soll mit mir sein?«

»Gab es einen Moment, in dem du Angst hattest?«

Ghost kramte verzweifelt in seinen Erinnerungen und überlegte, ob es etwas gab, das er ihr erzählen konnte. Alles, was in seinem Armeeleben passiert war, stand außer Frage und er versuchte, an etwas zu denken, das sie ihm abnehmen würde. »Ich wurde einmal mit vorgehaltener Waffe bedroht.«

»Wirklich?«

Nein. Er hasste es, sie anzulügen, aber er hatte keine Wahl. »Ja, wirklich.«

»Was ist passiert?«

»Es war zu Hause in Fort Worth. Ich verließ mit einer Frau, mit der ich damals ausging, ein Restaurant, und wie aus dem Nichts erschien ein Mann, der uns eine Waffe ins

Gesicht streckte und verlangte, dass wir ihm unser ganzes Geld geben.«

»Oh mein Gott! Was hast du getan?«

»Ihm natürlich unser ganzes Geld gegeben.«

»Und was ist dann passiert?«

»Er verschwand.« Rayne anzulügen fühlte sich nicht mehr gut an. Ghost wollte nichts lieber, als ihr einige der wahren Begebenheiten zu erzählen, bei denen er Angst gehabt hatte ... als er im Irak im Sand lag und wartete, um zu sehen, ob der Mann, den sie verfolgten, seinen eigenen Sohn vor ihren Augen umbringen würde ... als er zusehen musste, wie sein Freund und Teamkollege Fletch brutal von den Extremisten zusammengeschlagen wurde, die sie beide gefangen genommen hatten. Es hatte sich wie eine Ewigkeit angefühlt, doch es hatte nur ein paar Stunden gedauert, bis der Rest des Teams aufgetaucht war, um sie dort rauszuholen.

»Das ist alles? Er verschwand einfach?«

Ihre Frage holte Ghost aus seinen Gedanken zurück. »Ja.«

»Hattest du Angst?«

Ghost konnte sich das Lachen nicht verkneifen. »Prinzessin, er hatte eine Waffe auf die Frau gerichtet, mit der ich zusammen war ... und ich hatte geplant, sie später am Abend zu verführen. Wenn er einen von uns erschossen hätte, hätte das meine Pläne, sie flachzulegen, ganz schön durcheinandergebracht.«

Rayne schlug ihm spielerisch auf die Brust. »Oh, du!«

Ghost lächelte, packte ihre Hand und hielt sie flach auf seine Brust gedrückt. Er streichelte mit den Daumen ihren Handrücken. »Was sind deine Träume, Prinzessin?«

Er sah, wie sie überlegte, bevor sie sprach. »Ich weiß nicht. Ich dachte immer, dass ich eine große Familie haben und in einem kleinen Haus mit einem weißen Lattenzaun wohnen würde, aber nachdem ich nun so viel von der Welt gesehen habe, bin ich gar nicht mehr sicher, ob ich das noch will.«

»Was willst du denn?«

»Ich weiß nicht«, flüsterte Rayne schläfrig. »Ich schaue mir gern andere Länder an. Ich lerne gern andere Kulturen kennen, aber ich fühle mich da auch nicht wohl. Manchmal macht es mir Angst, mich in Ländern aufzuhalten, in denen oft Terroranschläge passieren. Ich weiß, ich bin erst achtundzwanzig, aber wenn ich jetzt etwas anderes anfange, würde es mir so vorkommen, als hätte ich mit meinem Abschluss und diesem Job meine Zeit vergeudet. Ich weiß einfach nicht, was ich sonst tun könnte oder sollte.«

Ghost gefiel der Gedanke nicht, dass Rayne in gefährlichen Städten und Ländern war, doch er hatte keine Antworten für sie. Er lag entspannt unter ihr und streichelte sanft ihren Rücken.

»Mary arbeitet in einer Bank und sie hat gesagt, sie könnte mir dort einen Job besorgen, aber ich glaube nicht, dass ich der Bank-Typ bin.«

Sie lagen eine Weile still da, jeder in seine eigenen Gedanken versunken.

»Ich könnte immer noch ein supergeheimer Spion werden«, neckte Rayne ihn schläfrig. Ihre Worte waren undeutlich und es war offensichtlich, dass sie fast am Einschlafen war.

»Das ist nicht so toll, wie es klingt«, antwortete Ghost fast unhörbar. »Schlaf jetzt, Prinzessin. Ich bin bei dir.«

Eine Weile später atmeten beide schwer, waren in einen tiefen Schlaf versunken und fühlten sich in den Armen des jeweils anderen sicher.

KAPITEL ZEHN

Rayne rührte sich und seufzte. Sie fühlte sich *gut*. Eigentlich mehr als gut. Großartig. Sie hatte einen irrsinnigen Traum gehabt ... sie streckte sich und spürte, wie sie von einem starken Paar Hände gehalten wurde.

Sie schlug die Augen auf und schnappte nach Luft, als sie nach unten schaute.

Ghost lag auf dem Bauch zwischen ihren Beinen und leckte sie. Sie stöhnte und warf den Kopf zurück. Ihr ganzer Körper erwachte plötzlich zum Leben und sie war mächtig angetörnt. »Wie lange bist du schon da unten?«, fragte sie neugierig.

»Lange genug, um zu beobachten, wie du feuchter und feuchter wirst, und festzustellen, dass dein Körper eher auf direkte Stimulierung der Klitoris reagiert als auf sanfte Berührungen.«

»Meine Güte, Ghost. Ernsthaft?«

»Ja. Ernsthaft. Wenn ich das tue«, sagte er und leckte mit flacher Zunge grob über ihre Klitoris, was Rayne zusammenzucken ließ, »wirst du feuchter, als wenn ich das tue«, fuhr er fort und leckte sie leicht um ihre Klitoris herum.

Letzteres fühlte sich gut an, aber nicht so gut, als wenn er geflissentlich direkt ihre Knospe leckte.

»Ja, okay ... ich glaube dir.« Rayne spürte, wie er einen seiner dicken Finger zwischen ihre Falten schob, und konnte nur knapp ein Stöhnen unterdrücken.

»Aber ich habe mir gedacht –«

»Oh scheiße ...«

Ghost fuhr fort, als ob Rayne ihn nicht unterbrochen hätte. »Ich habe mir gedacht, dass ich nur zwei deiner Tätowierungen gesehen habe, aber du hast gesagt, du hättest drei. Die dritte habe ich noch nicht entdeckt. Ich habe mir deine Knöchel und Arme angesehen, während du geschlafen hast, und habe nichts gefunden. Somit bleibt nur noch eine Stelle übrig, die ich mir anschauen muss. Dreh dich um, Prinzessin.«

»Ich möchte mir deine ansehen, Ghost.«

»Kannst du auch ... nachher. Dreh dich um.«

Sie war nervös, weil sie keine Ahnung hatte, was Ghost von ihrer Tätowierung halten würde – sie war ganz anders als die anderen. Sie drehte sich unbeholfen um, vergrub ihr Gesicht in ihren Armen und hielt den Atem an.

»Auf die Knie, Prinzessin.«

Ghost drückte gegen ihre Beine, bis sie sich bewegte und sich hinkniete, immer noch vorgebeugt. Sie fühlte sich ausgestellt in dieser Stellung, mit entblößtem Hintern und Genitalien, doch es war die perfekte Position für Ghost, damit er sich ihre Tätowierung aus der Nähe ansehen konnte.

Als er nichts sagte, kommentierte Rayne trocken: »Sie ist etwas größer als die anderen beiden.«

Als Ghost immer noch nichts sagte, riskierte Rayne einen Blick zurück. Sie wusste nicht, was sie erwarten sollte. Die Tätowierung war tatsächlich größer als die anderen. Sie erstreckte sich über ihren gesamten unteren Rücken. Sie war nicht mit der Absicht ins Tätowierstudio gegangen, sich das größte Arschgeweih verpassen zu lassen, das sie je gesehen hatte. Doch der Tätowierer hatte es genau so gezeichnet, wie sie es wollte, und es war so schön geworden, dass sie seinem Vorschlag, es größer als geplant zu machen, gefolgt war.

»Ghost?«

»Du weißt gar nicht, wie perfekt sie ist«, sagte Ghost leise und voller Ehrfurcht.

Schließlich spürte Rayne, wie er sie berührte. Er fuhr mit den Fingerspitzen über ihren Rücken und zeichnete den Umriss der Tätowierung nach.

»Erzähl mir, was sie bedeutet«, befahl er leise und mit Nachdruck.

Sie legte ihren Kopf wieder hin und schaute auf die Uhr auf dem Nachttisch. Es war halb drei Uhr morgens. Sie hatten nur ungefähr eineinhalb Stunden geschlafen. »Der Adler steht symbolisch für meinen Job ... für die Liebe zum Fliegen und zu meinem Land. Das Armeelogo ist zu Ehren von Chase. Ich wollte eine Blume in der einen Kralle und ein Gewehr in der anderen, als Symbole für meine beiden Geschwister ... Samantha liebt Nelken.«

»Und der Blitz?«

Rayne verstand den Ton in Ghosts Stimme nicht, aber sie fuhr trotzdem fort. »Erinnerst du dich, als ich dir von dem furchterregendsten Moment erzählt habe, den ich je in einem Flugzeug hatte? Als es blitzte? Das war ein wichtiger Moment in meinem Leben ... und ich dachte, dass er gut zu der Tätowierung passt.«

»Er passt wirklich gut zu dem Tattoo«, stimmte Ghost zu. Er konnte einfach nicht glauben, was er da sah. Wenn er eine Tätowierung für sich selbst entworfen hätte, hätte sie fast genauso ausgesehen wie die, die Rayne auf ihrem Rücken hatte. Der Adler, das patriotische Symbol der Vereinigten Staaten, dessen Flügel ausgebreitet waren und ihren gesamten unteren Rücken spannten. Die Spitzen der Flügel schwangen sich fast um ihre Hüften. Das Armeelogo, das Gewehr ... sogar der verdammte Blitzschlag, der auch im Delta Force-Logo integriert war, war einfach perfekt. Das Einzige, was er nicht hinzugefügt hätte, war die Nelke ... er hätte sie in einen Zauberstab oder etwas Ähnliches verwandelt. Er glaubte zwar nicht, dass Prinzessinnen Zauberstäbe hatten, doch irgendwie hätte ihn dieser an Rayne erinnert.

Ghost spürte, wie er steif wurde. Wie für ihn gemacht. Sie war wie für *ihn* gemacht.

Ungläubig schüttelte er den Kopf. Nein, sie war nicht für ihn gemacht. Sie konnte nicht für ihn gemacht sein. Sie dachte, dass sein Name John Benbrook war. Sie wusste nichts über ihn. *Durfte* nichts über ihn wissen, für seine und ihre Sicherheit.

Er beugte sich vor, schnappte sich ein Kondom vom Tisch und rollte es schnell über seine harte Erektion. Er rutschte nach oben, bis er ihren heißen Körper spürte. Er hob ihre Hüften an, bis sie perfekt ausgerichtet war. »Warte«, murmelte er, bevor er mit einem einzigen Stoß tief in sie eindrang.

Er behielt den Adler im Auge, während er sich aus ihr zog und dann wieder in sie eindrang. Ghost fuhr mit seinen Händen über ihren Rücken und biss die Zähne zusammen, um die Emotionen zu unterdrücken, die ihn überkamen. Sie war perfekt. Außen zuckersüß. Fürsorglich und loyal ihren Freunden und ihrer Familie gegenüber. Doch diese riesige Tätowierung auf ihrem Rücken bedeutete, dass sie eine rebellische Seite hatte.

Wie für ihn gemacht.

Verdammt. Er musste aufhören, das zu denken.

»Ich nehme an, dass dir die Tätowierung gefällt«, sagte Rayne lächelnd.

»Ja, sie gefällt mir, Prinzessin. Sie gefällt mir verdammt gut.«

Rayne hielt den Atem an, während Ghost sie mit kurzen, harten Stößen fickte. Sie drückte ihr Becken gegen ihn und stützte sich auf ihre Knie und Arme, als er sie kraftvoller nahm.

»Berühre dich selbst, Rayne. Ich will, dass du auf meinem Schwanz kommst.«

Seine Worte klangen hart und roh, aber sie törnten Rayne verdammt an. Sie balancierte auf einer Hand und griff mit der anderen nach unten, wo ihre Körper miteinander verbunden waren. Sie griff nach seinem Schwanz, als er ihn aus ihr zog, und sie hörte ihn fluchen.

»Du sollst *dich* berühren, Prinzessin, nicht mich.«

»Aber es gefällt mir, dich anzufassen«, schmollte sie.

»Ich mag es auch, wenn du mich anfasst, aber wenn du so weitermachst, wird es zu schnell vorbei sein.«

»Spielverderber«, murmelte Rayne, als sie ihre Aufmerksamkeit auf ihren eigenen Körper richtete. Während Ghost weiterhin ihre empfindliche Muschi bearbeitete, ließ sie ihre Finger leicht über ihre Klitoris gleiten. Sie rieb immer heftiger, bis sie kurz vor dem Orgasmus stand.

»Ich komme gleich, Ghost.«

»Ja, komm. Ich will es spüren.«

Rayne rieb noch einmal an ihrer Klit und ließ sich auf die Hände fallen, als der Orgasmus sich in ihrem Körper ausbreitete. Sie drückte sich nach hinten, während sie bebte. Sie war froh, dass Ghost hinter ihr war und sie festhielt, sonst wäre sie flach auf die Matratze gefallen.

»Oh Gott, Rayne, ja. Du fühlst dich so verdammt gut an.

Ich muss ... Scheiße ...« Ghost zog sich aus Raynes zuckendem Körper zurück und entfernte das Kondom. Er griff nach seinem Schwanz, machte ein paar pumpende Bewegungen und beobachtete, wie sein Saft aus ihm herausspritzte und auf Raynes Rücken landete, genau in der Mitte ihrer Tätowierung. Er setzte die Bewegung ein paar Mal fort und melkte so viel von seinem Samen, wie er konnte. Dann verteilte er ihn mit beiden Händen auf ihrem Rücken ... und ihrem Tattoo.

Er atmete schwer, während er zuschaute, wie ihre Haut langsam sein Sperma absorbierte. Das war nichts, das er geplant oder je zuvor getan hatte, doch er wollte sie markieren. Er wollte diese Tätowierung einsalben. Ihr bedeutete sie viel und sie stellte sein eigenes Leben dar.

»Ist alles in Ordnung?«

Raynes Stimme klang weich und besorgt. Er hatte ihren Rücken offensichtlich länger gerieben, als er gedacht hatte. Ghost schaute sie an. Sie stützte sich auf einen Ellbogen und schaute zu ihm hinauf. Er strich ein letztes Mal über ihr Tattoo, ließ die Hände fallen und rückte etwas von ihr ab, damit sie genügend Platz hatte, um sich umzudrehen. Er seufzte und bedauerte, dass ihre Tätowierung aus seinem Blickfeld verschwand.

»Mehr als in Ordnung, Prinzessin.«

Rayne setzte sich auf und legte ihre Hand auf seine Brust. »Jetzt darf ich mir deine Tätowierung anschauen. Leg dich hin.«

Ghost lächelte, legte sich neben sie und schob einen Arm hinter seinen Kopf. »Na, dann los.« Er zeigte mit der freien Hand auf seine Seite.

Rayne beugte sich vor, ignorierte, dass sie nackt war, und starrte auf die Worte, die auf seiner linken Körperseite tätowiert waren. Ghost wusste, dass sie keine seiner

Geheimnisse preisgeben würden, er und seine Teamkollegen hatten lange und intensiv nachgedacht, bevor sie entschieden hatten, was sie sich alle tätowieren lassen würden. Es war ihr Code, ihr Credo. Das Zitat war eine Mischung dessen, warum sie kämpften und was ihr Dienst für sie alle bedeutete.

Ich werde meine Brüder und ihre Frauen verteidigen
und mich daran erinnern, dass Freiheit ihren Preis hat.
Stille Professionalität bestimmt den Tag.

Ghost wusste, dass das nicht sehr poetisch war, doch ihm und seinen Teamkollegen gefiel es. Dass sie den Begriff »Bruder« verwendet hatten, kam daher, dass sie sich alle so fühlten. Das gesamte Team wusste, dass sie sich gegenseitig bis zum Tod verteidigen würden, doch sie wollten auch die Frauen, die sie in Zukunft vielleicht haben würden, in die Tätowierung miteinbeziehen. Es war ihnen allen wichtig zu wissen, dass das Team ihren Frauen Rückendeckung geben würde ... falls es je notwendig sein sollte.

Und die letzte Zeile bezog sich auf ihren Job als Delta Force-Agenten. Nicht viele Leute wussten, dass es sie gab oder was sie taten, und so würde es bleiben.

Ghost wartete, während Rayne die Worte auf seiner Haut las. Sie fuhr mit den Fingerspitzen über jeden Satz, so wie er es bei ihrer Tätowierung gemacht hatte. Er zitterte; er wusste, dass er sich für den Rest seiner Tage daran erinnern würde, wie es sich anfühlte, als sie mit ihrer Hand sein wahres Ich streichelte.

»Sie ist wunderschön.«

»Ja.«

»Sie passt zu dir.«

Ghost neigte fragend den Kopf zur Seite und ermutigte sie, sich wieder neben ihn zu legen.

Als sie sich an ihn kuschelte, ihren Kopf auf seine Schulter legte und den Arm um seinen Körper schlang, nickte sie und sagte: »Ja. Ich weiß, ich habe dich damit geneckt, ein Spion zu sein, aber wenn ich wirklich raten müsste, würde ich sagen, dass du beim Militär bist.« Sie merkte, wie er sich unter ihr anspannte, und legte beruhigend ihre Hand auf seine Brust.

»Ich habe mich heute sicher gefühlt. Vollkommen. Es machte mir nichts aus, dass der Taxifahrer unheimlich war, denn ich war mit dir zusammen. Ich hätte mich nie auf dieses verrückte Riesenrad gewagt, wenn du nicht bei mir gewesen wärst. Und ich wäre nie, wirklich *nie* mit dir ins Bett gegangen, wenn ich dir nicht vertraut hätte. Ich will damit sagen, dass du der Typ Mann bist, den ich an meiner Seite haben möchte, wenn ich für mein Land kämpfen müsste.«

Ghost sagte nichts, sondern bewegte seine Hand, bis sie auf ihrem Kreuz ruhte und ihre Tätowierung bedeckte.

»Du bist auch ziemlich toll«, sagte er leise.

»Ähm. Das ist das erste Mal, dass ich froh bin, dass mein Flug gestrichen wurde.«

»Ich auch, Prinzessin. Ich auch.«

Ghost hielt Rayne fest, als sie einschlief, und ebenso während der nächsten zwei Stunden. Er wollte noch so viele andere Dinge mit ihr tun. Es gab so viele Positionen, die sie noch nicht ausprobiert hatten, doch sie war offensichtlich erschöpft. Sie schlief tief. Selbst als er mit seinen Fingerspritzen über ihre Brust fuhr, blieb sie regungslos liegen. Ihre Brustwarzen versteiften sich zwar unter seinen Fingern, doch ihr Atem blieb gleichmäßig. Ghost wollte an ihren steinharten Nippeln saugen und sie dann auf und ab hüpfen und beben sehen, während sie rittlings auf ihm saß, doch er brachte es nicht übers Herz, sie zu wecken.

So hatte er sich noch nie zuvor gefühlt. Noch nie.

Normalerweise wäre er etwa fünf Minuten nach seinem Orgasmus aus dem Bett gesprungen und hätte sich auf den Heimweg gemacht, aber mit Rayne zusammen zu sein war entspannend … und aufregend. Selbst wenn sie schlief.

Sie war wunderschön, ihre Haut glatt und makellos. Ihre Titten waren groß genug, dass er sie halten konnte, jedoch nicht zu groß für ihren Körperbau. Sie hatte einen kleinen Bauch und Oberschenkel, an denen er sich festhalten konnte, ohne sich Sorgen machen zu müssen, dass er ihr wehtun würde. Er wollte auf so viele verschiedene Arten mit ihr schlafen, um sie kennenzulernen … doch Ghost wusste, dass die Zeit, die sie zusammen hatten, bald vorbei sein würde.

Obwohl ihm bewusst war, dass er sein Glück herausforderte, verließ er eine Stunde später als geplant ihr Bett. Nachdem er sich angezogen hatte, beugte Ghost sich über Rayne, die jetzt auf dem Bauch schlief und ein Kissen an ihre Brust klammerte, und küsste ihre Stirn.

»Flieg hoch, Prinzessin«, flüsterte er ihr leise ins Ohr, bevor er aufstand.

Ghost drehte sich um und ging zur Tür, hielt jedoch mit dem Türknauf in der Hand inne. Er seufzte resigniert, ging zurück zu der großartigen Frau, die da im Bett lag, zog langsam am Laken und enthüllte ihren Rücken … und die Tätowierung, die ihn den Verstand verlieren ließ. Er starrte sie an und rang mit sich. Es war wirklich unheimlich, wie diese Frau seinen Kern erfasst hatte, ohne ihn überhaupt zu kennen. Ghost wusste, dass er sentimental war, doch er konnte nicht anders.

Die Seite an ihm, die sich für immer an diese Nacht erinnern wollte, gewann und Ghost zog schnell sein Handy heraus und machte ein Foto von der einzigartigen Tätowierung, wobei er darauf achtete, nichts Unanständiges festzuhalten. Ihr hübscher Hintern war nur für seine Augen bestimmt.

Vorsichtig zog er das Laken wieder hoch und beugte sich noch einmal zu ihr hinunter. Er atmete ihren Duft ein, der mittlerweile eine Mischung aus Sex und dem Parfüm war, das sie Stunden zuvor aufgetragen hatte. Er küsste seine Finger und legte sie sanft auf ihre Lippen, drehte sich dann abrupt um und ging erneut zur Tür. Er schlüpfte lautlos hinaus und verschwand in der großen Metropole, als ob er gar nicht existierte.

KAPITEL ELF

Ein schrilles Klingeln weckte Rayne aus einem tiefen Schlaf. Sie drehte sich zum Nachttisch, griff zum Hörer und krächzte verschlafen: »Hallo?« Sie hörte die Sprachaufnahme für den Weckruf, legte den Hörer wieder auf und setzte sich langsam auf. Sie blickte neben sich und sah, dass sie allein im Bett war.

»Ghost?«

Ihre Stimme hallte durch den leeren Raum. Obwohl sie tief in ihrem Herzen wusste, dass er nicht da war, drehte Rayne sich um und stand trotzdem auf. Sie ging um die Ecke und schaute ins Badezimmer. Leer.

Sie ergriff das Trägerhemd und die Hose, die sie letzte Nacht getragen hatte, und zog sich an. Dann ging sie zum Fenster und schaute hinaus. Das London Eye stand still und wartete auf eine neue Gruppe von Touristen, und Big Ben und Westminster Abbey sahen genauso stattlich und majestätisch aus wie am Tag zuvor. Tatsächlich sah alles genauso aus wie vorher, einschließlich des bewölkten Wetters ... doch Rayne *fühlte* sich nicht wie vorher.

Ghost war von Anfang an offen und ehrlich zu ihr gewesen. Er hatte ihr gesagt, dass er nur einen One-Night-Stand und keine Beziehung wollte. Sie hatte ihm gesagt, dass sie damit einverstanden war, und das stimmte auch. Doch als er sie festgehalten und immer wieder zum Orgasmus gebracht hatte, waren ihre Schutzmauern zerbröckelt. Sie hatte angefangen, sich vorzustellen, dass sie morgens nebeneinander aufwachen würden und er ihr sagen würde, dass er ohne sie nicht leben konnte. Dass sie zurück in die Staaten fliegen und für eine Weile miteinander ausgehen würden, bis er ihr schließlich einen Antrag machte.

Es war lächerlich und sie war zu alt, um in einer Fantasiewelt zu leben.

Rayne war plötzlich kalt geworden, also ging sie zurück ins Bett und kroch unter die Decke. Sie zog das Laken bis zum Kinn hoch und rollte sich zusammen. Sie drehte den Kopf und atmete tief ein. Gott. Das Kissen roch nach Ghost.

Ghost. Das war ein passender Name für den Mann. Sie wusste fast nichts über ihn, außer dass sie sich bei ihm sicher fühlte. Und begehrenswert. Er hatte eine Tätowierung und ... was noch? Sein Name war John Benbrook und er lebte in Fort Worth. Das munterte sie etwas auf. Sie konnte ihn besuchen, wenn sie nach Hause kam, und dann ...

Nein. Er war weg. Sie hatten eine Nacht zusammen verbracht, mehr war da nicht. Er wollte nichts mehr mit ihr zu tun haben. Wenn er mehr gewollt hätte, hätte er es ihr gesagt. Rayne wusste es aus dem Bauch heraus. Sie war ein einmaliger Fick für ihn gewesen, das war alles.

Sie warf die Decke zur Seite und kletterte an diesem Morgen zum zweiten Mal aus dem Bett. Also gut. Sie war eine Frau von Welt. Sie konnte One-Night-Stands haben und anspruchsvoll sein. Nicht dass es einen besonders anspruchsvoll machte, mit jemandem zu schlafen, den man erst am selben Tag kennengelernt hatte, aber trotzdem. Sie konnte sich das leisten.

Rayne duschte und bereitete sich mental auf ihre Schicht vor. Sie würde nach Hause nach Dallas/Fort Worth fliegen, dann hatte sie zwei freie Tage, bevor sie wieder einen Flug hatte. Sie konnte sich nicht erinnern, wohin sie als Nächstes fliegen würde, nahm aber an, dass es die Schicht im Mittleren Osten war. Die gehörte zwar nicht zu ihren Favoriten, doch im Moment konnte sie es kaum erwarten, sich mit Arbeit abzulenken und zu versuchen, diesen großartigen Mann zu vergessen, den sie getroffen hatte.

Als sie das Park Plaza verließ, überreichte ihr der Concierge eine Nachricht mit den Worten: »Ihr Gefährte hat mich gebeten, Ihnen das zu geben und Ihnen zu sagen, dass es ihm leidtat, dass er so früh gehen musste.«

Rayne dankte dem Mann höflich und errötete, weil er sicher wusste, dass Ghost sie verlassen hatte und dass sie sich praktisch nicht kannten.

Sie stopfte die Notiz in ihre Tasche, da sie noch nicht bereit war, sie zu lesen, und kam gerade noch rechtzeitig in Heathrow an, um die anderen Flugbegleiterinnen zu treffen und sich auf den Flug vorzubereiten. Sie hatte gehofft, dass Ghost auf ihrem Flug sein würde, so wie er es am Vortag geplant hatte, doch als es an der Zeit war, die Türen des Flugzeugs zu schließen, war er nirgends zu sehen.

Vier Stunden nach Abflug, nachdem die erste Runde Essen und Getränke serviert worden war, nahm Rayne die Notiz heraus, die Ghost für sie hinterlassen hatte. Sie hatte stundenlang darüber nachgedacht und konnte nicht länger warten. Sie faltete das kleine Stück Papier auf und glättete es, während sie las.

. . .

Prinzessin,

ich habe dir ja erklärt, dass ich kein Typ für eine Beziehung bin ... und noch nie eine hatte. Aber heute Morgen habe ich mir zum ersten Mal in meinem Leben gewünscht, dass ich ein anderer Typ Mann wäre. Pass auf dich auf.

Ghost

Mit feuchten Augen schob Rayne die Notiz in das Buch, das sie an dem Tag gelesen hatte, bevor ihr ganzes Leben auf den Kopf gestellt worden war. Sie seufzte, weil sie wusste, dass sie die Dinge in ihrem Leben vermutlich eine ganze Weile lang als »vor Ghost« und »nach Ghost« betrachten würde.

Sie lehnte sich in ihrem Sitz zurück und schloss die Augen. Sie flüsterte vor sich hin: »Wenn Wünsche Pferde wären, würden Bettler reiten.«

Keane »Ghost« Bryson, gelegentlich auch John Benbrook genannt, saß in der ersten Klasse. Das war der einzige Platz gewesen, den er an diesem Morgen kurzfristig hatte buchen können. Er starrte auf das Bild auf seinem Handy. Es war Rayne, die zu ihm aufschaute und lachte, als sie vor dem Buckingham-Palast standen. Obwohl es neblig war, sah sie aus wie ein Sonnenstrahl. Sie hatte beide Arme um seine Hüften gelegt und er schaute sie an, als wäre sie das Wichtigste in seiner Welt. Der Balkon, den sie unbedingt hatte sehen wollen, war verschwommen im Hintergrund zu erkennen.

Ghost konnte fast ihre Umarmung spüren und ihr Lachen hören. Er seufzte und tippte auf den Bildschirm, um sich das nächste Foto anzusehen. Ghost überlegte, wie er ihre Tätowierung, die er nun betrachtete, für sich selbst verändern könnte. Er *brauchte* sie. Ihre Tätowierung für sich zu kopieren war die einzige Art, wie er sie in seinem Leben haben konnte.

Als London hinter ihm verschwand, wusste Ghost, dass er das Beste, was ihm je passiert war, im Hotel zurückgelassen hatte. Er hatte zweimal fast zurück zu ihrem Zimmer gehen wollen, doch dann kritzelte er schnell eine Nachricht und bat den Concierge, sie Rayne zu geben.

Wenn er doch nur ein anderer Mann wäre ... doch das war er nicht. Er war ein Delta Force-Agent und hatte sich seinem Land für mindestens fünf weitere Jahre verpflichtet. Er würde keiner Frau zumuten wollen, mit jemandem wie ihm verheiratet zu sein und sich dauernd Sorgen machen zu müssen. Er würde ihr nie sagen können, wohin er ging oder wann er zurückkam. Sie würden sich nie hinsetzen und sich darüber unterhalten können, wie sein Tag gewesen war.

Und Kinder würden schon gar nicht infrage kommen. Die Wahrscheinlichkeit, dass seine Kinder ohne Vater aufwachsen würden, war überdurchschnittlich hoch ... sogar für einen Soldaten. Nein, es musste so sein. Rayne würde einen anderen Mann finden, einen, den sie lieben und dem sie vertrauen konnte.

Aber das bedeutete nicht, dass Ghost nicht darum trauern würde, was zwischen ihnen hätte sein können. Wenn er Rayne nur schon vor Jahren getroffen hätte. Wenn er nur mehr Zeit mit ihr gehabt hätte ...

»Verdammt«, flüsterte er und schob diese Gedanken zur Seite. »Wenn Wünsche Pferde wären, würden Bettler reiten.«

KAPITEL ZWÖLF

6 Monate später

Rayne seufzte, als Mary sie zum tausendsten Mal tadelte. »Du musst endlich aufhören, den Kopf in den Sand zu stecken, und dich wieder aufraffen, Rayne.«

»Ich weiß, Mary. Ich *weiß*.«

»Das sagst du zwar, tust es aber nicht. Schau, wir haben darüber gesprochen. Ich weiß, dass du eine wunderbare Zeit mit Ghost verbracht hast, und ich freue mich wirklich, dass du endlich den Sprung gewagt hast und einen One-Night-Stand hattest ... aber er verließ London, ohne sich zu verabschieden, bis auf diese verschlüsselte Nachricht, und du hast seitdem nichts mehr von ihm gehört. Ich verstehe nicht, was das Problem ist.«

Rayne seufzte, stützte mit der Hand ihr Kinn und rührte abwesend ihren Midori-Martini. Sie wusste auch nicht, was das Problem war. Ghost war in der Tat offen und ehrlich zu ihr gewesen.

Er hatte ihr gesagt, dass er keine Beziehung wollte. Er

hatte ihr gesagt, dass sie nur eine Nacht zusammen verbringen würden. Verdammt, sie hatte ihm sogar zugestimmt. Aber irgendwo zwischen dem Moment, als Ghost dem unheimlichen Taxifahrer diesen tödlichen Blick zugeworfen und der ihr einen ganz schönen Schrecken eingejagt hatte, und dem Augenblick, als er ehrfürchtig seine Hände über die Tätowierung auf ihrem Rücken bewegt hatte, hatte sie sich in ihn verliebt ... und zwar heftig.

Sie hatten während der Nacht mehrere Male Liebe gemacht – nein, Sex gehabt – und sie hatte sich ihm völlig hingegeben. Er war gleichzeitig zärtlich und dominant gewesen. Er hatte sie geneckt und obwohl er ihr klargemacht hatte, dass sie nur eine Nacht zusammen verbringen würden, war passiert, was er befürchtet hatte – dass sie annehmen würde, dass mehr zwischen ihnen sein könnte nach dieser Nacht.

Mit schmerzenden Muskeln im Hotelzimmer aufzuwachen, zufrieden, jedoch alleine, war nicht der beste Moment in ihrem Leben gewesen. Selbst die Nachricht, die er ihr hinterlassen hatte, in der er behauptete, sich zu wünschen, er könnte ein anderer Typ Mann sein, hatte nicht ausgereicht, um ihn zu vergessen.

Mary seufzte. »Es sind sechs Monate vergangen, Rayne. Er wird nicht zurückkommen. Das darfst du dir nicht antun. Du solltest mal wieder mit jemandem ausgehen.«

»Du hast recht. Ich weiß, dass du recht hast.«

»Natürlich habe ich recht«, beteuerte Mary und schlürfte den Rest ihrer Cola Light mit Rum durch den Strohhalm. »Ich sage ja nicht, dass du einen dieser Yuppies mit nach Hause nehmen und ihn auf tausend verschiedene Arten ficken sollst, aber du könntest ein wenig lockerer werden und etwas Spaß haben. Lass uns tanzen. Einfach tanzen.«

Rayne nickte, neigte sich vor und trank aus. Mary mochte zwar recht haben, aber das bedeutete nicht, dass es nicht trotzdem scheiße war. Es war jedoch tatsächlich an der Zeit, dass sie neue Wege ging. Es war *höchste* Zeit, dass sie neue Wege ging. Aber sie hatte seit dieser erstaunlichen Nacht in London vor all den Monaten keinen Mann getroffen, mit dem sie sich auch nur ansatzweise so gefühlt hatte wie mit Ghost.

Als sie ihn das erste Mal am Flughafen Heathrow gesehen hatte, hatte sie es gleich gespürt. Er saß da und hatte einen Arm auf die Rückenlehne des Sitzes neben ihm gelegt. Sein Rücken war zur Wand gedreht und er hatte alles um sich herum beobachtet. Er strotzte vor Testosteron und obwohl viele Leute einen weiten Bogen um ihn machten, fühlte sich Rayne zu ihm hingezogen wie eine Motte zum Licht.

Sie hatte keine Ahnung, woher die Entschlossenheit, mit der sie zu ihm hingeschlendert war, gekommen war. Als wäre er ein alter Freund, den sie schon lange nicht mehr gesehen hatte. Sie hatten angefangen zu reden und ehe sie sich versah, erkundeten sie zusammen London.

Mittagessen, Westminster Abbey, der Buckingham-Palast und das London Eye. Es war großartig gewesen, doch erst als sie zusammen ins Bett gegangen waren, hatten sich ihre Gefühle von Lust in … mehr verwandelt.

Oh, es war offensichtlich gewesen, dass Ghost Erfahrung im Bett hatte, doch es war die Art und Weise gewesen, auf die er sie behandelt hatte, die Rayne Herzflattern beschert hatte. Das war dumm, denn er behandelte wahrscheinlich jede Frau so, mit der er ins Bett ging, doch selbst dieser Gedanke änderte nichts an Raynes Gefühlen.

Er hatte sich Zeit mit ihr gelassen. Er hatte ihren Körper gewürdigt. Er hatte ihr das Gefühl gegeben, dass sie nicht nur ein One-Night-Stand war, und das tat am meisten weh. Sogar im allerletzten Moment, als er bereit gewesen war, sie zu nehmen, hatte er eine Pause eingelegt und gefragt, ob sie sich sicher sei. Er war ein Gentleman gewesen und die Gegensätzlichkeit zwischen dem Alphamann-Bösewicht, der alles unter Kontrolle hatte, und dem fürsorglichen, sensiblen Mann, der genau wusste, wie sie sich fühlte und wie er sie zum Schreien bringen konnte, war in ihrer Erinnerung genauso unwiderstehlich wie der Moment, in dem sie in diesem Hotelzimmer in London unter ihm gelegen hatte.

Rayne dachte an ihren impulsiven Besuch im Tätowierstudio. Vor etwa drei Monaten war sie zu demselben Künstler zurückgekehrt, der ihren Rücken tätowiert hatte, und hatte ihn gebeten, die Tätowierung zu erweitern. Sie hatte Mary nichts davon sagen oder ihr das Ergebnis zeigen wollen, doch da sie und ihre beste Freundin nie Geheimnisse voreinander hatten, hatte sie es am Ende nur so lange verschweigen können, bis die Tätowierung verheilt war. Dann hatte sie sie Mary gezeigt, die einfach nur sagte: »Oh, Rayne. Sie ist wunderschön. Ich glaube, du hättest das nicht tun sollen, aber sie ist wunderschön.«

Rayne hatte nicht gedacht, dass ihre Tätowierung etwas Besonderes war, sich jedoch daran zu erinnern, wie Ghost sie ehrfürchtig mit den Händen berührt und dann mit seinem Sperma markiert hatte, lies sie immer noch erschauern. Sie wollte die Nacht irgendwie verewigen ... um sie dauerhafter werden zu lassen, als sie tatsächlich war.

Sie hätte nie gedacht, dass sie sich je tätowieren lassen würde, doch es hatte mit dem kleinen chinesischen Symbol für »Stärke« an ihrer Lende begonnen. Mary war mit Brustkrebs diagnostiziert worden und sie hatten sich zusammen tätowieren lassen und geschworen, stark zu sein, was immer auch passieren würde. Nachdem Mary dann den Krebs besiegt hatte, hatte Rayne das kleine rosafarbene Band hinzugefügt. Sie hatte es an der Unterseite ihrer linken Brust tätowieren lassen. Noch nie hatte etwas so wehgetan, doch sie hielt durch, indem sie sich daran erinnerte, dass Mary noch viel Schlimmeres hatte durchmachen müssen.

Eines Abends, nach einem langen Gespräch mit ihrem Bruder, hatte sie sich entschieden, ihre dritte Tätowierung machen zu lassen. Sie hatte sich etwas Kleines und Damenhaftes vorgestellt, hatte dann aber irgendwie mit einer Tätowierung, die sich über ihren gesamten unteren Rücken erstreckte, das Studio wieder verlassen. Sie wollte sich dazu bringen, ihre Entscheidung zu bereuen, doch das war nicht möglich. Das Tattoo symbolisierte ihre Familie und die bedeutete ihr alles. Der Adler stand aufrecht da, mit gespreizten Flügeln, die so groß waren, dass sie sich fast um ihre Hüften schwangen.

Als Ghost sie das letzte Mal genommen und sie auf allen vieren vor ihm gekniet hatte, hatte er eine fast intuitive Reaktion auf ihre Tätowierung gehabt. Sie hatte keine Ahnung warum, nur dass er sie härter und intensiver genommen hatte als zuvor.

Rayne hatte den Künstler gebeten, Big Ben hinzuzufügen. Der war jetzt quasi hinter dem Adler, immer noch auf ihrem Rücken, jedoch auf der linken Seite. Er hatte eine perfekte Darstellung des stattlichen englischen Wahrzeichens neben dem Adler gezeichnet und den Blitz irgendwie in das Design der Uhr integriert. Sie hatte ihn gebeten, die Uhr zwei Uhr dreißig anzeigen zu lassen ... das letzte Mal, als Rayne auf die Uhr geschaut hatte, als sie mit Ghost zusammen gewesen war.

Dann hatte sie den Künstler die Worte »Stille Professionalität« in geschwungenen Buchstaben hinzufügen lassen, rund um die Uhr geschrieben. Diese Worte waren auf Ghosts linker Körperseite tätowiert und passten perfekt zu ihm. Er war nicht der Typ, der Aufmerksamkeit auf sich lenken wollte. Er tat, was getan werden musste, ohne sich unnötig ins Rampenlicht zu stellen.

Die letzte Ergänzung zu ihrer ohnehin schon zu groß ausgefallenen Tätowierung war ein kleiner Geist, der um die Turmspitze herum schwebte. Er sah etwas fehl am Platz aus und passte nicht recht zum Rest der Tätowierung, sogar der Künstler hatte protestiert. Doch sie hatte darauf bestanden und hatte nun eine dauerhafte Erinnerung an den großartigsten Tag und die wundervollste Nacht ihres Lebens.

Rayne war sich bewusst, dass sie es vermutlich bereuen würde, doch sie tat es trotzdem. Doch sogar jetzt, drei Monate nach ihrer Begegnung und meilenweit davon entfernt, sich mit dem Mann zu unterhalten, der ihr Herz auf eine Weise berührt hatte, die selbst sie nicht verstand, bereute sie die Tätowierung nicht. Sie beruhigte sie und gab ihr ein gutes Gefühl im Inneren.

»Kommst du?« Marys Stimme klang ungeduldig und Rayne spürte, dass ihre beste Freundin ihr Trübsalblasen satthatte.

»Ich komme ja schon, reg dich ab«, neckte Rayne und erhob sich von dem kleinen Tisch, an dem sie in der großen Country- und Western-Bar gesessen hatten.

Rayne schloss sich Mary auf der großen hölzernen Tanzfläche an und sie fingen beide an zu lachen, als ein Lied gespielt wurde, zu dem sie tatsächlich tanzen konnten. Sie waren beide keine besonders guten Tänzerinnen, doch sie wussten immerhin, wie man Two Step tanzte.

Sie sahen wahrscheinlich ziemlich dämlich aus. Mary war groß und schlank. Ihr braunes Haar fiel ihr um die

Schultern und als sie sich bewegte, schimmerten rosa- und lilafarbene Schichten durch. Rayne war ungefähr so groß wie Mary, aber sie war nicht schlank. Sie würde nie wieder in den modischen Boutiquen einkaufen, die nur kleine Größen führten, doch das war ihr egal. Sie aß gern, hasste Diäten und wusste, dass sie eine normale Figur hatte. Sie ignorierte die Medien, die versuchten, Frauen einzureden, dass Größe sechsunddreißig normal war.

Rayne waren Größen sowieso egal. Sie war nie gehänselt worden und hütete keine tief verborgenen Geheimnisse über Leute, die sie in ihrer Vergangenheit belästigt oder missbraucht hatten. Sie mochte Mary, die immer in Größe achtunddreißig passte, unabhängig davon, wie viel sie aß, doch sie hatte durch den Krebs viel an Gewicht verloren. Vermutlich trug sie im Moment eher Größe zwei- oder vierunddreißig. Menschen waren Menschen, es spielte keine Rolle, ob sie Größe zweiunddreißig oder zweiundfünfzig trugen.

Rayne und Mary lachten, während sie tanzten. Ein paar Männer versuchten, mit ihnen zu flirten, doch ausnahmsweise schien Mary nicht so sehr darauf bedacht zu sein, dass ihre Freundin flachgelegt wurde.

Später am Abend, als Rayne betrunken in ihrem Bett lag, dachte sie wieder an Ghost. Mary hatte recht; es war an der Zeit, ihn ein für alle Mal zu vergessen. Es war schon sechs Monate her. Wenn er sie aufspüren und ihr seine ewige Liebe hätte gestehen wollen, hätte er das schon längst getan. Doch das hatte er nicht.

Ohne um Erlaubnis zu fragen, hatte Mary versucht, ihn mit den Informationen aus dem Ausweis aufzuspüren, den Rayne ihr vor all den Monaten vom Flughafen aus geschickt hatte. Rayne hatte auf Nummer sicher gehen wollen und dadurch, dass sie das Foto aus Ghosts Führerschein an ihre beste Freundin gesendet hatte, zumindest sichergestellt, dass jemand wusste, mit wem sie in London unterwegs sein würde.

Es war eine gute Idee gewesen – außer dass Mary kein Glück damit hatte herauszufinden, wo John Benbrook sich aufhielt. Sie war tatsächlich zu der Adresse in Fort Worth gefahren, die auf dem Ausweis vermerkt war, und hatte einen riesigen Apartmentkomplex vorgefunden. Als sie beim Vermietungsbüro nachgefragt hatte, konnte man dort keinen Mieter mit diesem Namen finden und wollte ihr auch keine Auskunft über ehemalige Mieter geben, es wurden irgendwelche Datenschutzgesetze erwähnt.

Mary wollte noch nicht aufgeben, doch Rayne bat sie darum aufzuhören und erinnerte sie daran, dass wahrscheinlich die Hälfte aller Texaner eine alte Adresse in ihrem Ausweis hatte. Wer ging denn überhaupt gleich zur Kraftfahrzeugbehörde, sobald man umgezogen war?

Ehrlich gesagt war es ihr sowieso viel lieber, wenn John, alias Ghost, *sie* aufspürte anstatt umgekehrt. Sie würde noch oft in ihrem großen Bett liegen und sich an den Ausdruck von Reue und Trauer in seinen Augen erinnern, nachdem er sie von hinten genommen und den Blick nicht von ihrer Tätowierung abgewandt hatte.

Es tat weh, daran zu denken, dass er die Zeit, die sie zusammen verbracht hatten, vielleicht bereute. Doch selbst nach der rätselhaften und gleichzeitig süßen Nachricht, die er ihr hinterlassen hatte, war es offensichtlich, dass die kurze Zeit, die sie miteinander verbracht hatten, nur das war, was er angekündigt hatte … ein One-Night-Stand. Eine schöne, unvergessliche Nacht, aber trotzdem nur eine Nacht.

Rayne drehte sich auf die Seite und ignorierte, dass der Raum um sie herum sich in ihrem betrunkenen Zustand drehte. Sie sagte die Worte leise und aufrichtig, während sie ihre Augen zumachte und endgültig beschloss, ein für alle Mal mit ihrem Leben fortzufahren.

»Wo auch immer du bist, John Benbrook, ich hoffe, dass du in Sicherheit und glücklich bist. Ich werde dich nie vergessen.«

KAPITEL DREIZEHN

Stillschweigend gestikulierte Ghost zu seinen Delta Force-Teamkollegen. Blade und Hollywood tauchten hinter ihm auf und gaben ihm Rückendeckung, als sie sich auf den Weg durch die Straßen von Kairo machten.

Die Situation in Ägypten war im Laufe der Monate immer unberechenbarer geworden. Die Militanten wollten die Kontrolle über die Regierung gewinnen und es war ihnen egal, wen sie auf dem Weg zur Macht umbringen mussten. Bisher hielten sich die Vereinigten Staaten offiziell aus den kleinen Gefechten raus, die im ganzen Land ausbrachen – insbesondere in der Hauptstadt –, aber inoffiziell wurden Delta Force und andere Sondereinsatzkräfte entsandt, um Informationen zu sammeln und zu sehen, ob sie die Anführer der Muslimbruderschaft aufspüren könnten.

Nach einer Revolution vor einigen Jahren war die Gruppe von vielen Ländern des Nahen Ostens als terroristische Organisation bezeichnet worden. Die Muslimbruderschaft war grundsätzlich eine Bewegung und keine politische Partei, doch nachdem einer ihrer Anhänger zum

Präsidenten Ägyptens gewählt worden war und anschließend ein *Staatsstreich* stattgefunden hatte, war die Bruderschaft gemieden worden. Sie gewann nun wieder an Macht und die Vereinigten Staaten und andere Länder befürchteten, dass sie einen weiteren blutigen Protest oder eine Übernahme plante.

Das Trio bewegte sich im Dämmerlicht leise durch die leeren Straßen. Sie hatten spät in der Nacht zuvor einen Tipp erhalten. Die Gruppe hatte ein Treffen in einer Moschee östlich der Stadt geplant und Ghost und sein Team wollten nachsehen, wie viele Leute sie mit ihrer Denkweise bereits beeinflusst hatten.

Wenn nur fünfzig bis hundert Menschen auftauchten, würde sich die Regierung keine Sorgen machen. Es war unwahrscheinlich, dass eine so geringe Anzahl Männer die Regierung stürzen konnte. Doch wenn es mehr waren, dann mussten zusätzliche Maßnahmen ergriffen werden, um das Risiko zu minimieren.

Ghost gab Blade und Hollywood ein Signal und sie verschwanden im grauen Morgenlicht. Wenn Ghost nicht genau gewusst hätte, wo sie hingegangen waren, hätte er sie nicht entdecken können. Sie vermischten sich mit den Schatten um das riesige Gebäude herum, bis Ghost sie aus den Augen verlor. Er wusste, dass der Rest des Teams – Fletch, Coach, Beatle und Truck – auch da war. Sie waren aus zwei anderen Richtungen gekommen, lagen jetzt aber auch irgendwo im Verborgenen und beobachteten die Lage.

Ghosts Aufgabe war es, die Front im Auge zu behalten und die Fahrzeuge samt ihren Insassen zu beobachten. Im Moment war alles ruhig ... zu ruhig, was bedeutete, dass sie am richtigen Ort waren. In einer von Menschen überfüllten Stadt wie Kairo sollten sich auch um diese Zeit die Leute in den Straßen tummeln. Die unheimliche Ruhe und der ungewöhnliche Mangel an Menschen waren ein Zeichen dafür, dass etwas Verdächtiges vor sich ging.

Wie es manchmal der Fall war, tauchte ein Bild von Rayne vor seinem inneren Auge auf, als er im Schatten eines nahe gelegenen Gebäudes stand und auf die alte Moschee starrte. Sie hatte sich in der Westminster Abbey umgeschaut, als ob sie noch nie in ihrem Leben etwas Schöneres gesehen hätte. Ghost legte sich unbewusst die Hand auf die Brust und rieb sich übers Herz.

Er vermisste sie. Rayne hatte eine unbekümmerte Lebenseinstellung, etwas, das Ghost eher selten antraf. Himmel, er hatte sie nur einen Tag gekannt, aber sie war lustig und optimistisch und er hatte es wirklich genossen, Zeit mit ihr zu verbringen. Er wusste, dass sie wahrscheinlich eine großartige Flugbegleiterin war. Während ihrer gemeinsamen Zeit hatte sie ihn beruhigt und ihm das Gefühl gegeben, dass er das Einzige war, worauf sie sich konzentrierte. Er konnte sich gut vorstellen, wie sie mit den Passagieren plauderte, besorgten Fluggästen die Angst nahm und generell freundlich und offen war und den Passagieren das Flugerlebnis angenehmer machte, selbst wenn es mal nicht so toll war.

Ein Gedanke führte zum anderen ... wenn sie *ihn* hatte beruhigen können, würde sie das auch bei jedem anderen Mann auf ihren Flügen schaffen. Bei dem Gedanken daran, dass sie die geilen Geschäftsmänner, die auf ihren Flügen anwesend waren, anlächelte, mit ihnen Witze machte oder sogar ihren Annäherungsversuchen ausweichen musste, ballten sich seine Hände zu Fäusten.

Ghost atmete tief durch und versuchte, sich zu beruhigen. Es brachte nicht viel.

Er hatte kein Recht, auf andere Männer eifersüchtig zu sein. Er war schließlich derjenige gewesen, der sie verlassen hatte. Es war für beide das Beste gewesen, aber es wurmte ihn trotzdem. Als er Rayne vor seinem geistigen Auge sah, wie sie unter ihm lag und den Kopf mitten im Orgasmus zurückwarf, hörte er tatsächlich für einen Moment auf zu atmen. Seit er sie vor sechs Monaten verlassen hatte, hatte er geistig jede einzelne Sekunde ihrer gemeinsamen Zeit nochmals durchlebt, doch diese eine Szene … als er sie das letzte Mal genommen hatte und sie explodiert war, spielte sich immer und immer wieder vor seinem geistigen Auge ab.

Sie war absolut perfekt gewesen. Sie hatte ihm vertraut und ihn alles machen lassen, was er machen wollte – nein, was er machen musste. Danach hatte sie so vertrauensvoll in seinen Armen gelegen, als wären sie langjährige Liebhaber gewesen anstatt Fremde, die sich am selben Tag getroffen hatten. Ghost konnte sich daran erinnern, wie sie schmeckte, wie sie lachte, wie ihre Finger rhythmisch über sein Brusthaar streiften, während sie sich zwischen den einzelnen Runden Sex ausruhten, an das Funkeln in ihren Augen, als sie ihn neckte und einen Super-Spion nannte.

Jedes Detail war in seine Erinnerung eingebrannt und die Bilder schienen im Laufe der Zeit lebendiger zu werden, anstatt zu verblassen. Es war das Seltsamste, was er je erlebt hatte, und die Erinnerungen an ihre gemeinsame Zeit kamen immer in den unpassendsten Momenten hoch … wie zum Beispiel jetzt.

Ghost zuckte zusammen, als ein Lastwagen zum Eingang des großen Gebäudes hinauffuhr. Verdammt, er musste darauf achten, was er tat. Dass seine Erinnerungen ihn oder sein Team umbrachten, hatte ihm gerade noch gefehlt.

Mehr Menschen, als das Fahrzeug überhaupt fassen konnte, stiegen aus und strömten in die Moschee. Es war wie eines dieser Clown-Autos im Zirkus ... er zählte mindestens zwanzig Leute, die aus dem Laster stiegen und leise ins Gebäude gingen. Er bemerkte auch, dass die Männer Gewehre und andere Waffen trugen.

Nach etwa dreißig Minuten, in denen immer mehr Menschen ankamen, löste sich Ghost von der Wand des Gebäudes, an die er sich gelehnt hatte, und ging eine dunkle Gasse entlang. Er überquerte ein paar weitere Straßen, bis er zum vorher vereinbarten Treffpunkt gelangte. Die anderen Jungs waren schon da. Ohne ein Wort zu sagen, stiegen sie in den Lastwagen, den sie dort zurückgelassen hatten, und machten sich auf den Weg zurück zu ihrem Treffpunkt. Diesmal war es nicht ihre Aufgabe, das Treffen zu unterbrechen oder einen der Militanten festzunehmen. Ihre Aufgabe war es, zu beobachten und Bericht zu erstatten.

Es sah so aus, als ob es sich um eine größere Aktion handelte. Es waren weit mehr als hundert Männer beteiligt. Es war offensichtlich, dass die Muslimbruderschaft viel Unterstützung erhalten hatte und sich das ägyptische Volk wohl eher früher als später auf einen Kampf vorbereiten musste.

Als Beatle sie schweigend zu ihrem Treffpunkt zurückfuhr, kehrten Ghosts Gedanken immer wieder zu Rayne zurück. Wie ging es ihr wohl? War sie in Sicherheit? Wo war sie jetzt? Befand sie sich auf einem Flug? Ging sie mit jemandem aus?

Er schüttelte den Kopf. Er hatte kein Recht, sich das überhaupt zu fragen. Aber als er sich die Lippen leckte, konnte Ghost sie fast schmecken. Sie war so feucht und glitschig gewesen. Er erinnerte sich daran, wie er sie das zweite Mal geweckt hatte, indem er sie leckte. Er hatte sich eine ganze Weile amüsiert, bevor sie sich in seinen Armen gerührt hatte.

Er hatte sich Zeit genommen, mit ihr gekuschelt und ihre Vorlieben kennengelernt. Ihr Körper hatte sogar im Schlaf auf ihn reagiert. Er hatte sie nur leicht berührt, damit sie nicht aufwachen würde, bevor er bereit war, doch er konnte nicht anders, als an ihrer Klitoris zu saugen. Sobald er gesaugt hatte, hatte sie sich unter ihm gerührt und ihre Falten waren angeschwollen, als ob sie sich für ihn bereit gemacht hätten. Er hatte einen Finger ausgestreckt und ihn –

»Ghost, wir sind da.«

Ghosts wurde durch Fletchs Ankündigung abrupt aus seinen Gedanken gerissen. Er nickte und schlüpfte nun zurück in die Rolle des Teamleiters. »Nachbesprechung in zehn Minuten. Wir erstatten dem Hauptquartier Bericht und verschwinden von hier.«

»Klingt gut. Wir sehen uns in zehn Minuten«, antwortete Fletch für die Gruppe.

Ghost beobachtete, wie seine Männer in das kleine Gebäude gingen, und atmete tief durch. Er musste Rayne aus dem Kopf bekommen. Er hatte erwogen, eine nette, scharfe, alleinstehende oder geschiedene Frau zu finden und sich für eine Nacht mit ihr zu vergnügen, doch der Gedanke daran hatte seinen Schwanz nicht einmal zucken lassen. Verdammt. Es musste etwas geschehen, doch Ghost hatte keine Ahnung was.

Es war, als ob Rayne in sein Herz gekrochen war und nicht wieder raus wollte ... obwohl er ihr gesagt hatte, dass er nur ein Mann für eine Nacht war. Es war, als ob sich sogar sein Gehirn gegen ihn verschworen hätte. Es wollte einfach nicht damit aufhören, die gemeinsamen Szenen immer wieder in seinem Kopf abzuspielen. Als ob das irgendwie eine Beziehung zwischen ihnen ermöglichen würde.

Ghost schnaubte fast, als er seine Ausrüstung packte und sich auf das Gebäude zubewegte. Eine Beziehung zwischen ihnen würde nie funktionieren. Erstens hatte er sie angelogen … über fast alles. Von der Sekunde, als er sie getroffen hatte, bis zu dem Moment, als er das Hotelzimmer verließ. Zweitens war er ein Delta Force-Agent, ein Mitglied der geheimsten Gruppe des US-Militärs. Er konnte Rayne nicht erzählen, was er tat, wohin er ging oder wann er zurückkommen würde. Es war unmöglich, dass das in einer Beziehung funktionieren könnte.

Und drittens war er immer in Gefahr. Immer. Von morgens bis abends hatte es jemand darauf abgesehen, ihn umzubringen. Für das, was er in der Vergangenheit getan hatte, und für das, was er in der Zukunft möglicherweise tun würde. Soldaten der Delta Force standen ganz oben auf der Abschussliste von Al Qaeda, ISIS und jeder anderen terroristischen Organisation. Sie würden alles daransetzen, einen von ihnen in die Finger zu bekommen … wenn auch nur, um ihn als Beispiel für andere Soldaten zu benutzen.

Ghost schüttelte den Kopf, als er seine Ausrüstung ablegte und sich auf das Treffen mit dem Team vorbereitete. Es konnte nicht funktionieren. Egal wie, er musste die schöne Rayne aus dem Kopf bekommen. Ein für alle Mal.

»Wo auch immer du bist, Rayne Jackson, ich hoffe, dass du in Sicherheit und glücklich bist. Ich werde dich nie vergessen.«

KAPITEL VIERZEHN

»Wann kommst du zu Besuch?«, fragte Chase seine Schwester ungeduldig.

Rayne seufzte. »Ich wünschte, ich hätte Zeit, aber ich habe morgen einen internationalen Flug.«

»Wohin geht es diesmal?«

»Frankreich, dann Italien, dann Ägypten, dann wieder Frankreich, dann nach Hause.«

»Für wie lange?«

»Ich glaube, diesmal etwa zwei Wochen.«

»Ich habe dich schon ewig nicht mehr gesehen, Schwesterchen«, jammerte Chase.

Rayne lächelte und konnte den kleinen Jungen in seiner Stimme hören. »Ich weiß, aber ich bin Ende des Monats wieder zurück und dann können wir uns treffen.«

»Ich werde dich daran erinnern«, schimpfte Chase. Seine Stimme wurde ernst. »Mir gefällt es nicht, dass du nach Ägypten fliegst. Versprich mir, dass du nichts Verrücktes tust und die Gegend nicht alleine auskundschaftest.«

»Natürlich nicht. In Ägypten ist es sicher, Chase. Kairo

ist heutzutage nicht gerade ein terroristisches Zentrum«, erklärte sie ruhig.

»Aber du hast die Nachrichten gesehen. Da drüben passieren immer noch schlimme Dinge. Ich habe erst vor Kurzem gehört, dass die meisten Kreuzfahrtschiffe die ägyptischen Häfen von ihren Reiserouten genommen haben. Und glaub mir, wenn ich dir sage, dass es nicht sicher ist.« Seine Worte klangen ernster, als es für einen Bruder üblich war, der sich um seine Schwester sorgte.

»Ist es *nicht* sicher?«

»Nein.«

Als er nichts weiter sagte, versuchte Rayne, ihn zu beruhigen. »Chase, ernsthaft, es wird schon alles gut gehen. Es ist genau wie bei den meisten anderen Reisen, die ich dorthin mache. Ich habe die Strecke Athen-Kairo. Am einen Tag fliegen wir rein und am nächsten wieder raus. Das werde ich dreimal machen, dann haben wir einen zusätzlichen freien Tag in Kairo und dann geht es zurück nach Paris und wieder nach Hause. Ich habe das schon einmal gemacht. Es ist keine große Sache.«

»Also gut, aber noch mal, lauf nicht alleine herum! Eigentlich wäre es sicherer, wenn du an deinem freien Tag im Hotel bleiben würdest, aber das wirst du wohl nicht tun.«

Rayne lächelte und drückte ihr Handy mit der Schulter ans Ohr, während sie ein Glas aus dem Schrank nahm und sich Orangensaft einschenkte. »Du kennst mich. Es gefällt mir, verschiedene Städte zu erkunden. Ich weiß nicht, ob ich jemals wieder die Gelegenheit dazu haben werde. Ich verspreche, dass ich nicht alleine gehen werde. Wenn ich niemanden davon überzeugen kann, mit mir zu gehen, bleibe ich im Hotel, gelangweilt und traurig darüber, dass ich in Ägypten bin und kein einziges Kamel sehe, dafür aber in Sicherheit bin. Zufrieden?« Sie erzählte Chase nicht, dass sie keine Lust hatte, alleine auf Stadttour zu gehen, nachdem sie Zeit mit Ghost in London verbracht hatte.

»Nein, aber es muss reichen. Ruf mich an, wenn du in Dallas landest. Du hast nach dieser Tour eine Woche frei, oder?«

»Richtig.«

»Gut, dann kannst du mich hier in Fort Hood besuchen kommen.«

Das war keine Einladung, sondern ein Befehl, doch da Rayne das sowieso vorhatte, beschwerte sie sich nicht. »Hört sich gut an. Hast du etwas von Sam gehört?«

»Du kennst ja unsere Schwester ... die hängt mit den Reichen und Berühmten da draußen in Los Angeles rum.«

Rayne lachte. Sie kannte ihre Schwester tatsächlich. »Mit wem geht sie jetzt aus?«

»Ich habe keine Ahnung, aber sie hat mir gesagt, dass sie eine kleine Rolle in dem neuesten *Jurassic Park* Film hat, der gerade gedreht wird.«

Rayne stöhnte. »Lass mich raten ... sie wird von einem riesigen künstlichen Dinosaurier aufgefressen?«

Chase lachte. »Wahrscheinlich. Du hast ja den letzten gesehen, da gab es eine Menge Extras, die herumliefen und von diesen fliegenden Fleischfressern geschnappt wurden. Aber du hast das nicht von mir gehört. Ich bin sicher, dass sie dich anrufen und es dir selbst erzählen will.«

»Ich schweige wie ein Grab. Ich bin so stolz auf sie und auch auf dich.«

Chases Stimme wurde leise. »Ich weiß. Aber ernsthaft, Schwesterchen. Pass auf dich auf. Da drüben in Ägypten braut sich was zusammen und es gefällt mir nicht, dass du mittendrin bist.«

»Ich werde nicht mittendrin sein ... außer in der Stadt.

Entspann dich, Chase. Ich bin fast neunundzwanzig. Alt genug, um auf mich selbst aufzupassen.«

»Du magst zwar zwei Jahre älter sein als ich, aber ich werde mir immer Sorgen um dich machen.«

Sie hätte schwören können, dass Chase eine alte Seele war. Es war fast nicht möglich, dass er erst sechsundzwanzig war. Sie hatte keinen Zweifel daran, dass er in Rekordgeschwindigkeit in die Reihen der Offiziere aufsteigen würde. Doch Rayne wollte nicht rührselig werden und wechselte das Thema, während sie auf der Couch saß und träge durch die Kanäle schaltete. »Wie läuft es bei dir?«

»Gut. Ich werde nächsten Monat befördert.«

Sie hatte es gewusst. »Sie werden dich zum Captain ernennen. Das ist längst überfällig.«

»Ich hoffe es. Ich bin bereit.«

»Du wirst großartig sein. Weißt du schon, wo dein erster Einsatz stattfinden wird?«

»Keine Ahnung. Aber das spielt keine Rolle. Er wird mir gefallen, egal wo er ist.«

»Wirst du ein PCS haben?« Rayne hatte eine Weile gebraucht, um sich alle Armeeabkürzungen zu merken, aber sie hatte es geschafft. PCS stand für »Permanent Change of Station«, das heißt, dass eine Person von einer Armeebasis zur anderen verlegt wurde.

»Das wird sicher der Fall sein.«

»Das ist scheiße.«

Chase lachte. »Du hast dich nur daran gewöhnt, dass ich immer hier in Texas bin.«

»Stimmt.«

»Ich sage dir Bescheid, sobald ich es weiß.«

»Das hoffe ich doch.«

Sie lachten beide und genossen das Geplänkel. Schließlich sagte Rayne mit Bedauern: »Ich muss los.«

»Heiße Verabredung?«

»Ha. Nein. Ich muss fertig packen und Mary fragen, ob sie sich um meine Wohnung kümmern kann, meine Post holen und so weiter.«

»Ein heiße Verabredung klingt interessanter. Bist du nicht neulich mit Mary ausgegangen?«

»Ja ... und?«

»Du hast niemanden kennengelernt?«

»Großer Gott, Chase. Erstens würde ich *dir* das nie erzählen und zweitens habe ich keine One-Night-Stands.« Das war eine kleine Lüge, von der er nie erfahren würde.

»Das ist ekelhaft, Rayne, ich habe nicht gemeint, dass du einen Kerl für eine Nacht mit nach Hause nehmen sollst. Ich wollte wissen, ob du jemanden kennengelernt hast, mit dem du *ausgehen* könntest. Du weißt schon ... Abendessen, Filme, Spaziergänge am Strand.«

Rayne lachte. »Wir haben hier oben in Fort Worth keine Strände und nein, es war eine Country- und Western-Bar. Ich werde ganz sicher nicht den zukünftigen Mr. Rayne Jackson in einer Bar kennenlernen. Ernsthaft!«

»Hey, das kannst du nicht wissen, der Richtige könnte überall sein. Hast du schon mal eine dieser Singlebörsen ausprobiert?«

»Okay, dieses Gespräch ist offiziell beendet«, sagte Rayne streng. »Ich werde mir von meinem kleinen Bruder *keine* Verabredungstipps geben lassen. Und ich sehe dich übrigens auch nirgends im Verabredungsdschungel, Mr. ›Du-solltest-mal-mit-jemandem-ausgehen‹ Jackson.«

Ihr Bruder lachte. »Okay, okay, Waffenstillstand. Du hast recht. Ich werde mich aus deinen Verabredungen heraushalten, wenn du dich aus meinen heraushältst.«

»Abgemacht. Ich muss jetzt wirklich los. Pass auf dich auf. Ich werde dich in ein paar Wochen anrufen, wenn ich gelandet bin. Dann können wir besprechen, wann der beste Zeitpunkt für einen Besuch ist.«

»Hört sich gut an. Ich hab dich lieb. Wir sprechen uns später.«

»Tschüss, Chase. Ich hab dich auch lieb.«

»Tschüss.«

Rayne legte auf, ließ sich in die Kissen ihrer Couch sinken und versuchte, genügend Energie aufzubringen, um aufzustehen und fertig zu packen, so wie sie es ihrem Bruder gesagt hatte. Es schien immer schwieriger zu werden, die Begeisterung zu wecken, die sie früher für ihren Job gehabt hatte. Sie hatte nichts gegen das Fliegen, doch jedes Mal, wenn sie einen Aufenthalt in einer fremden Stadt hatte, erinnerte sie das an Ghost ... und das schmerzte.

Sie hatte kein Problem damit, Chase zu sagen, dass sie nicht alleine durch Kairo wandern würde. Sie wollte die Städte, in denen sie übernachten musste, gar nicht mehr auskundschaften ... nicht ohne Ghost. Mit ihm hatte das Spaß gemacht und sie hatte sich sicher gefühlt, wenn sie bei ihm war. Wie er seine Hand auf ihren Rücken gelegt und sich zwischen sie und die anderen Leute gestellt hatte, damit sie ihr nicht zu nahe kommen konnten ... egal was er getan hatte, es waren genau diese kleinen Dinge, die sie jetzt immer vermisste, wenn sie alleine unterwegs war.

Es war der Gedanke daran, wie sie zusammen gelacht hatten, als sie diskutierten – was auch immer es gewesen war, worüber sie in der Westminster Abbey gesprochen hatten –, der sie dazu brachte, sich aufzuraffen und nach oben in ihr Zimmer zu gehen. Er war so geduldig mit ihr gewesen, auch wenn er auf den ersten Blick kein Romantiker war. Er hatte sie immer angelächelt, selbst wenn er mit dem, was sie sagte, nicht einverstanden war. Er war geduldig und niemals herablassend gewesen. Es war tatsächlich so, als ob er alle Anforderungen auf der Liste der Dinge, die sie sich von einem Mann wünschte, erfüllte. Er war so schnell in ihr Leben getreten und dann wieder verschwunden, dass sie gar keine Zeit gehabt hatte zu begreifen, was geschehen war.

Rayne öffnete den Deckel ihres Koffers und machte sich daran, nur die notwendigen Kleider für die Reise zu packen. Sie hatte keine Zeit, über etwas traurig zu sein, was nie sein würde. Der Mann musste zweifelsohne Fehler haben, sie hatte nur nicht genügend Zeit mit ihm verbracht, um herauszufinden welche. Sie würde ihn hinter sich lassen ... langsam, aber sicher. Vielleicht würde dies die Reise sein, die ihr dabei half, Ghost ein für alle Mal zu vergessen.

KAPITEL FÜNFZEHN

Rayne lächelte die Gruppe an, die hinter ihr im Bus plauderte. Sie waren in Kairo gelandet und die Flugbesatzung teilte sich mit einigen Fluggästen einen Bus vom Flughafen zu einem der schönsten Touristenhotels in der Nähe. Es gefiel ihr, mehrere Schichten mit der gleichen Gruppe von Flugbegleitern zu fliegen. Es erleichterte die Arbeit und die Zeit verging schneller.

Es waren vier Paare mit ihnen im Bus, die ihre Pläne für den nächsten Tag diskutierten. Anscheinend wollten sie ein paar Tage in der Hauptstadt verbringen, bevor sie sich die berühmten ägyptischen Pyramiden ansehen wollten.

»Hey, will jemand von Ihnen mitkommen?«

Die Frage wurde von einer übergewichtigen Lateinamerikanerin gestellt. Sie und ihr Mann hatten fast den ganzen Flug lang Händchen gehalten und selbst nachdem sie gelandet waren, bemerkte Rayne, dass der große Mann seine Frau übermäßig beschützte und wenn möglich stets ihre Hand hielt. Das erinnerte sie daran, wie Ghost sich verhalten hatte, als sie zusammen waren, obwohl sie versuchte, die Erinnerung beiseitezuschieben.

Rayne drehte sich in ihrem Sitz um und fragte: »Wie bitte?«

»Ich habe gefragt, ob Sie morgen mit uns mitkommen wollen. Wir haben eine private Tour arrangiert und es können maximal zehn Leute teilnehmen, wir sind aber nur acht. Der Preis ist wirklich angemessen und wir werden viele tolle Sachen sehen ... die Pyramiden von Gizeh, die Sphinx, das Ägyptische Museum, und am Schluss gehen wir zum Tahrir-Platz und machen eine Tour durch das Mogamma Regierungsgebäude.«

»Was hat es mit diesem Platz auf sich? Ist der nicht einfach ein Teil der Innenstadt?«, fragte Rayne.

Die Frau, die offensichtlich über dieses Thema Bescheid wusste, rief: »Oh nein! Da gibt es viel mehr zu sehen als Kreisverkehr und willkürliche Gebäude. Dort haben sich die Menschen versammelt, um gegen die Herrschaft von Hosni Mubarak zu protestieren. Es waren schätzungsweise eine Viertelmillion Menschen auf dem Platz, die seinen Rücktritt forderten. Und es hat funktioniert! Dann, ein paar Jahre später, gab es eine Revolte gegen den neuen Präsidenten und es wurde erneut sein Rücktritt gefordert. Das ist einfach faszinierend und es wird so toll sein, dort zu stehen, wo Geschichte geschrieben wurde!«

Der Pilot, der Kopilot und drei der anderen Flugbegleiterinnen lehnten alle höflich ab, doch Rayne dachte, dass dies genau die Ablenkung sein könnte, die sie brauchte. Mit einer Gruppe die Stadt zu erkunden war perfekt. Es war besser, nicht alleine unterwegs zu sein.

Sie wandte sich an Sarah, eine der neueren Flugbegleiterinnen, mit der sie während der letzten anderthalb Wochen geflogen war. »Hast du Lust mitzufahren? Wir haben morgen frei.«

Sarah zuckte mit den Schultern und stimmte zu. »Klar, warum nicht?«

»Toll!«, rief die lateinamerikanische Frau aufgeregt. »Ich heiße Diana. Das ist Eduardo, mein Mann. Wir stammen aus Houston. Da hinten sitzen Paula und ihr Freund Leon, das sind Becky und Michael, und hier sind Tracy und Steve. Wir kennen uns alle aus Houston, wir gehen in die gleiche Kirche. Wir wollten uns schon immer die Pyramiden ansehen und nun haben wir uns dazu entschlossen, es endlich zu tun.«

Rayne lächelte jedes der Paare höflich an und wandte sich wieder an Diana. »Also, wann genau geht es los?«

»Wir treffen uns morgen gegen neun Uhr in der Eingangshalle. Wir werden abgeholt und sollten gegen drei Uhr wieder zurück im Hotel sein. Es sind nur sechs Stunden, aber wir werden in dieser Zeit so viel wie möglich von der Stadt sehen. Ich freue mich, dass Sie mitkommen!«

Sie diskutierten eine Weile über den Preis und als der Bus vor dem Hotel anhielt, rief Diana: »Das wird genial! Wir sehen uns morgen früh!«

»Sie ist ein bisschen aufgedreht, nicht wahr?«, erwähnte Sarah trocken, als sie ihre Koffer holten und die Eingangshalle des Hotels betraten.

»Ja, aber das ist besser als jemand, dem alles egal ist. Hast du das andere Paar gesehen? Die haben sich dauernd finstere Blicke zugeworfen«, kommentierte Rayne lachend.

»Stimmt. So sehr ich mir die Stadt auch ansehen will, ich frage mich, ob wir nicht besser alleine losziehen sollen.«

»Nein, das ist schon in Ordnung. So schlimm kann es nicht werden.«

»Oh mein Gott, könnte es noch schlimmer werden?«, murmelte Sarah, während sie beobachteten, wie Michael den Busfahrer beschimpfte.

Der Tag hatte nicht gut angefangen. Sie hatten sich alle um genau neun Uhr morgens in der Eingangshalle eingefunden und dort ihren Fahrer Hamadi getroffen. Er besaß einen Minivan und sie schafften es irgendwie, sich hineinzuquetschen. Es war eng, doch das hier war schließlich Ägypten. So reiste man eben.

Sie verbrachten den Morgen damit, sich die Pyramiden von Gizeh anzuschauen ... das waren zwar nicht *die* Pyramiden, doch sie waren trotzdem sehr beeindruckend. Rayne hatte auch nie gedacht, dass sie jemals die Sphinx sehen würde. Sie machten eine Menge Fotos und verbrachten dann ein paar Stunden im Ägyptischen Museum. Dann wanderten sie über den Platz, auf den Diana sich so gefreut hatte.

Jetzt standen sie vor dem Mogamma Regierungsgebäude. Rayne fand, dass es nicht nach viel aussah, doch sie folgte den anderen. Nachdem sie den großen Platz, der das Gebäude umgab, durchquert hatten, warteten sie nun in einer Schlange mit Hunderten von Touristen darauf, das Innere des riesigen Verwaltungsgebäudes zu besichtigen.

Sie waren alle müde und etwas hungrig, doch Michael und Becky konnten sich überhaupt nicht mit den Gegebenheiten anfreunden.

»Sie erwarten doch wohl nicht, dass wir Ihnen nach all dem ein Trinkgeld geben? Ich dachte, wir hätten eine exklusive Tour? Wie lange müssen wir in dieser Schlange warten? Das sieht für mich nicht exklusiv aus«, tobte Michael. »Hier in der brennenden Sonne stehen zu müssen. Lächerlich!«

Rayne schaute den Fahrer an. Er war sehr geduldig gewesen und Rayne war der Meinung, dass er eigentlich gute Arbeit geleistet und den verrückten Stadtverkehr gut navigiert hatte, doch sie hatte den ganzen Tag noch kein gutes Wort von besagtem Paar vernommen.

»Kümmern Sie sich nicht um ihn«, sagte Rayne leise zu Hamadi und drehte Michael den Rücken zu. »Sie haben heute gute Arbeit geleistet. Ich glaube nicht, dass ich so viele tolle Dinge gesehen hätte, wenn wir auf einer normalen Tour gewesen wären. Vielen Dank.«

Der Mann lächelte sie kurz an, ein Lächeln, das nicht bis zu seinen Augen reichte. »Karma wird sich um ihn kümmern«, sagte er ernst und etwas dramatisch zu Rayne. Dann wandte er sich an den Rest der Gruppe. »Ich habe die Eintrittskarten, aber wir müssen in der Schlange warten, bis die Sicherheitskräfte kommen. Sobald wir drin sind, trennen wir uns von den anderen und beginnen unsere exklusive Tour durch das schöne Gebäude.«

»Das hört sich gut an«, sagte Paula. Sie war seit Beginn der Tour die Friedensstifterin gewesen und hatte versucht zu verhindern, dass Michaels schlechte Laune sich auf alle anderen in der Gruppe übertrug. »Ich kann es kaum erwarten, das Innere zu sehen.«

»Ich sage immer noch, dass das totaler Blödsinn ist«, schnaubte Michael. »Wonach suchen die überhaupt?«

Sarah lehnte sich zu Rayne und flüsterte ihr zu: »Zum Beispiel nach Waffen, Messern und Bomben. Was für ein Idiot.«

Rayne unterdrückte einen Lacher, schaute zu Boden und versuchte, nicht die Fassung zu verlieren. Solche Leute kamen in jeder Gruppe vor. Eine Person oder ein Paar, die zugeknöpft und verwöhnt waren und andere Kulturen einfach nicht begreifen konnten. Sie hatte keine Ahnung, wie sich die beiden überhaupt mit Diana und den anderen Paaren angefreundet hatten. Alle waren entspannt und nett, doch Michael und Becky schienen mit niemandem Kontakt aufzunehmen.

Rayne dachte zum tausendsten Mal an diesem Tag an Ghost. Sie versuchte, nicht an ihn zu denken, das tat sie wirklich, doch es gelang ihr nicht. Als Michael Hamadi vor allen anderen beschimpft hatte, *wusste* sie, dass Ghost niemals den Mund gehalten hätte. Er hätte den Kerl in der Luft zerrissen.

Mit Ghost hätte sie sich sicherer gefühlt. Kairo war nicht so gefährlich, wie ihr Bruder behauptet hatte, doch Rayne fühlte sich trotzdem unwohl. Sie konnte ihn immer noch sagen hören, dass es kein Ort war, an dem man herumlaufen sollte. Sie fühlte sich besser in einer Gruppe mit Reiseleiter. Es gab jedoch Momente, in denen sich der Reiseleiter, nachdem sie irgendwo abgesetzt worden waren, um sich eine Sehenswürdigkeit anzuschauen, mit Männern in abgelegenen Ecken unterhielt.

Nicht dass das unbedingt besorgniserregend war, doch sie fühlte sich trotzdem unwohl. Natürlich durfte er sich mit seinen Freunden unterhalten, während sie die verschiedenen Attraktionen bewunderten, doch ab und zu erhaschte sie einen Ausdruck auf seinem Gesicht, der nicht zu dem Bild des entspannten Reiseleiters passte, das er ihnen den ganzen Tag präsentiert hatte. Irgendwie wusste Rayne, dass Ghost sie beruhigt und ihr gesagt hätte, dass sie sich das nur einbildete. Vielleicht hätte er auch gesagt, dass sie sich das nicht einbildete, sie an die Hand genommen und sie zurück ins Hotel gebracht, damit sie –

Sie unterbrach diesen Gedanken, bevor sie ihn zu Ende führen konnte. Verdammt, sie wollte endlich über Ghost hinwegkommen. Heute auf diese Tour zu gehen, war der erste Schritt gewesen … doch leider führte das nur dazu, dass sie ihn noch mehr vermisste. Es war ein Fehler gewesen und Rayne konnte nur hoffen, dass sie die Tour durch das Regierungsgebäude schnell beenden würden. Das Bett im Hotelzimmer rief laut ihren Namen. Es gab ein Buch zu lesen und eine Person zu vergessen.

Sie schafften es schließlich bis zum Ende der Warteschlange und alle kamen ohne Probleme durch die Sicherheitskontrolle, außer Steve. Er hatte ein kleines Messer in der Tasche gehabt, das beschlagnahmt wurde. Er war zwar nicht erfreut darüber, dass es ihm abgenommen worden war, doch er hatte die Ruhe bewahrt und sich nicht aufgeregt, so wie Michael vermutlich reagiert hätte, wenn *er* an seiner Stelle gewesen wäre.

Rayne dachte an die Haarspange, die sie trug. Chase hatte sie ihr zum letzten Weihnachtsfest geschenkt und sie hatte nur gelacht, trug sie jedoch trotzdem jeden Tag. Sie hatte ein schlichtes Design, war auf der Packung jedoch als »Schweizer Armeemesser der Haarspangen« angepriesen worden.

Es waren drei Schraubenzieher darin versteckt; ein Kreuzschraubenzieher und zwei Flachkopfschraubenzieher in unterschiedlicher Größe. Sie hatte eine Öffnung, die als kleiner 8-mm-Schlüssel benutzt werden konnte, und eine Seite war als Lineal markiert. Es waren jedoch die letzten beiden Merkmale, die Chase am wichtigsten gewesen waren. Eine Seite der Haarspange hatte eine gezackte Kante. Man konnte nichts Dickes damit zersägen, doch wenn man entschlossen genug war, konnte man vermutlich doch einigen Schaden damit anrichten. Und das letzte Merkmal – für das, wie Chase hervorgehoben hatte, wahrscheinlich nicht einmal die Hersteller daran gedacht hatten, Werbung zu machen – war, dass der mittlere Zinken der Spange entweder als Spitzhacke oder als eine Art Notfallwaffe verwendet werden konnte. Chase hatte Rayne beigebracht, sich immer zuerst auf die Augen eines Angreifers zu konzentrieren, falls sie sich verteidigen müsste. Das würde ihr genügend Zeit geben, um wegzulaufen. Er hatte ihr gesagt, sie sollte sich nie auf einen Kampf einlassen, wenn sie wegrennen konnte.

Die Haarspange war bisher kein einziges Mal an einer der Sicherheitskontrollen bemerkt worden, durch die sie regelmäßig gehen musste. Das hätte Rayne wahrscheinlich nervös machen sollen, doch sie war froh um den zusätzlichen Schutz und die Sicherheit, die sie ihr gab. Nicht dass sie ein Bond-Girl oder so etwas war, doch wenn es darauf ankam, konnte sie sie vielleicht dazu benutzen, sich aus einer unerwünschten Situation zu befreien.

Wie Hamadi gesagt hatte, wartete nach der Sicherheitskontrolle ein weiterer Mann auf sie, der sie von den anderen Touristen weg in die entgegengesetzte Richtung führte. Hamadi erklärte, er würde sie am Ende der Tour wieder treffen, und verschwand in den Horden von Touristen, die auf ihre Touren warteten. Ihr neuer Reiseleiter sprach mit einem starken Akzent, den Rayne kaum verstand. Sie wollte, dass dieser Tag endlich zu Ende ging. Sie war müde und ihr war heiß, und ehrlich gesagt war sie nicht sehr an der Tour durch das Regierungsgebäude interessiert.

Der neue Reiseleiter führte sie durch einen Raum nach dem anderen, erklärte den Zweck der Zimmer und sprach über die Kunstwerke an den Wänden. Nach etwa fünfzehn Minuten führte der Ägypter sie schließlich in einen fensterlosen Raum, in dem nicht viele Möbel standen. Er hatte eine hohe Decke und Wände, die mit kunstvollen Schnitzereien bedeckt waren.

»Warten hier!«, befahl er. Seine Stimme hallte in der höhlenartigen Kammer. »Ich gleich wieder da.«

Bevor jemand etwas sagen konnte – und bevor *Michael*

sich darüber beschweren konnte, so wie er sich über alles andere beklagt hatte –, war der Mann verschwunden. Er war durch eine der drei Türen entwischt, die hinter ihm ins Schloss fiel. Das Geräusch hallte durch den spärlich dekorierten Raum. In einer Ecke standen ein unbequem aussehendes, kurzes Sofa mit Kunstpelzbezug und zwei Holzstühle, die aussahen, als ob sie zusammenbrechen würden, wenn man sie tatsächlich benutzte. Ein großer, brauner, rechteckiger Teppich mit Quasten lag auf dem Boden. Es war die Art von Möbeln, die man in einem Museum erwarten würde, nicht in einem funktionierenden Regierungsgebäude.

»Michael, ich bin müde. Das ist langweilig. Ich dachte, wir würden Throne und Juwelen und sowas sehen. Das hier ist Mist.«

Rayne seufzte leise. Sie hatte auch erwartet, dass die Tour interessanter sein würde, als sie tatsächlich war. Das war aber kein Grund, so zu jammern wie Becky.

»Keine Sorge, ich werde Hamadi suchen und ihm sagen, er soll uns zurück zum Bus bringen. Es ist sowieso schon fast halb drei, wir können die Tour sicher verkürzen«, sagte Michael zu Becky und fragte die anderen in der Gruppe nicht einmal, ob das für sie in Ordnung war.

Er ging zur Tür, durch die der Reiseleiter verschwunden war, und zerrte am Knauf, doch der ließ sich nicht drehen. Michael wandte sich verwirrt zur Gruppe um. »Das ist seltsam. Sie scheint verschlossen zu sein.«

»Sind Sie sicher?«, fragte Sarah. »Vielleicht steckt sie nur fest.«

Michael zog kräftiger an der Tür. Sie bewegte sich immer noch nicht.

Leon, ein großer Mann in den Sechzigern, dessen Haare so weiß waren wie die Wolken, die draußen am Himmel vorbeizogen, ging zu einer der anderen Türen. Er versuchte, den Knauf zu drehen, und es war offensichtlich, dass auch diese Tür verschlossen war.

Deutlich beunruhigt eilte Steve zu der Tür, durch die sie den Raum betreten hatten, und stellte fest, dass auch sie verschlossen war. Alle standen einen Moment lang da und sahen sich verwundert an.

»Ich bin sicher, dass Hamadi bald hier sein wird. Wir sind schließlich auf einer offiziellen Tour. Sie können uns nicht ewig in diesem Zimmer eingesperrt lassen«, sagte Tracy voller Zuversicht.

»Das ist totaler Schwachsinn!« Michael kochte innerlich und trat gegen die Tür, durch die ihr Reiseleiter verschwunden war. »Ich kann es kaum erwarten, seine Erklärung für diesen Unsinn zu hören.«

So wenig Rayne Michael mochte, in diesem Punkt musste sie ihm zustimmen. Es machte keinen Sinn, doch sie konnten nichts tun, außer zu warten.

Dreißig Minuten vergingen, dann eine Stunde. Rayne hatte sich gegen eine Wand gesetzt und die Arme um ihre hochgezogenen Beine geschlungen, während sie warteten. Sarah hatte sich neben ihr niedergelassen.

Leon und Paula saßen auf dem Sofa. Da sie die ältesten in der Gruppe waren, waren sich alle einig, dass sie es am bequemsten haben sollten. Paula weinte leise und Leon versuchte, sie zu trösten. Tracy und Steve saßen mit dem Rücken zur gegenüberliegenden Wand und warteten ebenfalls darauf, dass Hamadi zurückkam.

Michael war eine Weile lang im Raum umher geschritten und hatte lauthals erklärt, dass alle Ägypter Arschlöcher waren, was keinen Sinn machte, da fast alle Männer und Frauen, die sie auf ihrer Tour getroffen hatten, sehr höflich und zuvorkommend gewesen waren. Er hatte sogar an jede der Türen geklopft, laut gerufen und versucht, jemanden dazu zu bringen, sie herauszulassen ... ohne Erfolg. Becky war anfangs auch verärgert gewesen, doch mit der Zeit wurde klar, dass sie Angst hatte ... so wie alle anderen.

Eduardo und Diana saßen auf den beiden Stühlen und Eduardo hielt erneut die Hand seiner Frau. Er lehnte sich zu ihr, flüsterte ihr auf Spanisch ins Ohr und sie nickte. Ein paar Minuten später tat er es wieder. Sie waren das süßeste Paar, das Rayne je gesehen hatte. Es war einfach scheiße, dass sie alle in dieser misslichen Lage waren ... was auch immer *diese Lage* war.

Sarah beugte sich vor und flüsterte zu Rayne: »Was zum Teufel geht hier vor?«

Rayne konnte nur den Kopf schütteln. »Ich habe keine Ahnung. Es macht alles keinen Sinn.«

»Glaubst du, dass der Reiseleiter uns hier einsperren wollte? Oder war es ein Versehen?«

Genau das hatte Rayne auch gedacht. »Er hat es wissen müssen. Wir sind in den letzten paar Zimmern, die wir durchquert haben, ja nicht wirklich vielen Leuten begegnet und es sah so aus, als ob er wüsste, wohin er ging ... nicht wahr?«

Als Sarah nickte, sagte Rayne lauter, damit die anderen sie hören konnten: »Diana, wie haben Sie diese Tour organisiert?«

Sie hob den Kopf und Rayne konnte ihren sorgenvollen Gesichtsausdruck sehen. »Am Flughafen. Wir sind durch den Zoll gegangen und haben im Bus gewartet, als Hamadi uns ansprach und fragte, ob wir eine Tour machen wollten. Er war sehr nett und sprach ausgezeichnetes Englisch. Wir haben einen Preis vereinbart und er sagte, dass er uns am Morgen im Hotel abholen würde.«

»Haben Sie ihm erzählt, dass Sie zu acht sind?«

»Oh ja. Er wollte, dass wir noch zwei weitere Personen finden, die sich uns anschließen, da er Platz für zehn in seinem Bus hat. Deshalb haben wir Sie und Sarah gefragt, ob Sie mitkommen möchten.«

Das war eine Methode, mit der viele Einheimische in armen Ländern versuchten, reiche Touristen auszurauben, die die Stadt besuchten. Rayne schwirrten tausend Gedanken im Kopf herum. Sie dachte an all die Dinge zurück, die ihr Bruder versucht hatte, ihr bezüglich Sicherheit beizubringen. Verdammt, eines der ersten Dinge, die er sie gelehrt hatte, war gewesen, nie mit jemandem zu reden oder mitzugehen, der nicht für ein legitimes Tourunternehmen arbeitete. Sie hatte angenommen, dass das jeder wusste, aber anscheinend nicht. Sie hatte nicht einmal daran gedacht, Diana und den anderen mehr Fragen darüber zu stellen, wie sie die Tour gebucht hatten. Sie hatte einfach angenommen, dass sie alle Vorsichtsmaßnahmen getroffen hatten. Diana hatte ihr zwar gesagt, dass sie Hamadi am Flughafen getroffen hatte, doch Rayne hatte bis jetzt nicht bemerkt, dass er nicht für ein seriöses Tourunternehmen tätig war. Sie hätte sich in den Hintern treten können. Chase wäre so enttäuscht.

»Sie wollten zehn, obwohl acht gereicht hätten«, sagte Rayne. »Ich habe gesehen, wie Hamadi mit mehreren Gruppen von Männern gesprochen hat, während wir uns heute die verschiedenen Sehenswürdigkeiten angesehen haben. Vielleicht machen die mit?«

»Wobei mitmachen? Wovon zum Teufel reden Sie?«, fragte Michael bissig.

»Bei was auch immer das hier ist. Dass wir in einem fensterlosen Raum inmitten eines Regierungsgebäudes am

Tahrir Square eingesperrt sitzen«, antwortete Rayne und machte sich nicht mehr die Mühe, nett zu sein.

»Ich bin sicher, sie haben uns einfach vergessen. Sobald sie uns wiederfinden, fahren wir zurück ins Hotel und lachen darüber«, sagte Paula mit erstickter Stimme.

Genau in dem Moment gab es irgendwo im Gebäude einen riesigen Knall. Dann noch einen und noch einen, der den Boden unter ihren Füßen erzittern ließ.

»Heilige Scheiße, was war das?«, fragte Sarah und sprang auf, genau wie Rayne.

»Kommen Sie, alle hier rüber!«, befahl Rayne und erinnerte sich an ihre Ausbildung zur Flugbegleiterin. Der Raum wurde wieder erschüttert, der Putz löste sich von der Decke und regnete auf die kleine Gruppe nieder.

Die vier Paare, Sarah und Rayne drängten sich gegen eine der Wände, weg von dort, wo die lauten Geräusche herkamen. Sarah und Rayne versuchten, die Gruppe zu beruhigen, indem sie ihre Erfahrung als Flugbegleiterinnen nutzten, obwohl niemand wusste, warum sie sich beruhigen sollten.

Als ein weiterer Knall ertönte, der viel näher schien als die anderen, schaute sich Rayne im Raum um. »Sarah! Hilf mir mit der Couch.« Die beiden Frauen schleppten das kleine Sofa vor die Gruppe. »Knien Sie sich alle dahinter. Sie gibt nicht viel Deckung, aber es ist besser als nichts.«

Michael schwieg. Anscheinend fehlten ihm die Worte, wenn er sich mitten in einer gefährlichen Situation befand. Die Gruppe kauerte hinter der kleinen Couch und fragte sich, was zum Teufel vor sich ging.

KAPITEL SECHZEHN

Ghost und sein Team saßen schweigend in dem C-17-Transportflugzeug, das über den Atlantik flog. Sie waren vor zwei Wochen von ihrer Erkundungsmission in Ägypten zurückgekommen und kehrten nun zurück – doch diesmal war es keine Erkundungsmission, sondern eine Rettungsmission.

In Ägypten war die Hölle los und die US-Regierung versuchte verzweifelt, alle Amerikaner aus dem Land zu schaffen. Die Militanten hatten mitten unter der Woche bei Tageslicht angegriffen. Das war mutig; niemand hatte das erwartet, was vermutlich zum Erfolg des Angriffs beigetragen hatte.

Der Putsch hatte mitten in der Stadt begonnen, an der gleichen Stelle, an der sich einige Jahre zuvor alles zugetragen hatte, obwohl nun die Straßen um das Regierungsgebäude und der Platz verlassen waren. In der Vergangenheit hatte es hier von Nachrichtenagenturen und anderen Medien gewimmelt, doch diesmal hielt die gewalttägige Bedrohung alle fern. Sie hatten auf dem Platz eine Reihe von Bomben abgefeuert und dank dieser Ablenkung das Regierungsgebäude einnehmen können.

DIE RETTUNG VON RAYNE

Ihr Plan war einfach und effektiv. Die Gruppe bestand aus Hunderten von Männern, die sich als Reiseleiter ausgaben. Sie hatten die Umgebung langsam, aber sicher infiltriert und sich den Grundriss des Gebäudes eingeprägt. Sie hatten gewartet und sogar die Sicherheitskräfte bestochen. Sie hatten alles gut geplant. Jeder der Männer brachte so viele Touristen mit, wie sie zusammenbringen konnten, und nun wurden unzählige Amerikaner und andere innerhalb des großen Regierungskomplexes als Geiseln festgehalten und die Situation wurde zum politischen Albtraum.

Die Militanten zogen die Gefangenen vor einige der Fenster des riesigen Gebäudes und würden damit beginnen, sie umzubringen, wenn die ägyptische Regierung nicht schnell genug auf ihre Forderungen reagierte.

Die US-Armee hatte bereits mehrere Einheiten in das Gebiet geschickt, die mit der ägyptischen Armee zusammenarbeiteten, um die Straßen um das belagerte Gebäude herum zu sichern. Doch erst als die Leichen von zwei Männern und zwei Frauen aus einem Fenster im dritten Stock eines Gebäudes geworfen wurden, wurden Delta Force und die SEALs gerufen.

Die Leichen der Touristen blieben dort liegen, wo sie gelandet waren; alle Versuche, sie zu bergen, waren von den Kämpfern vereitelt worden. Es gefiel ihnen offensichtlich, sie den Hunderten von Nachrichtenteams, die sich in den Gebäuden rund um den Platz niedergelassen hatten, zur Schau zu stellen. Dass diese aus den Fenstern filmten, passte ihnen sehr gut.

Ghost war überrascht gewesen, dasselbe SEALs-Team am Flughafen anzutreffen, dem sie vor sechs Monaten in der Türkei geholfen hatten. Die SEALs wollten Sergeant Penelope Turner damals nach Hause begleiten, nachdem sie sie erfolgreich vor den Mitgliedern von ISIS gerettet hatten, doch entweder war ihr Plan entdeckt worden oder die Terroristen hatten einfach nur Glück gehabt, denn sie waren auf dem Weg in sichere Gefilde abgeschossen worden. Ghosts Team war ausgerückt, hatte sie sich geschnappt und die SEALs und Sergeant Turner zu einer sicheren Basis begleitet, wo sie sich getrennt hatten.

Sie hatten nicht sehr viel Zeit mit den anderen Männern verbracht, doch Ghost und sein Team hatten großen Respekt davor, wie sich die SEALs verhalten hatten und wie ihr Team den Einsatz durchgeführt hatte. Es war einfach, wieder mit ihnen zu arbeiten. Ghost vermutete, dass sein langjähriger Freund und Waffenbruder Tex etwas damit zu tun hatte, dass sie sich heute wieder trafen. Nicht dass er die eigentliche Entscheidung darüber treffen konnte, welchen Einsätzen sie zugewiesen wurden, doch der Mann hatte die außergewöhnliche Fähigkeit, Dinge zu tun, die andere für unmöglich hielten. Ein Vorschlag hier, eine verschlüsselte Nachricht da ... und voilà! Ghost war ehrlich gesagt nicht überrascht zu erfahren, dass jeder der Männer im SEALs-Team Tex nicht nur kannte, sondern auch eng mit ihm befreundet war.

Tex war ein Mann, der alle kannte und selbst ein ehemaliger SEAL war, sodass es selbstverständlich war, dass Wolf und sein Team sich auf ihn verlassen konnten, wenn es darum ging, an Informationen zu kommen. Tex war auf einem Einsatz verwundet worden und hatte sich aus medizinischen Gründen von der Marine zurückgezogen, doch es sah so aus, als wäre er heute mindestens noch genauso aktiv wie damals, als er noch aktiv im Team tätig war.

Ghost hatte Wolf herzlich begrüßt. »Schön, dich zu sehen, Wolf.«

»Gleichfalls, Ghost. Lass uns aufbrechen, wir können an Bord alles besprechen.«

Ghost und sein Team buchten normalerweise Linienflüge, um unentdeckt zu bleiben, doch für diesen Einsatz war Zeit von entscheidender Bedeutung und es war wichtiger, schnell nach Kairo zu gelangen und die restlichen Geiseln zu befreien, als unentdeckt zu bleiben. Offiziell gehörten sie zum SEALs-Team und nicht zur Delta Force.

Nachdem sich die dreizehn Männer im Flugzeug hingesetzt hatten und sie in der Luft waren, begann Ghost als ranghöchster Soldat, die Männer zu informieren, und redete nicht lange um den heißen Brei herum.

»Okay, wir wissen nicht viel. Die Berichte aus Kairo sind lückenhaft, zumal niemand genau zu wissen scheint, was im Inneren des Gebäudes vor sich geht. Wir wissen nicht, wie viele Militanten vor Ort sind, und wir wissen auch nicht, wie viele Geiseln sie gefangen halten.«

»Dann wissen wir sogar weniger als nichts«, sagte Wolf, offensichtlich verärgert.

»Das drückt es ziemlich genau aus«, entgegnete Ghost zustimmend.

»So ätzend es auch ist, wir werden ein oder zwei Tage zur Informationsfindung brauchen«, sagte Fletch. »Wir können nichts unternehmen, bis wir wissen, wo diese Geiseln festgehalten werden.«

»Einverstanden«, erklärte Abe, einer der SEALs. »Wir können nicht riskieren, dass wir volle Kanne reingehen und Unschuldige dabei ums Leben kommen.«

Keinem der Männer passte die Verzögerung, doch sie war notwendig.

»In Ordnung. Lasst uns Plan A besprechen. Dann überlegen wir uns Plan B, C und D. Wenn alle Stricke reißen, kommt ihr so schnell wie möglich raus und bringt euch mit so vielen Geiseln wie möglich in Sicherheit«, befahl Ghost und glättete die Karte auf dem Tisch vor ihnen.

Mozart, ein weiterer SEAL, stöhnte. »Leichter gesagt als getan.«

»Das kannst du laut sagen«, stimmte Beatle zu.

»Okay, hier ist der Plan ...«

Die Männer entwarfen Strategien und erörterten und diskutierten verschiedene Aktionspläne jenseits des Atlantiks. Stunden, nachdem sie aufgebrochen waren, landete das Militärflugzeug schließlich. Alle dreizehn Männer an Bord waren einsatzbereit – gewappnet, so viele böse Jungs wie möglich auszuschalten und so viele Geiseln wie möglich nach Hause zu bringen.

Rayne konnte nur knapp einen Schreckensseufzer unterdrücken. Sie waren stundenlang in dem verschlossenen Raum eingesperrt gewesen, doch als sie endlich befreit wurden, war die Situation ganz anders, als sie es sich vorgestellt hatten.

Ein schroff aussehender Ägypter hatte die Tür geöffnet, begleitet von drei weiteren Männern. Alle vier Männer hatten automatische Gewehre und hatten ihnen sofort auf Ägyptisch Befehle erteilt.

Michael – natürlich Michael, wer sonst – war dumm genug, sich darüber zu beschweren, dass er nicht verstand, was die Männer wollten. Seine Frechheit wurde mit einem Stoß eines Gewehrkolbens ins Gesicht belohnt. Danach beschwerte sich Michael nicht mehr.

Sie wurden in einen anderen Raum getrieben, in dem sich ungefähr zwanzig weitere Touristen und etwa fünf Männer und Jungs mit geladenen Waffen befanden. Rayne und Sarah rückten eng zusammen und wollten nicht getrennt werden. Die anderen Paare hatten dasselbe getan und Rayne bekam einen Kloß im Hals, als sie sah, wie Leon, Eduardo und Steve sich zwischen die Männer mit den Gewehren und ihre Frauen stellten. Schließlich, nach ungefähr einer Stunde, wurde die gesamte Gruppe in einen anderen Raum gebracht, der wieder keine Fenster hatte. Die Türen wurden erneut verschlossen und sie alle waren eingesperrt.

Die Gruppe, die aus etwa dreißig Leuten bestand, verbrachte den nächsten Tag verwirrt, hungrig und außer sich vor Angst. Rayne fühlte sich unwohl in ihrem T-Shirt und ihrer Jeans und wünschte sich, dass sie den Angstschweiß mit einer heißen Dusche loswerden könnte.

Ein paar Mal schlugen und traten einige der Männer gegen die Türen, jedoch ohne Erfolg. Schließlich, nachdem alle so verängstigt waren, dass sie nicht mehr an Rebellion dachten, wurde die Gruppe wieder in einen anderen Raum geführt. Er sah aus, als wäre er früher einmal ein Ballsaal gewesen.

Die Wände waren mit kunstvollen Schnitzereien und Gemälden verziert und rote Wandteppiche hingen als Vorhänge vor den Fenstern. Es war erschütternd, wie wenig die prächtige Umgebung mit der Art und Weise, wie sie sich fühlten – niedergeschlagen, verschwitzt, hungrig und verängstigt – übereinstimmte. Insgesamt wurden wahrscheinlich etwa sechzig Geiseln in dem großen Raum gefangen gehalten. Rayne wusste nicht, aus welchen Ländern die Leute kamen, nur, dass nicht alle Englisch sprachen. Sie konnte einige Brocken Französisch, Deutsch und Spanisch ausmachen und einige, die slawisch klangen. Doch momentan waren sie alle Verbündete, vom Schicksal in diese schreckliche Situation gebracht, und die Nationalität spielte keine Rolle.

Sarah und Rayne gingen sofort in den hinteren Teil des

Raumes, fernab von Fenstern und Türen, und setzten sich mit dem Rücken gegen die Wand. Rayne flüsterte Sarah eindringlich ins Ohr und wischte ihr den Schweiß, der von der Hitze im Raum und der Anspannung stammte, von der Stirn. »Tu nichts, das Aufmerksamkeit auf dich lenken könnte. Nichts, verstehst du? Bleib ruhig, wenn die anderen es auch sind. Versuche, dich im Zaum zu halten. Schrei niemanden an und lass dich nicht in einen Streit verwickeln. Wenn man die Aufmerksamkeit auf sich lenkt, macht man sich zur Zielscheibe, und genau *das* müssen wir in so einer Situation vermeiden. Entweder du passt dich an oder du stirbst, Sarah. Ich meine es ernst.«

»Woher in Gottes Namen weißt du diese Dinge? Ich erinnere mich nicht daran, dass sie uns das in der Flugbegleiterschule gelehrt haben«, bemerkte Sarah verwundert.

»Mein Bruder ist in der Armee. Terrorismusbekämpfung. Er hat mir diese Dinge beigebracht.«

Die Frauen schwiegen eine Weile und beobachteten, was um sie herum geschah. Rayne war nicht überrascht, als Michael versuchte, sich als Leiter der großen Gruppe auszugeben. Rayne hätte ihm gleich sagen können, dass das nichts Gutes brachte, doch er hätte sowieso nicht auf sie gehört.

Während der ersten beiden Tage, die sie im Ballsaal verbracht hatten, hatten ihre Entführer sie größtenteils ignoriert. Sie hatten Platten mit irgendwelchem Fleisch und Käse gebracht und Eimer voller Wasser, das sie sich alle teilen konnten, doch das war alles gewesen. Nachdem sie einen der Eimer geleert hatten, war er in eine Ecke gestellt worden und diente als Toilette.

Als Michael sich frech an die Wachen wandte und verlangte, freigelassen zu werden, konnte sie sehen, dass diese die Geduld verloren.

DIE RETTUNG VON RAYNE

Am dritten Tag ihrer Gefangenschaft wusste Rayne immer noch nicht, warum sie gefangen gehalten wurden oder von wem – wobei sie jedoch vermutete, dass dies ohnehin irrelevant war –, die Wachen aber hatten anscheinend genug von Michael und einigen anderen der fordernden Geiseln.

Die gesamte Gruppe wurde angewiesen, sich nebeneinander aufzustellen. Die Frauen in einer Reihe und die Männer in einer anderen. Rayne beobachtete traurig, wie Diana und Eduardo, Leon und Paula und Tracy und Steve sich mit Tränen in den Augen verabschiedeten. Niemand wusste, was vor sich ging, und die Trennung der Paare erschien plötzlich wie ein Todesurteil.

Becky und Michael weigerten sich schlichtweg, das zu tun, was ihre Entführer verlangten. Michael stand neben seiner Frau, legte seinen Arm um ihre Schulter und erklärte: »Nein. Ihr könnt uns nicht trennen. Das ist meine Frau und sie ist sehr sensibel. Wir gehen nirgendwo hin; ihr müsst uns gehen lassen. Ihr werdet sowieso alle sterben, also könnt ihr genauso gut jetzt schon aufgeben!«

Rayne konnte nicht fassen, wie dumm Michael war. Sie hatte keine Ahnung, was er mit dieser Aussage bewirken wollte, doch es war offensichtlich, dass er den Mann irritierte, der versuchte, alle in Reihe und Glied zu bringen.

Er zog sein Gewehr heraus und schoss Michael in den Kopf. Als Becky anfing zu schreien, feuerte er ohne Warnung zwei Schüsse auf sie ab.

Es war totenstill im Raum, als ihre Körper zu Boden fielen. Niemand wagte es zu schreien. Niemand wollte den unberechenbaren Mann verärgern, der gerade, ohne mit der Wimper zu zucken, vor ihren Augen zwei Menschen erschossen hatte.

»Möchte sich sonst noch jemand darüber beschweren,

wie er behandelt wird? Möchte sonst noch jemand freigelassen werden?«

Niemand sagte ein Wort.

Der Mann, scheinbar immer noch verärgert, drehte sich um und erschoss einen der Gefangenen in der Reihe neben ihm. Dann tötete er die Frau, die ihm am nächsten stand. Er gab keine Erklärung ab, sondern drehte sich einfach um und ging aus dem Raum. Bevor er verschwand, sagte er auf Ägyptisch etwas zu den anderen Entführern.

»Ihr Männer, ja, ihr vier da drüben. Sammelt die Leichen ein und werft sie aus dem Fenster dort«, befahl ein anderer Entführer. Sein Englisch war gebrochen, jedoch verständlich.

Rayne zitterte und war schwach vor Angst und Hunger. Sie beobachtete, wie die Männer taten, was ihnen aufgetragen worden war. Die Leichen von Michael und Becky wurden zum Fenster geschleppt und hinausgeworfen. Dann kamen der Mann und die Frau an die Reihe, die nichts anderes getan hatten, als zu nahe neben Michael zu stehen.

Alle schwiegen, während die Frauen durch die eine Tür und die Männer durch die andere Tür auf der gegenüberliegenden Seite des großen Raumes weggeführt wurden. Niemand hätte gedacht, dass sich die Situation so gewalttätig entwickeln würde. Jetzt war allen klar, dass sie entbehrlich waren. Es war schwer zu sagen, wann ihre Entführer sie satthaben und beschließen würden, dass es einfacher war, ihre Leichen aus dem Fenster zu werfen, als sie am Leben zu erhalten und sich mit ihnen abgeben zu müssen.

Zum ersten Mal, seit sie in dem ersten Zimmer eingesperrt worden waren, wurde Rayne bewusst, dass es durchaus sein konnte, dass sie diese ganze Sache nicht überlebte. Sie würde ihre Geschwister nie wiedersehen. Würde nie wieder mit Mary tanzen gehen. Und sie würde nie wieder die Gelegenheit haben, Ghost zu sehen.

Warum der letzte Gedanke sie am traurigsten stimmte, wusste sie nicht genau, doch als Rayne Sarah kleinlaut in eine ungewisse Zukunft folgte, rollte ihr eine einzelne Träne über die Wange.

KAPITEL SIEBZEHN

Fletch fokussierte seinen Feldstecher auf das Gebäude vor ihm, während er mit Ghost sprach. »Die Vorhänge in diesem Raum sind zurückgezogen. Sieht aus, als wären drei Personen im Raum oben rechts. Mit AK-47ern bewaffnet, wahrscheinlich etwa dreizehn, Mitte zwanzig und Mitte vierzig.«

»Irgendwelche Geiseln?«, fragte Ghost mit leiser Stimme.

»Ich kann keine sehen, schätze aber, dass welche da sind. Die Männer halten ihre Waffen so, als würden sie jemanden bewachen. In den Räumen, in denen sich weder Geiseln noch Vorhänge befanden, trugen sie die Waffen auf dem Rücken. Sie sitzen wahrscheinlich.«

»Können wir irgendwie die Leute zählen?«

»Vermutlich nicht. Wir müssten uns ziemlich hoch positionieren, um in den Raum sehen zu können, und es gibt hier keine Gebäude, die sich dafür eignen.«

»Verdammt«, fluchte Ghost. »Es ist nicht gut, dass sie die Männer und Frauen getrennt haben.«

Fletch senkte den Feldstecher und sah zu seinem Freund und Teamkollegen hinüber. »Ist es auch nicht. Aber das ist nichts Neues. Was ist mit dir los, Ghost?«

Ghost seufzte, schwieg jedoch.

»Hat das etwas mit der neuen Tätowierung auf deinem Bein zu tun?«, fragte Fletch.

»Ich habe dir schon mal gesagt, dass ich nicht darüber reden will«, antwortete Ghost mit zusammengebissenen Zähnen. Obwohl er eng mit Fletch befreundet war, wollte er ihm nicht erzählen, was vor all den Monaten zwischen ihm und Rayne passiert war. Und seine Tätowierung war etwas Besonderes. Heilig. Nichts, worüber man wie grinsende Teenager tratschte.

Fletch seufzte. »Schau, ich bin kein Idiot. Und die anderen auch nicht. Wir wissen, dass bei deinem Aufenthalt in London Anfang des Jahres etwas vorgefallen ist. Nicht darüber zu reden bringt dich auch nicht weiter. Man darf nicht alles in sich reinfressen, dann staut es sich an. Du bist leicht reizbar und scheinst dich von solchen Dingen mehr aus der Ruhe bringen zu lassen als früher. Ich sage ja nicht, dass das schlecht ist, aber du darfst so etwas nicht an dich heranlassen. Und genau das tust du, mehr als jemals zuvor.«

»Es staut sich nichts an und ich will verdammt noch mal nicht darüber reden.«

Fletch fuhr fort, als ob er seinen Freund nicht gehört hätte. »Wenn ich raten müsste, würde ich sagen, dass es sich um eine Frau handelt. Du hast jemanden getroffen und eine tolle Zeit mit ihr verbracht ... und jetzt bereust du, dass du mit ihr geschlafen hast, was dir zwar nicht ähnlichsieht, aber egal. War sie fett? Hässlich? Will sie dich nicht in Ruhe lassen? Ist das das Problem?« Fletch wusste, dass keines dieser Dinge der Grund war, doch er drängte ihn weiter, um zu sehen, ob er irgendeine Reaktion von seinem Freund bekommen konnte. Jede Reaktion war besser als der leere Ausdruck in Ghosts Gesicht, während er sich weigerte, über das zu reden, was passiert war.

»Lass mich raten, sie war ein beschissener Fick. Nein, jetzt habe ich es – du hast dir eine Geschlechtskrankheit eingefangen. Ist das das Problem? Denn wenn es so ist, kannst du zum Arzt gehen und –«

»Verdammt noch mal, Fletch, ich habe keine Geschlechtskrankheit. Meine Güte!«

»Dann war es also *doch* eine Frau.«

Ghost strich sich müde mit der Hand übers Gesicht. Fletch hatte ihm wochenlang auf der Pelle gesessen und versucht, ihn dazu zu bringen, mit der Sprache herauszurücken. Und es sah so aus, als ob er endlich Erfolg hatte. Fletch war ein guter Freund, jemand, dem Ghost vertraute. Und natürlich wusste er, dass er mit jemandem über diesen ganzen Scheiß reden musste. Vermutlich würden sie also doch wie Teenager tratschen.

»Ja. Sie war ... großartig.«

»Und wo liegt das Problem?«

Ghost drehte sich zu seinem Freund um. »Wir sind Delta.«

»Und?«

»Reicht das nicht?«

Fletch schüttelte den Kopf. »Schau, ich sage ja nicht, dass es einfach wäre, eine Beziehung zu führen, aber du weißt, dass es funktionieren kann.«

»Ich habe sie angelogen, Fletch. Jedes verdammte Wort, das aus meinem Mund kam, war eine Lüge.«

»Hast du ihr gesagt, dass du ihr Freund sein willst?«

»Nein.«

»Hast du ihr gesagt, dass du sie liebst?«

»Verdammt, nein.«

»Dass du sie anrufen wirst? Ihr schreiben? Ihr überschwängliche Liebesbriefe schicken wirst?«

»Verflucht, Fletch. Nein.«

»Dann sehe ich nicht, wo das Problem sein soll.«

»Ich mochte sie. Sie war ... temperamentvoll. Süß. Bodenständig. Loyal.«

»Wow«, seufzte Fletch. »Ich hätte nie gedacht, dass ich den Tag erleben würde, an dem der geile Bock Ghost sich Hals über Kopf in eine Frau verknallt.«

»Ich habe mich nicht Hals über Kopf in sie verknallt, du Arsch.«

»Doch, das hast du. Schau dich an, Mann. Du hast dir eine Tätowierung verpassen lassen, die nicht nur deine Deckung als Soldat auffliegen lässt – vor allem durch das riesengroße verdammte Armeelogo –, du hast dir sogar einen Zauberstab auf den Körper tätowieren lassen. Und als du sie beschrieben hast, hast du kein Wort darüber verloren, wie sie aussieht.«

»Und?«

»Und?« Fletch schüttelte den Kopf. »Kumpel, jedes Mal wenn du eine Frau beschrieben hast, mit der du geschlafen hast, hast du mit ihren Titten angefangen. Oder mit ihrem Arsch oder wie schön sie war, wie zierlich, wie groß, wie kurvig ... mit irgendetwas, das mit ihrem Körper zu tun hatte. Bei dieser Frau? Kein Wort davon.«

Ghost starrte seinen Freund lange und nachdenklich an. Er hatte recht. Rayne war wunderschön, aber er wollte nicht mit seinen Freunden über sie sprechen. Sie war wie für ihn gemacht. »Verdammt, Mann, ich habe ihr nicht mal meinen richtigen Namen genannt.«

»Na und?«, gab Fletch sofort zurück.

»Sie denkt, ich heiße John Benbrook.«

»Du hast ihr nicht einmal deinen Spitznamen verraten?«

»Doch, das habe ich.«

»Dann kennt sie dein wahres Ich.«

»Ghost ist nicht mein wahres Ich.«

»Blödsinn. Du *bist* Ghost, und das weißt du. Der Name passt besser zu dir als jeder andere Spitzname, den ich je gehört habe. Du bist leichtfüßig und kannst unbemerkt an Orten auftauchen und wieder verschwinden, das kann keiner von uns anderen. Es ist unheimlich, wie du immer weißt, wann wir in der Scheiße stecken und verschwinden müssen. Wenn diese Frau dich Ghost genannt hat, dann kennt sie dich wirklich.«

»Ich habe auch über alles andere gelogen. Ich habe eine Freundin erfunden, die ich angeblich als Fünfzehnjähriger hatte. Ich habe meine Herkunft erfunden. Ich habe ihr erzählt, dass ich einmal mit der Waffe bedroht wurde. Verdammte Scheiße, Fletch, es war alles gelogen.«

»Was war mit dem Sex? Hast du den auch vorgetäuscht?«

Ghost merkte nicht, dass sich die Falten in seinem Gesicht glätteten und sich ein zufriedener Gesichtsausdruck abzeichnete, während er sprach. »Nein. Es war absolut nichts vorgetäuscht, als wir zusammen im Bett waren.«

»Wenn wir zurück sind, musst du sie suchen, Ghost.« Fletch hielt eine Hand hoch, um seinen Freund zu unterbrechen, denn er wusste genau, was dieser sagen würde. »Wenn ich jemals eine Frau treffen sollte, die mich so zufrieden aussehen lässt, wie du gerade aussiehst, kannst du wetten, dass ich sie nie gehen lassen werde.«

Als Ghost nicht antwortete, fuhr Fletch fort: »Du hast gelogen. Das ist scheiße, das kann ich verstehen. Sie wird ganz schön sauer sein. Aber du bist Delta, Mann. Streng geheim. Du warst auf dem Heimweg von einem Einsatz. Es gibt tausend Gründe, warum du gelogen hast, aber über die wichtigste Sache hast du nicht gelogen, Ghost. Wie du dich gefühlt hast, als du mit ihr zusammen warst. Das ist viel wichtiger als all der andere Scheiß.«

»Gütiger Himmel, das klingt ja wie Dr. Sommer oder so«, meckerte Ghost.

Fletch lächelte. »Ich bin vielleicht nicht der klügste Mann auf Erden, aber wenn ich eine süße, temperamentvolle Frau hätte, die zu Hause auf mich wartet, jeden Abend meinen Schwanz verwöhnt und mir Erinnerungen beschert, die ich nicht vergesse, bis ich wieder nach Hause komme, würde ich alles daran setzen, dass sie bei mir bleibt.«

Ghost nickte. Fletch hatte schon immer die selbstreflektierendsten Fähigkeiten in ihrer Gruppe gehabt. Er war verschlossen und geheimnisvoll und fasste nicht leicht Vertrauen, doch sobald man sich da durchgekämpft hatte, war er hundertprozentig loyal.

Sie hörten eine große Explosion im Gebäude auf der anderen Seite des Platzes und beide Männer lenkten ihre Aufmerksamkeit sofort wieder auf ihre Arbeit. Fletch schaute erneut durch den Feldstecher und Ghost versuchte herauszufinden, woher die Explosion gekommen war.

»Nordwestliche Ecke des Gebäudes. Rauch«, sagte Ghost zu Fletch.

»Oh scheiße«, antwortete dieser.

»Wie meinst du das? Scheiße was?«, fragte Ghost, schaute zu seinem Freund hinunter und sah, dass er seinen Blick nicht auf die nordwestliche Ecke gerichtet hatte, sondern immer noch zu dem Raum schaute, über den sie zuletzt gesprochen hatten.

»Es sind definitiv Geiseln in diesem Zimmer. Es sind

keine Geiselnehmer mehr da drin, aber ein paar Frauen schlagen mit aller Kraft gegen die Tür. Oh scheiße, es ist ...«

Seine Worte wurden abgeschnitten, als der gesamte Eckteil des Gebäudes, genau der, der den Raum voller Geiseln beinhaltete, unter einer feurigen Explosion und einer Rauchsäule aus ihrem Blickfeld verschwand.

KAPITEL ACHTZEHN

»Wir können nicht einfach hier sitzen und nichts tun«, rief Sarah, offensichtlich am Ende ihrer Geduld.

»Was willst du denn tun? Fordern, freigelassen zu werden, wie der Typ, der erschossen wurde?«, jammerte eine der anderen Frauen, die mit ihnen festgehalten wurde.

Rayne verstand, dass Sarah unruhig war. Sie waren mehrmals von einem Ort zum anderen gebracht worden, seit sie von den Männern getrennt worden waren. Diana, Paula und Tracy konnten es fast nicht ertragen, nicht zu wissen, wie es ihren Männern ging. Es wäre Rayne genauso gegangen, wenn sie mit Ghost zusammen gewesen und er von ihr getrennt worden wäre. Untereinander zu streiten brachte nichts.

Sie blickte zu den drei Männern hinüber – eigentlich waren es zwei Männer und ein Junge –, die sie im Moment bewachten. Die Wachen waren ausgetauscht worden, doch es war offensichtlich, dass es sich um eine bunt zusammengewürfelte Bande handelte, die nicht wirklich wusste, was vor sich ging; sie folgten nur Befehlen.

Irgendwann war der Junge zu ihnen herübergekommen. Er

hatte nichts gesagt, doch obwohl Chase ihr eingebläut hatte, dass sie sich anpassen und sich nie von anderen abheben sollte, hatte sie die Regeln gebrochen und ihn angelächelt, in der Hoffnung, ihn dazu zu bringen, sie alle als Menschen zu sehen und nicht als Tiere, die erschossen werden sollten. Der Junge hatte innegehalten und ihr in die Augen geschaut. Er hatte ihr zugenickt und war daraufhin zu den beiden Männern auf der anderen Seite des Raumes zurückgegangen. Rayne hoffte, dass sein Nicken bedeutete, dass er ihr freundlich gesinnt war. Dass er sie alle als Menschen sah. Vielleicht hatte er eine Schwester, die er liebte. Er musste eine Mutter haben ... nicht wahr?

Rayne versuchte, ihre Stimme klar und ruhig zu halten, so wie es ihr für Notfälle im Flugzeug beigebracht worden war. »Ihr habt beide recht, wir sollten darüber nachdenken, was wir tun können, wenn sich die Gelegenheit bietet, aber wir können nichts fordern; das würde sie nur noch mehr irritieren.«

»Was sollen wir tun?« Das war Paula, die sich immer Rat von anderen erhoffte.

Das Problem war, dass Rayne keine Ahnung hatte. Im Moment befanden sich etwa fünfzehn von ihnen in diesem Raum. Es waren siebzehn gewesen, doch ihre Entführer hatten zwei der Frauen weggebracht und sie waren nicht zurückgekehrt. Rayne wollte nicht darüber nachdenken, was mit ihnen geschehen war. Sie blickte zu den bewaffneten Männern hinüber. Sie redeten miteinander und beachteten die Frauen nur gelegentlich. Rayne nahm an, dass ihre Gruppe im Moment nicht allzu bedrohlich aussah ... sie saßen eng aneinandergedrängt in einem kleinen Kreis.

»Das ist eine neue Gruppe von Bewaffneten, nicht wahr? Wir haben nie dieselben Männer zweimal gesehen, seit wir hier drin sind. Also tauschen sie die Wachen aus.«

»Ja und?« Eine Australierin namens Pat meldete sich zu Wort. »Was bringt es uns, das zu wissen?«

»Das weiß ich nicht, aber im Moment ist jede Information besser als keine«, erwiderte Rayne mit absichtlich angepasster Stimme. Obwohl sie gereizt war, durfte sie es sich nicht anmerken lassen.

»Also, ich denke ...«, sagte eine andere Frau, wahrscheinlich Anfang zwanzig, aufgeregt, »wir sollten sie angreifen. Wir sind fünfzehn Leute und sie nur zu dritt.«

»Aber sie haben Waffen«, warf Paula nervös ein und rieb sich die Hände.

»Stimmt, ein paar von uns könnten sie ablenken, während die anderen sie angreifen.«

Rayne konnte sich kaum verkneifen, mit den Augen zu rollen. Das war der schlechteste Plan, den man sich überhaupt ausdenken konnte. Es kam ihr vor, als wäre sie mitten in einem schlechten B-Movie. Jeden Moment würde das Mädchen ihre Kleider ausziehen und herumstolzieren, und dann würden die Retter hereinstürmen und sie alle befreien. Doch das würde nicht passieren.

Die Tür zu ihrem Raum wurde plötzlich so heftig aufgerissen, dass sie gegen die Wand knallte und die Frauen vor Angst zusammenzuckten.

Zwei Männer kamen herein, natürlich bewaffnet. Einer hielt eine Kiste und ein Gewehr und der andere begann sofort, mit den Entführern im Raum in einer Sprache zu sprechen, die sie nicht verstanden.

Die Frauen standen alle auf und kauerten sich gegen die Wand. Sie spürten, dass etwas passieren würde, doch sie wussten nicht was.

Der Junge, den Rayne kurz zuvor angelächelt hatte, zeigte auf sie und der Neuankömmling stellte ihm schroff eine Frage. Rayne hielt den Atem an und fragte sich, was die Männer da taten.

Rayne gefiel es nicht, dass mit dem Finger auf sie gezeigt wurde. Scheiße. Chase hatte sie gewarnt. Als dies den anderen beiden Frauen passiert war, waren sie aus dem Raum gebracht worden und nicht zurückgekehrt.

Der Mann, der die Kiste hielt, legte sie in der Nähe der anderen beiden Entführer auf den Boden und kam auf sie zu. Rayne wich so weit zurück, wie die Mauer hinter ihr es zuließ.

Der Mann packte sie am Arm und zog sie grob zu sich heran. Rayne hörte Sarah wimmern, doch keine der Frauen sagte etwas. Sie hatten beim letzten Mal gelernt, still zu sein, damit sie nicht erschossen wurden.

Rayne rang nach Luft, als ihr zweiter Arm von einem der anderen Entführer gepackt wurde. Die beiden Männer schleppten sie aus dem Raum, dicht gefolgt von dem Jungen. Sie schaute noch einmal zurück und konnte den qualvollen Blick in Sarahs Gesicht erkennen, bevor die Tür sich hinter ihnen schloss.

»Wohin gehen wir?«, fragte Rayne, ohne wirklich eine Antwort zu erwarten.

»Jungs werden Männer«, sagte der große, bärtige Mann neben ihr mit rauer, kehliger Stimme.

»Wie bitte?« Rayne hatte keine Antwort erwartet, deshalb hatte sie sich nicht darauf konzentriert, seinen starken Akzent zu verstehen.

»Jungs werden Männer«, wiederholte er und schien keineswegs verärgert darüber zu sein, dass er es noch einmal sagen musste.

»Ich verstehe nicht.«

»Typisch. Amerikaner dumm. Nie verstehen.«

Rayne wollte protestieren, doch sie hielt den Mund. Sie

änderte die Taktik und versuchte, sich zu merken, wo sie hingingen. Falls sie die Gelegenheit haben würde zu entkommen, musste sie wissen, welchen Weg sie einschlagen musste. Sie wollte unbedingt verhindern, dass sie den Terroristen direkt in die Arme lief, wenn sie um ihr Leben rannte.

Sie schleppten sie mehrere Korridore entlang. Das Gebäude war riesig. Rayne hatte Angst, dass sie sich in dem Labyrinth der Gänge verlieren und nie wieder hinausfinden würde.

Hinter ihr ertönte irgendwo eine große Explosion und die Männer hielten an und warteten. Der Boden zitterte unter ihren Füßen und Rayne schauderte.

»Das waren deine Freunde«, sagte einer der Männer, die sie festhielten, ein wenig zu glücklich für Raynes Geschmack.

»Wie bitte?«

»Wir haben gerade den Raum, in dem sie eingesperrt waren, in die Luft gejagt. Wir erteilen der Welt eine Lektion.«

»Oh Gott«, stöhnte Rayne, als sie einmal mehr grob den Flur entlanggezogen wurde. Sie hatten den Raum, in dem sich Paula, Sarah, Tracy und die süße Diana aufgehalten hatten, in die Luft gesprengt? Waren sie vielleicht noch am Leben? Warum war sie verschont geblieben? Sie hatte so viele Fragen und überhaupt keine Antworten.

Der Junge hinter ihnen sagte etwas mit einer weinerlichen Stimme, die Rayne auf die Nerven ging. Der Mann zu ihrer Linken bellte ihn in einem verärgerten Ton an, der Rayne zusammenzucken ließ. Der Junge murmelte etwas und dann gingen sie weiter.

Sie kamen zu einer Tür am Ende eines langen Korridors und der Junge eilte nach vorn, um sie zu öffnen. Rayne wurde von den beiden Männern in den Raum gezerrt. Im Zimmer war es dunkel und es roch scheußlich ... nach Schweiß und Körpergeruch und etwas Kupferartigem, das nur Blut sein konnte. Es dauerte eine Weile, bis sich ihre Augen an das schwache Licht gewöhnt hatten, was dazu führte, dass sie sich nicht gegen den harten Griff der beiden Männer wehrte, als diese sie in eine Ecke schleppten. Erst als sie spürte, wie sich ein kaltes Band um ihr Fußgelenk legte und die Haut einklemmte, erkannte sie, dass sie in großen Schwierigkeiten steckte, und sie versuchte, sich aus dem engen Griff ihrer Entführer zu winden.

Rayne hörte Gelächter um sich herum und schaute den Mann an, der zu ihren Füßen kniete. Den, der ihr gerade eine eiserne Manschette um den Knöchel gelegt hatte. Sie war an einer langen Kette befestigt, die in die Wand geschraubt war. Hinter ihr befand sich ein rostiger Bettrahmen mit einer dünnen Matratze, die mehrere dunkle Flecke aufwies.

Der Mann zu ihren Füßen sagte wieder etwas und alle um sie herum lachten.

»Er sagt, dass du fette Knöchel hast«, erklärte eine ruhige Stimme mit einem Akzent von der gegenüberliegenden Seite des Raumes.

Rayne wäre beleidigt gewesen – sie hatte *keine* fetten Knöchel –, wenn sie nicht so viel Angst gehabt hätte. Ihre Knöchel waren völlig normal, doch sie fürchtete sich zu sehr, um zu widersprechen. Sie hatte immer gedacht, dass sie tapfer sein und sich aus allem herausreden würde, wenn sie jemals in eine Situation geraten würde, in der ihr Leben bedroht war. Doch das war ein Hirngespinst. Sie war total verängstigt, fragte sich, was wohl mit ihr in diesem schrecklichen Raum passieren würde, und konnte nichts zu ihrer Verteidigung sagen.

Sechs Männer hatten bei ihrer Ankunft auf sie gewartet, alle in grauen Gewändern, die von den Schultern bis zu den Füßen reichten. Keiner von ihnen trug eine Kopfbedeckung oder eine Maske. Sie saßen auf einer Art Plattform ... drei Männer in der unteren Reihe und drei in der oberen. Alle hatten lange Bärte und beäugten sie lüstern. Es schien eine Art heidnisches Ritual zu sein.

Der Mann, der die Manschette um ihren Knöchel gelegt hatte, hob ein riesiges Messer vom Boden auf. Er war rostig und hatte eine gezackte Klinge. Bevor Rayne sich bewegen konnte, wurden ihr die Arme hinter dem Rücken verdreht und in einem Winkel gehalten, der sie blockierte. Sie zappelte, wand sich verzweifelt und versuchte vergeblich, sich zu befreien.

»Je mehr du dich wehrst, desto eher wirst du verletzt«, sagte die Stimme mit dem Akzent.

»Warum tut ihr das? Was soll das?« Rayne wollte Antworten.

Der Mann zu ihren Füßen ließ sich Zeit. Er setzte das Messer an ihrem Hosenbein an und fing an, es langsam von unten nach oben aufzuschlitzen. Rayne spürte die Spitze der Klinge an ihrem Bein, konnte jedoch nicht sagen, ob sie tatsächlich verletzt wurde oder nicht. Ihre Beine fühlten sich taub an – verdammt, alles fühlte sich taub an.

»In unserer Kultur wird ein Junge zum Mann, wenn er zum ersten Mal eine Frau nimmt.«

»Oh scheiße.« Rayne dämmerte langsam, worum es hier ging.

»Ich sehe schon, du weißt, wovon ich rede. Du solltest dich geehrt fühlen. Moshe hat dich als seine Erste auserwählt.«

Rayne fand schließlich ihre Stimme wieder. »Das hat nichts mit eurer Kultur zu tun. Ägypten ist ein schönes Land voller wunderbarer Menschen, und das hat nichts mit seiner Kultur zu tun. Es ist vermutlich *eure* Kultur, ihr Arschlöcher, so zu tun, als ob so etwas normal und richtig wäre, doch das ist es nicht. Ihr unterzieht eure Kinder einer Gehirnwäsche, die sie zu Mördern und Vergewaltigern werden lässt.«

Ihr Kopf wurde zurückgeworfen, als einer der Männer ihr einen heftigen Schlag ins Gesicht verpasste.

»Es ist auch unsere Kultur, dafür zu sorgen, dass Frauen ihren Platz kennen. Und dazu gehört, zu schweigen und nur dann zu sprechen, wenn sie angesprochen werden.«

»Scheiß drauf«, murmelte Rayne, nur um Sekunden später vor Schmerz aufzuschreien, als sie wieder geschlagen wurde, diesmal nicht mit einer offenen Handfläche, sondern mit einer geschlossenen Faust. Es tat weh, doch sie wusste, dass alles andere, was diese Psychopathen ihr antun wollten, noch viel schmerzhafter sein würde. Ihre Atmung wurde immer schneller, als ihre zerschnittene Jeans zu Boden fiel. Die Männer lachten wieder, als sie in ihrer schwarzen Spitzenunterwäsche vor ihnen stand. Sie hatte sich sexy gefühlt, als sie sie angezogen hatte, obwohl das schon einige Tage her war. Jetzt fühlte sie sich gedemütigt und schmutzig.

Die Männer und der Junge besprachen etwas, das Rayne nicht verstand, doch der Mann übersetzte schadenfroh. »Moshes Vater lobt seinen Sohn und sagt ihm, dass er sich gut entschieden hat. Du hast Temperament und deine Oberschenkel sind dick und füllig und werden als Dämpfer dienen, so wie es sein soll. Deine Hüften sind breit und können viele Söhne gebären.«

»Oh Gott, nein, bitte nicht. Lasst mich los!«

Der Mann mit dem starken Akzent redete weiter, als ob sie nichts gesagt hätte. »Das Ritual besteht darin, dich siebenmal zu nehmen. Sieben ist eine Glückszahl in unserem Land. Wenn er sich siebenmal in dir ergossen hat, wird er ein Mann sein.«

Rayne konnte kaum atmen. Sieben Mal? Sie würde sieben Mal von diesem Jungen vergewaltigt werden?

»Es ist unsere Aufgabe, ihn zu kritisieren und ihm beizubringen, wie man eine Frau beherrscht und sie unter sich gefügig macht. Er weiß, dass du dich zuerst wehren wirst, das ist zu erwarten, doch bis er das Ritual beendet hat, wirst du gefügig sein und alles tun, was er dir sagt, und alles akzeptieren, was er dir antun will. Du kannst dein Schicksal genauso gut jetzt schon annehmen, du amerikanische Hure. Die beiden vor dir haben tapfer gekämpft, doch am Schluss haben sie unsere frisch gebackenen Männer widerstandslos aufgenommen, wie es sich für richtige Frauen gehört.«

Rayne schloss die Augen und betete. Nicht um Rettung, sondern um einen schnellen Tod. Wenn sie irgendwie an das Messer kommen konnte, mit dem der Mann ihr jetzt die Bluse zerschnitt, würde sie es in ihr eigenes Herz rammen.

Die Worte im Raum klangen, als würden sie von weit her kommen, und Rayne fühlte sich von ihrem Körper getrennt. Es war, als würde eine andere festgehalten, ihre Bluse zerschnitten und über sie gelacht ... nicht sie.

Sie dachte an ihren Bruder Chase, daran, wie er sich fühlen würde, wenn er erfahren würde, was mit ihr geschehen war ... falls er es jemals erfahren würde. Und an ihre Schwester Sam. Sam war glücklich in Los Angeles und verfolgte ihren Traum, Schauspielerin zu werden. Und Ghost ...

Oh Gott, Ghost. Sie würde alles dafür geben, ihn noch einmal zu sehen. In diesem Moment beschloss sie, dass sie es diesen Tieren nicht erlauben würde, ihr die schönen Erinnerungen ans Liebemachen mit Ghost und an ihre gemeinsame Nacht zu nehmen, falls sie das hier überleben würde.

Was nun mit ihr geschehen sollte, hatte nichts mit ihrem gemeinsamen Liebesspiel zu tun.

Rayne wurde nach hinten gerissen und wäre hingefallen, wenn der Mann hinter ihr sie nicht festgehalten hätte. Er schleppte sie zu der schmutzigen Matratze und warf sie darauf. Das Rasseln der Kette, die um ihren Knöchel gewickelt war, schallte im Raum. Sie schlug um sich und wehrte sich gegen die Männer, doch sie waren übermächtig. Während ihr anderes Bein an den Bettrahmen gekettet und ihre Arme über ihren Kopf gezogen wurden, erklärte diese verdammte Stimme weiter, was passieren würde.

»Zuerst wird Moshe dich auf dem Rücken liegend nehmen, damit er dir ins Gesicht schauen kann. Dies ist der erste Schritt und wird vermutlich schnell vorbei sein. Die meisten Jungs kommen schnell, wenn sie zum ersten Mal in eine Frau eindringen. Das zweite und dritte Mal wird von hinten sein, damit dir klar wird, dass er die ganze Macht hat und du nur eine Hündin bist. Wertlos, nur gut genug, um das zu nehmen, was er dir gibt. Das vierte Mal wird er in deinem dunklen Loch kommen. Das ist die Transformationszeit. Wenn er nicht hundertmal zustoßen kann, ohne zu kommen, werden sein Vater, seine Onkel und die heiligen Männer, die hier anwesend sind, um seine Transformation zu bezeugen, ihn nicht als vollwertigen Mann sehen.«

Rayne wimmerte und dachte daran, wie sehr hundert Stöße in ihren jungfräulichen Anus schmerzen würden.

»Danach wird er das fünfte Mal in deinem Mund kommen. Das sechste Mal wird gegen die Wand sein und für das siebte Mal wirst du wieder auf dem Rücken liegen. Bis zum siebten Mal wirst du vor lauter Sperma und Blut so glitschig sein, dass du ihn leicht und ohne Kampf in dir aufnehmen wirst. Das Ziel ist, dich beim letzten Mal zum weiblichen Höhepunkt zu bringen. Wenn er sich zurückhalten kann und nicht vor dir kommt, hat er das Ritual erfolgreich beendet und ist ein ganzer Mann. Wenn er dich nicht zum Höhepunkt bringt, hat er versagt. Er wird das Ritual an einem anderen Tag wiederholen müssen.«

Rayne konnte nicht fassen, was sie da hörte. Nachdem sie siebenmal vergewaltigt worden war und *sie* keinen Orgasmus hatte, musste sie das Ganze noch einmal durchmachen? Das war offensichtlich eine Falle und eine Entschuldigung dafür, dass sie immer wieder Frauen vergewaltigen konnten, alles im Namen der Tradition. Als ob sich irgendeiner von ihnen überhaupt darum scherte, ob die Frauen, mit denen sie zusammen waren, kamen oder nicht.

Sie wusste nicht einmal, ob sie eine einzige Vergewaltigung überleben würde, geschweige denn sieben. Rayne wusste jedoch, dass sie sterben würde, wenn sie dieses barbarische Ritual mehr als einmal durchmachen musste. Sie würde einen Weg finden, sich umzubringen, bevor sie ein zweites Mal leiden musste. Diese Männer waren verrückt.

Rayne hielt den Mund und wusste, dass nichts, was sie sagen konnte, diese Monster dazu bringen würde, ihre Meinung zu ändern.

Sie schaute zu den Männern hinüber, die auf den Stühlen saßen, warteten und zusahen. Einige waren mit dem Jungen verwandt und die Tatsache, dass sie anwesend waren, machte dieses schreckliche Ritual noch tausendmal schlimmer. Sie sahen nicht wie alte, weise Männer aus, sondern wie lüsterne Säcke, die sich daran aufgeilten zuzusehen, wie eine Frau vergewaltigt und gefoltert wurde.

»Je mehr Blut fließt, desto glücklicher wird er als Mann

sein. Je mehr du dich wehrst und kämpfst, desto mehr wird er zum Mann werden.«

Rayne konnte sich mehr zurückhalten und fand den Mut, der ihr bis dahin gefehlt hatte. Es spielte keine Rolle mehr, wenn sie die Männer noch mehr verärgerte. Sollten sie sie doch umbringen. Das war eigentlich sogar besser. Vielleicht würden sie ihr einfach die Kehle durchschneiden, wenn sie sie wütend genug machte, obwohl das Moshe wahrscheinlich nicht davon abhalten würde, sie zu vergewaltigen. Der Gedanke, dass er sich an ihrer Leiche vergehen könnte, brachte sie fast dazu, sich zu übergeben, doch auch das konnte ihre zornigen Worte nicht aufhalten.

»Halt die Schnauze. Halt einfach die Schnauze! Ihr seid alle krank. Das ist Vergewaltigung! Das ist nicht richtig. Du glaubst doch den Scheiß gar nicht wirklich, den du da von dir gibst. Lasst mich los, ich will deinen kleinen Penis nicht in meiner Nähe haben!« Mit den Füßen in den grausamen Fesseln trat sie verzweifelt um sich, als der Junge sich neben die Matratze stellte, auf sie herabschaute und lächelte.

Rayne blickte ihn an in der Hoffnung, den Menschen zu sehen, der ihr im anderen Raum schüchtern zugenickt hatte. Er war nicht da. Er war durch einen Jungen ersetzt worden, der kurz davor stand, zum Mann zu werden, und die Älteren, die hinter ihm saßen und standen, beeindrucken wollte und an nichts anderes dachte, als zum ersten Mal zu ficken.

Er stand da und beobachtete einen Moment lang, wie sie sich wand und wehrte, drehte sich dann um und sagte etwas zu den Männern hinter ihm. Zustimmendes Gelächter erklang.

Natürlich übersetzte der Mann, der Englisch sprach, für sie. Rayne wusste, dass dieser starke Akzent sie noch jahrelang in ihren Albträumen verfolgen würde. »Moshe sagt, er ist zufrieden. Du bist rund und reif und deine Haut wölbt sich, wenn du dich wehrst. Das Blut fließt dir schon jetzt aus den Hand- und Fußgelenken. Er sagt, dass er als sehr glücklicher Mann aus diesem Ritual hervorgehen wird.«

Rayne schloss die Augen, als der Junge sich an seinem Hosenbund zu schaffen machte. Dies passierte tatsächlich. Sie konnte es nicht glauben. Sie *musste* es glauben.

Rayne dachte mit aller Kraft an Ghost, um alles um sie herum auszublenden. Sie dachte an sein Gesicht, seine Hände, seine finstere Mine, als er in London ein Foto der Zulassung von diesem grässlichen Taxifahrer machte, an die Worte, die an der Seite seines Körpers tätowiert waren … stille Professionalität.

Sollte sie tatsächlich sterben, wollte sie das mit einem Bild von Ghost vor ihrem inneren Auge tun.

KAPITEL NEUNZEHN

Dude und Hollywood arbeiteten zusammen, als ob sie schon immer Teamkollegen gewesen wären. Der SEAL und das Delta Force-Mitglied bewegten sich so leicht durch die Schatten, als ob sie dort hingehörten, und platzierten Sprengstoff an strategischen Punkten entlang des Gebäudes.

Löcher in die Wände des Regierungsgebäudes zu sprengen war wahrscheinlich nicht die bevorzugte Taktik der ägyptischen Regierung, doch nachdem sie hatten zuschauen müssen, wie eine Bombe in einem Eckraum explodiert war und alle Frauen im Inneren umgebracht haben musste, warteten die Teams nicht mehr länger auf Erlaubnis. Sie wurden hineingeschickt, um der Sache ein Ende zu bereiten, und genau das hatten sie auch vor. Von nun an würden keine weiteren Amerikaner oder Geiseln ums Leben kommen. Sie konnten nicht einfach dasitzen und nichts tun. Dafür waren sie nicht ausgebildet worden und jetzt war es Zeit zu handeln.

Sie mussten hineingehen und die restlichen Geiseln herausholen ... und wenn das bedeutete, dass dabei einige oder sogar alle der Militanten umkamen, umso besser. Dreizehn Männer gegen eine unbekannte Anzahl von Geiselnehmern mochte sich zwar nach einem unfairen Kampf anhören, doch Hollywood wusste, dass es sich nicht um dreizehn gewöhnliche Soldaten handelte. Sie waren SEALs und Delta Force. Sie waren für genau solche Situationen ausgebildet. Sie gehörten zu den beiden gefährlichsten Spezialeinheiten, die das Militär der Vereinigten Staaten zur Verfügung hatte.

Hollywood sprach in sein Halsmikrofon. »B an Basis. Alles bereit.«

»Zehn-Vier, B. Flugbereit«, kam die leise Antwort über das Funkgerät.

Hollywood und Dude wichen von dem letzten Sprengsatz zurück, den sie gelegt hatten. Sobald sie in sicherer Entfernung waren, würden sie Truck ein Zeichen geben und dann würde er alle Sprengsätze gleichzeitig zünden. Das sollte genügend Chaos im Gebäude anrichten, damit sich die Teams hineinschleichen und hoffentlich alle verbleibenden Geiseln hinausführen konnten.

Die Männer teilten sich paarweise auf, je ein Delta mit einem SEAL. Normalerweise blieben die SEALs mit ihren eigenen Teamkollegen zusammen, das Gleiche galt für die Deltas, doch da sie in der Vergangenheit bereits kurz zusammengearbeitet und sich miteinander vertraut gemacht hatten, beschlossen sie, die Teams auf diese Weise aufzuteilen, damit sie ihre Stärken optimal nutzen konnten. Das war zwar sehr ungewöhnlich, doch die beiden Teams hielten sich selten streng an die Vorschriften.

»B an Basis. Countdown bis zum Flug«, informierte Hollywood Truck tonlos.

»Macht euch startklar«, antwortete der andere Mann sofort.

Dude und Hollywood kauerten nicht allzu weit vom

Gebäude entfernt in einer Gasse, hielten sich die Ohren zu und warteten auf die Explosion.

Rayne versuchte, sich auf ihre Erinnerungen zu konzentrieren, doch diese verdammte Stimme drang immer wieder in ihr Bewusstsein. Sie hörte einen der Männer leise sprechen, vermutlich mit dem Jungen, und das Arschloch, das Englisch konnte, hielt es wieder für notwendig, jedes verdammte Wort zu übersetzen.

»Er sagt zu Moshe, dass er deine Beine so weit wie möglich spreizen soll, damit er tief in dich eindringen kann.«

Rayne konnte die glatte Babyhaut von Moshes Oberschenkeln an ihren eigenen spüren. Sie fühlte, wie er sich nach oben bewegte und dabei ihre Schenkel weiter auseinander drückte. Ihre Beine waren bereits gespreizt, doch so sehr sie sich Moshe auch widersetzte, er brachte es fertig, ihre Beine auf obszöne Art noch weiter zu spreizen. Die Ketten an ihren Knöcheln wurden stramm gezogen und bohrten sich in die Haut um ihre Fußgelenke, während Moshe ihre Oberschenkel so weit auseinander drückte, dass es schmerzte. Sie trug noch immer ihre Unterwäsche, war sich jedoch bewusst, dass diese dünne Barriere bald nur noch eine Erinnerung sein würde. Sie wand sich in ihren Fesseln, obwohl sie wusste, dass es sinnlos war. Nein, das konnte einfach nicht wahr sein.

Das Arschloch erklärte ihr weiterhin jeden Schritt ihrer bevorstehenden Vergewaltigung.

»Jetzt sagen sie ihm, wie es sich anfühlen wird, wenn er in dir drin ist. Du wirst trocken sein, was für mehr Reibung an seinem Penis sorgt. Sie versuchen, ihn zum Kommen zu bringen, bevor er in dich eindringt. Dadurch, dass er sich zurückhalten kann, beweist er, dass er Mann genug ist, um der Versuchung zu widerstehen.«

Rayne wollte sich übergeben. Ihre Situation war grauenvoll und sie musste irgendwie entkommen, egal wie. Sie konnte das Wimmern nicht unterdrücken. Sie ballte die Hände zu Fäusten und zitterte, jeder Muskel in ihrem Körper war angespannt, bereit für die bevorstehende Invasion.

Gerade als sie spürte, wie Moshes weiche, knabenhafte Hände ihre Oberschenkel berührten und so fest zusammendrückten, dass es schmerzte, ertönte eine Explosion im Raum.

Rayne schrie vor Schreck wie ein in die Enge getriebener Hund und verstand nicht, was vor sich ging. Sie hatte sich damit abgefunden, dass ihr Körper verletzt werden würde, doch nun zitterte das Bett unter ihr und die Wände brachen zusammen. Rayne beobachtete, wie große Risse in der Decke über ihrem Kopf auftauchten.

Sie schaute zu den Männern hinüber, die sich voller Erwartung auf Moshes erste sexuelle Erfahrung zum Bett hingeneigt hatten, und sah, dass sie sie nicht mehr lüstern anstarrten, sondern aufgestanden waren und alle gleichzeitig aus dem Raum drängten. Sie rannten wie Feiglinge, denn das waren sie auch.

Sie spürte eine Hand grob an ihrer Brust und Rayne schnappte nach Luft. Als sie Moshe in die Augen schaute, war keine Spur mehr von dem Jungen zu sehen, dessen Mitleid sie hatte gewinnen wollen. Er war verärgert darüber, dass sein Ritual unterbrochen worden war. Er kniff noch einmal ihre Brust durch den BH und zischte ihr in seiner Sprache etwas zu, bevor er aufsprang, schnell seine Hose hochzog und sie mit seiner freien Hand festhielt, ohne sie zu schließen.

Als er den Raum verließ, drehte er sich um, sagte in perfektem Englisch: »Ich komme zurück. Ich werde *heute noch* zum Mann werden«, und rannte zur Tür hinaus.

Rayne zitterte und riss verzweifelt an den Ketten, die am Bett befestigt waren. Doch das führte nur dazu, dass ihre Handgelenke und Knöchel noch mehr bluteten.

Sie hörte eine weitere Explosion, die näher zu sein schien als die vorgehende. Bevor Rayne vor lauter Angst das Bewusstsein verlor, erinnerte sie sich nur noch daran, dass die Wände zitterten und zu zerbröckeln drohten.

Die sechs Zweierteams der Spezialeinheiten rannten durch das nun zerbröckelnde Gebäude. Es herrschte absolutes Chaos, so wie die Teams es geplant und vorhergesagt hatten. Sie wussten in etwa, in welchen Räumen die Geiseln festgehalten wurden, und die Teams machten sich auf den Weg zu ihren zugewiesenen Bereichen. Der Plan war, so viele Geiseln wie möglich zu finden, sie hinauszuführen und in Sicherheit zu bringen ... und alle Militanten zu töten, die ihnen in die Quere kamen.

Ghost und Wolf bildeten den Anfang und waren auf dem Platz stationiert. Sie würden alle Geiseln, die aus dem jetzt brennenden und zerstörten Gebäude hinausliefen, in Sicherheit bringen. Blade wartete als Einziger am Treffpunkt darauf, dass sich alle versammelten.

Ghost und Wolf beobachteten erleichtert, wie kleine Gruppen von Männern und Frauen aus dem Gebäude strömten, jeweils begleitet von einem Teammitglied. Sie blieben wachsam für den Fall, dass einer der Terroristen beschloss, dass die Geiseln lieber sterben als entkommen sollten. Nach vierzig Minuten verdünnte sich der Strom der Geiseln zu einem Rinnsal und die meisten Teams waren zurückgekehrt. Fletch und Mozart, Truck und Benny hatten sich Blade angeschlossen und die benommenen und verwirrten Geiseln in Sicherheit gebracht.

Die Teams waren auf einzelne Gruppen von Militanten gestoßen, die sich innerhalb des riesigen Gebäudes versteckt hatten und warteten, bis der Durchbruch geschafft war, doch sie waren keine ernstzunehmenden Gegner für die SEALs- und Delta-Teams.

Beatles Stimme knisterte über das Funkgerät. »Wir haben gerade eine Gruppe von etwa fünfzehn Männern zu dir geschickt, G. Sie sagen, dass es auch eine Gruppe von Frauen gab, darunter einige ihrer Frauen und Freundinnen, die vor zwei Tagen von ihnen getrennt wurden. Sie haben sie zuletzt gesehen, als diese in die Explosionszone geführt wurden.«

Ghost wusste, was er meinte. Er hoffte, dass es nicht die Frauen in dem Raum gewesen waren, in dem die Militanten die Bombe gezündet hatten. »Zehn-Vier. Wir werden sie abfangen und sehen, ob wir weitere Informationen bekommen können.«

»Wir halten uns bereit«, lautete Beatles Antwort.

Ghost sah, wie die Gruppe von Männern auf sie zu stolperte. Was sich im Inneren des Gebäudes zugetragen hatte, schien sie sehr verstört zu haben. Ghost winkte sie zu sich hinüber und sie schienen erleichtert darüber zu sein, amerikanische Soldaten zu sehen.

»Wer von Ihnen hatte eine Partnerin, die von ihm getrennt wurde?«, fragte Ghost mit ernster Stimme.

Sechs Hände erhoben sich. Wolf übergab die restlichen

Männer an Abe, der darauf wartete, die letzten Gruppen in Sicherheit zu bringen.

»Erzählen Sie mir genau, was passiert ist.«

Ein großer, älterer Herr sagte mit gebrochener Stimme: »Wir wurden in den ersten Tagen alle zusammen festgehalten, dann mussten wir uns in zwei Reihen aufstellen, die Männer in der einen und die Frauen in der anderen. Ein Mann protestierte und er und seine Frau wurden erschossen. Dann erschossen diese Mistkerle aus Spaß auch noch ein anderes Paar und warfen alle aus dem Fenster. Daraufhin wurden wir in einen anderen Raum geführt, ohne die Frauen. Seitdem waren wir dort. Wir haben einige Explosionen gehört, wussten jedoch nicht, was los war. Haben Sie alle Frauen rausgeholt? Sind sie in Sicherheit?«

»Wir sind dabei«, versuchte Wolf den Mann zu beruhigen. »Wir werden unser Möglichstes tun und versuchen, Ihre Frauen zu finden, falls sie nicht schon befreit wurden.«

»Gott sei Dank«, sagte der große Mann und atmete erleichtert aus.

Ghost hörte, wie Beatle wieder über das Funkgerät sprach. »Ghost, Problem. Wir haben eine weitere Gruppe von Geiseln gefunden. Frauen. Sie sind total verstört und hysterisch, einige mehr als andere. Sagen, sie seien in einem Raum mit einer Bombe eingesperrt gewesen.«

»Leben sie noch?«, fragte Ghost. Schon wenn sie nur am Leben waren, war das ein Wunder, wenn man bedachte, welchen Schaden die Bombe angerichtet hatte.

»Ja. Nachdem sie im Raum eingeschlossen worden waren und bevor die Bombe explodierte, haben sie sich anscheinend hinter einem großen Möbelstück versteckt. Die Details sind noch etwas dürftig, da sie offensichtlich traumatisiert sind, aber sie hatten verdammtes Glück.«

»Und wie. Meine Güte.« Das waren die besten Neuigkeiten, die Ghost und Wolf heute gehört hatten. Sie hatten angenommen, dass alle in diesem Raum umgekommen waren.

»Die Sache ist die«, fuhr Beatle schnell fort, »eine der Frauen sagte, dass vor Zünden des Sprengstoffs ihre Freundin aus dem Raum geschleppt wurde.«

»Verdammt«, sagte Ghost inbrünstig. »Okay, holt diese Frauen da raus. Wenn du Zeit hast, schau, ob du die vermisste Frau aufspüren kannst, sonst machst du dich aus dem Staub.«

»Diese eine Frau weigert sich zu gehen, bis wir ihre vermisste Freundin gefunden haben.«

»Es ist mir scheißegal, ob sie sich weigert oder nicht, hol sie da raus, Beatle«, drohte Ghost mit leiser Stimme. Es fehlte gerade noch, dass die Geiseln das Sagen hatten.

»Zehn-Vier.« Ghost wusste, dass Beatle auf den Hauptkanal gewechselt hatte, den alle SEALs und Deltas hören konnten. »Wir werden auf dieser Seite des Gebäudes anfangen und ein letztes Mal nach der vermissten Amerikanerin suchen. Ihre Freundin sagt, ihr Name sei Rayne. Wenn wir sie finden, müssen wir daran denken, ihr mitzuteilen, dass es Sarah und den anderen gut geht. Sie sagt, sie wird sich Sorgen machen. Haltet also alle Ausschau nach einer Amerikanerin, durchschnittliche Größe und Gewicht, trägt eine Jeans und ein rosafarbenes T-Shirt. Sie sollte leicht von den Terroristen zu unterscheiden sein.«

Ghost spürte, wie ihm der Atem stockte. Das konnte nicht sein. Auf keinen Fall. »Wie heißt die vermisste Frau noch mal?«, bellte er in sein Halsmikrofon. Er konnte sich nicht einmal an die Vorschriften halten, er musste es einfach wissen.

Wie viele Frauen konnte es geben, die Rayne hießen?

Nicht sehr viele, und da ihm die Nackenhaare zu Berge standen, wusste Ghost, dass es *seine* Rayne war.

»Rayne Jackson.«

»Verstanden«, antwortete Wolf, als Ghost nichts sagte.

»Sag was, Ghost. Wieso schaust du so komisch drein?«, fragte Wolf, legte seinen Finger auf den Abzug seines M4-Gewehrs und schaute sich um, als ob der Feind sie im Visier hätte.

»Es ist meine. Die vermisste Frau ... es ist meine.«

Wolf zuckte nicht mit der Wimper und stellte keine Fragen. »Scheiße, Mann, dann lass uns da reingehen, sie finden und sie aus diesem verdammten Schlamassel rausholen.«

Ghost nickte und bewegte sich auf das Gebäude zu. Ghost hatte keine Ahnung, wie Rayne mitten in einen Putsch in Ägypten geraten war, doch das spielte jetzt keine Rolle. Wenn die vermisste Frau tatsächlich *seine* Rayne war, würde er alles tun, um sie dort rauszuholen und in Sicherheit zu bringen. Er dachte nicht an die Lügen, die er ihr erzählt hatte, oder wie sie darauf reagieren würde, wenn sie ihn so sah. Er konnte nur daran denken, sie in seinen Armen zu halten ... gesund und wohlbehalten. Falls sich jemand zwischen ihn und seine Frau stellte, war derjenige so gut wie tot.

KAPITEL ZWANZIG

Rayne zog an ihren Ketten und versuchte, die Hände aus den Handschellen zu ziehen, jedoch ohne Erfolg. Da so viel Blut an ihren Handgelenken und Knöcheln war, hatte sie sich fast befreien können, doch ihre Hände und Füße waren zu groß, um sie aus den Fesseln zu ziehen, selbst mit dem zusätzlichen Gleitmittel. Egal wie sehr sie an den Fesseln zog und sich verdrehte, sie steckte fest.

Sie war aufgewacht, hatte gemerkt, dass sie allein war, und sofort versucht, sich zu befreien. Sie hatte einen Aufschub erhalten, doch sie hatte keine Ahnung, wie lange er dauern würde. Moshe und seine kranken Verwandten konnten jeden Moment zurück sein.

Der dicke Staub in der Luft machte das Atmen schwierig, und der Boden und das Bett waren mit Schutt bedeckt, der während der Explosion von der Decke und den Wänden gefallen war. Die Tür war aus den Angeln gehoben worden und blockierte den Eingang.

Rayne wollte um Hilfe schreien, doch sie befürchtete, dass sie dadurch ungewollte Aufmerksamkeit auf sich lenken würde. Sie wollte unbedingt vermeiden, dass Moshe wiederauftauchte, um sein barbarisches Ritual zu vollenden, und da sie nur ihren BH und ihr Höschen trug, wollte sie auch nicht, dass sie sonst jemand so sah.

Sie legte sich wieder hin und versuchte, sich zu beruhigen. Was sollte sie tun? Wie zum Teufel konnte sie sich aus dieser Lage befreien? Ihre Beine waren weit gespreizt und die eisernen Fesseln, die sich um ihre Handgelenke und Knöchel spannten, gaben ihr nur minimalen Spielraum.

Hoffentlich stammten die Explosionen von den guten Jungs. Das konnte sie jedoch nicht herausfinden. Tatsache war, dass sie nichts anderes tun konnte, als dazuliegen und zu hoffen, dass jemand sie von ihren Ketten befreien würde. Sie steckte fest.

Ab und zu konnte Rayne ein schwaches Echo durch die Wände ihres Gefängnisses hören. Waren das die guten Jungs? Oder die bösen? Sie hatte keine Ahnung. Irgendwann verstummten die Geräusche wieder und sie fühlte sich vollkommen alleine.

Sie schaffte es, ruhig zu bleiben, bis sie die Schüsse hörte.

Rayne geriet in Panik und zog wieder verzweifelt an ihren Ketten. Sie musste hier raus – sofort. Sie konnte keine Sekunde länger warten. Ihre Handgelenke und Knöchel schmerzten nicht einmal mehr, sie spürte kaum noch, dass die Haut weiter aufgerissen wurde und frisches Blut aus den Wunden strömte, die das Metall bei jedem Ziehen hinterließ. Es spielte keine Rolle. Wenn sie sowieso sterben musste, zog sie es vor, dass es nach ihren Regeln geschah anstatt denen der Terroristen.

Ghost hielt die Hand hoch und signalisierte Wolf anzuhalten. Sie hatten die anderen Teams darüber informiert, dass sie reinkommen und bei der Suche nach der vermissten Frau helfen würden. Sie hatten im dritten Stock angefangen, denn Sarah hatte gesagt, dass sie Rayne dort zuletzt gesehen hatte. Beatle befand sich im zweiten Stock und bewegte sich von Raum zu Raum.

Sie hatten methodisch alle Zimmer im Westflügel überprüft, hatten jedoch nur drei Leute angetroffen. Zwei Männer und einen Jungen. Sie hatten sich in einem Raum am anderen Ende des Flurs verschanzt. Ghost konnte keine Risiken eingehen, besonders nicht jetzt, wo Raynes Leben praktisch in seiner Hand lag.

Als der Staub sich gelegt hatte und Wolf anfing, ihre Taschen zu durchsuchen, bemerkte Ghost, dass alle drei Gewehre trugen und der Hosenbund des Jungen offen war. Er hatte keine Ahnung, was *das* zu bedeuten hatte, doch nur dazustehen und sich zu wundern war reine Zeitverschwendung. Rayne war irgendwo in diesem Gebäude und er musste sie finden. Er wusste, dass er sich solange nervös und angespannt fühlen würde, bis er mit eigenen Augen sah, dass sie noch lebte und unverletzt war.

Wolf hatte die Suche nach weiteren Toten beendet und ging mit Ghost den Flur entlang, um alle Räume zu überprüfen. Von einigen war nur noch Schutt und Asche übrig. Am anderen Ende des Flurs, gleich neben der Stelle, an der die letzte Ladung Sprengstoff gezündet worden war, sahen die Männer eine Tür, die nur noch im oberen Scharnier am Türrahmen hing. Sie versperrte diagonal den Eingang, sodass sie sich nur schwer Zugang zu dem dahinter liegenden Raum verschaffen konnten.

Ghost sah Wolf an und hielt drei Finger hoch. Wolf nickte und stellte sich auf die eine Seite der ruinierten Tür, Ghost nahm auf der anderen Seite seine Position ein. Die

Männer nickten einander zu, während Ghost bis drei zählte. Eins. Zwei. Drei.

Sie platzten gleichzeitig mit geladenen Gewehren in den Raum, bereit, jeden umzulegen, der sich im Inneren versteckt hielt, genau wie sie es in allen anderen Räumen getan hatten.

Sie hörten eine Frau schreien, als sie das kleine Zimmer stürmten. Ghost und Wolf drehten sich gleichzeitig mit schussbereiten Gewehren in Richtung Bett. Wolf schob als Erstes seinen Gewehrlauf nach oben, weg von dem Anblick, der sich ihnen bot.

Ghost war nur einige Sekunden langsamer, schlang sich jedoch das Gewehr über die Schulter und kniete bereits vor dem Bett, bevor Wolf sich überhaupt bewegen konnte.

»Gütiger Himmel.« Er sagte diese Worte leise und inbrünstig und etwas in Ghost starb, als er sah, wie Rayne zurückschreckte, als er sich ihr näherte.

»Nein. Fass mich nicht an, oh Gott, bitte nicht.«

Ghost drehte sich nicht zu Wolf um, hörte jedoch, wie er leise fluchte.

Es *war* seine Rayne. Sie war angekettet, die Arme über dem Kopf und die Beine weit gespreizt. Die Matratze unter ihr war voller Blutflecke. Eine feine Staubschicht hatte sich über alles im Raum gelegt, auch über sie. Sie lag auf der schmutzigen Matratze und trug nur ihren BH und ihr Höschen. So sehr er es auch hasste, sie so leicht bekleidet zu sehen, Ghost war dankbar dafür, dass sie überhaupt noch etwas trug. Das war zwar nur ein kleiner Trost, doch er war trotzdem erleichtert.

Sie atmete schwer, so als ob sie kilometerweit gelaufen wäre, und ihre Pupillen waren vor lauter Angst völlig erweitert. Die Ketten, die sie gefangen hielten, rasselten, als sie versuchte, sich von ihm wegzustoßen, als er seine Hand nach ihr ausstreckte.

Ghost wusste, dass er diesen Anblick sein ganzes Leben lang nie wieder vergessen würde. Rayne – angekettet, blutverschmiert und hilflos. Er hatte davon geträumt, sie wiederzusehen, und sich vorgestellt, wie das Wiedersehen wohl sein würde, doch das hier war eine Szene aus einem Albtraum.

»Es ist okay, es wird alles gut. Wir sind amerikanische Soldaten und wir werden dich hier rausholen.« Im Moment war das alles, was sie wissen musste. Er war von Kopf bis Fuß in Schwarz gekleidet und sein Gesicht war mit schwarzer Farbe bemalt. Wenn sie genau hinsehen würde, würde sie ihn wahrscheinlich wiedererkennen, doch sie war schlichtweg zu verstört und zu adrenalingeladen, um zu erkennen, dass er es war.

Ghost sah ihr an, dass seine Worte langsam zu ihr durchdrangen, und konnte genau den Zeitpunkt erkennen, an dem sie mit aller Gewalt eine Panikattacke unterdrückte. Ob seine englischen Worte oder schiere Verzweiflung sie dazu brachten, konnte er nicht sagen, doch Rayne beruhigte sich und drehte sich mit einem leeren Blick zu ihm um. Sie schaute ihn an, *sah* ihn aber nicht.

»Bitte, nimm mir die ab, bitte. Er wird gleich zurückkommen. Er sagte, er würde zurückkommen. Hol mich hier raus. Er kommt zurück, um zum Mann zu werden. Bitte, nimm sie mir ab.«

Ghost schaute nach unten und sah, wie Wolf die Ketten und die Fesseln musterte, die sich um ihre zarten Knöchel schlangen. Er verstand nicht, was Rayne sagte, doch das spielte keine Rolle. Er *würde* sie verdammt noch mal da rausholen. »Es wird dir niemand etwas antun. Wir holen dich hier raus, Prinzessin, du musst nur noch einen

Moment lang durchhalten. Ich bin bei dir. Es ist alles in Ordnung.«

Ghost bemerkte, wie ihr Körper erstarrte, doch er hatte keine Zeit, etwas zu tun, da Wolf, der zu ihren Füssen kniete, sagte: »Ghost, ich habe für so etwas keine Werkzeuge dabei.«

»Verdammt, okay, lass mich nachsehen, was ich in meiner Tasche habe.«

Ghost griff mit einer Hand in die Tasche seiner Uniformhose. Sie war tief und er stopfte sie immer mit so viel Kram voll, wie er nur konnte, für alle Fälle. Er hatte im Laufe der Jahre festgestellt, dass es manchmal die kleinsten Dinge waren, die den Unterschied zwischen Leben und Tod ausmachten. Eine Haarklammer hatte ihn und sein ganzes Team einmal davor gerettet, tief in einem afghanischen Drecksloch abgeschlachtet zu werden.

Ghost überlegte, was er dabeihaben könnte, um die Schlösser an den Ketten um Raynes Arme und Beine zu öffnen, als er ihre ungläubige Stimme hörte.

»Ghost? *Mein* Ghost?«

Gütiger Himmel, ihre Worte taten ihm in der Brust weh. Bevor er überhaupt merkte, was er tat, hatte er sich die Hand aufs Herz gelegt.

Ihr Ghost. Ja. Er gehörte ihr.

Blade holte ihn wieder auf den Boden der Tatsachen zurück, als er Rayne gerade zustimmen und beruhigend auf sie einreden wollte. Seine Stimme erklang in ihren Funkgeräten, leise und angespannt. »Achtung. Sieht so aus, als ob sich zwei große Gruppen von Geiselnehmern auf den Weg ins Gebäude machen. Ihr habt zehn Minuten, maximal. Dann müsst ihr von dort verschwunden sein. Verstanden?«

Wolf antwortete, während Ghost weiterhin nach einem Werkzeug suchte, um die Schlösser an Raynes Fesseln zu öffnen. »Verstanden. Haben das fehlende Paket gefunden. Die Bergung wird länger als zehn Minuten dauern. Kommen.«

»Negativ«, sagte Blade. »Sie haben Granaten und sehen ziemlich sauer aus.«

»Verstanden.« Wolf sagte nichts weiter, bückte sich jedoch, um zu sehen, ob er den Bettrahmen zerlegen konnte. Sie würden sich später um die Ketten kümmern, wenn es nicht anders ging.

»Oh Gott, kommen sie?« Sie konnte das Gespräch zwischen Blade und dem Rest des Teams im Gebäude nicht hören, doch sie hatte offensichtlich mitbekommen, was Wolf gesagt hatte. »Bitte, holt mich hier raus, schneidet mir die Hände und Füße ab, wenn es sein muss, aber lasst mich nicht hier.« Rayne zog verzweifelt an den Ketten und versuchte erneut, sich zu befreien.

Ghost konnte ihre Panik spüren. Ihr die Hände und Füße abschneiden? Auf keinen Fall. Er legte seine Hände auf ihren Kopf und hielt ihn still. Er beugte sich über sie und brachte sein Gesicht so nahe wie möglich an ihres. »Beruhige dich, Prinzessin. Wir werden dich nicht alleine lassen. Verstanden? Wir. Werden. Dich. Nicht. Alleine. Lassen. *Ich* werde dich nicht alleine lassen.«

»Ghost? Bist du es wirklich? Ich verstehe nicht. Ich dachte, ich hätte geträumt, dass du da bist. Ich hatte mir so gewünscht, dass du hier wärst, um mich zu beschützen, und jetzt bist du tatsächlich da. Träume ich immer noch? Liege ich im Sterben? Scheiße, du bist eine Halluzination, nicht wahr?«

»Ich bin keine Halluzination. Ich bin wirklich hier. Jetzt bleib ruhig, während wir herausfinden, wie wir dich befreien können, okay?«

Sie nickte und schluckte. Ghost hatte immer mehr

Respekt vor ihr. Sie hatte offensichtlich Todesangst, doch sie versuchte, sie unter Kontrolle zu halten, zumindest für den Moment.

Ihre Stimme klang etwas weniger panisch, jedoch nicht weniger ernst, als sie wieder sprach. »Im Ernst ... schneide sie ab, wenn du musst ... ich kann meine Hände und Füße sowieso nicht mehr spüren. Das wäre mir lieber, als hier zurückgelassen zu werden. Ich hätte das schon längst getan, wenn ich ein Messer und eine freie Hand gehabt hätte. Jetzt weiß ich, wie sich ein Tier fühlt, das in einer Falle gefangen ist. Erinnerst du dich an die Geschichte von dem Mann, der beim Klettern eingeklemmt wurde, als ihm ein Stein auf den Arm fiel? Ich kann mich jetzt nicht mehr an alle Details erinnern, aber ich glaube, da wurde ein Film draus gemacht. Er musste sich den Arm abschneiden, damit er sich befreien und Hilfe holen konnte. Ich habe das nicht verstanden ... bis jetzt. Also bitte, glaub mir, ich werde es nicht einmal spüren. Schneide sie ab. Hol mich einfach hier raus. Bitte, Ghost, bitte.«

Ghost ignorierte sie und sagte nur: »Schhhhhhh, wir holen dich hier raus.«

Erstens würde er sie nicht zurücklassen und zweitens würde er ihr mit Sicherheit nicht die Hände und Füße abschneiden, um sie aus diesem Drecksloch zu befreien. Er konnte kaum glauben, wie tapfer sie war – und wie verängstigt sie sein musste –, um so etwas überhaupt vorzuschlagen. Es hasste es, dass sie in dieser misslichen Lage war. Er *hasste* es.

Er griff in seine linke Hosentasche und zog ein Schweizer Taschenmesser heraus. Er wandte sich an Wolf. »Das ist alles, was ich habe. Verdammt, ich wünschte, Truck wäre hier, er ist der Schlosser in unserem Team.«

»Bei uns ist es Benny. Ich würde alles dafür geben, jetzt

einen der beiden hier zu haben«, sagte Wolf abwesend, während er sich über Raynes Füße beugte und sich mit dem Messer, das Ghost ihm gegeben hatte, schnell am Schloss zu schaffen machte.

Ghost sah sich Raynes Handgelenke zum ersten Mal genauer an. »Oh, Prinzessin ... deine Handgelenke ... du hast dich sehr gewehrt, nicht wahr?«

Die Fesseln und die Kette, mit der die Mistkerle sie festgehalten und bewegungsunfähig gemacht hatten, waren blutverschmiert, rostig und voller Schmutz von den zerbröckelnden Wänden und der Decke. Ihr Kampf hatte nicht nur dazu geführt, dass der Rost und der Schmutz in ihre Wunden eingedrungen waren, sondern auch, dass die Metallketten sich tief in ihre Handgelenke gebohrt hatten. Sie musste in ihrer Panik eine ganze Weile gekämpft haben, denn soweit Ghost beurteilen konnte, war ihre Haut ziemlich in Mitleidenschaft gezogen.

»Wenn du sie nicht aufkriegst, dann lass mir ein Messer da, wenn du gehst, okay?«

»Wie bitte?«

»Ein Messer – nein, warte, ich werde es gar nicht benutzen können. Kannst du mir bitte einfach in den Kopf schießen, bevor du gehst? Ich sterbe lieber hier und jetzt, als ertragen zu müssen, was sie mit mir vorhaben.«

Ghost wusste, dass er etwas tun musste, um sie zu befreien, doch das war unmöglich. Jedes Wort, das sie sagte, zerriss ihm das Herz. Er hatte keine Ahnung, was mit ihr in dieser Folterkammer passiert war, aber was auch immer es gewesen war, es hatte sie vollkommen panisch gemacht. Sie konnte nur noch daran denken zu entkommen. Es sah nicht so aus, als ob sie vergewaltigt worden war, ihr Höschen war noch an seinem Platz und er konnte kein Blut sehen, doch Ghost war bewusst, dass es trotzdem passiert sein könnte.

Bevor er völlig die Beherrschung verlor, legte er eine behandschuhte Hand auf ihre Stirn und wollte gerade etwas Beruhigendes sagen, als sie weiter schluchzte.

»Bitte, ihr müsst gehen, lasst euch hier nicht erwischen. Diese Typen sind verrückt; sie werden euch, ohne mit der Wimper zu zucken, töten. Ihr habt nicht genügend Zeit, um mich zu befreien. Es ist okay, geh einfach .... Ich habe dich schon einmal verloren, Ghost. Ich würde es nicht ertragen, zusehen zu müssen, wie sie dich töten. Ich muss wissen, dass es dir gut geht.«

»Schhhhhh, Prinzessin. Ich werde dich nicht verlassen«, wiederholte Ghost zum x-ten Mal. »Wir werden alle hier rauskommen.« Sie war total verwirrt, zuerst hatte sie sie gebeten, sie nicht alleine zu lassen, nur um ihnen dann zu befehlen, zu verschwinden. Ghost wusste, dass der Schock und die Angst das bewirkten, doch er hasste es, sie so zu sehen.

»Geht nicht, Ghost«, sagte Wolf frustriert.

Ghost drehte den Kopf und schaute seinen Teamkollegen an.

Wolf hielt das Messer hoch. »Es ist nicht dünn genug; die Stifte lassen sich damit nicht drehen. Ich brauche etwas Kleineres.«

Ghost stand auf und ging zum Kopf des Bettes. »Wie wäre es, wenn wir die Lamellen einschlagen und die Ketten mitnehmen?«

»Daran habe ich vorhin auch gedacht. Es ist einen Versuch wert. Wenn wir die Schlösser nicht aufkriegen, ist das die einzige Lösung. Außer, wir nehmen das ganze Bett mit.«

»Wir nehmen das ganze verdammte Ding mit, wenn es sein muss«, murmelte Ghost und wusste, dass es bestenfalls unangenehm werden würde und schlimmstenfalls unglaublich gefährlich und dumm war, mitten in einem terroristischen Putsch mit einem Bett, an dem eine verletzte und verängstigte Frau angekettet war, fliehen zu wollen. Es war, als würde man in einem Bottich Fische fangen. Sie waren leichte Beute.

»Ich habe etwas, das funktionieren könnte.«

Wolf und Ghost drehten sich um und schauten Rayne ungläubig an.

»Was denn?«, fragte Wolf ungeduldig und fand seine Stimme wieder, bevor Ghost etwas sagen konnte. Die Zeit drängte. Keiner von beiden war scharf darauf, in den Lauf einer Panzerfaust zu blicken. Diesen Kampf würden sie alle verlieren.

»Meine Haarspange. Chase hat sie mir gegeben. Es sind alle möglichen Dinge in ihr verborgen. Eine kleine Klinge, ein Schraubenzieher und ein Dietrich. Er wollte mir einmal beibringen, wie man den benutzt, aber es war sinnlos. Ich weiß nicht mal, ob diese Werkzeuge funktionieren, vermutlich sind das so billige Dinger, die abbrechen, sobald man sie in ein Schloss steckt, aber vielleicht ...« Sie verstummte, als sie die ungläubigen Gesichtsausdrücke der Männer sah.

Ghost beobachtete, wie Rayne ungeschickt den Kopf drehte, und er sah die antike, goldene Spange in ihrem Haar. Sie ließ sich leicht lösen. Er zog sie heraus und betrachtete sie. Sie hatte recht, der mittlere Zinken ließ sich in ein scharfes, spitzes Instrument verwandeln.

Wortlos überreichte er Wolf die Spange, der sich mit einem Lächeln im Gesicht wieder über Raynes Knöchel beugte. »Es passiert auch nur *dir*, dass du eine Frau findest, die zufällig das richtige Werkzeug dabeihat, um sie zu befreien, Ghost. Nur dir. Verdammt.«

Ghost beugte sich über sie und drückte ihr einen schnellen, sanften Kuss auf die Stirn. Den Schmutz ignorierte er. »Du bist unglaublich. Halte durch, Prinzessin, wir holen dich im Handumdrehen hier raus.«

Es war nicht ganz einfach, doch erstaunlicherweise funktionierte die Haarspange. Nachdem Wolf ihre Füße befreit hatte, gab er die Spange an Ghost weiter, der sich schnell an den Schlössern der Handschellen zu schaffen machte. Nachdem er Rayne befreit hatte, befestigte Ghost die Haarspange wieder an ihrem Hinterkopf und klemmte dabei ihr Haar fest, sodass es ihr während der Flucht nicht ins Gesicht fiel.

Nachdem sie von den Ketten befreit worden war, setzte sich Rayne schnell auf. Vermutlich wäre sie aufgestanden und aus dem Raum gerannt, wenn Ghost sie nicht zurückgehalten hätte. »Warte, Prinzessin, zieh dir erst mal was an.«

Rayne nickte und versuchte, sich nicht dafür zu schämen, dass sie fast nackt war. Es war ja nicht so, als ob Ghost sie nicht schon völlig nackt gesehen hätte, und Wolf schaute nicht mal hin. Er stand bei der Tür und spähte vorsichtig hinaus.

»Ich kann nicht glauben, dass du es wirklich bist«, flüsterte Rayne, während sie zuschaute, wie Ghost schnell aus seiner kugelsicheren Weste schlüpfte, damit er das schwarze Hemd, das er darunter trug, ausziehen konnte.

»Ich bin es tatsächlich. *Ich* konnte es nicht glauben, als deine Freundin sagte, dass sich irgendwo im Gebäude eine Frau namens Rayne aufhielt.«

»Sarah? Habt ihr sie und die anderen gefunden? Sie wurden nicht in die Luft gejagt? Die Arschlöcher haben gesagt, sie hätten den Raum in die Luft gesprengt.«

Ghost nickte. »Das haben sie auch. Aber die Frauen schafften es, sich hinter etwas zu verstecken. Einige sind zwar verletzt, aber sie sind alle in Sicherheit.«

»Gott sei Dank. Und die Männer, die bei ihnen waren?«

»Die auch.«

»Gut.«

»Los, Arme hoch. Wir müssen hier raus.«

Rayne tat, was Ghost ihr befahl, und hob gehorsam die Arme. Sie zuckte nicht mit der Wimper, als der Stoff des Hemdes an ihren Handgelenken rieb und ihr das Blut in Strömen über die Arme lief.

»Es tut mir leid, ich wollte dir nicht wehtun, Prinzessin.«

»Wirklich, ich spüre nichts, Ghost.« Als sie seine gerunzelte Stirn sah, versuchte sie erneut, ihn zu beruhigen. »Meine Knöchel auch nicht. Sie tun nicht weh. Es ist in Ordnung.«

Als er weiterhin die Stirn runzelte, zuckte Rayne nur mit den Schultern. »Lasst uns hier verschwinden. Ich bin bereit. Bitte.« Rayne stand auf und machte einen Schritt in Richtung Tür. Wenn Ghost sie nicht aufgefangen hätte, wäre sie der Länge nach hingefallen. Er nahm sie auf die Arme und schritt zur Tür.

»I-ich weiß nicht, was los ist. Ich kann laufen ... glaube ich zumindest.«

»Ich hab dich, Rayne. Halt dich an mir fest und lass nicht los.« Ghost verließ den Raum und folgte Wolf in den verlassenen Flur.

»Das lässt sich machen«, entgegnete Rayne mit schleppender Zunge.

Blades Stimme ertönte über ihre Kopfhörer. »Wann kommt ihr? Die Geiselnehmer betreten das Gebäude auf der Westseite. Verstanden? Sie kommen volle Kanne von Westen rein. Alle anderen sind draußen. Kommen.«

»Wir sind im Osten und kommen mit dem Paket raus. Ghost hat die Hände voll. Wir brauchen Verstärkung. Kommen.«

»Verstanden. Verschwindet verdammt noch mal von dort. Fletch und Truck kommen, um euch zu helfen.«

Ghost und Wolf atmeten erleichtert auf. Sie waren keineswegs außer Gefahr, aber mit Ghosts Männern würde jeder Kampf, den sie führen mussten, zu ihren Gunsten ausfallen. Vor allem mit Truck. Der Mann war riesig und niemand mit klarem Verstand würde sich je mit ihm anlegen wollen. Er war beim besten Willen nicht gut aussehend. Seine Nase war mehrmals gebrochen worden und er hatte eine Narbe, die ihm von einem verärgerten Terroristen verpasst worden war und eine Seite seines Mundes zu einer dauerhaften Fratze verzog.

Nein, er war ganz sicher kein Frauenheld, meistens liefen diese vor Schreck in die andere Richtung. Er war genau derjenige, den Ghost im Moment brauchte. Er brauchte einen gemeinen Hurensohn, der ihnen half, heil hier rauszukommen.

»Wie geht es dir, Prinzessin?«, murmelte Ghost, als sie die unheimlich stillen Gängen entlang eilten.

»Ich bin müde. Ich bin so müde.«

Ghost schüttelte das kostbare Bündel in seinen Armen. »Schlaf nicht ein. Du verlierst zu viel Blut, du darfst nicht einschlafen. Hörst du mich, Rayne?«

Er spürte, wie sie versuchte, sich in seinen Armen aufzurichten, doch sie war zu schwach dazu. Sie hatte einen Arm um seinen Hals geschlungen und er konnte spüren, wie das Blut aus ihrem Handgelenk entlang der Innenseite seiner Weste auf seinen nun nackten Rücken sickerte. Es fühlte sich warm an und zu wissen, dass das ihr Blut und kein Schweiß war, löste leichte Übelkeit in ihm aus.

»Dann hatte ich also recht damit, dass du ein Super-Spion bist, nicht wahr?«

Ghost drückte Rayne als Antwort, sagte aber nichts.

»Du trägst von oben bis unten Schwarz und hast keine Abzeichen auf deiner Kleidung ... entweder bist du ein Spion oder gehörst zur CIA. Du bist auf keinen Fall ein normaler Soldat.«

Ghost konnte Wolf beinahe lautlos über das Funkgerät lachen hören. Er hatte sein Mikrofon eingeschaltet gelassen, falls er mit seinem Team sprechen musste, während er die Hände voll hatte mit Rayne.

Rayne sprach weiter. »Was auch immer passieren wird, danke. Ich schätze, du warst nicht extra für *mich* da. Du hast ja gesagt, dass du gar nicht wusstest, dass ich da war, bis Sarah es dir erzählt hat, aber danke, dass du gekommen bist, um mich zu finden. Danke, dass du den ganzen Scheiß in die Luft gejagt hast, damit Moshe mich nicht vergewaltigen konnte.«

»Was?«, fragte Ghost mit leiser Stimme. Wolf hielt eine Hand hoch, damit sie anhielten, und gestikulierte dann, dass sie sich in einem Nebenraum verstecken sollten, um der kleinen Gruppe von Kämpfern auszuweichen, die an ihrem Ausgang vorbeikam. Sie waren nur noch einen Meter von der Freiheit entfernt, doch sie durften ihre Flucht nicht überstürzen. Keiner der beiden Männer wollte, dass sie unkontrolliert losrennen mussten, sobald sie draußen waren.

»Sie haben so ein schwachsinniges Ritual erfunden, durch das Jungs zu Männern werden sollen. Dazu gehörte, mich siebenmal zu vergewaltigen, mich zum Analverkehr zu zwingen, mich von hinten zu ficken und ihn in meinem Mund kommen zu lassen.« Ihre Worte wurden immer länger und undeutlicher.

Keiner der beiden Männer unterbrach sie, denn sie wollten die ganze Geschichte hören. Einerseits wollten sie herausfinden, wie sie ihr helfen konnten, andererseits wollten sie ins Gebäude zurückgehen und jeden einzelnen Mann aufs Neue umbringen, der ihnen in die Quere kam.

»Und hör dir das an ... wenn er mich beim siebten Mal nicht zum Orgasmus bringen kann, hat er versagt und das Ganze fängt wieder von vorne an. Als ob eine Frau jemals einen Orgasmus haben würde, nachdem sie immer wieder vergewaltigt wurde ...«

»Hat er dir etwas angetan, Prinzessin?« Ghosts Worte klangen leise und gequält, doch Rayne schien es nicht zu bemerken.

»Nein, nicht auf diese Weise. Er hatte keine Zeit dazu. Wie gesagt, du hast die ganze Scheiße gerade in dem Moment in die Luft gejagt, als er anfangen wollte. Deshalb, danke. Aber eins solltest du wissen ... mein letzter Gedanke galt dir. Ich habe versucht, mich an deinen Geruch und an deine Hände zu erinnern und daran, wie herrlich ich mich mit dir gefühlt habe ... ich wollte, dass dies meine letzten Gedanken waren, und nicht das, was er mir antun würde. Ich habe dich vermisst, Ghost.« Sie flüsterte nur noch, fast so, als würde sie mit sich selbst sprechen. »Ich habe dich vermisst.«

Rayne atmete langsam und tief ein und hielt den Atem an, bevor sie mit zitternder Stimme fortfuhr: »Er sagte, er würde zurückkommen. Er sah wie ein netter Junge aus, doch sein Blick sagte mir, dass er alles andere als nett war. Ghost?«

»Ja, Prinzessin?«

Sie flüsterte jetzt wieder, als ob er plötzlich wie aus dem Nichts auftauchen würde, wenn sie zu laut sprach. »Er kommt zurück, um zum Mann zu werden.«

»Er wird nicht zurückkommen.«

»Doch. Das hat er gesagt. Er drehte sich zu mir um, als alle aus dem Raum liefen wie ängstliche kleine Schlappschwänze. Ich habe es ihm geglaubt. Er will ein Mann sein.«

»Er ist tot, Prinzessin. Ich habe ihn getötet.«

Sie öffnete die Augen und sie versuchte, ihren Kopf von seiner Schulter zu heben, schaffte es jedoch nicht. »Wirklich?«

»Ja.«

»Bist du sicher? Sagst du mir das nicht nur, um mich zu beruhigen?«

Ghost ignorierte den unmittelbaren Gedanken, dass er den Rest seines Lebens damit verbringen wollte, sie zu beschützen, und fragte in gleichgültigem Ton: »Trug er eine braune Hose mit einem Kordelzug? Ein blaues Hemd?«

»Mhm.«

»Dann kann ich dir mit hundertprozentiger Sicherheit sagen, dass er nie zum Mann werden wird. *Niemals.*«

»Gott sei Dank. Ghost?«

Wolf gestikulierte, dass die Luft rein war, und sie verließen das Gebäude, in dem vor einer Woche Raynes Albtraum begonnen hatte. Ghost war sauer und wusste nun, warum die Hose des Jungen offen gewesen war. Der kleine Wichser war Rayne viel zu nahe gekommen. *Viel* zu nahe.

»Ja, Prinzessin?«, sagte Ghost wieder.

»Ich schaffe es nicht, wach zu bleiben. Ich habe es versucht. Wirklich. Wirst du bei mir sein, falls ich wieder zu mir komme? Ich will nicht wieder in einem leeren Bett aufwachen.«

Ghost wollte nicht, dass sie bewusstlos wurde, aber sie hatte viel Blut verloren und es war vielleicht besser, wenn sie sich nicht daran erinnerte, wie sie aus dem Gebäude flohen. Falls sie in Schwierigkeiten gerieten, wollte er das nicht auch noch auf dem Gewissen haben. Ihm gefiel das Wort »falls« nicht, das sie benutzt hatte. »Du *wirst* aufwachen, Rayne. Wir sind noch lange nicht miteinander fertig, etwas anderes kommt gar nicht infrage. Du kannst darauf wetten, dass ich da sein werde«, sagte er und erlaubte ihr mit diesen Worten einzuschlafen.

Ghost schaute Rayne an, nachdem sie schließlich bewusstlos geworden war und schlaff in seinen Armen lag. Das machte es schwieriger, sie zu tragen. Das Gute daran war, dass er sich jetzt nicht mehr so sehr darum sorgen musste, dass er sie zu sehr schüttelte. Er konnte ihr nicht wehtun, solange sie bewusstlos war. Das Blut aus ihrem Handgelenk sickerte weiterhin auf seinen Rücken und das Blut aus ihren Knöcheln tropfte auf den Boden, als sie in die drückende ägyptische Hitze hinaustraten.

»Wolf«, knurrte Ghost. Als dieser sich umdrehte, deutete Ghost mit dem Kinn zu Raynes blutigen Knöcheln.

Wolf nickte und sprach in das Mikrofon: »Truck, das Paket braucht Klebeband, wir hinterlassen eine Spur. Kommt jetzt rasant rein. Seid bereit, es mit FedEx rauszuschicken.«

»Zehn-Vier.«

Als Wolf und Ghost auf den Treffpunkt zuliefen, damit sie aus Ägypten verschwinden konnten und Rayne medizinische Hilfe bekam, sagte Wolf mit ernster Stimme zu Ghost: »Ich weiß nicht, was vor dem heutigen Tag zwischen euch beiden passiert ist, aber du hältst da eine wunderbare Frau in deinen Armen. Finde raus, was sie dir bedeutet, und lass sie nicht wieder gehen.«

»Das ist nicht so einfach«, protestierte Ghost.

»Das ist es ganz bestimmt nicht. Eines Tages werde ich dir die Geschichte von meiner Frau Caroline erzählen. Und wenn dann noch Zeit bleibt, kannst du die anderen aus meinem Team bitten, dir ihre Geschichten zu erzählen. Wir waren genau wie du und deine Gruppe. Knallharte Navy

SEALs, die keine Frauen in ihrem Leben brauchen konnten. Wir dachten auch, dass das niemals funktionieren würde, aber wir lagen falsch, genauso wie du. Versuch es wenigstens.«

»Wir sind Delta.«

»Ja und? Wenn jemand das verstehen kann, dann wir. Wir können unseren Frauen nichts sagen. Sie wissen nicht, wo wir sind oder wie lange wir weg sind. Es kann ihnen niemand garantieren, dass wir wieder nach Hause kommen, doch sie lieben uns trotzdem.«

Ghost schluckte, sagte aber nichts.

»Lass sie nicht gehen, Ghost. Soweit ich das beurteilen kann, ist sie eine erstaunliche Frau. Sie braucht dich, besonders nach dem, was da drin passiert ist. Es kann sie niemand besser verstehen und ihr besser helfen als du. Aber vor allem brauchst *du* sie auch. Das kann ich sehen.«

Ghost war noch nie im Leben so froh gewesen, Fletch und Truck zu sehen. Wolfs Worte lösten Unbehagen in ihm aus. Er wollte die Frau, die da in seinen Armen lag, mehr, als er jemals etwas gewollt hatte; er hatte nur einfach keine Ahnung, wie er das jemals schaffen konnte. Wolf behauptete, es könnte funktionieren, aber Ghost wusste nicht wie.

Aber erst einmal alles der Reihe nach. Rayne brauchte einen Arzt und sie mussten aus Ägypten verschwinden.

Und danach? Wer wusste das schon.

KAPITEL EINUNDZWANZIG

Rayne lag auf dem provisorischen Bett, das Ghost für sie gemacht hatte. Glücklicherweise war ihre Flucht von dem Platz ereignislos gewesen. Sie waren keinen weiteren Militanten begegnet und am Schluss hatte die ägyptische Armee dafür gesorgt, dass der Putsch ein für alle Mal niedergeschlagen wurde. Sobald feststand, dass alle Geiseln gerettet worden waren, war sie in das Regierungsgebäude eingedrungen und hatte keine Zeit damit verschwendet, zu verhandeln oder jemanden am Leben zu lassen.

Die Sympathisanten, die mit ihren Panzerfäusten unterwegs gewesen waren, wurden ausgeschaltet, bevor sie überhaupt dazu kamen, sie abzufeuern. Vorerst war das Gebäude sicher, doch es war allen bewusst, dass das Biest nicht lange ruhen würde, obwohl ihm sämtliche Extremitäten abgeschnitten worden waren. Es musste ihm der Kopf abgetrennt werden, damit der Putsch endgültig vereitelt wurde. Und das war unwahrscheinlich. Es hätte Ghost nicht gewundert, wenn sie früher oder später wieder in Ägypten zum Einsatz kommen würden. Er hätte nichts dagegen. Er würde gern die Arschlöcher ausschalten, die Rayne verletzt hatten. Sie mochten zwar nicht mit Rayne in diesem Raum gewesen sein, doch sie hatten den Militanten Rückendeckung gegeben.

Ghost interessierte sich im Moment nicht für die ägyptische Armee. Alles, was ihn interessierte, war Rayne. Er wollte nur dafür sorgen, dass sie sicher und wohlbehalten war. Truck und Fletch hatten in einer Seitengasse in der Nähe des Platzes auf sie gewartet und Raynes Knöchel und Handgelenke schnell mit Druckverbänden verbunden. Truck hatte Rayne aus Ghosts Armen gehoben, als würde sie nicht mehr als ein Kind wiegen, und danach hatten sie sich schnell auf den Weg zu den anderen Teams gemacht.

Ghost hätte zwar protestieren können, doch er wusste, dass Truck Rayne kilometerweit tragen konnte und nicht müde wurde ... er war so groß und stark. Außerdem hatte Ghost gehofft, dass sie auf weitere Militanten stoßen würden, die er wegpusten konnte, um sich dafür zu rächen, was sie Rayne angetan hatten.

Doch sie waren auf keinerlei Widerstand gestoßen und innerhalb von zehn Minuten bei den Teams angelangt. Mozart, einer der SEALs, wollte wissen, ob sie Rayne ins Krankenhaus des Roten Kreuzes bringen würden, das für die Betreuung der Geiseln eingerichtet worden war, doch bevor Ghost darauf antworten konnte, sagte Wolf: »Nein, sie gehört Ghost. Sie bleibt bei uns, bis wir zu Hause sind.«

Keiner der Männer sagte etwas oder wagte es, Wolfs Aussage infrage zu stellen. Wenn sie eine von ihnen war, dann war klar, dass sie sie nicht aus den Augen lassen würden.

Ghost schaute in die Runde der SEALs, die um ihn herumstanden. Jeder einzelne dieser Männer, von denen er wusste, dass sie genauso tödlich waren wie sein eigenes Team von Deltas, hatte einen mitfühlenden und fürsorglichen Gesichtsausdruck. Wenn er es nicht mit eigenen Augen gesehen hätte, hätte er nie geglaubt, dass eine Gruppe von knallharten Alpha-Männern mitten in einem Einsatz in einem Land am Rande des Bürgerkriegs vom Schicksal einer Frau berührt werden konnte, die im Moment alles andere als gut aussah.

Abgesehen davon, dass sie nur sein T-Shirt trug, war Raynes Haar voller Schmutz und hing ihr in dünnen Strähnen ins Gesicht. Sie hatte dunkle Ringe unter den Augen und blaue Flecke auf beiden Wangen. Sie hatte nicht erwähnt, dass die Arschlöcher sie geschlagen hatten, doch das war offensichtlich. Sie war keine kleine Frau, doch jetzt, wo sie verletzt und voller Schmutz in den Armen seines Teamkollegen lag, sie sah klein und hilflos aus.

Rayne fing an, sich in Trucks Armen zu rühren, und ihre Augen öffneten sich leicht. Sie schaute zu dem großen Mann auf, der sie festhielt, doch anstatt auszurasten, wie Frauen es normalerweise taten, wenn sie Trucks Gesicht sahen, lächelte sie ihn nur schief an und murmelte: »Ich hoffe, du hast das Arschloch umgebracht, das dir das angetan hat«, und wurde wieder bewusstlos.

Wenn die Situation nicht so ernst gewesen wäre, hätte man Trucks Gesichtsausdruck amüsant finden können.

Sie hatten Rayne hingelegt und Truck und Mozart hatten begonnen, sich um ihre Wunden zu kümmern. Sie waren tief und die beiden Männer wollten sie nicht nähen, ohne sie vorher gründlich zu reinigen. Sie taten, was mit der kleinen Menge steriler Flüssigkeit, die sie in ihren Rucksäcken hatten, möglich war, und verbanden sie wieder. Glücklicherweise hielt Rayne während des Prozesses, der sehr schmerzhaft sein musste, still.

Ghost blieb bei ihr und nahm die ganze Zeit seine Hand nicht von ihrer Stirn. Als sie fertig waren, hob Truck sie wieder hoch und alle dreizehn Männer machten sich auf den Weg zu ihrem Evakuierungsort.

Jetzt befanden sie sich im Militärflugzeug, auf dem Weg zurück in die Staaten. Sie würden zuerst in Fort Hood landen, danach würden die SEALs nach Kalifornien zurückkehren, zu ihrer eigenen Basis und zu ihren Familien.

Rayne lag im hinteren Teil des Flugzeugs auf der Palette, die für sie angefertigt worden war. Wenn sie in Texas landeten, würde sie direkt ins Krankenhaus gebracht werden, um erstklassige medizinische Versorgung zu erhalten. Ghost hatte keine Ahnung, was nach der Landung passieren würde.

»Das erinnert mich an Caroline, Wolf«, sagte Cookie lächelnd, nachdem sich alle hingesetzt hatten. Sie konnten sich gut daran erinnern, wie Wolfs Frau einmal aus einer »Situation« hatte gerettet werden müssen. Sie hatte auch auf einer Palette im hinteren Teil eines Militärflugzeugs gelegen, so wie Rayne jetzt.

Wolf erinnerte sich und lächelte, sagte aber nichts.

»Na los, erzähl schon, Ghost«, forderte Dude.

Ghost schwieg.

Dude ignorierte den Wink und drängte weiter. »Weiß sie nicht, dass du ein Delta bist?«

Ghost schüttelte den Kopf.

»Was wirst du tun?«

Ghost zuckte mit den Schultern. »Nichts.«

»Blödmann«, murmelte Abe.

»Halt die Klappe, Frog«, sagte Fletch warnend und verteidigte seinen Teamkollegen.

»Ich habe ihm meinen Vortrag bereits gehalten«, warf Wolf in unbeschwertem Ton ein, absolut unberührt von der Feindseligkeit, die von Ghosts Teamkollegen ausging. »Ich habe ihm gesagt, dass er ein Idiot wäre, wenn er sie gehen lassen würde. Ihr wisst ja noch, wie lange es gedauert hat, bis ich mich endlich zu Caroline bekannt habe. Ich will nicht, dass er die gleiche Scheiße durchmachen muss wie ich.«

Ghost unterbrach die Männer, bevor sie sich in die Haare kriegten. Ein Kampf zwischen SEALs und Deltas in zehntausend Metern Höhe musste nun wirklich nicht sein. Er hatte keinen Zweifel daran, dass seine Jungs gewinnen würden, doch es würde ein harter Kampf werden. »Wir haben uns vor etwa sechs Monaten kennengelernt. Wir hatten ein ... Ding. Ein Ding für eine Nacht. Das ist alles.«

»Du hast sie seitdem nicht mehr gesehen, nicht wahr, Ghost?«, fragte Blade in einem Ton, der Ghost unangenehm war.

Hollywood pfiff tief und lang und beteiligte sich am Gespräch. »Sie hat dich um den kleinen Finger gewickelt.«

»Haltet die Klappe, Leute«, sagte Ghost verärgert. »Wir waren beschäftigt. Nur weil ich keine Zeit zum Ficken hatte, heißt das nicht, dass ich mich nach Rayne gesehnt habe.«

»Jetzt ist alles klar«, warf Coach ein und ignorierte die Warnung seines Anführers. »Du hättest Zeit gehabt, Ghost. Erzähl verdammt noch mal keine Lügen. An dem Abend vor einem Monat oder so, als wir alle ausgegangen sind und dieser Kasernenhase gar nicht genug von dir bekommen konnte ... ich konnte nicht verstehen, warum du sie nicht mit nach Hause genommen hast, aber jetzt kennen wir ja den Grund.«

Ghost hatte keine Lust, sich zu rechtfertigen, doch es sah so aus, als ob er sich nicht davor drücken konnte. »Das war nicht der Grund, Arschloch. Ich war müde und es sah so aus, als ob sie mehr als nur eine Nacht wollte.«

»Schwachsinn«, sagte Fletch mit leiser Stimme. »Sie

wollte, was alle Kasernenhasen wollen … eine Nacht mit einem Soldaten. Die hättest du todsicher haben können.«

Ghost schwieg. Sie hatten recht. Die besagte Tussi hatte ihm tatsächlich praktisch an der Bar schon ihre Hand in die Hose gesteckt. Er hätte sie in einer Seitengasse nehmen können und nachdem sie ihn gelutscht hatte, innerhalb von zehn Minuten wieder zurück in der Bar sein können. Aber sobald er ihren Atem an seinem Hals gespürt hatte, konnte er nur noch daran denken, wie Rayne sanft an ihm geknabbert und gesaugt hatte, während sie erschöpft in seinen Armen gelegen hatte. Er hatte seit Rayne keine Frau mehr gehabt und er hatte es nicht einmal vermisst.

»Es war nach dieser Mission in der Türkei, nicht wahr?«, fragte Truck. »Du hattest diesen Zwischenstopp in London. Du kamst einen Tag später als alle anderen an, weil dein Flug gestrichen worden war. Das war vor etwa sechs Monaten.«

»Das ist Schicksal, Ghost. Willst du meinen Rat hören? Wehr dich nicht dagegen«, sagte Wolf mit Bestimmtheit.

Normalerweise hätte Ghost mit niemandem darüber geredet, doch er war müde, machte sich Sorgen um Rayne und war immer noch verwirrt darüber, dass er sie mitten in einem Einsatz angetroffen hatte. Dass sie im Namen einer falschen Ideologie fast vergewaltigt und immer wieder verletzt worden war, löste Unbehagen in ihm aus und er fühlte sich roh und verletzlich.

»Ich habe sie angelogen. Sie kennt nicht einmal meinen Namen.«

»Sie nannte dich da drin Ghost«, warf Wolf ein. »Sie wusste sofort, wer du bist.«

»Das ist aber nicht mein Name.«

»Das ist aber, wer du bist«, beharrte Beatle und wiederholte, was Fletch ihm schon vorher versichert hatte. »Du bist Ghost. Ich bin Beatle. Das sind Blade und Truck und Fletch. Die meiste Zeit erinnere ich mich nicht einmal an unsere richtigen Namen. Und Coach will uns nicht mal seinen richtigen Namen verraten. Er sagt, das sei sein zweiter Vorname, hat aber keiner Seele je erzählt, wie sein eigentlicher Vorname lautet. Wie hat sie dich genannt, als sie einen Orgasmus hatte?«

Ghost starrte Beatle an. »Das geht dich einen Scheißdreck an.«

Beatle redete weiter, als ob Ghost ihm zugestimmt hätte. »Ja, das ist genau, was ich vermutet habe. Du hast nicht darüber gelogen, wer du bist, Ghost. Das ist alles, was zählt.«

»Ich bin am Morgen verschwunden. Ich habe sie nicht einmal geweckt, um mich zu verabschieden.« Ghost hatte keine Ahnung, warum er den Jungs erzählte, was er getan hatte. Er wusste nur, dass er sich verdammt schuldig fühlte, obwohl er das schon so oft getan hatte mit Frauen, an deren Namen er sich nicht erinnern konnte.

»Hast du ihr versprochen, dass du in Kontakt bleiben wirst?«

Verdammt. Fletch hatte das bereits mit ihm besprochen, brachte es jedoch noch einmal für die Jungs zur Sprache.

»Nein«, sagte Ghost verärgert.

Fletch fuhr fort: »Also wusste sie, dass es eine einmalige Sache sein würde. Ich nehme an, sie hat zugestimmt?«

Ghost nickte widerwillig.

»Für mich klingt das, als ob sie wusste, worauf sie sich einlässt.«

Ghost strich sich frustriert mit den Fingern durchs Haar. »Irgendwie schon, aber irgendwie auch nicht. Sie hatte noch nie zuvor einen One-Night-Stand gehabt. Sie ist eine Romantikerin. Sie ... sie hat mehr erwartet. Das weiß ich.«

Die Männer schwiegen einen Moment lang, dann ergriff

Wolf das Wort. Ghost kannte Wolf nicht gut, doch er spürte, dass alles, was er sagte, hundertprozentig aufrichtig war.

»Ich habe versucht, meine Caroline wegzustoßen. Dachte, dass ich das Richtige tat. Wir wissen, dass unsere Arbeit gefährlich ist. Ich würde auf keinen Fall wollen, dass sich das negativ auf sie auswirkt. Sie war entführt und unter anderem schwer misshandelt worden, und nachdem wir sie gerettet hatten, schaute sie mich an, als ob ich die Sonne an ihrem Himmel wäre ... und ich schob sie weg. Ich dachte, dass es zu ihrem Besten war. Ich dachte, dass ich nicht gut für sie wäre.«

Als er innehielt, sagte Ghost: »Und?«

Wolf lächelte ein wenig. »Das war totaler Schwachsinn. Ich wollte sie mehr, als ich jemals etwas in meinem Leben gewollt hatte. Sie machte mich glücklich, sie gab mir das Gefühl, ein Mensch zu sein. Ich wollte sie verstecken und für mich haben. Damit kein anderer Mann anschauen konnte, was mir gehörte.«

»Und dann bist du zu ihr gegangen und jetzt ist alles in Ordnung.«

Die anderen SEALs lachten. Wolf schmunzelte: »Nicht ganz. Cookie hier gab ihr seine Dreizacknadel.«

Truck schnaubte ungläubig. Sie alle wussten, was die Anstecknadeln bedeuteten, die die SEALs verliehen bekamen, sobald sie offiziell in die Teams aufgenommen wurden. Dass Cookie Wolfs Frau seine SEAL-Anstecknadel gegeben hatte, musste ein Tiefschlag für Wolf gewesen sein.

»Ja. Das hat mich wütend gemacht. Es hat eine ganze Weile gedauert, bis ich sie gegen meine austauschen konnte. Scheißkerl. Ich konnte sie ihr bis zu unserer Hochzeit nicht abnehmen.« Wolf warf Cookie einen spöttischen Blick zu, doch der schmunzelte nur. Es war klar, dass die beiden Männer sich nahestanden.

»Es war nicht einfach. Sie war verärgert. Ich war verärgert, doch am Ende gehörte sie mir. Darum ging es. Sie. Gehörte. Mir. Der Gedanke, dass ein anderer Mann sie in seinen Armen halten, sie anschauen, ihr die Dinge, die sie in ihrem Leben braucht, geben könnte, machte mich verrückt. Die Moral der Geschichte ist, Ghost, wenn der Gedanke daran, dass sie sich an einen anderen Mann schmiegt, dich nicht dazu bringt, jemanden umbringen zu wollen, dann lass sie gehen, damit du dein Leben weiterleben kannst. Sie wird einen anderen Mann finden, mit dem sie sich gut fühlt, den sie heiraten und mit dem sie Kinder haben kann.« Wolf rammte Ghost absichtlich ein Messer ins Herz, um ihn zu reizen und ihn zum Nachdenken zu bringen. »Aber wenn du sie willst ... dann finde einen Weg. Sie wird dich wie niemand sonst ergänzen.«

Nach Wolfs Rede schwiegen die Männer und schliefen langsam ein. Ghost wusste, dass er nicht schlafen würde. Er machte sich Sorgen um Rayne und Wolfs Worte schwirrten in seinem Kopf herum. Er ging in den hinteren Teil des Flugzeugs und setzte sich neben Raynes Bett. Sie hatte sich umgedreht und lag auf unbequeme Weise auf der Seite mit Blick zur Rückseite des Flugzeugs.

Sie trug noch immer sein T-Shirt und die Decke, die er über sie gelegt hatte, war von ihrem Hintern gerutscht, als sie sich bewegt hatte. Die Tätowierung auf ihrem Rücken, die Ghost vor all den Monaten bewundert hatte, war deutlich sichtbar. Er starrte sie einen Moment lang an und konnte nicht glauben, was er sah. Sein erster Gedanke war gewesen, sie wieder zuzudecken, damit keiner der anderen Jungs im Flugzeug sie sehen konnte, doch er erstarrte völlig, als er ihre Tätowierung, die ihn schon damals so bewegt hatte, erneut anschaute.

Als er ihr im Regierungsgebäude sein T-Shirt gegeben

hatte, war er nur darauf bedacht gewesen, ihren nackten Körper zu verhüllen und den Raum und die Situation so schnell wie möglich zu verlassen. So sehr er es auch liebte, sie nackt zu sehen, an die Tätowierung hatte er beim besten Willen nicht gedacht. Während Truck und Mozart sie verarztet hatten, war sie vom Hals bis zu ihren Oberschenkeln von seinem Hemd bedeckt gewesen und er hatte sich mehr Sorgen um die Wunden an ihren Knöcheln und Handgelenken gemacht als um irgendetwas anderes.

Doch jetzt, als er die Tätowierung sah, die ihm so viel bedeutet hatte, und die kürzlich vorgenommenen Änderungen, stockte ihm der Atem.

Sie hatte ihn auf ihrer Haut hinzugefügt.

Oh, er hatte sich bereits vorher in ihrer Tätowierung sehen können, doch jetzt konnte er sich nicht mehr einreden, dass diese eine gemeinsame Nacht ihr nichts bedeutet hatte. Der Beweis lag buchstäblich in Farbe vor ihm – und das brachte ihn fast zum Weinen.

Fletch räusperte sich hinter ihm und verhinderte dadurch, dass Ghost anfing, wie ein Kind zu heulen. Er packte schnell die Decke und zog sie schützend über Rayne, damit seine Teamkollegen nichts erkennen konnten. Ghost wollte nicht, dass jemand sah, was ihm gehörte.

»Sieht so aus, als wäre dieser One-Night-Stand etwas intensiver gewesen, als du zugeben wolltest, und zwar für euch beide.«

Verdammt. Er hatte sie nicht schnell genug zugedeckt und Fletch hatte offensichtlich Raynes Tätowierung gesehen. Ghost schwieg und traute sich nicht, zu seinem Freund aufzuschauen. Er wusste nicht, was er sagen sollte.

»Ihre Tätowierung kommt mir bekannt vor ... sie ist ähnlich wie die, die du vor ein paar Monaten auf deinem Bein hast machen lassen.«

Ghost schwieg immer noch. Es gab nichts zu sagen.

Fletch seufzte. Dann überraschte er Ghost, als er aus heiterem Himmel zugab: »Ich habe jemanden kennengelernt. Sie ist humorvoll und fantastisch und eigensinniger als jede andere Frau, die ich je getroffen habe. Sie hat Geheimnisse, die sie nicht preisgeben will. Aber das Schlimmste ist, dass sie bereits einen Mann zu haben scheint.«

Ghost schaute auf. Sein Freund hatte sich mit einer Schulter gegen die Wand gelehnt und stand scheinbar entspannt da, doch Ghost bemerkte, dass jeder Muskel in seinem Körper angespannt und er alles andere als locker war.

»Jedes Mal wenn ich sie zusammen sehe, könnte ich etwas zerschlagen. Sie hat ein süßes kleines Mädchen, das Angst vor diesem neuen Kerl hat.«

»Fletch –«

Er ließ Ghost nicht weiterreden. »Ich habe gehört, was Wolf gesagt hat, und er hat recht. Ich habe diese Frau noch nicht einmal berührt, aber wenn schon der bloße *Gedanke* daran, dass ihr neuer Arschlochfreund ihr oder ihrer Tochter wehtun könnte, mich durchdrehen lässt, kann ich mir kaum vorstellen, was du durchmachen musst. Wenn sie wie für dich geschaffen ist«, Fletch deutete mit dem Kinn zu Rayne, »musst du um sie kämpfen, Ghost. Und es ist offensichtlich, dass das der Fall ist. Sieht so aus, als hättest du sie dir eintätowieren lassen, und wenn dieser kleine Geist auf ihrer Haut auf dich hindeutet, dann hat sie das auch getan.«

»Aber die Teams –«

»Denkst du etwa, dass wir dich nicht unterstützen werden? Denkst du, dass wir sie nicht genauso beschützen werden wie dich? Was haben wir uns denn alle tätowieren lassen, Ghost? Hm? *Ich werde meine Brüder und ihre Frauen verteidigen*. Wir wollen alle jemanden haben. Warum sonst würden wir uns das auf unsere Körper schreiben? Herrgott noch mal, Ghost. Du darfst sie nicht noch einmal gehen lassen.«

Ghost schaute zu Rayne hinüber. Sie lag zusammengerollt unter der Decke und lange, ruhige Atemzüge bewegten ihren Brustkorb auf und ab. Er nickte und hörte, wie Fletch wegging, damit er mit Rayne alleine sein konnte.

Nachdem er sie eine Weile im Schlaf beobachtet hatte, traf Ghost seine Entscheidung.

Er würde um sie kämpfen, doch er war sich nicht sicher, ob sie das auch für ihn tun würde. Er wusste, dass er einen langen Weg vor sich hatte. Er hatte sie zwar gerettet, doch es würde lange dauern, bis sie ihm wieder vertraute. Das war ihm so klar, als hätte Rayne sich zu ihm umgedreht und ihm diese Worte mitgeteilt.

»Ich schwöre dir, Rayne, ich werde dich nie wieder anlügen. Niemals.« Das war ein stilles und tief empfundenes Gelübde und Ghost meinte jedes Wort ernst, auch wenn Rayne nicht hören konnte, was er sagte.

Ghost konnte nicht widerstehen und zog die Decke zurück, um einen weiteren Blick auf ihre Tätowierung zu werfen. Big Ben war neu dazugekommen und stand prächtig und stolz hinter einem der Flügel des riesigen Adlers. Die Worte »Stille Professionalität« waren wie Wolken um den Turm herum geschrieben. Der kleine Geist sah fast lebendig aus und flog rund um den Glockenturm, ein Beweis dafür, dass er keine flüchtige Rolle in ihrem Leben spielte. Er berührte ihn ehrfürchtig mit seinem Finger.

Als er sie anfasste, bewegte sich Rayne und drückte sich gegen ihn, als ob sie unbewusst nach ihm greifen wollte.

Ohne darüber nachzudenken, ließ Ghost sich auf die

kleine Matratze fallen und schmiegte sich an sie, wobei er darauf achtete, nicht an ihre Wunden zu stoßen. Es war nicht viel Platz vorhanden. Er trug alle seine Kleider und sogar seine Stiefel, doch er musste sie halten, ganz nahe bei ihr sein, um sie zu beschützen.

Ghost zog die Decke wieder über sie, um sicherzustellen, dass Rayne warm genug war. Er legte behutsam einen Arm um ihre Taille und den anderen unter ihren Kopf.

Als Rayne sich zum ersten Mal nach sechs Monaten wieder in seine Umarmung kuschelte, fühlte er sich zufrieden, schloss die Augen und betete. Betete, dass sie ihm seine Lügen verzeihen würde, betete, dass sie einen Weg finden würden, um die Beziehung aufrechtzuerhalten. Es gab eine Menge zu besprechen, doch als er so dalag und Rayne in seinen Armen spürte, konnte Ghost an nichts anderes denken als daran, wie erleichtert er war, dass das Schicksal ihn zu ihr geführt hatte, als sie ihn am meisten gebraucht hatte.

KAPITEL ZWEIUNDZWANZIG

Rayne öffnete verschlafen die Augen, schloss sie jedoch sofort wieder, als sie das grelle Licht sah. Sie spürte, wie sie herum geschüttelt wurde, und hörte leise Stimmen um sich herum. Es dauerte einen Moment, bis sie sich daran erinnerte, was passiert war. Dann öffnete sie die Augen erneut, diesmal etwas vorsichtiger.

Sie lag auf etwas Weichem und wurde in ein Gebäude gerollt. Sie drehte den Kopf und schnappte nach Luft.

Ghost. Er war es *wirklich*.

Langsam kam die Erinnerung an ihre Gefangennahme und die Rettung zurück. Gerade in dem Moment, in dem sie gedacht hatte, dass sie in diesem Gebäude in Kairo sterben würde, war Ghost wie durch ein Wunder aufgetaucht.

Er war geduldig und ruhig gewesen, und er und sein ... Partner ... oder was auch immer der andere Kerl gewesen war, hatten ihr die verdammten Ketten abgenommen und Ghost hatte sie in Sicherheit gebracht. Rayne konnte sich nur bruchstückhaft daran erinnern, was danach passiert war. Sie hatte ein paar Pillen geschluckt, unausstehliche Schmerzen gehabt, als ihre Wunden gereinigt wurden, und war in Ghosts Armen eingeschlafen. Bei dem letzten Teil war sie sich nicht sicher, da sie fast jede Nacht davon geträumt hatte, in seinen Armen zu liegen, seit er sie in London zurückgelassen hatte.

»Ghost?« Ihre Stimme war rau und zittrig und sein Name klang eher wie ein Krächzen, doch er hörte sie.

Er legte seine Hand auf ihre Schulter und schaute sie an, während sie sich in das Gebäude begaben. »Hey, Prinzessin. Du bist wach.«

»In gewisser Weise.«

Er schmunzelte. »Die Beruhigungsmittel, die wir dir mit den Schmerzmitteln zusammen gegeben haben, sind ziemlich stark. Es wird dir bald besser gehen.« Er kam gleich auf den Punkt. »Du bist im Darnell Army Medical Center in Fort Hood. Du bist in Sicherheit und wieder auf amerikanischem Boden.«

»Texas?«

»Ja. Du bist wieder in Texas.«

»Meine Sachen?«

»Sachen?«

»Ja, im Hotel.«

Ghost grinste. »Nur eine Frau würde nach allem, was du durchgemacht hast, an ihre Sachen denken. Deine Freundin Sarah wollte sich darum kümmern.«

»Mein Bruder?«

»Ich werde dafür sorgen, dass er weiß, dass du hier bist.«

»Okay. Ghost?«

»Ja?«

Die Tragbahre kam in einem kleinen Untersuchungsraum abrupt zum Stillstand und Rayne wurde fast schwindlig. Sie spürte, wie ihre Augen wieder schwer wurden, und schloss sie. »Wirst du hier sein, wenn ich wieder aufwache?«

Als er nicht sofort antwortete, zwang Rayne sich dazu,

die Augen zu öffnen. Wenn dies das letzte Mal war, dass sie Ghost sah, wollte sie es nicht verpassen.

»Ja. Ich werde bei dir sein, wenn du aufwachst.«

Sie wollte es zwar nicht sagen, tat es aber trotzdem. »Versprochen?«

»Ich verspreche es, Prinzessin.«

»Okay. Ghost?«

Diesmal konnte man ein Lächeln in seiner Stimme hören. »Ja?«

»Hast du sie doch abgeschnitten? Ich kann sie nicht spüren.«

Rayne konnte Ghosts ernsten, besorgten Gesichtsausdruck nicht sehen, da ihre Augenlider zugefallen waren.

»Nein, Rayne. Wir haben dir weder Hände noch Füße abgeschnitten. Sie sind immer noch dran, aber sie sind in ziemlich schlechtem Zustand. Ich schwöre, ich werde dich nie wieder anlügen. Du wirst ein paar schlimme Narben davontragen.«

»Ist mir egal. Nie wieder? Du hast gelogen?«

Ghost legte die Hand auf Raynes Stirn und seine Stimme wurde weicher. »Ja, aber das war das letzte Mal. Wenn du etwas wissen willst, frag einfach.« Er hatte gedacht, dass Rayne sich der Narben wegen Sorgen machen würde, doch eigentlich hätte er wissen müssen, dass sie sich einen Dreck darum scherte. Er hatte sich Wolfs Worte zu Herzen genommen. Er wollte Rayne. Es würde nicht einfach werden, doch sie war es wert, dass er um sie kämpfte. Er fühlte sich normal, wenn er mit ihr zusammen war, und das alleine brachte ihn dazu, ein besserer Mensch sein zu wollen ... für sie. Er würde sie nicht ohne Kampf gehen lassen.

»Okay.«

Und das war es dann auch schon. Rayne war

ohnmächtig geworden. Der Arzt kam herein, machte sich sofort an die Arbeit und nahm die provisorischen Verbände ab, um zu sehen, womit er es zu tun hatte. Nachdem Ghost sich davon überzeugt hatte, dass der Arzt wusste, was er tat, ging Ghost zurück ins Wartezimmer, wo alle sechs Teamkollegen auf ihn warteten.

»Truck, kannst du Rayne im Auge behalten? Ich muss etwas erledigen.«

»Natürlich.«

»Halte mich auf dem Laufenden.«

Truck nickte und ging in die Richtung, aus der Ghost gekommen war. Es war nicht üblich, dass einer von ihnen sich mit einem Patienten im Zimmer aufhielt, doch nachdem der Oberst mit einem hochrangigen Offizier im Krankenhaus telefoniert hatte, wurde ihnen etwas Spielraum gewährt.

»Können wir irgendwie helfen?«, fragte Fletch.

Ghost schüttelte den Kopf. »Nein, aber danke. Ich bin bald wieder da.«

Seine Teamkollegen nickten, und Ghost verließ das Krankenhaus und machte sich auf den Weg in die Offiziersbaracke. Nachdem er vor sechs Monaten, nach der Nacht, die sein Leben verändert hatte, wieder nach Fort Hood zurückgekehrt war, hatte er sich vorgenommen, Raynes Bruder ausfindig zu machen. Er war ein Oberleutnant, was Ghost sehr beeindruckt hatte. Er hatte seinen Abschluss in West Point als einer der besten seiner Klasse gemacht, Terrorismusbekämpfung als Spezialgebiet gewählt und nichts anderes als ausgezeichnete Offiziersbewertungsberichte erhalten. Er entwickelte sich zu einem guten Anführer. Der Art Anführer, der sich um die Männer unter seinem Kommando kümmerte. Er stellte Fragen an die Feldwebel in seiner Einheit und nahm ihren Rat an. Leutnant Jackson stand eine Beförderung bevor und Ghost wusste, dass er sie mit Bravour schaffen würde.

Da es acht Uhr abends war, hoffte Ghost, dass der Mann in seinem Zimmer sein würde. Er ging die Treppe hinauf in den dritten Stock und klopfte an die Tür.

Chase Jackson öffnete fast sofort. »Ja?«

Ghost trug immer noch dieselben Kleider, die er während der letzten achtundvierzig Stunden getragen hatte. Er war nicht gerade in Bestform und hatte kein Abzeichen mit seinem Rang oder Namen auf seiner Weste. Auf Einsätzen und sogar in der Nähe von Fort Hood trug keiner der Deltas irgendwelche Informationen, durch die sie hätten identifiziert werden können, und zwar zu ihrer eigenen Sicherheit.

»Ich bin Captain Keane Bryson. Darf ich einen Moment reinkommen?«

Chase sah verwirrt aus, trat aber trotzdem zur Seite und gestikulierte, dass Ghost eintreten sollte.

Keiner der beiden Männer sagte etwas, während Chase Ghost in den kleinen Wohnbereich der Zweizimmerwohnung führte. Ghost kam gleich auf den Punkt.

»Ich bin gerade aus Ägypten zurückgekehrt. Kairo, genauer gesagt.« Ghost konnte beobachten, wie Chase sich anspannte. Ja, der Mann wusste, was das bedeutete.

»Ihre Schwester war eine der Geiseln während des Putsches.«

Der Leutnant wurde blass und schwankte. Eine Sekunde lang dachte Ghost, dass er umkippen würde. Er stützte sich mit der Hand am Türrahmen ab. Er schluckte, dann fluchte er.

»Verdammte Scheiße. Ist sie ... sind Sie von der Opferbetreuung?«

Ghost wusste, was er meinte. Wenn jemand im Kampf

ums Leben gekommen war, wurden Offiziere der Opferbetreuung zu den Verwandten geschickt, um sie über die Geschehnisse zu informieren. Niemand wollte ihnen die Tür öffnen. Er beruhigte den Mann sofort. »Nein. Ich gehöre zu der Einheit, die zur Rettung der Geiseln entsandt wurde. Wir haben sie rausgeholt. Sie wurde verwundet, aber es geht ihr gut und sie ist hier im Darnell Army Medical Center.«

Chase kniff die Augen zusammen und neigte den Kopf zur Seite. Er war kein Idiot. »Und *Sie* sagen mir das, weil ...«

Ghosts Respekt für den Mann wuchs. Ghost hatte einen höheren Rang inne als Chase, doch selbst ohne zu wissen, dass er ein Delta Force-Soldat war, war Raynes Bruder intelligent genug, um zu erkennen, dass noch etwas anderes vor sich ging. Vielleicht wusste er, dass Ghost ein Delta war. Er war in der Terrorismusbekämpfung tätig; es war nicht so, als ob er nicht wüsste, dass Soldaten der Spezialeinheiten in der Nähe stationiert waren – und wenn Ghost in Ägypten gewesen war, wusste Chase wahrscheinlich, dass er kein normaler Captain war. Für jemanden wie Chase war die Tatsache, dass Ghost hier in seinem Wohnzimmer stand, von Kopf bis Fuß in Schwarz gekleidet war und kein sichtbares Rangabzeichen trug, genauso ein Eingeständnis dessen, wer er war, als wenn er ein Schild getragen hätte, auf dem »Delta Force-Soldat« stand.

»Weil sie mir gehört.« Ghosts Worte waren unverblümt und direkt. Er hielt eine Hand hoch, als Chase etwas sagen wollte, und erklärte ihrem Bruder schnell, welche Beziehung er zu Rayne hatte. »Ich habe Ihre Schwester vor etwa sechs Monaten kennengelernt. Wir haben nicht viel Zeit miteinander verbracht, aber das spielt jetzt keine Rolle. Ich werde alles daransetzen, damit es zwischen uns funktioniert. Ich bin hier, weil ich zuerst mit Ihnen reden wollte.

Sie wurde da drüben verletzt. Sie wird darüber hinwegkommen, aber sie wird wahrscheinlich mit jemandem darüber reden müssen, was passiert ist.«

»Was *ist* passiert?«

Ghost wusste, dass Chase zu der Aussage »sie gehört mir« zurückkehren würde, aber er war froh zu sehen, dass er sich im Moment mehr um das Wohlergehen seiner Schwester sorgte als um Ghosts arrogante Behauptung. »Sie ist dehydriert und hat etwas Gewicht verloren. Sie wurde fast vergewaltigt, bevor ich sie rausholen konnte.«

»Fast?«

»Fast.«

»Gott sei Dank. Aber sie ist verletzt?«

»Sie wurde an ein Bett gefesselt und sie ... hat sich gewehrt.«

Ein schiefes Grinsen huschte über Chases Gesicht, bevor er wieder ernst wurde. »Ja, das sieht ihr ähnlich.«

»Die Haarspange, die Sie ihr gegeben haben, hat ihr vermutlich das Leben gerettet.«

Diesmal lächelte Chase über das ganze Gesicht und nickte. »Ich werde dafür sorgen, dass sie einen lebenslänglichen Vorrat erhält.«

»Ihre Handgelenke und Knöchel wurden arg in Mitleidenschaft gezogen. Die Wunden werden gerade genäht. Ich weiß, dass sie Sie sehen wollen wird, wenn sie aufwacht.«

»Ich werde zu ihr gehen, sobald wir hier fertig sind. Also ... warum denken Sie, dass sie mit Ihnen zusammen sein will?«

»Haben Sie die Ergänzungen ihrer Tätowierung gesehen?«

Chase schien überrascht zu sein. »Sie hat dieses monströse Ding auf ihrem Rücken sogar noch erweitert?«

Ghost nickte. »Ja. Sie hat mich hinzugefügt.«

Chase starrte den Furcht einflößenden Mann vor ihm an. »Sie war schon seit ein paar Monaten nicht mehr dieselbe.«

Ghost nickte nur. Er war nicht mehr derselbe gewesen, seit er sie in diesem Hotelzimmer in London zurückgelassen hatte. Er wusste genau, was Chase meinte.

»Tun Sie ihr nicht weh. Ich weiß, dass Sie der ranghöhere Offizier sind und wahrscheinlich mehr Macht haben, als ich mir je erträumen könnte, aber ich schwöre bei Gott, wenn Sie ihr wehtun ...«

»Das kann ich nicht garantieren, wir sind beide ziemlich stur, aber sie gehört mir. Ich würde töten, um sie zu beschützen. Ich werde um sie kämpfen. Ich werde sie nicht aufgeben.«

Chase antwortete nicht sofort und dachte über Ghosts Worte nach. Schließlich streckte er die Hand aus. »Schön, Sie kennenzulernen, Keane Bryson.«

Er schüttelte seine Hand. »Ghost. Nenn mich Ghost.«

»Also gut, Ghost.«

»Ich gehe jetzt zurück ins Krankenhaus.«

»Ich komme mit.«

Ghost wusste, dass er das sagen würde, also nickte er einfach.

»Gib mir fünf Minuten zum Umziehen, dann bin ich bereit.«

»Ich warte draußen«, sagte Ghost zu Chase und drehte sich zur Tür um.

»Ghost?«

Ghost wandte sich wieder Chase zu.

»Danke, dass du Rayne gerettet hast. Und danke, dass du zu mir gekommen bist.«

Ghost nickte wieder und schloss die Tür hinter sich. Er wollte ins Krankenhaus gehen und sich um Rayne kümmern, doch er hatte das tun müssen. Er hatte derjenige sein müssen, der Chase berichtete, was mit seiner Schwester passiert war, und ihm erklärte, wie er zu ihr stand. Ghost wusste, dass nicht alles glatt laufen würde, doch er hatte den ersten Schritt getan.

KAPITEL DREIUNDZWANZIG

»Chase, um Himmels willen, es geht mir gut«, meckerte Rayne, als ihr Bruder zum dritten Mal an diesem Tag die Kissen hinter ihrem Rücken aufschüttelte.

Sie war in einem Zimmer im Krankenhaus aufgewacht und hatte gesehen, dass Ghost auf einem Stuhl neben ihr schlief. Sie hatte ihn eine Weile beobachtet, erstaunt darüber, dass er tatsächlich da war. Er war bei ihr geblieben, genau wie er es versprochen hatte. Rayne sah sich an ihm satt, während er schlief. Er sah müde aus. Er war schmutzig, seine schwarzen Stiefel und seine Hose waren mit einer feinen Staubschicht bedeckt. Seine breiten Arme waren vor seiner Brust verschränkt. Das Einzige, was er trug, das sauber aussah, war sein T-Shirt. Es war offensichtlich neu, die Falten der Verpackung waren immer noch sichtbar.

Sie hatte versucht, es sich im Bett bequem zu machen. Rayne war erstaunt darüber, dass Ghost in einem Moment schlief und im nächsten hellwach war und den Blick innerhalb von Sekunden auf ihr Gesicht gerichtet hatte.

»Guten Morgen, Prinzessin.«

Diese Worte trafen sie unerwartet, besonders nachdem

sie sich so danach gesehnt hatte, sie an diesem Morgen vor langer Zeit zu hören. Sie räusperte sich. »Guten Morgen.«

Ghost war aufgestanden und hatte sich gestreckt. Dann hatte er sich beide Hände ins Kreuz gelegt, als ob er versuchte, eine Verspannung zu lösen. Er hatte sich über sie gebeugt und eine seiner großen, schwieligen Hände auf ihre Stirn gelegt. Sie erinnerte sich, dass er das auch am Vortag getan hatte. »Wie geht es dir?«

»Es geht mir gut«, hatte sie automatisch gesagt.

Ghost hatte den Kopf zur Seite geneigt und erneut gefragt: »Wie geht es dir *wirklich*?«

Rayne hatte geseufzt. »Etwas schwindelig von den vielen Medikamenten und dem wenigen Essen, aber ich bin am Leben, nicht an ein schmutziges Bett gefesselt und muss keine Angst davor haben, immer wieder vergewaltigt zu werden. Es geht mir gut.«

Ghosts Mundwinkel hatte gezuckt, doch er hatte nicht auf ihre schnippische Bemerkung reagiert. »Bist du bereit für einen Besucher?«

»Bist *du* kein Besucher?«

Er hatte gelächelt, ihren Kommentar ignoriert und beiläufig gesagt: »Ich hole ihn.«

Bevor Rayne fragen konnte, wen Ghost meinte, oder eine der anderen vierhundertsiebenundfünfzig Fragen stellen konnte, die in ihrem Kopf herumschwirrten, war er verschwunden.

Sie war im Bett hin und her gerutscht. Sie hatte ihren rechten Arm angehoben und gesehen, dass er von den Fingern bis zum Ellbogen mit einem Verband bedeckt war. Sie hatte ihre Beine unter der Decke bewegt und sehen können, dass sie ähnlich bandagiert waren. Sie hatte sich die Wunden ansehen wollen, jetzt, wo sie wieder klar genug denken konnte, um zu verstehen, was sie bedeuteten. Doch sie musste warten. Sie hatte immer noch alle Gliedmaßen, was hoffentlich bedeutete, dass sie sie behalten konnte.

Die Tür zu ihrem Zimmer war geöffnet worden und Rayne hatte hinübergeschaut und sich auf die Lippe gebissen. Aus irgendeinem Grund hatte sie ihren Bruder nicht erwartet und trotzdem war er die einzige Person, die sie nach allem, was sie in der letzten Woche durchgemacht hatte, sehen wollte.

Sie hatten sich umarmt und Rayne hatte mindestens zehn Minuten lang an seiner Schulter geweint und nicht einmal bemerkt, dass Ghost den Raum verließ, bevor Chase sich aus der Umarmung löste und den Stuhl, auf dem Ghost zuvor gesessen hatte, zum Bett zog. Er berührte mit seiner Hand ihren bandagierten Unterarm, während sie sich unterhielten.

Rayne erfuhr, dass Samantha an diesem Morgen einfliegen und in ein paar Stunden bei ihnen sein würde. Sie hatte darauf bestanden, dass es ihr gut ginge, doch Chase zuckte nur mit den Schultern und sagte, dass Sam so oder so kommen würde.

Der Morgen war schnell vorübergegangen. Der Arzt kam und untersuchte ihre Wunden, bevor ihre Schwester eintraf. Rayne hatte aufmerksam zugeschaut, als er langsam die Bandagen löste, musste jedoch wegsehen, nachdem sie einen kurzen Blick auf die Wunden geworfen hatte. Sie war normalerweise nicht zimperlich, aber die nässenden, mit Eiter gefüllten, infizierten Wunden waren mehr, als ihr Magen im Moment ertragen konnte.

Der Arzt teilte ihr mit, dass sie noch ein paar Nächte würde bleiben müssen, bis die Infektion unter Kontrolle war. Es wurden ihr intravenös schwere Antibiotika verabreicht. Sobald sie einige Einheiten erhalten hatte, würde man in Betracht ziehen, sie zu entlassen.

Als Rayne protestieren wollte, erinnerte der Arzt sie daran, dass sie tatsächlich alle vier Extremitäten verlieren könnte, wenn sie nicht die richtige Wundpflege erhielt. Das reichte aus, um ihr einen Schrecken einzujagen, und sie stimmte zu, so lange zu bleiben, wie der Arzt es für angemessen hielt. Obwohl sie Ghost und seinem Partner während der Rettung gesagt hatte, dass sie sie abschneiden sollten, wollte sie das natürlich überhaupt nicht.

Samantha war später am Morgen eingetroffen und die drei Geschwister hatten sich lange darüber unterhalten, was mit Rayne in Ägypten passiert war und wie es ihr ging. Chase konnte Rayne sogar dazu überreden, mit einem der Armeepsychologen zu sprechen. Sie dachte, dass es ihr gut ging, doch sie wusste, dass sie später wahrscheinlich mehr Zeit haben würde, um darüber nachzudenken, was tatsächlich passiert war ... und was fast passiert wäre.

Es war jetzt spät nachmittags und Chase trieb Rayne in den Wahnsinn. Sie hatte Samantha davon überzeugen können, dass es ihr gut ging, und da ihre Schwester am nächsten Tag eine Sprechprobe hatte, hatte sie zugestimmt, den nächsten Flug zu nehmen, solange Rayne versprach, sie über alles, was vor sich ging, auf dem Laufenden zu halten.

»Wirklich, Chase, es geht mir gut, hör auf, mich zu bemuttern«, beschwerte sich Rayne.

Chase setzte sich auf den Stuhl und stützte seine Ellbogen auf der Matratze auf. Als er bemerkte, dass sie an diesem Tag zum zwanzigsten Mal zur Tür blickte, sagte er: »Er wird schon wiederkommen.«

Rayne schaute ihren Bruder überrascht an. »Wer?«

»Stell dich nicht dumm, Schwesterchen. Du weißt schon wer. Keane.«

»Keane?«

Chase schnaubte frustriert. »Ja, Keane. Ghost. Der

Mann, der mir ganz unverfroren erklärt hat, dass du seine Frau bist.«

»Sein Name ist John, nicht Keane.«

Chase musterte aufmerksam Raynes Gesichtsausdruck und wusste, dass sie es ernst meinte. »Er hat mir gesagt, sein Name sei Keane Bryson.«

»Und *mir* hat er gesagt, er sei John Benbrook.«

Die beiden Geschwister schauten sich einen Moment lang schweigend an. Chase biss die Zähne zusammen und sein Kiefermuskel fing an zu zucken, wie immer, wenn er sauer war.

Sie dachte daran, was Ghost gesagt hatte, als sie eingeliefert worden war. Er hatte ihr gesagt, dass er sie *nie wieder* anlügen würde.

Verdammt, sie war erbärmlich. Sie versuchte, sich nichts anmerken zu lassen.

»Egal, es spielt keine Rolle. Ich habe nicht auf ihn gewartet.«

»Es ist mir egal, ob er ein *Delta* ist oder nicht, ich werde ihm in den Arsch treten.«

»Delta? Was ist das?«, fragte Rayne völlig verwirrt.

»*Hurensohn*«, rief Chase und schob seinen Stuhl zurück. »Ich komme morgen wieder, um nach dir zu sehen, okay?«

»Chase! Wovon redest du? Warum bist du so sauer?«

Ihr Bruder beugte sich zu ihr und küsste Rayne auf die Wange. »Ich bin morgen früh wieder da.«

Rayne schaute verwirrt zu, wie ihr Bruder aus dem Raum stürmte und dabei unverständlich vor sich hin murmelte.

Chase machte sich auf den Weg zum Warteraum und hoffte, Ghost dort anzutreffen, damit er ihn sich vorknöpfen konnte. Er war noch nicht mit allen Tatsachen vertraut gewesen, als der Mann am Vorabend zu ihm gekommen war und ihn über seine Schwester informiert hatte, doch jetzt konnte er sich besser vorstellen, was zwischen ihm und Rayne passiert war, und wollte ihm in den Arsch treten.

Er war nicht sicher, ob der Mann zur Delta Force gehörte, aber es machte Sinn. Was er über Raynes Rettung und ihre Tortur erfahren hatte, ließ ihn immer mehr vermuten, dass sie von einer Spezialeinheit gerettet worden war. Normale Einheiten wurden nicht um die halbe Welt geschickt, um heimlich amerikanische Geiseln zu retten, und die Tatsache, dass Ghost vor seiner Tür auftaucht war und zugegeben hatte, dass er einer der Soldaten war, die seine Schwester gerettet hatten, bestätigte seine Annahme.

Das Wartezimmer war leer, aber Chase wusste, dass Ghost irgendwo in der Nähe war. Er hatte Chase gesagt, dass er wollte, dass Samantha und er den Tag mit Rayne verbrachten, dass er aber um fünf zurück sein würde, um abends bei ihr zu sein. Es war viertel vor fünf.

Chase stürmte hinaus und sah, dass Ghost neben dem Gebäude stand und abwesend auf den Parkplatz starrte.

Ohne zu zögern, ging Chase direkt auf den Mann zu und schlug ihm mit der Faust ins Gesicht.

Ghost duldete den Schlag ohne ein Wort und trat einen Schritt zurück. Als Chase ihn jedoch erneut schlagen wollte, hob Ghost seine Hand.

»Den ersten gebe ich dir umsonst, aber das ist alles.«

»Du Hurensohn. Du hast sie ausgenutzt.«

Ghost schüttelte den Kopf. »Nein, habe ich nicht. Sie wusste genau, worauf sie sich einließ.«

»Du arroganter Arsch. Sie ist keiner dieser Kasernenhasen, die du an jeder Ecke finden kannst.«

Ghost verlor die Geduld. »Glaubst du etwa, das wüsste ich nicht? Verdammt, Mann, ich habe seit dem Tag, den wir zusammen verbracht haben, an niemand anderen als *sie* denken können. Ich will außer *ihr* keine andere Frau mehr. Keine. Einzige.«

Chase schaute den Mann, der vor ihm stand, ungläubig an. Keane Bryson war jemand, der jede Frau haben konnte, die er wollte, das wussten sie beide. Dass er zugegeben hatte, dass er seit seiner Schwester keine Frau mehr gehabt hatte, war ein großes Ding.

Ghost saß im Gras und begann, sich unbekümmert die Militärstiefel auszuziehen, während er redete. Chase wusste nicht genau, was er vorhatte, doch er unterbrach ihn nicht.

»Ich hatte nicht vor, nach deiner Schwester zu suchen. Ich hatte begonnen, das Ganze inständig zu bereuen.« Chase knurrte laut und Ghost fuhr schnell fort: »Ich habe nicht *sie* bereut oder unsere gemeinsame Zeit, sondern dass ich sie *verlassen* habe. Dass ich ihr nicht meinen richtigen Namen genannt hatte. Dass ich das Beste, was mir je passiert war, durch die Finger habe schlüpfen lassen.«

Ghost zog den Stiefel aus und schob seine Socke bis zum Knöchel herunter, während er sein Hosenbein so weit wie möglich nach oben zog. Er stand auf, drehte sich um und zeigte Chase seine Wade. »Ich habe mir diese Tätowierung machen lassen, einen Monat, nachdem ich sie verlassen hatte. Ich musste sie irgendwie verewigen, sie mindestens *so* bei mir haben, auch wenn ich sie nie wiedergesehen hätte.«

Chase schaute nach unten und presste die Lippen zusammen. Er konnte nicht glauben, was er da sah.

Ghost hatte eine Nachbildung des Tattoos seiner Schwester auf seinem Bein. Es war offensichtlich nicht gerade erst gemacht worden, denn es war vollständig verheilt. Die Flügel des Adlers schwangen sich um Ghosts Wade, so wie die Flügel von Raynes Tätowierung sich um ihre Hüften schwangen. Sogar das verdammte Armeelogo war abgebildet, ebenso wie das Gewehr und der Blitz. Der einzige Unterschied war, dass sein Adler anstelle einer Nelke in einer Kralle einen Zauberstab hielt ... einen Stab mit einem Stern an der Spitze, Bändern, die daran befestigt waren, und kleineren Sternen, die um die Spitze herum schwebten. Chase wusste nicht, was er sagen sollte.

Ghost ließ sein Hosenbein los und bückte sich, um sich seinen Stiefel wieder anzuziehen. »Ich schwöre, ich hatte nicht vor, deine Schwester zu belästigen. Ich hatte mich damit *abgefunden*, dass ich sie nur in meinen Erinnerungen sehen würde. Doch dann habe ich herausgefunden, dass sie nicht nur in diesem verdammten Land war, sondern auch mitten in einem gottverdammten Putsch. Es war kein Zufall, dass ich da war, Chase. Das kann und will ich nicht glauben. Ich mag zwar weder intelligent noch religiös sein, aber wenn Gott eingreift und mir zum zweiten Mal das Beste, was mir je passiert ist, vor die Nase stellt, dann kann ich das nicht ignorieren. Nicht noch einmal.« Ghost stemmte die Hände in die Hüften und forderte Chase auf, ihm zu widersprechen.

»Sie weiß, dass du wegen deines Namens gelogen hast.«

Ghost ließ die Hände fallen und schob sie in seine Taschen.

Chase fuhr fort: »Ich wusste nicht, dass du ihr einen falschen Namen genannt hattest.«

Ghost seufzte, sagte jedoch nichts.

»Ich habe auch ›Delta‹ rausrutschen lassen, obwohl sie keine Ahnung hat, was das bedeutet. Ich bin zwar nicht hundertprozentig sicher, aber das spielt keine Rolle. Du wirst dich ganz schön anstrengen müssen. Du hast sie angelogen. Das war nicht in Ordnung.«

»Ich weiß.« Er versuchte nicht, sich zu verteidigen.

»Und so ungern ich es auch zugebe, ich verstehe es.«

Chase nickte, als er Ghosts ungläubigen Blick sah. »Ja, Mann. Ich verstehe es. Ich bin kein Idiot. Ich habe im Anti-Terror-Training eine Menge darüber gelernt, was Männer wie du tun. Zumindest respektiere ich dich dafür, dass du meine Schwester nicht in etwas hineingezogen hast, das sie nicht versteht.«

»Danke, ich –«

»Das ist noch nicht alles.«

Ghost nickte, um Chase zu ermutigen, sich alles von der Seele zu reden.

»Von Mann zu Mann, es ist mir egal, wen du kennst und wer du bist, doch wenn es dir nur darum geht, sie flachzulegen und sie dann fallen zu lassen –«

Ghost konnte sich nicht zurückhalten. »Hast du nicht gehört, was ich gesagt habe? Hast du nicht gesehen, dass ich mir deine Schwester auf meine Haut tätowiert habe? Wenn ich nur jemanden flachlegen wollte, hätte ich das schon längst tun können. Aber ich will Rayne. *Rayne.*«

Ghost hielt den Atem an und wartete darauf, dass Chase etwas sagte.

Schließlich nickte der Mann. »Sie wartet auf dich. Sie konnte die Tür den ganzen Tag nicht aus den Augen lassen. Obwohl du wissen musst, dass sie tausend Fragen haben wird. Tu mir einfach einen Gefallen, okay?«

»Jeden, den du willst.«

»Beschütze sie. Sam und ich dürfen sie nicht verlieren. Unsere Familie besteht nur noch aus uns dreien. Unsere Eltern kamen vor ein paar Jahren bei einem tragischen Unfall auf einer Kreuzfahrt ums Leben. Während eines Tagesausflugs stürzte ihr Flugzeug ab. Glaub mir, Rayne ist jetzt der Kitt, der uns alle zusammenhält.«

Ghost nickte, streckte Chase die Hand entgegen und bestätigte, was er bereits vermutet hatte. »Sie gehört jetzt zu

Delta. Sie hat sechs neue Brüder, die ihr Leben für sie riskieren würden.«

Chase schüttelte Ghosts Hand und wusste tief in seinem Herzen, dass jedes Wort, das dieser gefährliche Kerl von sich gegeben hatte, der Wahrheit entsprach. »Gut. Danke Ghost.«

»Gern geschehen. Ich melde mich wieder.«

Chase nickte und beobachtete, wie Ghost mit großen Schritten in Richtung Krankenhausgebäude ging und durch die automatischen Türen verschwand. Er atmete auf.

Er kannte seine Schwester. Rayne konnte verdammt stur sein, doch sie hatte keine Ahnung, worauf sie sich mit Keane Bryson einließ.

KAPITEL VIERUNDZWANZIG

Ghost machte sich nicht die Mühe anzuklopfen, sondern öffnete einfach die Tür zu Raynes Zimmer, als ob es sein eigenes wäre. Sie drehte den Kopf und schaute zu ihm herüber. Er konnte eine herzzerreißende Mischung aus Aufregung, Wiedersehensfreude und Misstrauen in ihren Augen sehen.

Er ging zu ihrem Bett, zog einen Stuhl heran und setzte sich. Er beugte sich vor und fragte: »Wie geht es dir, Prinzessin?«

Sie schnaubte. »Würdest du bitte aufhören, mich so zu nennen? Das ist lächerlich.«

»Nein. Also, wie geht es dir? Hast du starke Schmerzen?«

Rayne kniff die Augen zusammen. »Ist dein Name John Benbrook?«

»Nein. Ich heiße Keane Bryson.«

Sie schien überrascht zu sein, dass er das ohne Haarspalterei zugab. »Und du bist nicht aus Fort Worth, oder?«

»Nein. Ich wohne hier in Killeen und bin in Fort Hood stationiert.«

»Worüber hast du noch gelogen?«

Ghost war klar, dass sie nicht wirklich erwartete, dass er ihr alles genau erklärte, doch er offenbarte sich. »Ich kannte während meiner Schulzeit kein Mädchen namens Whitney Pumperfield und ich wurde nie mit einer Waffe bedroht.«

»Und?«

Ghost stand auf und setzte sich neben Rayne aufs Bett. Er stützte sich auf eine Hand und beugte sich über sie.

»Das ist alles, Prinzessin. Alles andere war die Wahrheit.«

Sie schaute ihn unglücklich und misstrauisch an. »Ich glaube dir nicht«, sagte sie schließlich ein wenig traurig.

»Das weiß ich. Aber ich habe es dir schon einmal gesagt und ich werde es so oft wiederholen, wie es nötig ist. Ich werde dich nicht mehr anlügen.«

»Warum warst du in London?«

»Ich war auf dem Rückweg von einem Einsatz.«

»Was für ein Einsatz?«

Ghost seufzte; er hatte gewusst, dass sie das fragen würde, hatte aber gehofft, dass sie es später tun würde. »Das darf ich dir nicht sagen.«

»Ich dachte, du hättest gerade versprochen, mich nicht mehr anzulügen«, sagte Rayne aggressiv.

Ghost schob ihr mit seiner freien Hand ein paar Haarsträhnen hinter das Ohr. »Ich habe nicht gelogen. Ich werde dir erzählen, so viel ich kann, doch es gibt einige Dinge, die ich dir einfach nicht sagen *darf*. Ich weiß, dass du das verstehst, Prinzessin. Erzählt dir dein Bruder alles, was er für sein Land tut?«

Widerwillig schüttelte sie den Kopf.

Ghost kam näher, verstärkte die Intimität zwischen ihnen und sagte mit leiser Stimme: »Ich gehöre zur Delta Force. Ich weiß nicht, ob du weißt, was das bedeutet. Wir sind der geheimste Arm des Militärs. Geheimer als die Navy

SEALs. Du bist die einzige Person, der ich das je erzählt habe, außer denjenigen beim Militär, die es wissen müssen, und deinem Bruder.«

Er hielt inne, damit sie diese Information auf sich einwirken lassen konnte. Als er sah, wie sich ihre Augen weiteten, nahm er an, dass sie die Tragweite verstanden hatte, und fuhr fort.

»Wir müssen dorthin, wo die Regierung uns hinschickt. Wir wurden entsandt, um die Geiseln zu befreien und *dich* mitten aus dem Putsch herauszuholen. Denkst du, der Präsident will, dass jemand erfährt, dass amerikanische Truppen da waren?«

Er sah ihren verständnisvollen Blick und redete weiter.

»Vielleicht *möchte* ich dir erzählen, wohin ich gehe, aber das werde ich nicht tun. Ich werde dich *niemals* in Gefahr bringen dadurch, dass du mehr weißt, als du wissen solltest, Prinzessin. Ich war an dem Tag tatsächlich auf dem Rückweg von einem Einsatz. Und ich hatte das Glück, dass sich unsere Wege gekreuzt haben.«

»Es war ein One-Night-Stand«, sagte Rayne verwirrt und wehrte sich offensichtlich immer noch gegen die Anziehungskraft. »Was machst du noch hier?«

»Das dachte ich auch. Ich redete mir ein, dass es das war, aber ich glaube, wir wussten beide, dass das nicht stimmt.«

Rayne schüttelte ungläubig den Kopf.

Ghost richtete sich auf, griff in seine Hosentasche und zog ein Handy heraus. Er gab das Passwort ein und tippte ein paar Mal auf den Bildschirm. Er drehte das Telefon zu Rayne und beobachtete ihr Gesicht, während er erklärte: »Ich habe noch nie zuvor ein Foto von einem One-Night-Stand gemacht. Ich wollte noch nie ein Foto von einer Frau mit nach Hause nehmen, nur damit ich es mir als Erstes beim Aufwachen und als Letztes vor dem Einschlafen ansehen kann.«

Ungläubig schaut Rayne auf das Foto auf Ghosts Handy. Es zeigte sie beide vor dem Buckingham-Palast. Sie schmiegte sich eng an ihn, hatte ihre Arme um seine Hüften geschlungen, schaute zu ihm hoch und lächelte. Sie erinnerte sich an diesen Moment. Es hatte ihn genervt, dass sie ein Selfie machen wollte. Sie hatte keine Ahnung, dass er das Foto aufgenommen hatte, da sie nicht in die Linse geschaut hatte.

Sie wandte den Blick von dem Bild ab und schaute Ghost an. »Aber du bist gegangen.«

Ghost steckte das Telefon ein, beugte sich wieder über sie und sagte: »Stimmt.«

Rayne wusste nicht, was sie sonst noch sagen sollte. Sie hatte keine Ahnung, was er wollte. Alles, was er ihr erzählt hatte, ließ sie denken, dass er sie behutsam abblitzen lassen wollte. Er konnte nicht über seine Arbeit reden, er gehörte zur Delta Force. Er war ein einziges, großes Geheimnis. Sie war so verdammt verwirrt.

»Wie geht es deinen Wunden?«

Rayne zuckte mit den Schultern.

»Darf ich sie mir mal ansehen?«

»Äh, ich glaube nicht, dass du die Verbände abnehmen darfst. Der Arzt sagte, er werde sie sich morgen anschauen.«

»Ich werde vorsichtig sein. Bitte, Rayne. Lass mich sehen, was sie dir angetan haben.«

Sie streckte ihm eine Hand entgegen und erlaubte ihm, den Verband zu entfernen. »Ich bin mir ziemlich sicher, dass ich mir die Wunden selbst zugefügt habe, Ghost.«

»Nein«, konterte er sofort. »*Die* haben dir das angetan.«

Rayne hielt ihren Blick auf Ghosts Gesicht gerichtet,

während er den letzten der Verbände abnahm und sich ihr Handgelenk betrachtete. Dann schaute er ihr in die Augen.

»Hast du sie gesehen?«

»Ja, vor einer Weile.«

»Sehen sie jetzt besser aus?«

»Ich möchte lieber nicht hinsehen.«

»Warum nicht?«

»Weil mir heute Morgen schlecht wurde.« Rayne spürte, wie sich Ghosts Hand kurz anspannte und sein Griff sich dann wieder lockerte.

»Es tut mir leid, Prinzessin. Mein Gott, es tut mir so verdammt leid.« Er beugte sich zu ihrer Hand hinunter und küsste ganz sanft ihre Handfläche oberhalb der Wunden. Sie spürte kaum, wie seine Lippen ihre Haut berührten.

Sie wagte es hinzuschauen. Ghosts große Hand hielt ihr Handgelenk fest. Die eingerissene und entzündete Haut sah neben seiner braungebrannten, schwieligen Handfläche ekelerregend aus. Sie zwang sich, genauer hinzuschauen.

»Ich glaube, sie sehen tatsächlich besser aus«, sagte sie zu ihm. »Sie sind nicht mehr ganz so … eitrig … wie vorher.«

Ghost griff nach einem Stück Mull auf dem Tisch neben ihrem Bett. Er tupfte damit vorsichtig die Wunden an ihrem Handgelenk ab und wischte etwas Eiter weg, damit er sie sich genauer anschauen konnte. Er roch sogar an ihren Wunden.

Rayne versuchte, ihre Hand wegzuziehen. »Das ist ekelhaft, Ghost, hör auf damit.«

Doch er hielt sie fest und sie konnte sich nicht aus seinem Griff befreien. »Sie riechen nicht verfault. Die Infektion heilt langsam. Die Antibiotika wirken, Rayne. Das ist gut.«

»Okay, wenn du das sagst. Es ist trotzdem ekelhaft.«

Er lächelte sie an und wickelte vorsichtig den Verband

wieder um ihr Handgelenk. Er deutete zu ihren Fußgelenken. »Darf ich?«

Rayne zuckte mit den Schultern und beobachtete, wie Ghost an ihrem Knöchel dieselbe Prozedur durchführte wie an ihrem Handgelenk. Nachdem er sich vergewissert hatte, dass alles gut heilte, zog er die Decke wieder hoch und nahm seine vorherige Position ein, legte eine Hand auf ihre Hüfte und beugte sich über sie.

»Tun sie weh?«

Rayne zuckte mit den Schultern. »Ein wenig.«

»Brauchst du noch eine Schmerztablette?«

Sie schüttelte den Kopf. »Sie machen mich schläfrig.«

»Aber du hast Schmerzen.«

Rayne zuckte wieder mit den Schultern und rollte die Augen, als Ghost sich hinüberlehnte und die Ruftaste an der Seite ihres Bettes drückte. Als die Krankenschwester hereinkam, sagte er ihr, dass Rayne Schmerzen hätte und eine Pille bräuchte. Die Krankenschwester kam nach ungefähr einer Minute mit einer kleinen weißen Tablette und einem Glas Wasser zurück. Ghost half Rayne dabei, das Glas festzuhalten, damit sie das Medikament mit Wasser hinunterspülen konnte.

Er hatte am Morgen, bevor er gegangen war, mit dem Arzt gesprochen und ihm die Situation etwas erklärt. Ghost hatte angedeutet, dass Rayne in Gefahr sein könnte und dass es zu ihrem Besten war, wenn entweder er oder einer seiner Teamkollegen rund um die Uhr bei ihr waren, auch nach Ende der Besuchszeit … doch diesmal tat es ihm nicht leid, dass er gelogen hatte. Seine Worte und das Gespräch, dass der Oberst mit jemandem im Krankenhaus geführt hatte, hatten dazu geführt, dass es ihm erlaubt war, die Nacht bei Rayne zu verbringen. Es gab momentan keinen Ort, an dem er lieber sein wollte als an ihrer Seite. Er hatte sie bereits einmal verloren und er sollte verdammt sein, wenn er das noch einmal zuließe.

»Ich hoffe, es macht dir nichts aus, heute Abend Gesellschaft zu haben«, sagte Ghost zu Rayne.

»Natürlich nicht, aber wundere dich nicht, wenn ich einschlafe, bevor die Besuchszeit vorbei ist.«

»Ja ... was das anbelangt ...« Seine Stimme wurde leiser.

»Was hast du getan?«, fragte Rayne misstrauisch.

Er zuckte mit den Schultern. »Ich habe den Arzt davon überzeugen können, dass es in Ordnung ist, wenn ich hier bei dir bleibe.«

Rayne betrachtete ihn, bevor sie mit leiser Stimme sagte: »Okay.«

Ghost schob eine Hand unter ihren Kopf und hielt ihren Nacken fest. »Du willst mich hier haben.« Das war keine Frage.

Sie nickte trotzdem. »Ich denke, nach allem, was passiert ist, werde ich mich besser fühlen, wenn du die Nacht hier bei mir verbringst ... zumindest bis ich wieder auf den Beinen bin. Ich bin sicher, dass es mir morgen wieder gut geht.«

Ghost holte tief Luft. Sie hatte keine Ahnung, was ihm ihre Worte bedeuteten. Sie tat zwar so, als ob sie ihm nicht vertraute, als ob sie verärgert wäre wegen der Lügen, und das war sie höchstwahrscheinlich auch ... doch wenn es darauf ankam, wusste sie, dass sie sich auf ihn verlassen konnte und dass er sie beschützen würde.

»Hier bei mir bist du sicher, Prinzessin.«

Sie nickte und er konnte sehen, dass ihre Augenlider schwer wurden.

»Du bist müde. Schließ die Augen.«

»Ich habe es dir doch gesagt. Es ist wegen dieser

dummen Pille«, beschwerte sie sich. »Deshalb nehme ich sie nicht gern.«

»Ähm.« Dieser Laut kam tief aus Ghosts Kehle und ließ nicht darauf schließen, ob er ihr zustimmte oder nicht.

»Wirst du mit mir schlafen?«

»Wie bitte?« Ihre Frage überraschte Ghost.

»Schlaf mit mir. Du bist sehr warm.«

Er lächelte und verstand, was sie meinte. Eine Sekunde lang hatte er gedacht, dass sie mit ihm Sex haben wollte, und sein Körper hatte entsprechend reagiert. Er hätte ihr Angebot auf keinen Fall angenommen, da sie halb bewusstlos im Krankenhaus lag, doch sein Körper hatte manchmal einen eigenen Willen.

Ghost führte seine Hand von ihrem Nacken zu ihrer Wange, umfasste ihr Gesicht und fuhr mit seinem Daumen über ihren Wangenknochen. »Ich glaube nicht, dass wir beide da reinpassen, Prinzessin.«

»Im Flugzeug ging es.«

»Du erinnerst dich daran?«

»Ja, mehr oder weniger.«

Ghost überlegte. Ihr Krankenhausbett war nicht kleiner als das Bett, auf dem sie während des Rückflugs im Flugzeug gelegen hatte. Er zuckte mit den Schultern. Zum Teufel damit. Er konnte zwar Schwierigkeiten mit dem Personal bekommen, doch er wollte nichts lieber, als neben Rayne zu liegen und sie zu umarmen.

Er stand auf und bückte sich, um seine Stiefel zu öffnen. Er zog sie schnell aus und stellte sie neben das Bett. Er zog das Laken hoch, bis Rayne vollständig zugedeckt war, dann rutschte er auf der Decke hinter sie. Ghost zog sie sanft zu sich, ihren Rücken an seiner Brust, bettete ihren Kopf in seine Armbeuge und legte den anderen Arm um ihre Taille.

»Gott, ich mag das«, sagte Rayne schläfrig. »Ich habe das

vermisst. Wir haben damals in London genauso geschlafen.«

»Ähm, nicht ganz. Wir hatten beide viel weniger an.«

Sie kicherte und versuchte, so nahe wie möglich an ihn heran zu rutschen. »Stimmt.«

Sie schwiegen beide eine Weile. Er wusste, dass bisher alles viel zu einfach gelaufen war. Rayne war nicht die Art von Frau, die das, was geschehen war, ohne Protest hinnehmen würde. Aber er würde nehmen, was er kriegen konnte.

»Ghost?«

Sie sagte seinen Namen leise und undeutlich.

»Ja, Prinzessin?«

»Ich hatte Angst.«

Ihm brach fast das Herz. »Das weiß ich.«

»Ich war wirklich froh, dich zu sehen.«

»Mhm.«

»Aber ich bin immer noch sauer auf dich.«

»Okay.«

»Ich vertraue dir nicht.«

»Du vertraust mir vielleicht nicht, aber du weißt, dass ich dich beschützen werde.«

»Ja.«

»Schlaf jetzt, Rayne. Wir reden morgen weiter.«

»Mary kommt morgen.«

»Mary?«

»Meine beste Freundin.«

»Ah, die, der du mein Bild geschickt hast, als wir in London waren.«

»Mhm. Sie hat versucht, dich zu finden.«

»Hat sie das?«

»Ja. Und sie ist sauer.«

Ghost gab Rayne einen Kuss auf den Hinterkopf. »Das sollte sie auch sein, wenn sie deine beste Freundin ist.«

»*Wirklich* sauer.«

Ghosts Stimme wurde ernst. »Ich bin froh, dass du eine Freundin wie Mary hast, die auf dich aufpasst. Aber ich schwöre bei Gott, Prinzessin, diesmal ist es anders. Diesmal ist es für immer. Wir werden das schaffen. Bitte gib mir eine Chance. Lass nicht zu, dass deine Freundin einen Keil zwischen uns treibt. Sie darf ruhig sauer sein, aber bitte versprich mir, dass du nicht zulässt, dass sie dir ausredet, mir eine Chance zu geben. Ich will dir zeigen, wie viel du mir bedeutest.«

Rayne schwieg so lange, dass Ghost dachte, dass sie eingeschlafen war.

Ihre schläfrige Stimme unterbrach die Abendstille. »Ich will dir glauben.«

»Und wenn du mir auch sonst nichts glaubst, aber glaube bitte, dass ich dich nicht verlassen werde. Du wirst nie wieder aufwachen und dich fragen, wo ich bin. Okay?«

Sie antwortete ihm nicht mit Worten, sondern drehte sich in seinen Armen um und kuschelte sich an ihn. Ihre Arme lagen eng an ihrer Brust und ihre Fingerspitzen berührten ihn sanft. Ghost konnte ihren warmen Atem spüren. Er fühlte, wie sie einmal nickte, bevor sie schließlich erschöpft und im Medikamentenrausch einschlief.

KAPITEL FÜNFUNDZWANZIG

»Du bist besser nicht dieser verdammte Lügner John Benbrook.«

Ghost wurde am nächsten Morgen von zornigen Worten geweckt. Er zog sich vorsichtig aus Raynes Umarmung – sie hatten sich beide während der letzten Nacht nicht bewegt – und stieg aus dem Bett, ohne sie aufzuwecken. Er sagte kein Wort, sondern bückte sich, packte seine Stiefel und gestikulierte in Richtung Tür.

Es sah so aus, als ob Raynes Freundin Mary angekommen wäre. Sie war sauer, genauso wie Rayne es vorausgesagt hatte. Irgendwann nachdem ihr Bruder sozusagen die Katze aus dem Sack gelassen hatte und bevor er selbst eingetroffen war, hatte Rayne mit ihrer Freundin gesprochen und ihr erzählt, was sie herausgefunden hatte.

Sobald sich die Tür hinter ihnen schloss, begann Mary ihre Attacke. »Du hast vielleicht Nerven, hier aufzutauchen! Sie hat die letzten sechs Monate Trübsal geblasen. *Sechs Monate*. Offensichtlich hast du dich nicht besonders angestrengt, sie wiederzusehen. Und jetzt bist du plötzlich hier. Ganz rührselig und immer an ihrer Seite. Wo warst du vor vier Monaten, als sie über einen Bordstein stolperte und sich den Knöchel verdrehte? Oder vor zwei Monaten, als sie versucht hat, auf einem Flug einen Streit zu schlichten, und dabei einen Ellbogen ins Gesicht bekommen hat? Ich weiß, dass sie zugestimmt hatte, mit dir zu schlafen, sie hat mir alles erzählt, aber du hättest es trotzdem nicht tun sollen. Sie hat mir von diesem Gespräch darüber, dass sie eine Romantikerin ist, berichtet. Egal was sie gesagt hat, nachdem ihr den Tag in London verbracht hattet, hättest du wissen sollen, dass es ihr mehr bedeuten würde als dir, wenn ihr miteinander schlaft. Sie ist keine Frau für One-Night-Stands, du Arschgeige. Du hättest sie nicht so ausnutzen dürfen, sie –«

Marys Worte wurden durch eine große Hand unterbrochen, die sich von hinten auf ihren Mund legte. Ghost schaute belustigt zu seinem Teamkollegen Truck auf.

»Wenn du denkst, dass du sie so davon abhalten kannst zu sagen, was sie will, dann irrst du dich gewaltig.«

»Es ist früh und sie ist zu laut. Die Leute wollen schlafen.« Truck zuckte mit den Schultern und konnte die Frau, die sich in seinen Armen wand, leicht unter Kontrolle halten. »Vielleicht solltet ihr euch draußen unterhalten.«

Ghost stand auf, nachdem er seine Stiefel zugeschnürt hatte. »Gute Idee.« Er schaute Mary an, die ihm messerscharfe Blicke zuwarf. »Können wir vernünftig miteinander reden? Oder muss mein Freund Truck dich raustragen?«

Sie murmelte etwas unter Trucks Griff und nickte. Er ließ seine Hand sinken und trat um Mary herum, um sich vorzustellen.

Er streckte die Hand aus. »Truck. Schön, dich kennenzulernen.«

Sie starrte ihn an, schien sein unheimliches Gesicht zu ignorieren und weigerte sich, seine Hand zu schütteln. Sie bohrte ihren Finger in seine Brust, während sie sprach. »Ach was. Wenn ich herausfinde, dass du irgendetwas mit ihm zu tun hattest«, sie zeigte mit dem Daumen auf Ghost, »und meine Freundin genauso ignoriert hast wie er, dann steckst du in denselben Schwierigkeiten wie er.« Sie stapfte den Flur entlang und erwartete offensichtlich, dass Ghost ihr folgte, damit sie ihm ihre Meinung sagen konnte.

»Sieht aus, als hättest du ein neues Mitglied in deiner Fangemeinde, Truck«, sagte Ghost neckisch.

Er zuckte mit den Schultern. »Wenigstens schien ihr meine hässliche Fratze nichts auszumachen.«

»Willst du mitkommen und Verstärkung spielen?«, fragte Ghost.

»Vergiss es, Ghost. Das musst du alleine regeln.«

Sie schmunzelten beide, während Mary vom anderen Ende des Flurs zischte: »Kommst du?«

Ghost machte sich auf den Weg zu der schlanken Frau, die mit aufgestützten Händen und weit ausgestellten Ellbogen dastand. Er wusste, dass er zuerst Raynes beste Freundin besänftigen musste, bevor er bei Rayne weiterkam.

Sie gingen hinaus und begaben sich zu einer Reihe von Picknicktischen. Ghost setzte sich auf einen der Tische und stützte die Ellbogen auf seine Knie.

Bevor Mary ihre Tirade fortsetzen konnte, sagte er schnell: »Nur damit das klar ist, ich habe seit ihr mit keiner anderen Frau geschlafen.«

Das schien Mary den Wind aus den Segeln zu nehmen. Sie setzte sich neben ihn und fragte etwas weniger aggressiv: »Warum sollte ich dir glauben? Du hast sogar bei deinem Namen gelogen. Es würde dir doch bestimmt leichtfallen, auch bei etwas anderem zu lügen, zum Beispiel, mit wem du geschlafen hast.«

Ghost wusste, dass nichts, was er sagte, zu Raynes Freundin durchdrang, und bückte sich, um zum scheinbar tausendsten Mal während der letzten zwölf Stunden seinen Stiefel auszuziehen. Er hatte festgestellt, dass der schnellste Weg, Raynes Freunde und Familienmitglieder dazu zu bringen, ihm zu glauben, darin bestand, ihnen seine Tätowierung zu zeigen.

»Ich hätte nie gedacht, dass ich jemals eine Frau finden würde, die zu mir passt. Die mich so versteht wie Rayne. Aber als mir klar wurde, was da zwischen uns war, hatte ich sie bereits angelogen. Und falls dich das beruhigt, ich war die letzten sechs Monate hin- und hergerissen zwischen dem, was ich tun *sollte*, und dem, was ich tun *wollte*.«

Mary sah nicht im Geringsten beeindruckt aus. Sie zog lediglich ihre Augenbrauen hoch, als ob sie sagen wollte: »Na und?«

Ghost zerrte an seinem Hosenbein und zeigte Raynes Freundin seine Wade. »Die habe ich mir drei Wochen nach meiner Rückkehr aus London machen lassen.« Er hörte, wie Mary den Atem anhielt, als sie die Tätowierung sah. Er nahm an, dass Mary verstanden hatte, was das bedeutete, ließ sein Hosenbein los und machte sich daran, sich den Stiefel wieder anzuziehen.

»Sie wollte mir weismachen, dass es keine große Sache war, aber ich kenne sie.« Marys Stimme klang etwas milder, jedoch immer noch vorwurfsvoll. »Das war scheiße von dir.«

Ghost war es leid, beschuldigt zu werden. Er wusste, dass er es vermasselt hatte, doch er hatte genauso gelitten wie Rayne. »Sei nicht so streng mit mir, okay? Sie wusste, dass ich nur einen One-Night-Stand wollte. Verdammt, ich habe ihr das oft genug gesagt ... und sie hat zugestimmt. Sonst hätte ich das nie getan.«

»Aber du hast sie überredet.«

»Das stimmt, aber du weißt genauso gut wie ich, dass ich mich nicht sehr anstrengen musste. Rayne ist erfrischend und ich wusste, dass sie etwas Besonderes ist. Mary, während unserer Tour durch London hat ihr das Betrachten eines Balkons am besten gefallen!«

Mary kicherte und entspannte sich zum ersten Mal etwas. »Ja, sie hat mir tausendmal Bilder von diesem verdammten Ding gezeigt.«

Sie lächelten beide, bevor Mary wieder ernst wurde. »Sie ist meine beste Freundin. Ich würde alles für sie tun. Als ich Krebs hatte, war sie die ganze Zeit für mich da. Als ich deprimiert war, hat sie mich ermutigt, nicht aufzugeben, bis ich alles überstanden hatte. Ich glaube, sie hat sich mehr gefreut als ich, als der Arzt sagte, dass der Krebs in Remission ist.«

»Ich bin wirklich froh, dass du den Krebs besiegt hast, Mary. Du bist genau die Art von Freundin, die ich mir für Rayne wünsche. Loyal bis zum Abwinken und für sie da, wenn alle Stricke reißen«, sagte Ghost ehrlich.

»Danke. Als die Fluggesellschaft mich als ihre Kontaktperson im Notfall anrief und ich herausfand, dass sie mitten in diesem Schlamassel in Ägypten steckte, geriet ich in Panik. Ich weiß nicht, was ich ohne sie machen würde. Ich vermisse meine alte Freundin, Ghost. Ich vermisse ihr Lachen und ihre unkomplizierte Art.«

»Ich will ehrlich zu dir sein, Mary –«

»Das wäre ja mal was ganz Neues.«

Ghost ignorierte ihren abfälligen Kommentar und fuhr fort: »Ich wollte sie nicht wiedersehen. Sie verdient viel mehr, als ich ihr geben kann. Ich werde ihr nicht sagen können, wohin ich reise oder was ich tue. Es kann sein, dass ich wochenlang weg bin, das hängt von unseren Einsätzen ab.« Bevor Mary ihn wieder unterbrechen konnte, redete er schnell weiter und wiederholte, was er Raynes Bruder erzählt hatte. »Doch ... als ich vernommen habe, dass sie eine der Geiseln war, die ich retten sollte, hat sich mein Leben komplett verändert. Ich meine, wie konnte das Zufall sein? Da musste eine höhere Macht im Spiel sein und ich bin kein Idiot. Ich werde sie mit meinem Leben beschützen, ich werde sie davor beschützen, dass jemand sie ausnutzt. Ich werde ihr Freund und ihr Geliebter sein. Ich werde alles daransetzen, damit es mit uns klappt.«

»Zieht sie hierher nach Killeen?«

Ghost zuckte mit den Schultern. »Ich habe keine Ahnung. Mir *ihr* habe ich mich noch gar nicht über all diese Dinge unterhalten. Aber ich musste dich offensichtlich etwas beruhigen und ich werde mich sicher niemals zwischen euch beide drängen. Sie wird dich brauchen, wenn ich Einsätze habe. Es wird nicht einfach sein, mit mir zusammen zu sein, aber ich bete zu Gott, dass sie es zumindest versuchen wird.«

»Hast du ihre Tätowierung gesehen? Die Ergänzungen meine ich.«

Ghost nickte.

»Ich glaube, sie will es versuchen.«

»Ich meine es ernst, Mary. Egal was ihr von mir verlangt, ich werde es tun.« Ghost schaute Mary in die Augen.

»Liebst du sie?«

»Ich weiß nicht«, antwortete Ghost sofort. »Ich denke, dafür ist es zu früh.«

»Gute Antwort, sehr schlau.«

»Es war nicht meine Absicht, schlau zu klingen, aber ich bin erst seit etwa vierundzwanzig Stunden mit ihr zusammen. Doch ich kann dir sagen, dass mich noch nie zuvor eine Frau so tief berührt hat. Der Gedanke daran, dass sie krank oder verwundet sein könnte, oder daran, was ihr da drüben fast passiert wäre, bringt mich fast um den Verstand. Ich würde für sie töten. Verdammt, ich *habe* jemanden für sie getötet.«

Ghost bereute sofort, was er gesagt hatte. Verflucht, er wusste, dass er nicht über seine Einsätze reden durfte, aber anscheinend war es richtig, ihr das zu sagen.

»Gut. Verdammte Arschlöcher. Ich wollte sie danach fragen, habe aber befürchtet, dass es zu viel aufwühlen würde. Ich habe erst gestern kurz mit ihr gesprochen, als sie angerufen hat. Sie wird mir später sicher Genaueres erzählen, aber wenn du den Hurensohn, der dadurch, dass er sie vergewaltigt, zum ›Mann‹ gemacht werden sollte, umgebracht hast, umso besser.«

Ghost nickte.

»So ungern ich das auch zugebe, denn ich war bereit, dich dafür zu hassen, dass du meine beste Freundin angelogen hast, aber ich glaube, ich mag dich ... wie auch immer dein richtiger Name ist.«

»Keane Bryson.«

»Kein Wunder, dass man dich Ghost nennt«, bemerkte Mary beiläufig.

Ghost schmunzelte, schwieg jedoch.

»Wie gesagt, ich *glaube*, ich mag dich ... das Pendel kann immer noch in die andere Richtung schwingen, also sieh dich vor, Keane Bryson.«

Ghost nickte. »Jetzt, wo wir uns ausgesprochen haben, kann ich bitte zu Rayne zurückgehen, bevor sie aufwacht und denkt, dass ich sie wieder verlassen habe?«

Mary sprang sofort von der Bank auf. »Verdammt, das ist genau das, was sie denken wird. Warum hast du das nicht schon früher gesagt?«

Ghost schüttelte den Kopf und folgte Mary zurück ins

Krankenhaus. Sie war zwar ziemlich kratzbürstig, doch er konnte nicht umhin sie ebenfalls zu mögen.

―――

Später am Nachmittag saß Rayne aufrecht in ihrem Bett und lachte über die Spannung, die sich zwischen Mary und Truck aufbaute. Ghost war bei ihr gewesen, als sie an diesem Morgen aufgewacht war, zusammen mit ihrer besten Freundin. Die beiden schienen sich überraschenderweise fast angefreundet zu haben. Rayne hatte erwartet, dass Mary ihm ordentlich die Meinung sagen würde. Sie war sauer gewesen, als sie am Tag zuvor telefoniert hatten und Rayne ihr von Ghost erzählt hatte.

Ghost war gegangen, kurz nachdem sie am Morgen aufgewacht war. Er hatte ihr mitgeteilt, dass er »wahnsinnig viel Zeug« zu erledigen hätte, jedoch am Abend wiederkommen würde. Aber er hatte sie nicht alleine gelassen. Anscheinend hatte er seinen Teamkollegen Truck als Babysitter beauftragt, was Rayne zuerst irritiert hatte, doch mittlerweile gefiel ihr die Unterhaltung, die er und Mary ihr den ganzen Nachmittag geboten hatten.

Sie hatten sich darüber gestritten, was sie ihr zum Mittagessen besorgen sollten, sie hatten sich darüber gestritten, was sie sich im Fernsehen anschauen sollten, sie hatten sich sogar gestritten, als Mary zu Truck sagte, er solle sich verziehen, weil sie private Dinge mit Rayne besprechen wollte. Truck weigerte sich, den Raum zu verlassen, mit der Begründung, dass wenn Ghost ihm auftrug, hierzubleiben und auf seine Frau aufzupassen, das genau das war, was er tun würde.

Sie hatte noch nie jemanden getroffen, der so einschüchternd sein konnte wie Truck. Die Krankenschwestern, die hereinkamen, um zu sehen, wie es ihr ging, oder um zu fragen, ob sie mehr Schmerztabletten brauchte, blieben nie lange. Wenn sie Truck sahen, der mit vor der Brust verschränkten Armen und seiner üblichen finsteren Miene in der Ecke saß, machten sie einen schnellen Rückzug.

Rayne hatte nichts dagegen, dass er da war. Irgendwie beruhigte er sie sogar, egal wie furchterregend er aussah. Und Mary ließ sich von niemandem einschüchtern, sie konnte sich im übertragenen Sinne auf Augenhöhe mit ihm messen.

»Wann können wir dich hier rausholen und nach Hause bringen?«, fragte Mary.

Rayne zuckte mit den Schultern. »Ich weiß nicht, wann ich entlassen werde. Der Arzt meinte, dass meine Wunden heute Morgen besser aussahen, aber er will mich immer noch ein oder zwei Nächte hierbehalten.«

»Du kannst hier unterkommen, bei Ghost«, schlug Truck vor.

»Kommt gar nicht infrage, Trucker«, warf Mary schnell ein und grinste, als er die Augen zusammenkniff, sobald er den Spitznamen hörte, den sie für ihn gewählt hatte. »Sie kann mit mir nach Hause kommen.«

»Sie ist noch nicht reisefähig«, antwortete er.

»Warum nicht? Du bist nicht ihr Arzt. Wir werden abwarten und sehen, was er sagt.«

»Leute«, protestierte Rayne und hielt ihre bandagierten Arme hoch. »Hört auf, bitte. Ihr streitet euch schon den ganzen Tag, was zwar ziemlich amüsant ist, aber auch ziemlich nervig.«

Mary schnaubte und gab nach. »Okay, ich weiß aber immer noch nicht, warum er überhaupt noch hier ist.«

Die beiden Frauen schauten Truck erwartungsvoll an.

»Wie gesagt, Ghost hat mich darum gebeten, Rayne im Auge zu behalten und dafür zu sorgen, dass ihr alles habt, was ihr braucht, bis er wiederkommt.«

Rayne versuchte, nicht daran zu denken, wie süß das von Ghost war, doch sie scheiterte. Sie genoss es, dass er ihr so viel Aufmerksamkeit schenkte. Besonders nachdem sie ihn so lange nicht gesehen hatte.

Sie hatte keine Ahnung, was sie tun würde, wenn sie entlassen wurde. Wahrscheinlich würde sie in ihre Wohnung in Fort Worth zurückkehren. Sie hatte ihren Chef angerufen und drei Wochen Urlaub bewilligt bekommen. Sie wollte jede Sekunde davon auskosten. Der Gedanke, in ein Flugzeug zu steigen und wieder arbeiten zu müssen, war überhaupt nicht verlockend. Und wenn sie ganz ehrlich war, war der Gedanke, in ein anderes Land zu fliegen, noch viel weniger ansprechend.

Warum Ghost überhaupt wollte, dass sie bei ihm blieb, war ihr unverständlich. Sie kannten sich nicht. Es kam gar nicht infrage, dass sie bei ihm bleiben würde … oder?

Als ob er ihr Gespräch gehört hätte, stapfte Ghost in diesem Moment selbstbewusst in ihr Krankenzimmer. »Danke, dass du hiergeblieben bist, Truck. Irgendwelche Probleme?«

»Welche Probleme hätte es schon geben können?« Mary stand auf und stemmte die Hände in die Hüften. »Wir befinden uns in einem öffentlichen Krankenhaus auf einer Armeebasis, Herrgott noch mal.«

Rayne kicherte. Mary war schon immer etwas frech gewesen, doch es war amüsant zu sehen, wie sie sich sowohl Ghost als auch Truck widersetzte, als ob sie das dazu bringen würde, etwas zu tun.

»Beruhige dich, Mary, ich wollte nur dafür sorgen, dass es Rayne gut geht.« Ghost trat an ihr Bett heran, beugte sich über sie und küsste sie auf die Stirn. Er schaute ihr in die Augen und fragte: »Alles in Ordnung? Sind die Schmerzen auszuhalten?«

Rayne schüttelte verlegen den Kopf. »Alles in Ordnung.«

Er betrachtete sie einen Moment lang, als ob er herausfinden wollte, ob sie die Wahrheit sagte. Schließlich murmelte er: »Okay.«

Truck stand auf und schüttelte Ghost die Hand. »Morgen zur gleichen Zeit?«

»Nein, ich habe heute alles erledigt, was ich erledigen musste. Ich habe morgen frei und werde hier sein.«

»Klingt gut.«

»Der Oberst will morgen mit dir reden«, warnte Ghost seinen Teamkollegen. Es hatte den ganzen Tag gedauert, Bericht darüber zu erstatten, was sich in Ägypten zugetragen hatte. Jetzt war Truck an der Reihe, die Ereignisse aus seiner Sicht zu schildern. Der Oberst wollte mit ihnen allen einzeln sprechen, um sicherzustellen, dass er alle Aspekte des Einsatzes für seinen Schlussbericht berücksichtigte.

»Alles klar. Kein Problem.« Er schaute zu Rayne hinüber. »Es ist gut, dich wach und bei klarem Verstand zu sehen. Ich kann nicht behaupten, dass es besonders viel Spaß gemacht hat, dich aus dieser verdammten Situation herauszuholen.«

»Ich auch nicht, aber danke, Truck. Ernsthaft. Ich kann mich nicht genau an alles erinnern, nur daran, dass ich mich in deinen Armen sicher fühlte.«

Ihre Worte erfreuten Truck offensichtlich, er wollte jedoch keine große Sache daraus machen und wandte sich an Mary. »Willst du etwas essen gehen?«

Sie schaute ihn einen Moment lang schockiert an, erholte sich jedoch schnell. »Klar, warum nicht? Es wird sicher amüsant werden.«

Truck schmunzelte und deutete mit dem Arm in Richtung Tür. »Nach dir.«

Mary trat an Raynes Bett und umarmte sie kurz. »Alles klar bei dir? Wir sehen uns morgen früh.«

»Aber sicher, mach dir keine Sorgen. Nun geh schon, du warst den ganzen Tag über hier. Geh raus und schnapp etwas frische Luft. Du fährst morgen nach Hause, oder?«

Mary schnitt eine Grimasse. »Ja, ich muss arbeiten. Ich konnte meine Schicht nicht tauschen. Aber danach habe ich zwei Tage frei und kann dich abholen, sobald der Arzt dich entlässt. Sag einfach Bescheid, wenn du weißt, wann du entlassen wirst, dann werden wir uns um alles kümmern.«

»Ich bin sicher, dass Chase mich nach Hause bringen kann.«

Mary wedelte mit der Hand. »Was immer du möchtest, Rayne.« Sie umarmte sie wieder, diesmal etwas länger und intensiver. »Ich bin so froh, dass es dir gut geht. Pass auf dich auf und lass dich von dem Kerl hier nicht ausnutzen.« Sie zeigte auf Ghost, während sie sich aufrichtete.

Rayne lachte. »Okay. Wir sehen uns morgen, bevor du abreist, oder?«

»Auf jeden Fall.«

»Genieß das Abendessen.«

Mary grinste boshaft. »Oh, es wird sicher spaßig werden.«

Rayne rollte die Augen und schaute ihrer Freundin nach, als sie mit Truck zusammen den Raum verließ.

Sie wandte sich an Ghost. »Dein Freund steckt in großen Schwierigkeiten. Ich hoffe, er weiß, was er tut.«

»Ich glaube, er kann auf sich selbst aufpassen.«

»Sag später nicht, ich hätte dich nicht gewarnt.«

Ghost nahm auf dem Stuhl Platz, auf dem Mary die

meiste Zeit des Nachmittags gesessen hatte, und stützte seine Ellbogen auf dem Bett ab.

»Geht es dir wirklich gut? Wie sind die Schmerzen? Und sei ehrlich.«

»Es geht mir viel besser als gestern. Meine Arme und Beine brennen nicht mehr wie Feuer.«

»Hast du irgendwelche Medikamente genommen?«

Rayne schüttelte den Kopf. »Nein, ich nehme Gott sei Dank nur noch Paracetamol.«

»Sag mir Bescheid, falls es schlimmer wird.«

Rayne schaute Ghost lange an, bevor sie in ernstem Ton fragte: »Was machst du hier, Ghost?«

Er neigte den Kopf zur Seite, sagte aber nichts.

Rayne fuhr fort: »Ich dachte, wir hatten nur einen One-Night-Stand. Du sagtest doch, dass du keine Beziehung willst. Aber aus irgendeinem Grund bist du hier, bewachst mich, schläfst die ganze Nacht neben mir ... ich verstehe das nicht. Ich dachte, du wolltest dich nur versichern, dass es mir gut geht, und dann wieder aufbrechen. Du hast mich gerettet, dafür bin ich dir sehr dankbar, aber jetzt sind wir an genau demselben Punkt wie vor sechs Monaten. Wir sind uns als Fremde begegnet und sind es immer noch.«

»Ich finde nicht, dass du dich wie eine Fremde anfühlst.«

Rayne versuchte, Ghosts Worte abzuwehren, doch er hatte recht. Er fühlte sich auch nicht wie ein Fremder an. Zumindest in gewisser Weise. »In ein paar Tagen, vielleicht schon morgen, werde ich hier entlassen und fahre wieder nach Hause nach Fort Worth. Du bist hier. Ich bin dort. Was erhoffst du dir? Mich noch einmal zu ficken?« Sie wählte bewusst harte Worte; sie fühlte sich verletzlich und verwirrt und wusste nicht, was vor sich ging.

Sobald sie das gesagt hatte, beugte Ghost sich über sie. »Wir haben *nicht* gefickt, und das weißt du. Wir haben in diesem Hotelzimmer Liebe gemacht. Wir haben uns gegenseitig verwöhnt.«

Rayne versuchte, ihren wilden Herzschlag unter Kontrolle zu bringen. »Ich bin sicher, dass du seitdem viele Frauen verwöhnt hast. Ich bin niemand Besonderes.«

Ghost schaute ihr in die Augen, wollte sie dazu bringen, ihm zu glauben, und sagte ihr, was er sowohl Chase als auch Mary gestanden hatte. »Ich war seit dir mit keiner anderen Frau zusammen, Prinzessin. Jeder Orgasmus, den ich hatte, wurde durch meine eigene Hand und Erinnerungen an dich hervorgerufen.«

Rayne stand der Mund offen, doch er fuhr fort und ließ sie nicht sprechen.

»Ich muss mich nur an deinen Geschmack und das Gefühl deines heißen Körpers erinnern, und daran, wie du dich an mir festgekrallt hast, als ich dich auf meinem Schwanz kommen ließ, und schon komme ich wie ein Teenager. Jedes Mal, ohne Ausnahme. Und was ich mir erhoffe? Dich. Ich will *dich*. Sobald sich die Zimmertür hinter mir geschlossen hatte, bereute ich, dass ich dich verlassen hatte, zum Teufel, schon vorher, aber ich wusste ehrlich gesagt nicht, wie es zwischen uns hätte funktionieren können. Aber jetzt, wo ich dich wiedergesehen habe? Wo ich gesehen habe, wie du auf dieser verdammten Pritsche lagst und vor lauter Angst ganz außer dir warst? Wie du dich an mich geklammert und darauf vertraut hast, dass ich das Richtige tue? Jetzt werde ich alles daransetzen, dass es mit uns klappt.«

»Und was, wenn ich das nicht will?«, schaffte Rayne zu fragen, obwohl die Ehrlichkeit dieses knallharten Mannes sie völlig umhaute.

»Dann kann ich nur hoffen, dass du deine Meinung änderst.«

Rayne wusste nicht, was sie dazu sagen sollte, doch Ghost wartete nicht auf ihre Antwort, sondern fuhr fort: »Du hast Krankenurlaub bekommen, nicht wahr? Warum verbringst du den nicht hier bei mir in Killeen? Mein Oberst hat mir eine Auszeit gegeben und die möchte ich gern mit dir verbringen. Bleib bei mir, zumindest für eine Weile. Ich habe ein Gästezimmer. Es gehört dir, solange du willst. Ich möchte, dass wir uns kennenlernen, und das meine ich nicht im biblischen Sinne. Wenn wir herausfinden, dass wir uns außerhalb des Schlafzimmers nicht verstehen, dann wissen wir das wenigstens. Aber wenn du dich entscheiden solltest zu bleiben, Prinzessin ... dann erwarte ich, dass du uns eine Chance gibst. Ich nehme dies nicht auf die leichte Schulter.«

Rayne war überwältigt. Das hatte sie nicht erwartet. »Aber ich lebe in Fort Worth.«

»Ich weiß. Ich habe nicht gesagt, dass wir keine Herausforderungen zu meistern hätten. Aber erst einmal alles der Reihe nach.«

»Ich weiß nicht ... du hast mir wehgetan, Ghost. Ich ... es wird nur noch schlimmer werden, wenn du –«

»Es ist jetzt alles anders, Rayne. Ich schwöre es. Ich werde alles dafür tun, dass du dir um dein Herz keine Sorgen mehr machen musst.«

»Kann ich darüber nachdenken?«

»Na klar«, antwortete Ghost sofort. Dann ruinierte er seine scheinbare Großzügigkeit, indem er sagte: »Du hast Zeit, bis du entlassen wirst.«

»Ghost!«, sagte Rayne mahnend. »Das ist nicht wirklich viel Zeit zum Nachdenken.«

»Wenn ich dich nach Fort Worth zurückkehren lasse, riskiere ich, dich zu verlieren. Du wirst alles hinterfragen und dich von anderen davon überzeugen lassen, dass es keinen Sinn hat. Dann wirst du wieder zur Arbeit gehen und es wird nur noch schwieriger werden. Du wirst keinen Urlaub mehr haben und ich werde zu Einsätzen gerufen. Gib uns diese Zeit, Rayne. Gib uns Zeit, damit wir herausfinden können, ob es außer der sexuellen Anziehungskraft noch etwas anderes zwischen uns gibt.«

»Du hast ein Gästezimmer?«

Ghost fiel eine riesige Last von den Schultern, als er annehmen konnte, dass sie Ja sagen würde, und er atmete erleichtert auf. »Ja.«

»Und wenn ich nach Hause will, dann lässt du mich gehen?«

Ghost schluckte und wollte eigentlich nicht zustimmen, tat es aber trotzdem. »Ja.«

»Okay, dann bleibe ich für ein paar Tage bei dir ... und wir werden sehen, wie es läuft.«

Ghost hob ihre Hand an, achtete darauf, sie nicht zu verletzen, und küsste sanft ihre Fingerspitzen, die nicht von den Verbänden bedeckt waren. »Wunderbar. Jetzt rutsch rüber und lass uns herausfinden, was im Fernsehen läuft.«

»Wie bitte?«

»Du willst doch noch nicht schlafen, oder? Es ist früh und ich habe uns Abendessen bestellt, es sollte in dreißig Minuten geliefert werden.«

»Ghost! Du kannst kein Abendessen ins Krankenhaus liefern lassen.«

Er zuckte mit den Schultern. »Okay, du hast mich erwischt. Ich habe es nicht bestellt, aber Fletch bringt es in dreißig Minuten vorbei.«

»Was bringt er uns?«, fragte Rayne diesmal mit Interesse. Sie hatte zwar nur einen Tag im Krankenhaus verbracht, doch sie freute sich auf eine richtige Mahlzeit.

»Burritos von Moe's, mit Nachos und Salsa.«

»Oh mein Gott, machst du Witze?«

»Nein.«

»Ich *liebe* Moe's! Die machen die besten Nachos! Mit diesen großen Salzkörnern, die so gut schmecken. Warte, was für einen Burrito hast du mir bestellt? Weil ich keine Bohnen mag und kein ...«

»Einen vegetarischen Burrito, ohne Fleisch und Bohnen, extra Reis und Tomaten. Sauerrahm, Salat, Käse und scharfe Salsa.«

Rayne sah Ghost ungläubig an. »Wie in aller Welt –«

»Ich habe Mary bestochen, damit sie mir sagt, was du gern isst.«

»Gott sei Dank. Ich glaube, wir könnten doch miteinander klarkommen.«

Ghost zog Rayne zu sich heran. Er triumphierte nicht, sondern sagte nur: »Ja, das denke ich auch.«

KAPITEL SECHSUNDZWANZIG

Rayne rollte zum tausendsten Mal die Augen. Sie durfte endlich das Krankenhaus verlassen, hatte es jedoch nicht nur mit ihrem Bruder und Ghost zu tun, sondern auch mit allen sechs Teamkollegen. Sie schwirrten alle um sie herum und trieben sie völlig in den Wahnsinn. Es sollte verboten sein, so viel Testosteron auf einmal in einem Raum zu versammeln.

»Du weißt, dass du gern bei mir wohnen kannst«, sagte Chase zum dritten Mal.

»Das haben wir doch schon besprochen, Chase. Wir würden uns wahrscheinlich innerhalb von vierundzwanzig Stunden gegenseitig umbringen. Deine Wohnung ist zu klein und außerdem wirst du die meiste Zeit über arbeiten. Ghost hat nächste Woche frei. Es ist alles in Ordnung.«

Sie beobachtete, wie Chase Ghost anstarrte und dieser ihn angrinste. Rayne rollte zum tausendundersten Mal die Augen.

»Fletch«, rief Ghost und warf seinem Freund die Schlüssel zu, »hol mein Auto.«

Fletch fing geschickt die Schlüssel auf und nickte, bevor er den Raum verließ.

»Beatle, kannst du mal nachsehen, wo der Arzt steckt? Er sollte schon längst hier sein«, bat Ghost.

Rayne saß in der Ecke des Raumes auf dem Stuhl, auf dem Ghost sie zehn Minuten vorher abgesetzt hatte. Sie hatte versucht, ihm zu erklären, dass sie laufen konnte, doch es gefiel ihm, sie auf seinen Armen zu tragen, also hob er sie einfach auf und trug sie dorthin, wo er sie haben wollte.

Der Arzt war beeindruckt gewesen, wie schnell ihre Wunden heilten, und obwohl das Gehen noch nicht so richtig Spaß machte, versuchte sie es. Die Schmerzen nahmen langsam, aber sicher ab. Sie würde eine Weile lang ungelenk sein – okay, eher eine lange Weile –, doch sie war mobil.

Schließlich schob eine Krankenschwester einen Rollstuhl ins Zimmer. »Also, Miss Jackson, es sieht so aus, als ob –« Ihr stockte die Stimme, als sie die Schar riesiger Männer im Raum sah. Sie räusperte sich und versuchte es erneut. »Es sieht so aus, als ob Sie nun das Krankenhaus verlassen könnten. Der Arzt hat Ihre Entlassungspapiere unterzeichnet und bedauert sehr, dass er Ihnen die Nachricht nicht persönlich überbringen kann. Er wusste, wie brennend Sie darauf gewartet haben, nach Hause gehen zu können, und als er zu einem Notfall gerufen wurde, hat er vorher noch schnell die Entlassungspapiere fertiggemacht.«

Sie übergab Rayne einen Satz gehefteter Papiere. »Hier sind die Anweisungen betreffend Ihrer Wunden. Kommen Sie in ein paar Tagen wieder, damit wir uns die Fäden ansehen können. Wenn alles gut aussieht, sollten wir sie kurze Zeit danach entfernen können. Halten Sie die Wunden trocken, duschen Sie nur kurz, nicht baden, und nehmen Sie die Verbände nicht ab. Er hat Ihnen ein Rezept für Schmerzmittel ausgestellt, falls Sie welche brauchen, und Sie müssen heute Abend anfangen, die verschriebenen Antibiotika einzunehmen. Haben Sie irgendwelche Fragen?«

»Welche Art von körperlicher Aktivität darf sie ausüben?«, fragte Ghost mit ernster Miene.

»Oh mein Gott, ich *höre* wohl nicht richtig«, zischte Rayne und stieß Ghost leicht an. Sie wollte stärker zuschlagen, doch das hätte Schmerzen an ihrem Handgelenk verursacht. Er saß auf der Lehne des Stuhls, der neben ihr stand, drehte einfach den Kopf und lächelte. Rayne errötete und es war ihr peinlich, dass nicht nur Ghosts Teamkollegen, sondern auch ihr Bruder die Frage gehört hatten.

Die Krankenschwester lächelte nachsichtig. »Einen Marathon sollte sie vielleicht noch nicht laufen, aber sonst kann sie so ziemlich alles tun, wonach ihr der Sinn steht.« Direkt an Rayne gewandt fuhr die Schwester fort: »Übertreiben Sie es einfach nicht und falls die Schmerzen zunehmen oder die Wunden schlimmer aussehen, kommen Sie einfach sofort wieder her.«

Ghost nickte, als hätte er diese Antwort erwartet. »Ich werde sie genau überwachen.«

»Ernsthaft, ich will sterben«, murmelte Rayne und verbarg das Gesicht in ihren Händen.

Ghost lachte wieder und hob sie aus dem Stuhl. Rayne kreischte und krallte sich verzweifelt an seinem T-Shirt fest.

»Ganz ruhig, Prinzessin. Ich würde dich nie fallen lassen. Du bist in Sicherheit.«

»Kannst du mich das nächste Mal bitte vorwarnen?«

Ghost zwinkerte ihr zu. »Alles klar.« Er setzte sie vorsichtig in den Rollstuhl und legte ihr einen Seesack in den Schoß. Er enthielt ein paar Outfits, die Mary mitgebracht hatte, und einige ihrer »Mädchensachen«, wie Chase sie genannt hatte. Ghost legte seine Hand auf ihre Schulter, als die Krankenschwester sie erst aus dem Raum schob und dann den Flur entlang zu den Glasschiebetüren an der Vorderseite des Gebäudes.

Die anderen Männer folgten ihr, als wären sie Teil einer komischen Militärparade. Rayne lächelte, als sie sah, wie Ghosts Freunde auf dem Weg zum Ausgang schief angeschaut wurden.

Schließlich hielt die Krankenschwester kurz vor dem Ausgang an. Ghost wollte Rayne aus dem Rollstuhl heben, doch sie legte ihm die Hand auf den Arm. »Ich möchte selbst gehen. Bitte.«

Ghost nickte, gestikulierte jedoch zu Hollywood, damit dieser sich auf ihre andere Seite stellte, nur für den Fall, dass sie einen der beiden brauchte.

Alle hielten den Atem an, als sie auf Ghosts Auto zu humpelte, das dank Fletch nun im Leerlauf vor dem Gebäude stand. Chase umarmte sie innig, bevor sie einstieg. »Pass auf dich auf, Schwesterchen, und ruf mich an, falls du deine Meinung änderst und lieber bei mir unterkommen willst oder falls du *irgendetwas* brauchst.«

»Alles klar. Danke, Chase. Ich hab dich lieb.«

»Ich hab dich auch lieb, Rayne. Bis bald.«

Rayne nickte und lächelte, als Ghost ihr vorsichtig in den Beifahrersitz seines Wagens half. Er ließ die Tür hinter ihr zufallen und sie beobachtete, wie er seine Freunde abklatschte und ihnen zunickte. Kurz darauf waren sie unterwegs.

»Endlich«, sagte sie seufzend.

»Langer Tag?«, fragte Ghost.

»Nicht wirklich, aber euch alle mit eurem übertriebenen Machogehabe an der Backe zu haben ist anstrengend.«

Ghost sah für einen Moment überrascht aus, lachte

dann aber. »Ja, wir alle zusammen können ganz schön heftig sein, aber das ist nur so, weil wir uns um dich kümmern wollen.«

Rayne schaute ihn fragend an. »Deine Freunde kennen mich gar nicht.«

»Ja, aber sie wissen, dass du mir wichtig bist. Und da du mir wichtig bist, bist du ihnen auch wichtig. Und weil du ihnen wichtig bist, kümmern sie sich um dich.«

»Das verstehe ich nicht.«

»Wirst du irgendwann.«

»Mein Gott, ich hasse es, wenn du in Rätseln sprichst«, beschwerte sich Rayne und verschränkte vorsichtig die Arme vor der Brust, damit ihre Handgelenke geschont wurden. Der Gedanke, dass Ghosts Männer sie mochten, nur weil Ghost sie mochte, war überraschend, doch er fühlte sich gut an. Sie hatte angefangen, sie wie Brüder zu sehen, nachdem sie sie während der letzten anderthalb Tagen alle im Krankenhaus besucht hatten.

Fletch schien Ghost am nächsten zu stehen. Sie scherzten zwar miteinander, doch sie konnte erkennen, dass die beiden großen Respekt voreinander hatten. Fletch war groß, fast einen Meter neunzig, und hatte bunte Tätowierungen auf beiden Armen. Es waren jedoch seine klaren blauen Augen, die ihn unverkennbar machten.

Coach war ruhig und zurückhaltend. Rayne war jedoch der Meinung, dass er der Gefährlichste der Truppe war. Er schien ständig nach einer Bedrohung Ausschau zu halten und würde sie wohl auch leicht neutralisieren können, falls es dazu kam. Hollywood war gesellig und aufgeschlossen und genoss es, sie gnadenlos zu necken. Wenn sie nicht gewusst hätte, dass er zu Ghosts streng geheimem Team gehörte, hätte sie nie gedacht, dass er in der Lage war, einen Mann mit bloßen Händen umzubringen.

Beatle war der kleinste Mann der Gruppe, wahrscheinlich ungefähr einen Meter fünfundsiebzig groß. Er war der Nautiker und wusste alles, was es über das Segeln und den Ozean zu wissen gab.

Blade war groß und schlank, genauso wie sein Namensgeber. Als sie erwähnt hatte, dass sie sehen konnte, weshalb er diesen Spitznamen hatte, hatten alle gelacht. Sie hatten ihr erklärt, dass er nicht wegen seines Körperbaus »Blade« genannt wurde, sondern wegen seiner Fähigkeit, mit Messern umzugehen. Danach hatte Rayne keine Fragen mehr gestellt.

Und dann war da noch Truck. Er war riesig und wenn Rayne ehrlich war, war er nicht wirklich attraktiv, nicht so, wie alle anderen Männer im Team. Es hatte nicht lange gedauert, bis sie gemerkt hatte, dass er sich seines Aussehens schämte, jedoch versuchte, es zu überspielen. Und natürlich war es unterhaltsam gewesen zu beobachten, wie er und Mary wie zwei kleine Kinder, die sich gegenseitig mochten, es aber nicht zugeben wollten, einander dauernd angegriffen hatten. So unterhaltsam, dass sie fast vergessen hatte, dass dieser Mann jemanden wie einen Käfer zerquetschen konnte, wenn er es wollte.

»Ich mag deine Freunde«, sagte Rayne zu Ghost, als sie sich dem Verkehrsstrom anschlossen und zu seiner Wohnung fuhren.

»Das freut mich.«

»Wo wohnst du noch mal?«

»Belton. Es liegt direkt an der Bundesstraße 35. Nahe genug an der Basis, aber nicht so nahe, dass man den ganzen Scheiß ertragen muss, der häufig in der Nähe einer Militärbasis zu finden ist.«

»Was meinst du damit?«

»Pfandhäuser, Tätowierstudios, Striplokale, Kleinkreditinstitute ... diese Art von Scheiß.«

»Und du hast eine Wohnung?«

»Nein, ein kleines Haus. In den Siebzigern gebaut. Es ist nicht luxuriös, aber sauber und liegt in einer guten Gegend mit vielen Familien. Ich wollte diesmal nicht in einer Wohnung wohnen. Ich genieße die Ruhe.«

Rayne nickte. Plötzlich wusste sie nicht mehr, was sie als Nächstes sagen sollte. Im Krankenhaus war es einfach gewesen, zusammen mit ihm zu scherzen und zu lachen. Aber jetzt, wo sie allein waren, kam es ihr seltsam vor.

»Möchtest du auf dem Heimweg bei der Apotheke anhalten, damit du deine Medikamente besorgen kannst, oder möchtest du lieber zuerst nach Hause fahren und ein Nickerchen machen? Ich könnte die Medikamente dann später abholen.«

»Wir können unterwegs anhalten. Es fühlt sich gut an, draußen zu sein. Ich werde nachher sicher müde sein, aber im Moment genieße ich die Freiheit.«

Ghost grinste. »Das kann ich mir vorstellen.«

Sie schwiegen, bis Ghost auf den Parkplatz der Apotheke fuhr und das Auto in Richtung Drive-in lenkte.

»Ich würde gern reingehen«, sagte Rayne.

Ghost runzelte die Stirn. »Ich weiß nicht, ob du schon auf den Beinen sein solltest, Prinzessin.«

»Ich brauche ein paar Sachen.«

»Ich kann dir später besorgen, was du brauchst.«

»Tampons? Kannst du mir Tampons besorgen? Und Deodorant?«

Ohne mit der Wimper zu zucken, antwortete Ghost: »Ja, Prinzessin. Ich kann dir Tampons besorgen, ohne vor Scham in Flammen aufzugehen.«

»Hast du schon mal welche für jemanden gekauft?«

Ghost seufzte und fuhr auf einen freien Parkplatz. Er drehte sich zu Rayne hinüber, die ihn anstarrte. »Nein. Ich musste noch nie um Mitternacht in einen Laden, um Tampons, Maxi-Binden oder irgendwelche anderen mysteriösen Frauenprodukte zu kaufen. Deshalb habe ich trotzdem keine Angst davor. Für dich mache ich das gern. Wenn du welche brauchst, kaufe ich sie dir. Aber Rayne, ich glaube nicht, dass es gut ist, wenn du dich jetzt schon so viel bewegst. Du bist eben erst aus dem Krankenhaus entlassen worden. Es ist noch nicht einmal eine Woche her, seit ich dich gefunden habe, festgekettet –«

Ghost brach den Satz abrupt ab und hätte sich am liebsten selbst eine geknallt. Er wollte sie auf keinen Fall daran erinnern, was passiert war.

Rayne seufzte und blickte auf ihre Hände hinunter, die in ihrem Schoß lagen. Sie wollte sie zu Fäusten ballen, doch sie wusste, dass das wehtun würde. »Alle meine Sachen sind weg. Mary hat mir zwar ein paar Dinge mitgebracht, aber es ist nicht dasselbe. Ich fühle mich ... ich fühle mich fehl am Platz. Ich wollte einfach nur in einen Laden gehen und mich normal fühlen. Ich möchte versuchen, wieder alltägliche Dinge zu tun und nicht ... *darüber* nachzudenken. Es tut mir leid wegen der Tampon-Geschichte. Ich habe es nicht so gemeint.«

Ghost legte seinen Finger unter Raynes Kinn, zog es sanft nach oben und zwang sie, ihn anzusehen. »Es tut mir leid, dass ich dich daran erinnert habe. Es ist noch zu früh, ich weiß. Komm, wenn du dich auf mich stützt, dann kann ich dich durch den Laden begleiten und du kannst dir kaufen, was du willst. Weißt du was? Kauf zwölf Schachteln Tampons und drei Dosen Schwangerschaftsvitamine. Das wird die Verkäuferin sicher verwirren.«

Rayne lächelte. Ghost war lustig und da er so süß und verständnisvoll war, mochte sie ihn umso mehr. »Danke.«

»Aber ich muss dich warnen«, lächelte Ghost schelmisch. »Ich werde dich nicht anstarren, wenn du Tampons kaufst, dafür darf es dir nicht peinlich sein, wenn ich Kondome kaufe. Das wird die arme Person an der Kasse *total* verwirren.«

Er beobachtete, wie Rayne errötete. Ghost lehnte sich nach vorn und küsste sie leicht auf die Lippen. Er wollte den Kuss verlängern, sehnte sich danach, ihre Zunge zu schmecken, doch er beherrschte sich und zog sich zurück. »Komm, Prinzessin. Lass uns herausfinden, was wir tun können, damit du dich wieder normal fühlst.«

KAPITEL SIEBENUNDZWANZIG

Ghosts Haus war genau so, wie er es geschildert hatte. Mitten in einer kleinen Gemeinde. Es hatte drei Schlafzimmer und war gerade groß genug, damit man sich nicht eingeengt fühlte. Die ersten beiden Tage über hatte Rayne viel geschlafen. Ghost hatte ihr am ersten Abend vor dem Schlafengehen eine Aspirin verabreicht und sie hatte vierzehn Stunden lang durchgeschlafen.

Beim Aufwachen hatte sie sich viel besser gefühlt. Ghost hatte ein riesiges Mittagessen zubereitet und sie hatten mindestens zwei Stunden lang am Tisch gesessen und sich unterhalten. Das nächste Mal hatte sie nicht so lange geschlafen, hatte es aber trotzdem geschafft, die ganze Nacht durchzuschlafen, ohne sich großartig zu bewegen.

Sie hatten sich zum ersten Mal gestritten, als Rayne duschen wollte. Ghost hatte sie an die Worte des Arztes erinnert, dass die Fäden nicht nass werden durften. Rayne erwiderte daraufhin, dass er gesagt hatte, nicht *zu* nass.

Rayne wusste, dass Ghost es gut meinte und sich um sie sorgte, doch sie fühlte sich ekelhaft und brauchte diese Dusche so sehr wie die Luft zum Atmen. Die Katzenwäsche, die sie im Krankenhaus bekommen hatte, war zwar erfrischend gewesen, jedoch nichts im Vergleich zu einer richtigen Dusche.

Schließlich stampfte sie – so gut sie mit ihren immer noch schmerzenden Knöcheln eben stampfen konnte – weg von Ghost in Richtung Badezimmer. Sie überlegte, ob sie die Tür abschließen sollte, entschied sich jedoch dagegen, weil sie sicherstellen wollte, dass Ghost sie schnell erreichen konnte, falls *doch* etwas passierte.

Sich unter die heiße Dusche zu stellen war das beste Gefühl der Welt. Sie hätte schwören können, dass sie spürte, wie das Wasser buchstäblich den ägyptischen Staub wegspülte.

Nach der viel zu kurzen Dusche setzte sie sich in ein feuchtes Badetuch eingewickelt auf den Toilettensitz und betrachtete zum ersten Mal ihre Knöchel und Handgelenke.

Rayne war nicht eitel, sie war nie die Art von Frau gewesen, die sofort von Männern angemacht wurde, wenn sie ausging, sie war aber auch nicht hässlich. Sie hatte an den richtigen Stellen Kurven, für einige Männer zu viele, doch sie hatte genügend Verabredungen gehabt, um zu wissen, dass Männer sie im Allgemeinen attraktiv fanden.

Aber auf ihre zerrissene und vernarbte Haut zu starren, die schwarzen Fäden zu sehen und sich daran zu erinnern, wie sie zu diesen Wunden gekommen war, erschien ihr, um es milde auszudrücken, niederschmetternd.

Sie erinnerte sich an jeden Moment, den sie auf dieser Matratze verbracht hatte. Wie gedemütigt sie sich gefühlt hatte, wie verzweifelt und hilflos ... wie verängstigt. Das Ergebnis ihres aussichtslosen Kampfes zu sehen und sich daran zu erinnern, wie ihr dieser Mann, während sie gefoltert wurde, erklärt hatte, dass Moshe umso mehr zum Mann werden würde, je mehr Blut floss, war einfach zu viel. Einen

Moment lang dachte sie, dass sie den schweren Akzent, mit dem ihr detailliert geschildert worden war, wie sie immer und immer wieder vergewaltigt werden würde, in ihrem Kopf hören konnte.

Rayne weinte. Sie weinte um sich. Sie weinte um die beiden anderen Frauen, die sie zwar nicht kannte, die jedoch höchstwahrscheinlich dasselbe, wenn nicht noch Schlimmeres durchgemacht hatten. Die Jungs, durch die sie zu diesem Ritual gezwungen worden waren, hatten vermutlich genügend Zeit gehabt, es zu beenden. Sie hoffte aus tiefstem Herzen, dass die beiden so wie sie gerettet worden waren. Selbst wenn sie vergewaltigt worden waren, konnten sie Hilfe bekommen und hoffentlich ihr Leben weit weg von den Monstern verbringen, die ihnen wehgetan hatten.

Nach einer Weile wusste Rayne nicht mehr, warum sie eigentlich weinte, nur dass sie nicht damit aufhören konnte.

Inmitten ihres Zusammenbruchs erschien plötzlich Ghost. Rayne wäre normalerweise verärgert gewesen, doch jetzt sie war froh, ihn zu sehen und von ihm umarmt zu werden. Bei ihm fühlte sie sich sicher. Rayne hielt sich an ihm fest und vergrub ihr Gesicht an seiner Brust, während er sie vorsichtig und, ohne ein Wort zu sagen, aufhob.

Ghosts Magen verkrampfte sich, als er Raynes gequältes Weinen hörte. Er hatte zwei Tage lang auf diesen Zusammenbruch gewartet und obwohl er nicht wollte, dass es dazu kam, war es trotzdem eine Erleichterung. Sie war stark, eine der stärksten Frauen, die er je getroffen hatte, doch er wusste, dass sie sich früher oder später mit dem auseinandersetzen musste, was passiert war.

Sie hatte im Krankenhaus Ablenkung gehabt, musste gegen ihre Schmerzen ankämpfen und sich um ihre Wunden kümmern. Dann hatten ihr Bruder und Mary sie besucht, und anschließend war sie vorübergehend bei ihm eingezogen. Nun hatte sie endlich Zeit zum Nachdenken und um sich an die Geschehnisse zu erinnern.

Ghost trug sie vorsichtig ins Wohnzimmer und setzte sich mit Rayne auf dem Schoß auf die Couch. Das Handtuch, das sie getragen hatte, hatte sich gelöst und er zog es weg. Es war feucht und er hatte ja schon vorher jeden Zentimeter ihres Körpers gesehen und erforscht. Er zog eine weiche, flauschige Decke von der Rückenlehne des Sofas und legte sie über sie. Dann drückte er sie fest an seinen Oberkörper und ließ sie weinen.

Nach ungefähr zwanzig Minuten ließen Raynes Tränen nach und sie lag widerstandslos in seinen Armen und schniefte nur hin und wieder noch einmal.

»Brauchst du ein Taschentuch, Prinzessin?«

Ghost spürte, wie sie nickte, und griff nach der Schachtel mit den Taschentüchern, die neben der Couch stand. Sie griff mit der Hand, mit der sie sich die flauschige Decke gegen die Brust gedrückt hatte, nach einem Taschentuch und schnäuzte sich nicht besonders anmutig die Nase. Ohne aufzuschauen oder ein Wort zu sagen, hielt sie ihm das benutzte Taschentuch entgegen, so als wäre sie tatsächlich eine Prinzessin. Ghost nahm es ihr mit einem Lächeln ab und ließ es auf den kleinen Tisch fallen. Er würde es später wegräumen.

Sie schmiegte sich wieder an seine Brust. Schließlich murmelte sie: »Bin ich nackt?«

Ghost lächelte. »Ja.«

»Ist das eine Banane in deiner Hosentasche oder freust du dich einfach nur, mich zu sehen?«

Er musste lauthals lachen. »Prinzessin, du sitzt nackt auf meinem Schoß. Natürlich freue ich mich, dich zu sehen.« Er wurde wieder ernst und fragte: »Fühlst du dich besser?«

Es gefiel ihm, dass sie sich Zeit nahm, um über seine

Frage nachzudenken, bevor sie antwortete: »Ja. Wirklich. Ich ... ich habe mir nur zum ersten Mal meine Handgelenke und Knöchel angeschaut ... wirklich angeschaut ... und dann kamen die Erinnerungen hoch. Sie haben mich überwältigt.«

»Das überrascht mich nicht. Du hast dich mit allen möglichen Dingen beschäftigt ... außer mit dem, was mit dir passiert ist.«

Rayne nickte in seinen Armen. »Hast du ihn wirklich getötet?«

Diese Frage hatte Ghost nicht erwartet. Sie war verletzt gewesen und hatte panische Angst gehabt, während sie sich auf der Flucht darüber unterhalten hatten. »Ja, ich bin zu fünfundneunzig Prozent sicher, dass ich ihn erwischt habe.«

»Darfst du darüber reden?«

Er schätzte es, dass sie ihn das fragte und keine Antworten forderte. Zumindest war es ein gutes Omen für die Zukunft. Sie hatte wahrscheinlich keine Ahnung, wie viel ihm das bedeutete. »Nachdem Sarah und die anderen Frauen, die mit dir zusammen festgehalten wurden, gerettet worden waren, war Sarah ganz außer sich und hat uns mitgeteilt, dass du von ihnen getrennt und weggebracht worden warst. Wir begannen die Suche in dem Bereich, wo die anderen Frauen gefunden worden waren. Du wurdest im hintersten Raum des Korridors festgehalten, in unmittelbarer Nähe unseres Sprengsatzes.«

»Deshalb haben alle solche Angst bekommen. Als die Mauern zu bröckeln begannen, sind sie alle wie kleine Mädchen weggelaufen.«

Ghost schmunzelte und drückte Rayne liebevoll. »Ich schwöre bei Gott, Rayne, ich werde den Moment nie vergessen, in dem ich in diesen Raum getreten bin und dich dort gesehen habe. Ich war erleichtert, dass es dir gut ging, doch als ich gesehen habe, wie sie dich gefesselt hatten, wurde ich stinksauer.«

Sie merkte, dass es für Ghost genauso wichtig war, darüber zu reden, wie für sie. Deshalb unterbrach Rayne ihn nicht, sondern ließ ihn weiterreden.

»Bevor wir in dein Zimmer kamen, haben wir alle anderen Zimmer durchsucht. In einem waren drei Personen drin. Der Jüngste hob sein Gewehr und dachte wahrscheinlich, dass wir ihn nicht töten würden, weil er fast noch ein Kind war.«

»Aber du hast auf ihn geschossen.« Raynes Stimme war so leise, dass Ghost fast nichts verstehen konnte.

»Ja, das habe ich.«

»Was hatte er an?«

Ghost wurde klar, dass sie sich offensichtlich nicht daran erinnerte, dass sie bereits darüber geredet hatten, während sie Rayne aus dem Gebäude holten. »Ein blaues Hemd und eine braune Hose.«

»Während wir alle zusammen festgehalten wurden, kam er herein und er schien so nett zu sein. Er kam zu uns herüber und ich habe ihn angelächelt, habe versucht, freundlich zu sein, ihm klarzumachen, dass wir Menschen sind. Unschuldige, unbewaffnete Menschen. Ich wusste, dass das wahrscheinlich nicht besonders klug war, weil Chase mir immer eingebläut hatte, dass ich nie etwas tun sollte, um aufzufallen, und dass sogar ein winziges Detail die Aufmerksamkeit eines Bösewichts auf mich lenken konnte. Offensichtlich hatte er recht gehabt.«

Rayne stieß einen lauten, langen Seufzer aus. Ghost unterbrach sie nicht und drängte sie zu nichts. Sie würde ihm die Geschichte in ihrem eigenen Tempo erzählen. Was auch immer sie brauchte, er würde es ihr geben.

Schließlich fuhr sie fort: »Er lächelte zurück. Ich dachte,

er sei schüchtern. Ich dachte, dass ich ihn vielleicht an seine Schwester oder seine Mutter erinnerte. Ich dachte, er würde zu den beiden anderen Männern zurückgehen und ihnen sagen, dass sie uns nichts antun sollen.« Rayne hielt inne und fuhr dann traurig fort: »Doch das hat er nicht getan. Er sollte auswählen. Und weil ich ihn angelächelt habe, hat er mich gewählt.«

»Es ist nicht deine Schuld, Prinzessin.«

Sie schüttelte den Kopf und hob ihn schließlich so weit, dass sie Ghost in die Augen schauen konnte. »Ich dachte, ich würde sterben. Er hatte sich über mich gebeugt, seinen Penis in der Hand. Er streichelte sich selbst und bereitete sich darauf vor, mir das Höschen zu zerreißen und mich zu vergewaltigen ... während alle anderen Männer zusahen und ihn anfeuerten. Ich hatte Angst, Ghost.«

Heilige Scheiße. Ghost wusste nicht, ob er sich noch mehr anhören konnte. Doch für sie würde er es tun. Er bewegte sich unter Rayne, bis er auf dem Rücken auf der Couch lag und sein Kopf auf der Armlehne des Sofas abgestützt war. Er zog an der Decke, bis Rayne ganz zugedeckt war, und drückte sie an seinen Oberkörper. »Das weiß ich. Da hätte jeder Angst gehabt.«

»Aber weißt du was?«

Ihre Stimme klang gedämpft, doch Ghost konnte sie leicht verstehen. »Was?«

»Ich war auch sauer. Ich war sauer, weil ich dachte, dass er meine Erinnerungen an uns ruinieren würde. Dass ich nie wieder Sex würde haben können.« Sie zuckte unbeholfen in Ghosts Armen. »Es ist albern. Ich wusste, dass ich sterben würde, aber ich wollte mich nicht daran erinnern, dass *er* mir das antat. Ich wollte, dass meine letzte Erinnerung uns beiden galt.«

»Du bist jetzt in Sicherheit, Prinzessin. Er ist tot und

kann niemandem mehr etwas antun. Du bist hier bei mir. Und glaub mir, sobald du so weit bist, können wir neue Erinnerungen kreieren, um die alten auszublenden.«

Sie nickte und lag bewegungslos da. Ghost schwieg und ließ Rayne ihre Gedanken in ihrem eigenen Tempo ordnen.

»Das gefällt mir.« Ihre Worte klangen stark und entschlossen.

»Mir auch. Ich mag es, wenn du auf mir liegst.«

Rayne hob den Kopf. »In London haben wir das aber nicht gemacht.«

Ghost grinste und war froh, dass sich ihre Stimmung aufgehellt hatte ... zumindest für den Moment. Die Erinnerungen würden sich zweifelsohne wieder einschleichen, doch er würde für sie da sein. Er würde ihr wieder und wieder zuhören, wenn es das war, was sie brauchte.

»Ja, wir haben es nicht ganz so weit geschafft, oder?«

Rayne senkte wieder den Kopf und Ghost spürte, wie sich ihre Finger auf seiner Brust anspannten. »Was machen wir hier eigentlich, Ghost?«

Diese Frage hatte er früher oder später erwartet. »Wir lernen uns kennen. Verabreden uns. Gehen miteinander aus. Haben etwas miteinander ... wie auch immer du es nennen willst.«

»Es fällt mir schwer, über die Lügen hinwegzukommen.«

Ghost gefiel, wie ehrlich Rayne zu ihm war, auch wenn ihre Worte ihn mehr schmerzten als jede Wunde, die ein Feind ihm jemals hätte zufügen können.

»Es tut mir leid, dass ich dir wehgetan habe, Rayne. Es blieb mir nichts anderes übrig. Ich hatte gerade einen Einsatz beendet und flog inkognito in die Staaten zurück. Als der Flug gestrichen wurde, hatte ich noch keine Ahnung, dass ich die Frau, die wie für mich gemacht ist, kennenlernen würde.«

Er hörte, wie sie den Atem anhielt, fuhr jedoch fort: »Ich hatte dir diese eine Nacht angeboten, bevor ich wusste, dass du *die Eine* bist. Irgendwo zwischen dem Mittagessen und dem verdammten Balkon ist mir das dann aber klar geworden. Ich wusste, dass du diejenige wärst, mit der ich sesshaft werden könnte, sollte ich je den Rest meines Lebens mit einer Frau verbringen wollen. Aber ich habe dich trotzdem angelogen. Ich habe diese beschissene Geschichte mit Whitney Pumperfield erfunden. Ich hatte dir ja bereits gesagt, dass mein Name John Benbrook war. Das war egoistisch von mir. Ich wusste, dass du verschwinden würdest, wenn ich dir sagen würde, dass ich gelogen hatte. Dann hätte ich nie die Chance bekommen, dich in meinen Armen zu halten und herauszufinden, was da zwischen uns war.«

»Herausfinden, was da zwischen uns war? Es ist ja nicht so, als ob du noch nie einen One-Night-Stand gehabt hättest, Ghost.«

»Ich wollte herausfinden, ob es anders im Bett ist, wenn man jemanden wirklich mag.«

Rayne schwieg einen Moment lang und fragte dann vorsichtig: »War es das?«

»Ich glaube, du kennst die Antwort.«

Sie kannte sie tatsächlich.

»Und dann sah ich diese dritte Tätowierung.«

Rayne stützte sich vorsichtig auf seinem Oberkörper auf, damit ihre Ellbogen sich nicht in ihn bohrten. »Und was war damit?«

Er grinste, als er ihren interessierten Gesichtsausdruck sah. »Du hast keine Ahnung, was sie in mir ausgelöst hat.«

»Ich glaube, ich habe eine gewisse Vorstellung«, sagte sie neckend und erinnerte sich offensichtlich daran, wie er sie von hinten genommen hatte und dann über ihre Tätowierung gekommen war.

Ghost lächelte und schob ihr mit einer Hand ein paar Haarsträhnen hinters Ohr. »Es war, als hättest du *mich* auf deiner Haut abgebildet gehabt.«

»Wie meinst du das? Ich verstehe nicht. Ich kannte dich vor dieser Nacht nicht einmal.«

»Ich weiß, das hat das Ganze noch unglaublicher gemacht. Jedes einzelne Detail dieser Tätowierung, abgesehen von der Blume, war ich. Es war, als wärst du bereits als meine Frau gekennzeichnet gewesen, bevor du mich überhaupt *kanntest*. Der Adler ... das Symbol der Vereinigten Staaten und alles, wofür es steht. Das Armeelogo und das Gewehr ... ich weiß, dass sie für deinen Bruder waren, aber sie verkörpern *mich*. Sogar der verdammte Blitz. Wusstest du, dass das Wappen der Delta Force auch einen Blitz enthält?«

Ihr überraschter Gesichtsausdruck ließ darauf schließen, dass sie es nicht wusste.

»Ja. Deshalb war ich ziemlich geschockt, als ich all das auf deinem Rücken gesehen habe. Ich hätte damals schon merken sollen, dass das ein Zeichen war, aber ich konnte es immer noch nicht glauben.«

»Ich hatte keine Ahnung.«

»Das weiß ich. Schau mal nach links, Prinzessin.«

Überrascht über den abrupten Themenwechsel tat Rayne, ohne nachzudenken, was Ghost verlangte.

»Sieh dir das dritte Regal von oben an.«

Rayne schnappte nach Luft, als sie das Foto in Ghosts Bücherregal sah.

Es zeigte sie beide. Es war das Foto, das er ihr im Krankenhaus gezeigt hatte. Das, auf dem er sie in den Armen hielt und sie ihn anlachte. Obwohl sie schon zwei Tage bei ihm zu Hause war, hatte sie die meiste Zeit über geschlafen. Die restliche Zeit hatte sie damit verbracht, zu essen oder mit Ghost in der Küche zu sitzen. Sie hatte sich sein kleines Haus noch gar nicht richtig angeschaut.

»Jetzt sieh dich um. Siehst du irgendwelche anderen Fotos? Siehst du sonst irgendwas in diesem Raum, das darauf schließen lässt, dass ich überhaupt eine Persönlichkeit habe?«

Rayne schmunzelte über seinen abwertenden Kommentar, tat jedoch wie geheißen. Da war kein einziges Foto, nicht einmal von seinem Team. Es gab keine Bilder an den Wänden, nur einen riesigen Fernseher und stapelweise Bücher in den Regalen, die rechts und links davon standen.

Ghost nahm Raynes Kopf in die Hände und drehte ihn wieder zu sich. »Ich habe dich damals angelogen. Es tut mir leid. Aber ehrlich gesagt würde ich es heute wahrscheinlich wieder genauso machen. Ich bin ein Delta, Rayne. Durch und durch. Ich werde mein Land und mein Team mit allen Mitteln beschützen. Bevor ich dich getroffen habe, hat das bedeutet, niemanden an mich ranzulassen. Meine Eltern sind schon vor langer Zeit gestorben und ich habe keine Geschwister. Ich stehe meinen Tanten und Onkeln nicht nahe und ich habe keine Ahnung, ob ich überhaupt Cousinen und Cousins habe. Mein Team ist meine Familie. Die Armee ist meine Familie. Ich würde mein Leben riskieren, um sie zu beschützen.«

Rayne verstand, was er sagte. Sie fand es nicht besonders toll, doch er hatte recht. Er hatte ihr unmöglich sofort sagen können, dass er ein Soldat mit der höchsten Geheimhaltungsstufe war, oder ihr seine Adresse geben können, damit sie ihn nachschlagen konnte. Aber er hatte ein Foto von ihnen beiden in seinem Haus. Allein die Tatsache, dass er das Foto immer noch auf seinem Handy hatte, war schon bemerkenswert. Dass er sich jedoch die Mühe gemacht hatte, es ausdrucken und einrahmen zu lassen, war etwas ganz anderes. Sie bedeutete ihm etwas. Das wiederum bedeutete ihr eine Menge.

»Ich möchte dir noch etwas anderes zeigen.«

»Oh Gott, da ist noch mehr?«

Der Ton in ihrer Stimme brachte Ghost zum Schmunzeln. »Eine letzte Offenbarung, dann können wir weitermachen mit dem, was wir tun. Was immer das auch sein mag. Okay?«

Rayne nickte.

Ghost setzte sich mitsamt Rayne in seinen Armen abrupt auf. Sie konnte sich nur knapp ein mädchenhaftes Kreischen verkneifen, da die plötzliche Bewegung sie überraschte. Er stand auf, drehte sich dann sofort um und setzte sie wieder ab. Das Kissen war immer noch warm. Rayne wickelte sich in der Decke ein und vergewisserte sich, dass ihr Oberkörper vollständig bedeckt war.

Sie war äußerst überrascht, als Ghost sich neben ihr flach auf den Bauch legte und seine Beine auf ihren Schoß bettete. Wollte er eine Massage? Was zum Teufel machte er da?

»Zieh mir das rechte Hosenbein hoch, Prinzessin.«

Rayne hatte keine Ahnung, warum Ghost wollte, dass sie sich sein Bein anschaute, doch sie tat, was er verlangte. Als sie die Tätowierung erblickte, stockte ihr der Atem.

Sie schob den Stoff schnell bis zu seinem Knie hoch und zeichnete mit den Fingern die schönen Farben nach. Sie drückte mit einer Hand die Decke an ihre Brust und beugte sich über sein Bein, um es sich genauer anzuschauen.

»Ich habe an diesem Morgen ein Foto von deiner Tätowierung gemacht, bevor ich gegangen bin. Das war wahrscheinlich ziemlich dreist von mir, doch in Anbetracht aller anderen dreisten Dinge, die ich an diesem Tag geliefert hatte, spielte das keine Rolle mehr. Du lagst auf dem

Bauch und ich konnte nicht widerstehen. Ich habe die Decke gerade so weit nach unten geschoben, wie es nötig war, um ein Foto von deiner Tätowierung zu machen. Ich konnte sie nicht mehr aus dem Kopf bekommen. Du hattest mich auf deiner Haut eintätowiert ... und ich wollte genau die gleiche Tätowierung, die mich an dich erinnern sollte. Ich wollte sie jeden Tag sehen und mich daran erinnern, wie schön du warst. Wie du aussahst und wie deine Tätowierung aussah, als ich dich von hinten genommen habe.«

Seine Worte hätten als grob bezeichnet werden können, doch Rayne kümmerte das nicht. Sie fand sie wunderschön.

»Ich kam nach Hause und hatte dich innerhalb eines Monats auf meiner Haut, Prinzessin. In weniger als einem Monat.«

»Das Tattoo ist perfekt. Aber verrät das Armeelogo nicht dieses ganze Ding mit dem ›Niemand weiß, dass ich ein knallharter Militärsoldat der höchsten Geheimhaltungsstufe bin‹?«

»Ja, das tut es.« Das klang nicht so, als ob er es bereute.

Rayne ließ das einen Moment lang auf sich einwirken. »Du hättest es weglassen können.«

»Dann wäre es nicht wie deine Tätowierung gewesen.«

Raynes Unterlippe fing an zu zittern und sie versuchte verzweifelt, die Tränen zurückzuhalten.

»Wie du sehen kannst, besteht der einzige Unterschied in dem Zauberstab.«

Als Ghost diese Worte äußerte, war es um sie geschehen. Sie konnte die Tränen nicht mehr zurückhalten. Er hatte sie zwar in diesem Hotelzimmer in London zurückgelassen und vielleicht nie versucht, sie zu finden oder den Kontakt zu ihr herzustellen, doch er hatte sie nicht benutzt. Die Tätowierung, die sie vor sich sah, bewies das.

Bevor sie Luft holen konnte, lag sie bereits wieder in Ghosts Armen.

»Ich habe sie dir nicht gezeigt, um dich zum Weinen zu bringen, Prinzessin«, sagte er besänftigend.

»I-i-ich weiß«, stotterte sie. »Hast du die Ergänzungen bei meiner gesehen?«

Ghost nickte. »Ja, ich habe sie im Flugzeug auf dem Rückweg aus Ägypten entdeckt. Und ich muss sagen, *jetzt* ist deine Tätowierung absolut perfekt. Das dachte ich eigentlich schon vorher, aber dass du Big Ben und mich, wie ich um die Spitze herum flitze, hinzugefügt hast – perfekt.«

»Ich habe das vor drei Monaten machen lassen.«

Ghost küsste ihre Stirn und sie saßen eine Weile schweigend auf der Couch.

Schniefend sagte Rayne: »Kann ich noch ein Taschentuch haben?«

Ghost lächelte und reichte ihr eines, lächelte wieder, nachdem sie es benutzt hatte und es einfach vor ihm in die Luft hielt, damit er es ihr abnehmen konnte.

»Ich muss mich anziehen.«

»Aber nicht meinetwegen.«

Halbherzig gab Rayne ihm einen Klaps. »Perversling.«

Er schmunzelte. »Okay, Prinzessin. Geh und zieh dich an, danach lege ich dir neue Verbände an.«

Rayne streckte eine Hand aus. »Findest du nicht auch, dass es so aussieht, als würden Käfer aus meinen Handgelenken schielen?«

»Äh ... nein?«

»Ach komm schon, Ghost. Schau! Es sieht so aus, als ob kleine schwarze Fühler herausschauen.«

»Igitt, das ist ekelhaft.«

»Hast du noch nie genäht werden müssen?«

»Oh, und ob! Ich habe nur die Fäden einfach noch nie so

betrachtet ... und dank dir ... werde ich jetzt an nichts anderes mehr denken können.«

Sie kicherte, bevor sie wieder auf ihre Handgelenke schaute. »Es sieht so aus, als hätte ich versucht, mich umzubringen.«

Ghost schob ihr einen Finger unters Kinn und drehte ihren Kopf. »Die Narben werden verblassen, Rayne. Sie zeigen der Welt nur, wie hart im Nehmen du bist. Du solltest dich nicht für sie schämen.« Dann hob er ihre Hand an seinen Mund und küsste sanft ihr Handgelenk. Danach tat er dasselbe mit dem anderen.

Als er Anstalten machte, auf die Knie zu gehen und das Gleiche mit ihren Knöcheln zu tun, sagte Rayne: »Okay, okay. Sie sind Ehrenzeichen. Nun steh schon auf.«

Als Ghost ihr in die Augen schaute und lächelte, wusste Rayne, dass sie nie wieder dieselbe sein würde. Sie hatte keine Ahnung, wohin sie gehen würden oder was zwischen ihnen passieren würde, doch in diesem Moment wusste sie, dass sie ihm gehörte. Was auch immer dieser Mann wollte, sie würde alles daransetzen, es ihm zu geben.

KAPITEL ACHTUNDZWANZIG

»Es gibt jemanden, den ich dir gern vorstellen möchte«, sagte Ghost am nächsten Morgen beim Frühstück zu Rayne. Sie hatten sich am Vorabend ein paar Filme angeschaut und Rayne hatte keine Ahnung, wie sie Ghost klarmachen sollte, dass sie bereit war, wieder in einem Bett mit ihm zu schlafen. Sie hatte ihn während der letzten Nächte vermisst und sich daran erinnert, wie sicher sie sich gefühlt hatte, als er sich in dem winzigen Krankenhausbett an sie gekuschelt hatte.

»Ach ja?«

»Ihr Name ist Penelope. Ich darf dir nicht sagen, unter welchen Umständen die Jungs und ich sie kennengelernt haben, aber sie lebt in San Antonio und kommt ab und zu hierher nach Fort Hood.«

»Ooookay.«

»Ich glaube, es würde euch beiden guttun, euch mal zu unterhalten.«

»Du musst schon ein bisschen mehr ausholen, Ghost. Ich mag keinen Small Talk. Du kannst mich nicht einfach einer wildfremden Frau vorstellen und sagen: ›Rede!‹ So funktioniert das nicht.«

Ghost schob den Stuhl vom Tisch weg und brachte die Teller in die Küche. Er kam zurück, setzte sich hin und stützte sich auf die Ellbogen. »Vertraust du mir?«

Rayne nickte. Erstaunlicherweise tat sie das, selbst nach all den Lügen, die er ihr erzählt hatte, als sie sich zum ersten Mal getroffen hatten. Von dem Moment an, als sie ihn in ihrem Gefängnis in Ägypten gesehen hatte, hatte sie ihm ihr Leben anvertraut. Daran hatte sich nichts geändert.

»Dann zieh dir was an und lass uns gehen.«

Rayne schüttelte nur verzweifelt den Kopf. »Okay, gib mir zehn Minuten, dann bin ich bereit.«

Eine Stunde später saß Rayne in einem kleinen Konferenzraum in der Militärbasis und wartete darauf, die mysteriöse Penelope kennenzulernen. Ghost hatte ihr nichts weiter über sie erzählt, sondern auf dem Weg nach Fort Hood nur über belanglose Dinge gesprochen.

Nach ein paar Minuten öffnete sich die Tür und eine kleine blonde Frau, vielleicht einen Meter fünfzig groß, kam herein. Rayne hatte keine Ahnung, warum sie das Gefühl hatte, sie zu kennen. Sie wusste, dass sie sich noch nie zuvor getroffen hatten.

»Ghost! Schön, dich zu sehen!«, rief Penelope, schritt durch den Raum und umarmte Ghost innig. »Wir haben in den letzten Monaten ja ab und an miteinander gesprochen, aber es ist so schön, dich tatsächlich zu *sehen*.«

»Gleichfalls, Tiger. Wie geht es dir?«

»Gut.«

»Ist zu Hause alles wieder normal?«

»Den Umständen entsprechend. Cade treibt mich immer noch in den Wahnsinn mit seiner Fürsorglichkeit und allem Drum und Dran.«

»Und die anderen Jungs?«

»Denen wird langsam klar, dass ich immer noch die Gleiche bin wie vorher.«

»Und Moose?«

Rayne beobachtete, wie die junge Frau errötete.

»Er ist etwas hartnäckiger, aber irgendwann wird er es auch noch kapieren.«

Ghost drehte sich zu Rayne um und streckte den Arm aus. »Ich möchte dir Rayne vorstellen. Rayne, das ist Penelope Turner. Sie ist eine Feuerwehrfrau in San Antonio und eine ehemalige Unteroffizierin der Armeereserve.«

Rayne streckte die Hand aus. »Schön, Sie kennenzulernen, Penelope.«

Penelope schüttelte ihr die Hand und wandte sich an Ghost. »Du hast ihr nichts erzählt, oder?«

Ghost schüttelte den Kopf. »Ich dachte, dass du am besten selbst entscheidest, was du erzählen willst.«

»Gut, dann mach dich vom Acker«, sagte sie neckend und lächelte.

Ghost drehte sich zu Rayne um und umarmte sie. »Übertreib es nicht. Sag Bescheid, wenn du müde bist, dann gehen wir nach Hause.«

Sie rollte die Augen. »Was denkst du denn, was wir hier drin machen werden, Ghost? Einen Hindernislauf? Liegestütze? Herrgott! Ich nehme an, dass wir uns einfach unterhalten werden. Es wird schon schiefgehen.«

»Oooh, ich mag sie, Ghost. Sie hält nichts von deinem anmaßenden Beschützermist.«

»Halt die Klappe, Tiger.«

Penelope und Rayne grinsten sich gegenseitig an und Rayne fühlte sich zum ersten Mal seit ihrer Ankunft wohl. Vielleicht war es gar keine so schlechte Idee, mit dieser fremden Frau ein Gespräch zu führen.

Ghost küsste Rayne auf die Lippen; das hatte er während der letzten vierundzwanzig Stunden nach ihrem Gespräch auf der Couch oft getan. »Ich bin bald wieder da.«

Sobald sich die Tür hinter Ghost schloss, setzte Penelope sich hin und sagte: »Also, hier ist eine kurze Zusammenfassung. Vor ungefähr neun Monaten wurde ich von ISIS in der Türkei entführt. Ein SEALs-Team hat mich befreit, wir wurden jedoch abgeschossen und am Ende wurden wir alle von Ghost und seinem Team rausgeholt. Daher kenne ich ihn. Ich habe nie mit ihm geschlafen oder so.«

Während Penelope sprach, wurde Rayne plötzlich klar, warum ihr die Frau so bekannt vorkam. »Oh mein Gott, ich habe Sie im Fernsehen gesehen. Sie sind die Armeeprinzessin! Ich war so froh, als ich hörte, dass Sie gerettet wurden!«

Penelope lächelte. »Ich ebenfalls.«

Rayne zählte eins und eins zusammen. »Sie wurden vor sechs Monaten gerettet, nicht wahr?«

»Mhm.«

»Zu der Zeit habe ich Ghost kennengelernt. Er musste auf dem Heimweg von diesem Einsatz gewesen sein.«

»Das wird er Ihnen wahrscheinlich nie mit Gewissheit sagen können. Dass er jedoch unser Treffen arrangiert hat, ist seine Art, Ihnen Dinge mitzuteilen, die er Ihnen nicht erzählen darf. Er weiß, dass *ich* sie Ihnen erzählen kann, er jedoch nicht ... deshalb wird er es auch nicht tun.«

Rayne verstand. »Geht es Ihnen wirklich gut? Sie wurden lange festgehalten.«

»Ungefähr drei Monate.«

Rayne wusste nicht, was sie sonst noch sagen sollte. Sie wollte so viele Fragen stellen, wollte jedoch nicht unhöflich sein.

»Ich wurde nicht vergewaltigt.«

Meine Güte, Penelope nahm wirklich kein Blatt vor den Mund. Sie erzählte ihr einfach alles.

»Sie haben mich zwar ordentlich verprügelt und ich hatte die meiste Zeit über Angst, aber aus irgendeinem Grund haben sie mich nicht vergewaltigt. Gott sei Dank! Ghost hat mir erzählt, dass Sie in dieses Ding in Ägypten drüben geraten und nur knapp davongekommen sind.«

Rayne nickte.

»Es ist scheiße, eine Geisel zu sein, nicht wahr?«

Rayne lächelte. Penelope brachte es auf den Punkt. Es war erfrischend, mit jemandem zu reden, der die Dinge nicht beschönigte. »Ja. Allerdings.«

»Die Sache ist die. Ich mag Ghost. Ich mag *alle* Jungs im Team. Wir sind keine dicken Freunde. Ich bin nicht ihre Vertraute und wir trinken auch keinen Tee zusammen, wenn ich hierherkomme. Aber Ghost liegt offensichtlich viel an Ihnen, weil er unser Treffen arrangiert hat. Typen wie er … kaufen einem keine Blumen und Süßigkeiten. Er wird Sie wahrscheinlich auch nicht zu einem romantischen Abendessen einladen. Vermutlich wird er auch kein Flugzeug mieten, das ein Transparent durch die Luft schwenkt, auf dem ›Ich liebe dich‹ steht.«

Rayne kicherte und nickte zustimmend.

»Aber wenn Sie darauf achten, werden Sie die Zeichen erkennen, die Ihnen zeigen, wie viel Sie ihm bedeuten. Er wird seine Hand an Ihren Rücken legen. Sie fragen, ob Sie etwas brauchen. Er wird dafür sorgen, dass Sie zuerst essen. Er wird auf der Außenseite des Bürgersteigs gehen und Sie vom Verkehr fernhalten. Die Zeichen werden da sein, aber es werden nicht die großen romantischen Gesten sein, nach denen sich die meisten Frauen sehnen.«

»Er wechselt jeden Morgen die Verbände an meinen Handgelenken und Knöcheln. Er hat mir gestern meine vollgerotzten Taschentücher abgenommen, ohne eine große Sache daraus zu machen. Ich konnte heute Morgen so viel Frischkäse auf mein Brötchen streichen, wie ich wollte, obwohl das bedeutete, dass er fast nichts abbekam.«

Penelope nickte. »Genau. Er wird behaupten, dass er überhaupt nicht romantisch ist, obwohl das, was uns in Filmen und im Fernsehen als Romantik verkauft wird, sowieso nur Schall und Rauch ist. Ich weiß nicht, wie es Ihnen geht, aber mir ist diese Art von Romantik viel lieber als die aus Hollywood.«

»Er ist intensiv.«

»Ja, das sind sie alle«, stimmte Penelope zu.

»Er ist rechthaberisch.«

Penelope stimmte erneut zu. »Vermutlich ist er dann rechthaberisch, wenn es um Ihr Wohlbefinden geht, richtig?«

»Meistens.«

»Und vielleicht geht das zu weit, aber ich wette, dass er auch im Bett dominant ist. Und das mag vielleicht schwieriger zu verstehen sein, aber ich sage es noch mal ... er ist dann dominant, wenn es um Ihre Bedürfnisse geht ... um Ihr Wohlbefinden.«

Rayne dachte an ihre Nacht in London zurück. Penelope hatte recht. Er war dominant gewesen, hatte sie zur einen oder anderen Seite bewegt, verlangt, dass sie sich hinkniete, doch er hatte jedes Mal darauf geachtet, dass sie auf ihre Kosten kam. Er hatte seinen eigenen Orgasmus so lange hinausgezögert, bis sie befriedigt gewesen war.

»Wenn Sie sich manchmal nicht sicher sind und er zu intensiv rüberkommt, dann erinnern Sie sich daran, wie er seinen Lebensunterhalt verdient. Er ist mit seinem Team in den Irak geflogen und hat mich und sechs SEALs aus den Bergen geholt, als ob es eine kurze Einkaufstour gewesen wäre. Ich wette, dass er in Ägypten in dieses verdammte Gebäude gestürmt ist, Sie aus Ihrer misslichen Lage befreit hat und es so aussehen ließ, als wäre es einfach gewesen. Habe ich recht?«

»Ja, so ziemlich.«

Penelope beugte sich zu Rayne vor. »Ich komme ungefähr alle vier Wochen für eine Therapiesitzung in die Basis. Ich erwecke zwar den Eindruck, dass ich stark bin und mit dem, was mit mir passiert ist, umgehen kann, aber ich habe auch manchmal wirklich schlechte Tage. Ich habe da drüben Dinge gesehen, die ich für den Rest meines Lebens nie wieder vergessen werde. Ich habe viele Feuerwehrleute und Soldaten gesehen, die versucht haben, die ganze Scheiße, die sie erlebt haben, ohne Hilfe zu verarbeiten, aber das funktioniert nicht.« Penelope räusperte sich und kämpfte offensichtlich mit extremen Emotionen. »Ich habe nicht viele Menschen getroffen, die wie ich als Geisel festgehalten wurden, vor allem nicht von einer ausländischen Terrorgruppe. Wir Frauen müssen uns um andere Dinge sorgen als Männer. Mir würde es nichts ausmachen, wenn wir ... uns unterhalten würden, wenn ich herkomme. Das heißt, wenn Sie möchten. Wenn Sie sich dabei wohlfühlen.«

Zum ersten Mal sah Rayne eine andere Seite der Frau, die ihr gegenübersaß. Die mutige, freche Feuerwehrfrau, die sich offensichtlich in einem von Männern dominierten Feld behaupten konnte, war verschwunden. Als sie ihr in die Augen schaute und ihre Verletzlichkeit sah, wurde Rayne klar, wie sehr sie diese Frau brauchte. Mary mochte zwar ihre beste Freundin sein, aber sie würde nie verstehen, was sie durchgemacht hatte. Und so sehr sie ihren Bruder auch liebte, er konnte sich auch nicht in ihre Lage versetzen.

Irgendwie hatte Ghost gewusst, dass sie und Penelope

einander brauchten. Verdammt, sie verliebte sich sogar noch mehr in ihn.

»Das möchte ich sehr gern. Mir ist erst jetzt klar geworden, dass meine Freundinnen und selbst Ghost und sein Team mich nie verstehen würden.«

Penelope nickte zustimmend. »Ja, bei mir hat das auch eine Weile gedauert. Ich war auf alle sauer und dass ich von den Medien verfolgt wurde, war nicht besonders hilfreich. Als ich dann schließlich in den sauren Apfel gebissen habe und hierhergekommen bin, um mit der Therapeutin zu sprechen, hat sie vorgeschlagen, mich einer Selbsthilfegruppe anzuschließen. Das habe ich getan und es half mir auch, doch keiner der anderen Teilnehmer hatte das durchgemacht, was ich erlebt hatte. Viele ihrer Erlebnisse waren ähnlich gewesen ... die Hilflosigkeit, die Todesangst, die Unsicherheit, aber es war einfach nicht dasselbe.«

»Es gibt Gruppen?«

Penelope streckte ihr eine Hand entgegen und Rayne ergriff sie, ohne zu zögern. Es fühlte sich gut an.

»Ja, es gibt welche. In San Antonio habe ich eine fantastische Frau kennengelernt. Sie heißt Beth. Sie ist nach einer schrecklichen Erfahrung aus Kalifornien hierhergezogen. Sie wurde von einem Serienmörder entführt und gefoltert, konnte jedoch entkommen. Wir verstehen uns auf einer Ebene, die wir mit anderen nicht erreichen konnten, einfach weil wir beide als Geiseln festgehalten wurden. Es tut mir leid, dass ich Ihnen nicht dabei helfen kann, mit der Vergewaltigung fertigzuwerden, da ich so etwas nicht erlebt habe, aber ich würde Sie gern den anderen in der Gruppe vorstellen, wenn Sie in der Gegend sind.«

Rayne nickte. »Ich glaube, dafür bin ich noch nicht bereit ... aber wenn Sie mir etwas Zeit geben könnten ...«

»Lassen Sie sich Zeit. Ernsthaft. Bei mir hat es eine

ganze Weile gedauert, bis ich mit jemandem darüber sprechen konnte, was passiert war.« Penelope lehnte sich zurück und grinste. »Und ... ist Ghost wirklich so gut im Bett, wie es den Anschein hat?«

Rayne errötete und schwieg.

»Ha! Ich wusste es! Diese Typen sehen so verdammt gut aus, dass es verboten sein sollte. Oh, keine Sorge. Ich habe es nicht auf Ihren Mann oder einen der Jungs in seinem Team abgesehen. Ich habe ein Auge auf einen Kerl zu Hause geworfen, aber Sie müssen zugeben, dass die Jungs eine Augenweide sind.«

Rayne lachte und stimmte zu. »Ja, ehrlich gesagt möchte ich manchmal am liebsten einen Stock hervorziehen und die Frauen abwehren, wenn wir irgendwo hingehen.«

»Er hat nur Augen für Sie, meine Liebe. Zweifeln Sie nie daran. Wenn Typen wie er sich verlieben, dann richtig. Sie wollen einen für sich haben und würden jeden umbringen, der auch nur daran denkt, dich anzufassen.«

»Langsam verstehe ich das.«

Es klopfte an der Tür und beide Frauen drehten sich um, als sie sich öffnete und Ghost den Kopf ins Zimmer steckte. »Alles in Ordnung?«

»Uns geht es gut, nun komm schon rein und kümmere dich um deine Frau. Ich habe einen Termin.« Die mutige und freche Penelope war wieder zurück, jede Spur der verletzlichen Frau unter der rauen Fassade war verschwunden.

Ghost betrat den Raum, beugte sich zu Rayne hinunter und küsste sie. Er legte seine Hand auf ihre Schulter. »Habt ihr Mädels euch gut unterhalten?«

Penelope rollte die Augen. »Meine Güte, Ghost. Ja, es war alles in Ordnung. Wir haben etwas geplaudert und Rayne versteht, dass du ein Neandertaler bist, jedoch einer, der nur das Beste für sie will. Sie weiß, wer ich bin, und wir haben beschlossen, dass wir uns wiedersehen werden. Sind damit alle deine Fragen beantwortet?«

»Ja. Du bist die Beste, Tiger.«

»Ach was. Komm schon, lass dich drücken, ich muss los. Wir sehen uns, wenn ich das nächste Mal herkomme.«

Ghost gab der zierlichen Frau eine dicke Umarmung und hob sie dabei vom Boden hoch. Rayne schaute zu und es gefiel ihr, dass sie diese Seite von Ghost zu sehen bekam ... den beschützenden älteren Bruder.

»Lass was von dir hören. Das nächste Mal werde ich das Team zusammentrommeln und wir gehen zusammen essen oder so.«

»Hört sich gut an. Bis zum nächsten Mal, Rayne. Vergessen Sie nicht, was ich gesagt habe.«

Rayne schob ihren Stuhl zurück und stand auf. »Alles klar. Es war schön, Sie kennenzulernen.«

»Gleichfalls. Ich bin froh, dass Sie in Sicherheit sind.«

Nachdem Penelope den Raum verlassen hatte, sah Rayne Ghost an. »Vielen Dank.«

Er wusste genau, wovon sie sprach. »Gern geschehen.«

»Ich weiß nicht, woher du wusstest, dass ich genau das brauchte. Mir selbst war es nicht bewusst. Danke. Sie ist fantastisch.«

»Du auch, Prinzessin.«

»Ich wurde nur ungefähr eine Woche festgehalten. Ich kann mir nicht vorstellen, was sie durchgemacht haben muss.«

»Vergleiche dich nicht mit ihr oder jemand anderem. Du hast deinen eigenen Albtraum erlebt. Es war nicht weniger schrecklich als das, was sie durchgemacht hat. Du darfst ruhig stolz auf dich sein. Du bist eine verdammt starke Frau. Verstanden?«

Rayne lächelte und dachte darüber nach, was Penelope über rechthaberische Männer gesagt hatte. »Verstanden.«

»Komm, lass uns zum Arzt gehen und sehen, wie es um die Fäden steht. Dann fahren wir nach Hause und ich koche dir Mittagessen, und danach können wir uns einen Film ansehen.«

»*Wie ein einziger Tag*?«

»Auf keinen Fall. Ich habe dich diese Woche schon oft genug weinen sehen.«

Rayne lächelte. Sie hatte gewusst, dass er sein Veto einlegen würde. »Okay, Ghost. Du suchst den Film aus.«

»Dann komm, Frau. Ich will dich verwöhnen.«

»Dagegen habe ich nichts einzuwenden.«

Rayne lächelte und Ghost legte seinen Arm um ihre Taille, während sie zusammen zur Tür hinausgingen und von der heißen texanischen Morgensonne begrüßt wurden.

KAPITEL NEUNUNDZWANZIG

Rayne wachte schreiend auf und wehrte sich gegen die Arme, die sie festhielten. Moshe war da und wollte ein Mann sein, doch sie würde ihn davon abhalten, koste es, was es wolle.

»Herrgott, Rayne. Ich bin es. Ghost. Ich bin bei dir, es ist alles in Ordnung.«

Die Worte drangen kaum zu ihr durch, ihr einziger Gedanke war die Flucht. »Nein! Lass mich los. Nein!«

»Rayne!« Ghosts Stimme klang streng, doch dadurch erkannte sie, dass sie nicht in Ägypten war. Sie war keine Geisel und es war nicht Moshe, der seine Arme um sie gelegt hatte, sondern Ghost.

Rayne schaute Ghost an und schluckte. »Tut mir leid, es ist alles in Ordnung. Es geht mir gut.«

»Um Himmels willen, Prinzessin. Dass ich dir Penelope vorgestellt habe, sollte dir *helfen* und keine schlimmen Erinnerungen auslösen. Es tut mir so leid.«

Rayne vergrub ihr Gesicht an Ghosts Brust und er trug sie wieder zur Couch zurück, von der aus sie sich früher am Abend *Alarmstufe Rot* angesehen hatten. Der Arzt hatte gesagt, dass ihre Wunden gut aussahen, und hatte die Fäden entfernt. Er hatte ihr ein leichtes Schmerzmittel gegeben und sie waren in Ghosts Haus zurückgekehrt und hatten sich den Film angeschaut.

Offensichtlich hatten das Gespräch mit Penelope und das Entfernen der Fäden Erinnerungen an ihre Gefangenschaft hervorgerufen.

»Es ist okay, Ghost. Es geht mir gut, ich muss mich nur ... damit auseinandersetzen. Nicht darüber nachzudenken funktioniert nicht. Kannst du ... kannst du mich einfach festhalten?«

»Die ganze verdammte Nacht lang, Rayne. Entspann dich. Ich bin bei dir.«

»Kann ich bei dir schlafen?« Rayne spürte, wie sich Ghosts Muskeln unter ihr anspannten. »Ich meine ...« Sie versuchte, einen Rückzieher zu machen. »Es ist keine große Sache, ich kann –«

»Ja. Ich will mit dir zusammen sein. Ich habe nur auf dein Zeichen gewartet. Du hast keine Ahnung, wie sehr ich dagegen ankämpfen musste, in dein Zimmer zu gehen und dich in mein Bett zu tragen.«

»Warum hast du es nicht getan?«

»Weil ich wollte, dass du da bist, weil *du* da sein willst. Nicht weil ich dich dazu überredet habe.«

»Ich will da sein. Ich habe nicht mehr gut geschlafen, seit du im Krankenhaus bei mir warst.«

Ghost drückte Rayne vorsichtig. Gütiger Himmel.

Später trug er sie in sein Zimmer und half ihr ins Bett, nachdem sie sich im Badezimmer bettfertig gemacht hatte.

»Wow, dein Bett ist ein bisschen größer als das im Krankenhaus, oder?«, bemerkte Rayne scherzend.

»Es mag zwar größer sein, wir werden aber trotzdem nicht mehr Platz einnehmen als in dem winzigen Krankenhausbett«, entgegnete Ghost, drehte Rayne auf die Seite und zog sie zu sich heran. Er umarmte sie, so wie er es in der Vergangenheit getan hatte und so wie er es sich während der letzten paar Nächte vorgestellt hatte. Ghost drückte seine Nase in ihr Haar und atmete ihren Duft ein. Er hatte das vermisst. Er hatte sie vermisst.

»Schlaf jetzt, Prinzessin. Ich bin bei dir. Ich werde hier sein, wenn du aufwachst. Ich verspreche es dir.«

Er spürte, wie sie nickte. Er lag da und hielt sie fest, noch lange nachdem sie in einen tiefen Schlaf versunken war. Er dankte Gott nochmals dafür, dass er ihm Rayne geschickt und ihm noch eine Chance gegeben hatte, das Richtige zu tun. Um das zu tun, was sie beide brauchten.

Als Rayne sich am nächsten Morgen rührte, fühlte sie sich seit Langem zum ersten Mal wieder besser. Sie erstarrte, als sie Ghosts schwielige Hände auf ihrem Rücken spürte. Sie lag auf dem Bauch, den Kopf nach rechts gedreht, die Arme an der Seite. Ghost kniete neben ihr und massierte ihr Kreuz. Sie hob den Kopf und drehte sich um, damit sie ihn anschauen konnte. »Was –«

»Ich wollte sie ganz sehen.«

Rayne wurde klar, dass er ihre Tätowierung betrachtete. Sie vergaß meistens, dass sie da war. Sie errötete. Obwohl sie wusste, dass er die Ergänzungen bereits gesehen hatte, war es immer noch ein wenig peinlich. Sie nickte und entspannte sich unter seinen Händen.

Ghost zog Raynes T-Shirt hoch und half ihr dabei, die Arme anzuheben, damit er es ihr ausziehen konnte. Bevor sie sich wieder hinlegen konnte, hatte er sich rittlings auf ihren Hintern gesetzt und beide Hände auf ihre Tätowierung gelegt. Er zeichnete die Worte »Stille Professionalität« mit seinem Finger nach und die leichte Berührung kitzelte sie fast.

»Warum zwei Uhr dreißig?«, fragte Ghost ehrfürchtig.

»Ich erinnere mich, dass ich an jenem Morgen um diese Zeit zum letzten Mal auf die Uhr geschaut habe.«

»Das letzte Mal. Als ich dich von hinten genommen habe«, sagte Ghost mit Bestimmtheit.

Rayne nickte, sagte aber nichts. Sie spürte, wie er sich über sie beugte und seine Lippen über den Geist streichen ließ. Sie hielt es für angemessen, ihn um die legendäre Uhr schweben zu lassen, da er ihr erzählt hatte, dass er einmal die Treppe hinauf bis ganz nach oben gestiegen war.

»Sie ist wunderschön, Prinzessin. Und zu wissen, dass dir unsere gemeinsame Zeit genauso viel bedeutet wie mir, ist von unschätzbarem Wert. Du hast keine Ahnung, was du mir da geschenkt hast. Es ist besser als alles, was du jemals zu mir sagen oder für mich kaufen könntest. Und ich schwöre dir, ich werde alles in meiner Macht Stehende tun, um dich zu ehren. Dich richtig zu behandeln. Ich kann nicht versprechen, dass ich nie etwas vermasseln werde, denn ich bin ein Kerl und nicht an das hier gewöhnt. Aber du musst wissen, dass ich dich nie absichtlich verletzen würde.«

»Okay, Ghost.« Sie spürte, wie er mit seinen Lippen quer über ihren Rücken strich und jedes Detail ihrer Tätowierung küsste.

»Vermutlich sollte ich das nicht sagen und es vielleicht nicht einmal denken, aber ich hoffe wirklich, dass du es magst, wenn ich dich von hinten nehme. Ich habe das Gefühl, dass das meine Lieblingsposition mit dir sein wird. Mich auf deiner Haut eintätowiert zu sehen. Den Adler zittern zu sehen, wenn ich von hinten zustoße ... ja, ich hatte dich schon einmal und konnte die Erinnerung an diese Tätowierung nicht aus meinem Kopf bekommen. Aber jetzt, wo du *mich* vorsätzlich hinzugefügt hast, könntest du genauso gut einen ›Gehört Ghost‹-Stempel auf deinem Rücken haben. Weil du mir gehörst. Hörst du, Rayne? Mir.«

Rayne bewegte sich und drückte ihren Hintern gegen ihn. Himmel, jedes Wort, das er sagte, ließ sie feuchter werden. Sie hatte ehrlich gesagt nicht geplant, sich diese Woche mit ihm einzulassen. Sie hatte nach Hause fahren und wirklich darüber nachdenken wollen, doch sie konnte ihm nicht mehr widerstehen. Sie wollte ihn jetzt mehr als vor sechs Monaten ... wenn das überhaupt möglich war.

»Es spielt keine Rolle, wie du mich nehmen willst, es gefällt mir.« Sie sagte diese Worte mit gequälter Stimme, als hätte sie gerade die letzten ihrer Fesseln abgestreift.

»Heilige Scheiße.«

Rayne hörte ein klickendes Geräusch, schaute zurück und sah, wie Ghost mit einem scharf aussehenden Schweizer Taschenmesser in der Hand nach ihrem Höschen griff. »Halt still, Prinzessin. Wir müssen das loswerden. Ich kann es kaum erwarten, dich zu sehen. Ich würde es ja wegreißen, aber leider funktioniert das nur in Liebesromanen.«

Rayne hielt den Atem an und spürte, wie das Gummiband ihres Höschens nachgab. Bevor sie überhaupt darüber nachdenken konnte, was sie tun oder wie sie sich bewegen sollte, spürte sie Ghosts Hände an ihren Hüften. »Stütz dich nicht auf deine Handgelenke. Lass mich die ganze Arbeit machen.«

Rayne dachte kurz darüber nach, was Penelope gesagt hatte ... und merkte, dass das ein weiteres Beispiel dafür war, dass Ghost sich um sie sorgte. Er erinnerte sich an ihre Wunden und wollte nicht, dass sie sich wehtat.

Ghost hielt Raynes Hüften fest, leckte einmal von ihrer Klitoris bis zu ihrem Hintern und genoss es zu spüren, wie feucht sie war. »Ist alles in Ordnung? Keine schlechten Erinnerungen?« Er wollte so weit wie möglich in sie eindringen, um sie als die Seine zu markieren, doch er wollte ihr nicht wehtun. Es war noch nicht lange her, seit sie dachte, dass sie vergewaltigt werden würde. Er hätte sich lieber den eigenen Arm abgeschnitten, als ihr körperlich *oder* geistig wehzutun.

»Mehr, Ghost. Oh Gott, *mehr*.«

Ghost beugte sich lächelnd vor und wiederholte es, diesmal langsamer. Er erforschte, wie sie schmeckte und wie sie sich anfühlte. Der Winkel war etwas seltsam und er konnte ihre Klitoris nicht so leicht erreichen, wie wenn sie auf dem Rücken lag, aber er hatte nicht gelogen. Ihre Tätowierung zu sehen, während er sie von hinten leckte, brachte ihn dem Himmel so nahe, wie es von Erden aus überhaupt möglich war.

Er griff nach seinem Kissen und schob es ihr unter die Hüften. Er merkte, dass es nicht ausreichte, und befahl: »Deins auch, Prinzessin. Gib mir dein Kissen.«

Sie reichte es ihm ohne Widerrede und blieb liegen, bewegte jedoch ihre Arme nach oben und legte sie neben ihren Kopf.

»Oh ja, ich habe mir das so oft vorgestellt, dass ich kaum glauben kann, dass du tatsächlich vor mir liegst. Du hast keine Ahnung, wie schön du aussiehst, wenn du deinen Hintern für mich rausstreckst. Spreiz deine Beine mehr. Ja, genau so. Gütiger Himmel, Prinzessin. Du gehörst mir. Vollkommen.«

Ghost neigte sich vor und nahm sie mit einer Leidenschaft, die er noch nie zuvor gezeigt hatte. Er saugte an ihr und leckte sie wie ein Ausgehungerter. Als sie anfing zu stöhnen und sich unter ihm wand, hielt er sie still. Ghost stieß schließlich zuerst einen Finger und dann einen zweiten in ihren engen Kanal, während er sich darauf konzentrierte, seine Zunge so schnell wie möglich gegen ihre Klitoris schlagen zu lassen.

Er bog seine Finger und streichelte das kleine Nervenbündel an der Innenseite ihres Kanals, während er gleichzeitig gegen ihre Knospe stöhnte. Das trieb Rayne in den Wahnsinn. Sie wand sich in seinen Händen, zitterte, bebte und schrie seinen Namen. Ghost hörte nicht auf, bis er spürte, wie sie sich leicht zurückzog. Er wusste, dass er so weit wie er nur konnte gegangen war und seine Berührung jetzt eher schmerzhaft als erotisch war, und ließ von ihr ab. Er genoss den Anblick ihrer Säfte an seinen Fingern und wie sie aus ihr heraustropften, als er sich aus ihr zurückzog.

Er kniete sich hin und ließ sie keine Sekunde aus den Augen. Er fuhr mit beiden Händen über ihren Rücken und verteilte ihre Nässe, wobei er sicherstellte, dass er die Worte, die ihn repräsentierten, schnell mit seinen Fingern nachzeichnete.

Er beugte sich vor und küsste noch einmal das Bild des Geistes auf ihrem Rücken. »Kannst du mich aufnehmen, Prinzessin? Ist alles in Ordnung?«

Rayne stöhnte und er spürte, wie sie sich gegen ihn drückte. »Ja, bitte, Ghost. Bitte, ich brauche dich. Ich will dich in mir spüren.«

Ghost griff nach einem Kondom in der Schublade des Nachttisches. Er hatte auf dem Rückweg vom Krankenhaus welche gekauft und es genossen, wie Rayne rot geworden war, als er sie auf den Tresen gelegt und sie lüstern angegrinst hatte.

Er rollte es schnell über und legte seine Hände wieder auf Raynes Haut. »Kannst du dich auf deine Ellbogen stützen, ohne dir wehzutun?«

Rayne brachte sich in Position, bevor er den Satz beendet hatte. Raynes Hintern hatte nun genau die richtige

Höhe, damit er tief in sie eintauchen konnte. »Sag Bescheid, falls es dir wehtut, Rayne. Ich meine es ernst. Ich glaube nicht, dass ich lange durchhalten werde. Ich habe mir das sechs lange Monate vorgestellt, aber ich will auf keinen Fall, dass du Schmerzen hast. Alles klar?«

»Mhm«, stöhnte Rayne und drückte ihren Hintern gegen ihn.

Ghost hielt sich zurück und wollte sich davon überzeugen, dass sie ihn verstanden hatte. »Hast du gehört? Sag mir, dass du das verstanden hast.«

»Ich habe es gehört, Ghost. Ich werde dir sagen, wenn es wehtut, aber verdammt, es tut weh, dich nicht in mir zu haben. Ich brauche dich.«

Ihre Worte waren der Auslöser für Ghost. Er positionierte seinen pochenden Schwanz an ihrem engen Eingang und drückte ihn langsam hinein.

Beide stöhnten gleichzeitig. »Mein Gott, es fühlt sich an, als würde ich nach Hause kommen«, sagte Ghost, als er in ihr innehielt. Er konnte buchstäblich spüren, wie sie enger wurde und ihr heißer Saft seinen Schwanz bedeckte, während sie beide sich an diese Position gewöhnten.

»So fühlst du dich riesig an«, sagte Rayne und gab Gegendruck.

»Ja, in dieser Stellung kann ich tiefer in dich eindringen«, sagte er, war sich jedoch nicht sicher, was er da von sich gab. Er hielt ihr Becken still, als er seinen Schwanz Zentimeter für Zentimeter aus ihr zog und ihn dann wieder in ihr versenkte.

Ghost beobachtete, wie sie ihren Rücken wölbte und die Flügel des Adlers ihrer Bewegung folgten. »Ich wünschte, du könntest das sehen, Prinzessin«, sagte Ghost und bewegte seine Hände von ihren Hüften auf ihre Tätowierung. »Jedes Mal wenn du dich gegen mich drückst, sieht es so aus, als wollte der Adler wegfliegen.«

»Die Tätowierung hat es dir wirklich angetan, nicht wahr?«, fragte Rayne atemlos.

»Ja, das stimmt. Aber es ist nicht nur die Tätowierung, sondern dass es *deine* Tätowierung ist. Und dass sie auf *deinem* Rücken ist und dass ich in *deinem* Körper bin und zuschauen kann, wie sie sich bewegt. Glaub bitte nicht, dass es nur die Tätowierung ist, die mich so fasziniert. Es ist, dass ich weiß, was sie für dich bedeutet, und dass du mich bei dir hattest, bevor du *wusstest*, dass du mich bei dir hast.«

»Großer Gott, Ghost.«

Er musste über den dringlichen und verzweifelten Ton in ihrer Stimme schmunzeln.

»Beweg dich. Los!«

»Ja, Ma'am. Mit Vergnügen.«

Ghost hielt ein konstantes Tempo und bewegte sich mit gezielten Stößen. Als er spürte, dass sie versuchte, sich auf ihren Händen abzustützen, drückte er ihren Oberkörper nach unten. »Nein, Prinzessin. Bleib unten.«

»Aber ... ich muss –«

Als sie merkte, dass sie kurz vor dem Höhepunkt stand und es ihr egal war, ob sie sich verletzte oder nicht, da sie einfach nur kommen wollte, befahl er ihr: »Berühr dich selbst. Balanciere auf deiner Schulter und berühre dich selbst.«

Sie tat sofort, was er verlangte, und brachte ihre Hand in die richtige Position. Ghost spürte, wie sie hektisch ihre Klitoris bearbeitete, während er weiter zustieß. Er beugte sich über sie und zog mit der einen Hand an ihrer Brustwarze, während er mit der anderen Hand über ihren Rücken strich.

»Genau so. Mach es dir selbst. Du bist so heiß und eng,

ich kann fühlen, wie du meinen Schwanz umfasst und bald kommst. Gib dir, was du brauchst, und lass es geschehen.«

Ghost spürte, wie ihre Bewegungen schneller wurden, und sie begann, sich fieberhaft gegen ihn zu drücken. Er zog grob an ihrer Brustwarze und stieß immer härter zu. Als Ghost merkte, wie sich ihre Muskeln anspannten, während sie explodierte, erlaubte er sich endlich ebenfalls zu kommen. Er hielt mit beiden Händen wieder ihr Becken fest und stieß einmal, dann zweimal zu. Beim dritten Stoß hielt er inne und spürte, wie er in ihr explodierte, während Rayne immer noch in seinen Händen bebte und sich von ihrem Orgasmus erholte.

»Gütiger Himmel, Ghost«, murmelte Rayne nach einigen Augenblicken. »Wenn es jedes Mal so wird, wirst du uns umbringen.«

»Ich kann mir keine bessere Art zu sterben vorstellen.« Ghost zog sich nur widerwillig zurück und sie stöhnten beide, als er aus ihr glitt. Er legte seine Hand auf ihre Falten und massierte sie leicht. Es gefiel ihm zu spüren, wie heiß und feucht sie noch war.

»Mmmmm«, murmelte Rayne und kreiste unter seiner Liebkosung mit den Hüften.

»Beweg dich nicht, ich bin gleich wieder da.«

»In Ordnung.«

Ghost eilte ins Badezimmer und entledigte sich des Kondoms. Er hielt einen Waschlappen unter warmes Wasser und drückte ihn aus, bevor er zu Rayne zurückging.

Sie hatte seine Anweisung wörtlich genommen und sich nicht bewegt. Die beiden Kissen lagen immer noch unter ihren Hüften, ihre Arme ruhten schlaff neben ihrem Kopf und sie hatte ein zufriedenes Lächeln auf dem Gesicht.

Ghost strich mit seiner Hand sanft von ihrer Schulter bis zu ihrem Hintern und liebkoste sie. Er legte den warmen

Waschlappen auf ihre Falten und wurde bereits wieder steif, als sie sich an seiner Hand bewegte.

»Das fühlt sich fantastisch an«, raunte Rayne, öffnete die Augen und betrachtete sein Gesicht, während er sie wusch.

Als er fertig war, warf er den nassen Waschlappen auf den Boden, ohne sich dafür zu interessieren, wo er landete. Er würde sich später darum kümmern. »Heb deinen Hintern an.«

Rayne hob ihr Becken an, damit Ghost die beiden Kissen unter ihr wegziehen konnte. Sie beobachtete, wie er das Kissen, das direkt unter ihr gelegen hatte, für sich behielt und ihr das andere zurückgab. Sie rollte sich auf die Seite und wartete darauf, dass Ghost sich hinlegte, bevor sie sich an ihn schmiegen konnte. Er zog sie zu sich und drehte sich auf den Rücken, während seine Schulter ihr als Kissen diente.

Er stöhnte, als sie mit einem Bein gegen seinen halb erigierten Schwanz stieß, und sie lächelte. »Bist du schon wieder bereit? So schnell?«, fragte sie ungläubig. Ihre Zunge war vor lauter Erschöpfung schwer.

»Nein. Gib mir eine halbe Stunde, dann können wir weitermachen.«

Rayne stöhnte, antwortete jedoch mutig: »Okay, dann werde ich ein Nickerchen machen, bis du so weit bist.«

Ghost lächelte und zog sie näher zu sich heran. »Tu das, Prinzessin. Schlaf. Ich bin bei dir.«

Bevor Rayne einschlief, war ihr letzter Gedanke, wie sehr es ihr gefiel, dass Ghost immer sagte, dass er bei ihr war.

KAPITEL DREISSIG

Die nächsten Tage über schliefen sie viel, entspannten sich und lernten ihre Körper neu kennen. Ghost hatte ihr die umgekehrte Reiterstellung beigebracht und Rayne dachte, dass ihr das sogar noch besser gefiel, als wenn er sie von hinten nahm. Sie mochte es, mehr Kontrolle zu haben und Ghost sogar ein wenig foltern zu können, indem sie das Tempo bestimmte, und ihm gefiel, dass er dabei ihre Tätowierung betrachten konnte.

Er brachte ihr Sex unter der Dusche bei, Sex in der Badewanne und Sex an fast-öffentlichen Orten, als er sie eines Abends auf seiner Veranda nahm. Rayne hatte befürchtet, dass die Nachbarn sie sehen oder hören könnten, doch Ghost besänftigte sie und erklärte, dass er nie etwas tun würde, was sie demütigen würde. Nachdem er es so ausgedrückt hatte, konnte Rayne ihre Hemmungen ablegen und Ghost erlauben, sie auf eine Entdeckungsreise zu führen.

Als sie wieder einen Albtraum hatte, war Ghost mit ihr zusammen wach geblieben und hatte ihr zugehört, bis sie ausführlich beschrieben hatte, was mit ihr geschehen war.

Er hatte kein Wort gesagt, sondern Rayne einfach reden lassen. Nachdem sie sich so lange ausgeweint hatte, bis ihr der Rotz über das Gesicht lief, hatte er sie einfach nur bis in die Morgenstunden festgehalten, ohne irgendetwas anderes von ihr zu verlangen.

Sie fühlte sich geliebt. Sie hatte keine Ahnung, wie das so schnell passiert war oder ob das, was sie empfand, überhaupt richtig war, doch es gab kein anderes Wort dafür. Ghost hatte all ihre Schutzmauern durchbrochen und ihr das Gefühl gegeben, dass sie die wertvollste Frau auf Erden war.

Die beiden waren sogar ausgegangen und hatten sich mit dem Rest seines Teams zum Mittagessen getroffen. Ghost hatte anschließend allerdings geschworen, das nie wieder zu tun. Es hatte ihn sauer gemacht, dass die anderen Jungs absichtlich versucht hatten, ihn zu verärgern, indem sie mit Rayne geflirtet hatten.

Rayne bemühte sich jedoch, es wiedergutzumachen, indem sie auf die Knie fiel, als sie nach Hause kamen, und ihn davon überzeugte, dass sie nur Augen für ihn hatte.

Heute war Ghost zum ersten Mal, seit sie aus dem Krankenhaus entlassen worden war, wieder zur Arbeit gegangen. Seine Woche Urlaub war vorüber und er musste wieder zur Basis zurück. Er hatte sie mit seinem Kopf zwischen ihren Beinen geweckt und sie so hart genommen, dass sie keinen Zweifel hatte, dass er lieber den Rest des Tages mit ihr im Bett verbracht hätte, als zum Stützpunkt zu fahren.

Bevor er ging, gab Ghost ihr einen Kuss und sagte, sie solle sich wie zu Hause fühlen. Sie war durch sein Haus gewandert und hatte sich zum ersten Mal seit ihrer Ankunft ungezwungen umgeschaut. Ghosts Büchersammlung reichte von alten Western bis hin zu Autobiographien berühmter Militärführer. Seine Küchenschränke waren voller Proteinpulver und Ramen-Nudeln. In seiner DVD-Sammlung gab es zwar keine romantischen Komödien, aber auch hier war sein Geschmack vielseitig: von Science-Fiction über historische Dokumentarfilme bis hin zu den Kriegsfilmen, die sie erwartet hatte.

Nachdem sie zu Mittag gegessen hatte und ihr langweilig geworden war, rief Rayne Mary an. Sie wusste, dass ihre Freundin frei hatte, da sie sich jeden Tag kurz gesprochen hatten. Mary vertraute Ghost nicht ganz und wollte regelmäßig Kontakt zu Rayne haben, um sicherzustellen, dass es ihr gut ging.

»Hey, Mary. Wie geht es dir?«

»Gut. Wie geht es *dir*?«

»Wunderbar. Ghost ist heute wieder zur Arbeit gegangen.«

»Ah, und er hat dich alleine im Haus gelassen, was? Was hast du gefunden?«

»Wie meinst du das? Nichts!«

»Blödsinn. Bewahrt er einen Stapel *Playboy*-Magazine in seiner Nachttischschublade auf?«

»Da habe ich nicht nachgeschaut! Meine Güte, Mary. Ich habe mir nur seine Essensvorräte, Bücher und Filme angesehen.«

»Mädchen, nun geh schon in sein Zimmer und sieh nach, was er in seinen Schubladen versteckt!«

»Mary!«

»Komm mir nicht so. Du willst es doch auch.«

Rayne zögerte einen Moment lang und zuckte dann mit den Schultern. Ihre Freundin kannte sie nur zu gut. »In Ordnung. Ich werde nachsehen.«

Mary lachte und wartete darauf zu erfahren, was Rayne finden würde.

»Okay, ich öffne die eine Schublade ... nichts Interessantes ... Socken.«

»Er bewahrt seine Socken neben dem Bett auf? Seltsam. Was ist auf der anderen Seite?«

»Geduld, Geduld, gib mir eine Sekunde.« Sie lachten beide, während Rayne auf die andere Seite der großen Matratze ging. »Ooooh, okay. Die Kondome, die er neulich gekauft hat, sind hier drin und eine Tube Gleitmittel.«

»Gleitmittel? Das muss er hoffentlich nicht benutzen, sonst macht er etwas falsch.«

Rayne kicherte. »Nein, ich kann dir ehrlich sagen, bisher haben wir kein Gleitmittel gebraucht, aber ... oh!«

»Wie meinst du das? Was hast du gefunden? *Playboy*? *Playgirl*?«

»Nein ... äh ... einen kleinen Vibrator, Nippelklammern und diese Kugeldinger.«

»Kugeldinger?«, fragte Mary und Rayne wusste, dass sie ein breites Grinsen auf dem Gesicht haben musste.

»Ja ... du weißt schon ... diese Dinger, die Frauen in sich hineinschieben und die einen Klang erzeugen, wenn sie aneinanderreiben. Ich glaube, die kommen aus China.«

»Ben-wa-Kugeln?«

»Vermutlich.«

»Heilige Scheiße, Rayne ... du hast dir einen kleinen Lüstling geangelt.«

Rayne spürte, wie sie errötete, und schloss die Schublade. »Es ist keine große Sache. Wenigstens habe ich keine Peitschen und Ketten oder so etwas gefunden.«

»Du hast immer noch Zeit, dich umzusehen, meine Liebe.«

Rayne ging zurück in den anderen Raum und ließ sich auf die Couch fallen. »Ich bin gelangweilt, Mary.«

»Gelangweilt, was? Hast du schon genug von deinem Zwangsurlaub?«

Rayne nickte. »Ja, ich glaube schon. Ich meine, es war ganz in Ordnung, als Ghost hier war. Wir waren immer beschäftigt.«

»Immer beschäftigt ... so nennst du das?«

»Sei still, du Sittenstrolch. Ich meinte, wir gingen essen, zu meinen Arztterminen oder ins Kino ... wir waren beschäftigt. Aber jetzt, wo er wieder bei der Arbeit ist und ich hier festsitze ... langweile ich mich.«

Mary schwieg einen Moment lang. »Willst du nach Hause kommen?«

»Ja. Nein. Scheiße. Vielleicht. Ich weiß nicht«, beschwerte sich Rayne. »Ich bin gern mit Ghost zusammen, aber ich hasse es, herumzusitzen und mich nutzlos zu fühlen.«

»Willst du wieder arbeiten gehen? Ich bin sicher, dass dein Boss dich gern früher zurückhaben würde.«

»Nein!« Raynes negative Antwort war klar und deutlich.

»Also, du willst nicht dortbleiben, du weißt nicht, ob du hierher zurückkommen willst, du langweilst dich, aber du willst nicht wieder zur Arbeit gehen«, fasste Mary emotionslos zusammen.

Rayne vergrub das Gesicht in ihrer Hand. »Ich bin ganz verwirrt.«

»Ja, irgendwie schon«, stimmte Mary zu.

»Ich dachte, du würdest dafür sorgen, dass ich mich besser fühle.«

»Ich glaube, du verwechselst mich mit einer Stepford-Freundin«, sagte Mary. »Schau, heute ist der erste Tag, an dem Ghost wieder zur Arbeit gegangen ist, nicht wahr? Du musst etwas Geduld haben. Lies ein Buch. *Entspann dich*. Es ist dir schon immer schwergefallen, herumzusitzen und nichts zu tun. Du musst dich bestimmt immer noch erholen. Überstürze nichts. Aber, Rayne, du weißt, dass ich dich sofort abholen würde, wenn du wirklich nach Hause kommen willst.«

»Das weiß ich. Ich hab dich lieb, Mary.«

»Warum fragst du Ghost nicht, ob du dir sein Auto ausleihen kannst, während er bei der Arbeit ist? Dann kannst du dir die Gegend anschauen und herausfinden, ob sie dir gefällt. Ich kenne dich. Du bist dabei, dich in ihn zu verlieben. Du musst sowieso irgendwann zu ihm ziehen, wenn ihr die Beziehung aufrechterhalten wollt.«

Mary war immer unverblümt und konnte Raynes Gedanken lesen. »Ich will dich nicht verlassen.«

»Süße, ich arbeite bei einer Bank. Es ist ja nicht so, als ob ich nicht den Job wechseln könnte.«

»Du würdest mit mir hierherziehen?«

»Na klar, keine Frage. Ich hab dich lieb, Rayne. Du bist meine beste Freundin auf der ganzen Welt. Du warst für mich da, als ich dich wirklich brauchte. Ich weiß, dass wir nicht für den Rest unseres Lebens zusammenleben können. Irgendwann wird das Schicksal uns in verschiedene Richtungen führen, aber wenn ich dir dabei helfen kann, die Beziehung zu dem Mann deiner Träume aufzubauen, und gleichzeitig an deiner Seite sein kann ... warum sollte ich das nicht tun?«

»Um Himmels willen, Mary!«

»Nein! Nicht weinen! Ich kann das nicht ertragen. Sag Ghost einfach, dass du dir sein verdammtes Auto ausleihen willst, und tu es. Finde heraus, ob es ein anständiges Einkaufszentrum gibt, einen Starbucks und eine gute Country- und Western-Bar, in der ich Männer aufreißen kann ... du weißt schon, all die wichtigen Sachen.«

Rayne kicherte tränenerfüllt. Gott, sie hatte keine

Ahnung, wie sie es geschafft hatte, Mary zu finden. »Okay, werde ich machen. Gute Idee.«

»Natürlich ist es das.«

»Ich werde dich morgen anrufen und Bericht erstatten.«

»Das hoffe ich doch.«

»Ich hab dich lieb, Mary. Du weißt immer, wie du mich aufheitern kannst.«

»Ich hab dich auch lieb, Rayne. Im Ernst, ich freue mich für dich. Zuerst war ich mir bei Ghost nicht sicher, weil ich gesehen habe, wie sehr er dich verletzt hat. Bis jetzt hält er sich gut, aber es wird noch eine Weile dauern, bis er mich ganz davon überzeugt hat, dass er es ernst meint. Okay?«

»Okay. Wir sprechen uns morgen.«

»Tschüss.«

»Tschüss.«

Rayne legte auf und fühlte sich besser, jetzt, wo sie einen Plan hatte. Sie hatte sich Sorgen darüber gemacht, Mary zurückzulassen. Das war zwar bescheuert, doch sie hatten viel zusammen durchgemacht und lange Zeit nahe beieinander gewohnt. Mary stand Rayne näher als Samantha und sie konnte sich nicht vorstellen, nicht bei Mary zu Hause auf einen Drink und einen Film vorbeizuschauen, wenn ihr der Sinn danach stand.

Später an diesem Abend, als sie erschöpft auf Ghost lag, nachdem sie sich sofort auf ihn gestürzt hatte, sobald sie im Bett gewesen waren, versuchte Rayne so lässig wie möglich zu fragen: »Und? Hast du diese Ben-wa-Dinger schon mal benutzt?«

Sie kreischte überrascht, als Ghost sie abrupt auf den

Rücken drehte und sich über sie beugte. Sie hielt sich an seinen Armen fest und schaute zu ihm auf.

»Hast du meine Schubladen durchsucht, Prinzessin?«

»Nein ... ähm ... ja. Du warst nicht hier. Mir war langweilig.«

»Ich persönlich habe sie noch nie benutzt, aber ich habe gesehen, wie sie benutzt werden.«

»Gesehen?« Rayne rümpfte die Nase.

Er schmunzelte. »Nicht selbst gesehen, sondern in einem Video.«

»Porno?«

»Ja, Rayne. Porno. Überrascht es dich, dass ein Karrieresoldat wie ich sich Pornos anschaut?«

»Ähm, nein, aber ...«

»Es sah extrem heiß aus ... ich bin mir sicher, dass die Reaktion der Frau gespielt und übertrieben war, aber ich konnte nicht aufhören, darüber nachzudenken, wie sie sich für dich anfühlen und Klänge erzeugen würden, wenn du dich bewegst und windest. Ich weiß, dass sie dich nicht wirklich zum Orgasmus bringen können, oder zumindest nehme ich das an. Aber wenn ich mir vorstelle, dass du sie in dir hast, während wir essen gehen, und dich feucht und heiß machen, damit ich dich ficken kann, sobald wir nach Hause kommen ... ich dachte, dass wir sie vielleicht ausprobieren sollten.«

»In mir?«

»Was meinst du?«

»In mir meinst du? Oder in irgendeiner Frau?«

Ghost verstand ihre Frage und drückte mit seinen Knien ihre Beine auseinander, damit er mit seinem Schwanz leichter an ihren Unterleib herankam und sie spüren konnte, wie er länger wurde.

»In dir, Prinzessin. Vor London lagen in dieser Schublade nur eine Ausgabe des *Playboy* und diese Tube Gleitmittel. Aber nach dir habe ich mir ein paar Videos angesehen und es mir selbst gemacht. Danach habe ich sofort diese Klemmen und die Kugeln im Internet bestellt und in meiner Schublade aufbewahrt. Das war ziemlich doof, denn ich hatte nicht die Absicht, sie wirklich zu verwenden, aber allein der Gedanke daran, wie sie auf und in dir aussehen würden, reichte aus, um mich so hart zu machen, dass ich Nägel hätte einschlagen können.«

»Äh ...«

»Willst du sie ausprobieren?«

»Wie meinst du das? Jetzt?«

»Warum nicht?«

»Weil wir gerade erst Sex hatten.«

»Nur weil ich gerade mit dir geschlafen habe, bedeutet das nicht, dass du nicht wieder einen Orgasmus haben kannst. Bei mir könnte es etwas länger dauern, aber ich garantiere dir, dass es mich im Handumdrehen antörnen wird, wenn ich sehe, wie sehr du mein Spielzeug genießt.«

Rayne stöhnte, als Ghost sich zum Nachttisch hinüberbeugte und nach dem Schubladengriff langte. Sie zog sich zu ihm hoch und knabberte an seiner Schulter, während er sich über ihr bewegte. Sie hatte keine Ahnung, weshalb sie sich mit Ghost so ungehemmt fühlte, aber es gefiel ihr. Sie liebte ihn.

KAPITEL EINUNDDREISSIG

Die nächsten zehn Tage vergingen schnell für Rayne. Tagsüber fuhr sie stundenlang durch die Gegend um Killeen und Belton und erstattete Bericht an Mary. Nachts wurde sie von Ghost fast zu Tode geliebt.

Sie musste schon bald wieder zurück zur Arbeit gehen. Sie hatte mit ihrem Chef gesprochen und er hatte zugestimmt, sie für eine Weile auf der Strecke Dallas/Fort Worth-London einzusetzen, bis sie sich wieder zurechtfand. Danach würde sie wieder normale internationale Rotationsschichten übernehmen.

Bei dem Gedanken daran wurde ihr zwar übel, doch sie ließ sich nichts anmerken. Das gehörte nun mal zu ihrem Job.

Rayne hörte, wie Ghost die Haustür öffnete, und als er nicht sofort erschien, machte sie sich auf die Suche nach ihm. Er stand im Wäscheraum und starrte auf einen Haufen Kleider, die darauf warteten, gewaschen zu werden. Seit sie Ghost darum gebeten hatte, ihr unter der Woche sein Auto zu leihen, während er bei der Arbeit war, hatte Fletch ihn morgens abgeholt und nach Feierabend war er von einem der anderen Jungs im Team wieder zu Hause abgesetzt worden.

Dies war das erste Mal, dass sie sich daran erinnern konnte, dass er durch die Garage und somit durch die kleine Waschküche ins Haus gekommen war.

»Ghost? Was machst du da? Ist alles in Ordnung?«

Ghost schaute sie an. »Du machst unsere Wäsche.«

»Ja. Und? Sie war schmutzig. Du willst doch nicht etwa in stinkenden, dreckigen Kleidern herumlaufen, oder?« Rayne hatte keine Ahnung, wovon er redete.

Ghost ließ seinen Seesack zu Boden fallen und kam auf sie zu. »Du machst unsere Wäsche.«

»Ja, Ghost. Das tue ich tatsächlich«, wiederholte sie.

»Unsere. *Unsere* Wäsche.«

»Hast du dir heute den Kopf gestoßen? Ich mache mir ernsthaft Sorgen um dich.«

Ghost packte sie, hob sie hoch und setzte sie auf die Waschmaschine. »Es gefällt mir verdammt gut, nach Hause zu kommen und deine Höschen mit meinen Boxershorts auf einem Haufen zu sehen. Nach Hause zu kommen und zu wissen, dass du da bist. Und auf mich wartest. Du hast keine Ahnung, wie sehr. Überhaupt keine Ahnung.«

Rayne liefen Schauer durch ihre Gliedmaßen, als sie diese Worte hörte, doch er war noch nicht fertig.

»Das ist es, wofür wir kämpfen. Das ist es, wofür wir bereit sind zu sterben.«

»Dass ich deine schmutzige Kleidung wasche?« Rayne hatte keine Ahnung, worauf er hinauswollte. Sie wollte nicht, dass ihre Frage abfällig klang, denn sie war echt.

Ghost lehnte seinen Kopf an ihren und schloss die Augen. Sie konnte spüren, wie er mit den Händen ihre Hüften umfasste und sie unter ihrem T-Shirt zu ihrem Kreuz gleiten ließ, um sie dort zu streicheln. Sie wusste genau, was er tat. Das war keine zufällige Liebkosung, er ließ seine Hände über ihre Tätowierung streichen, über *seine* Tätowierung.

»Mein ganzes Leben lang, seit ich mit dem Team arbeite, retten wir Menschen, töten und geraten in alle möglichen Situationen, ohne Fragen zu stellen. Und bisher bin ich anschließend jedes Mal in ein leeres Haus zurückgekehrt. Ich habe meine eigene Wäsche gewaschen, meine eigenen Mahlzeiten gekocht und selbst aufgeräumt. Ich *liebe* es verdammt noch mal, zu dir nach Hause zu kommen, Prinzessin. Dank dir macht alles, was ich je getan habe, und jedes Opfer, das ich je gebracht habe, Sinn.«

»Ghost –«

»Ich liebe dich. Ich weiß, dass es schnell ist. Ich weiß, dass die Jungs sagen werden, dass ich unter deinem Pantoffel stehe, aber das ist mir scheißegal. Du gehörst mir. Ich habe dich ein Mal verlassen, ich werde es nicht noch mal tun. Du wurdest mir gegeben, damit ich dich ehren, beschützen und lieben kann. Ich werde es nicht noch einmal vermasseln.«

»Oh mein Gott.«

»Ich frage dich nicht, ob du mich heiraten willst. Ich frage dich nicht einmal, ob du bei mir einziehen willst, obwohl ich jede Sekunde, die du hier warst, genossen habe.«

»Sogar, als ich mir mit deinem Rasierer die Beine rasiert habe und du dich am nächsten Morgen geschnitten hast, als du dich rasieren wolltest?«

Ghost schmunzelte einen Moment lang und wurde dann wieder ernst. »Du kannst jederzeit meinen Rasierer klauen. Das ist mir scheißegal. Es stimmt, du bist nicht perfekt, das bin ich aber auch nicht, und schließlich machst du auch kein Theater wegen der dummen Dinge, die ich tue. Das mag ich an dir. Das ist eines der tausend Dinge, die ich an dir mag. Aber weißt du, was ich am meisten mag?«

»Nein«, flüsterte Rayne und schlang ihre Beine um Ghosts Hüften, während sie auf seine Antwort wartete.

»Dass ich sehen kann, dass du dich bemühst. Ich weiß, dass du dich langweilst, Prinzessin. Ich weiß, dass du nie eine Hausfrau sein wirst, die darauf wartet, dass ihr Mann nach Hause kommt. Aber du bemühst dich, für mich. Für uns. Und das bedeutet mir mehr, als du dir vorstellen kannst.«

Rayne schluckte und kämpfte gegen die Tränen an. Sie hatte gedacht, dass sie es vor ihm verbergen könnte. Sie hätte wissen müssen, dass Ghost viel zu aufmerksam war, um das nicht zu bemerken.

»Du gehst schon bald wieder arbeiten, nicht wahr?«, fragte er und traf damit erneut ins Schwarze, denn dieses Thema hatte Rayne tatsächlich beschäftigt.

Sie nickte. »Ich fliege ab diesem Wochenende die DFW-London-Route.«

»Das wolltest du so?«

»Mhm. Ich bin noch nicht für etwas anderes bereit.«

Ghost lehnte sich zurück und legte die Hände auf seine Schläfen. »Ich liebe dich, Rayne Jackson. Ich könnte es nicht ertragen, wenn dir etwas zustoßen würde.«

Rayne konnte nur nicken und versuchte, den Kloß in ihrem Hals hinunterzuschlucken.

»Du bleibst hier, bis du wieder nach Fort Worth musst, oder?«

Sie nickte wieder.

»Also, die Sache ist die. Manchmal kann ich dir sagen, wann wir zu einem Einsatz aufbrechen müssen, aber manchmal müssen wir ohne Vorankündigung los. Als wir nach Ägypten flogen, wussten wir es erst ungefähr fünfundvierzig Minuten, bevor wir am Flughafen sein mussten. Aber diesmal haben wir etwas mehr Vorlaufzeit. Wir begeben uns morgen früh zu einem Einsatz.«

»Morgen?«

Ghost nickte. »Das Timing ist eigentlich ziemlich gut. Du bist bereit, wieder zur Arbeit zu gehen, und musst nach Fort Worth zurück. Ich möchte, dass du hierbleibst, in meinem Haus ... in unserem Bett, bis du losmusst. Alles klar?«

»Um wie viel Uhr?«

Ghost packte Raynes Hintern, zog sie näher an sich heran und hob sie hoch. Sie klammerte ihre Beine enger um seine Hüften und hielt sich an ihm fest, als er durch den anderen Raum in Richtung Couch ging. »Früh. Wahrscheinlich gegen drei.«

»Weckst du mich, bevor du gehst?«

»Auf jeden Fall. Ich werde mich nie wieder aus unserem Bett schleichen, Prinzessin. Egal wie spät es ist, ich werde dich wecken, um mich zu verabschieden.«

Rayne schniefte und versuchte, die Tränen zurückzuhalten. Das war sein Beruf. Er war ein Supersoldat, der die Welt retten musste. Sie durfte sich nicht kindisch benehmen. »Okay«, flüsterte sie. »Hast du Hunger?« Sie beobachtete, wie ein Grinsen über sein Gesicht wanderte.

»Ich bin ausgehungert.«

Ihre Lippen verzogen sich zu einem Lächeln, als sie seine lüsterne Antwort hörte.

»Ich meinte, ob du etwas essen willst.«

»Ich könnte etwas zu essen vertragen.«

»Gut. Ich habe uns ein paar Tacos gemacht. Sie sind nichts Besonderes, aber sie waren einfach zuzubereiten und ich war nicht sicher, wann du nach Hause kommst.«

»Klingt perfekt. Und weißt du, was ich nach dem Essen machen werde?«

»Ja?«

»Ich werde dich ins Bett bringen und dich so heftig kommen lassen, dass dir alles wehtut und du mich nicht vergisst.«

»Himmel, Ghost, ernsthaft?«

»Oh ja, ernsthaft. Damit wir beide über die Runden kommen, bis ich wieder da bin.«

Ghost half Rayne aufzustehen und grinste, als er sah, wie sie errötete. Er beugte sich zu ihr hinunter und küsste sie keusch auf die Wange. »Komm, Prinzessin. Lass uns essen, damit wir mit dem Nachtisch beginnen können.«

KAPITEL ZWEIUNDDREISSIG

Rayne rang die Hände, als sie auf dem Klappsitz saß. Der Flug von DFW nach London war hart gewesen. Es war nicht das Fliegen, das ihr zugesetzt hatte, sondern zu wissen, dass sie eine Übernachtung vor sich hatte. Das war das Problem.

Die Fluggesellschaft hatte sie und Sarah für den gleichen Flug eingeplant und richtigerweise angenommen, dass sie sich vermutlich gern sehen würden und dass das nach dem, was passiert war, gut für sie sein könnte. Rayne hatte Sarah fest umarmt und ihre Mitarbeiter hatten höflicherweise die Tränen ignoriert, die sie bei ihrem Wiedersehen vergossen hatten.

Der Flug war reibungslos verlaufen. Sie hatten nicht einmal Fluggäste, die versuchten, Mitglied des »Mile High Clubs« zu werden, was ziemlich ungewöhnlich war. Rayne hatte überhaupt keine Lust, sich die Stadt anzusehen, zumal sie so wunderbare Erinnerungen an Ghost auslöste und er nicht bei ihr war. Rayne hatte sich dicht an die beiden Piloten und die anderen Flugbegleiter gehängt, als sie auf dem Weg zum Flughafenhotel waren.

Sie und Sarah hatten sich ein Zimmer geteilt und

während der Nacht über ihre Erfahrungen gesprochen und darüber, wie glücklich sie waren, gesund und am Leben zu sein.

Jetzt war sie auf dem Weg zurück nach Dallas/Fort Worth, nachdem die Passagiere es sich für den langen zehnstündigen Flug nach Texas bequem gemacht hatten.

Rayne atmete tief durch. Sie hatte es geschafft. Sie hatte ihren ersten Flug hinter sich gebracht und fühlte sich, als wäre sie nach einem Sturz wieder aufs Pferd gestiegen.

Das Einzige, was es noch besser hätte machen können, wäre die Möglichkeit gewesen, nach ihrer Ankunft in England mit Ghost zu sprechen. Aber Rayne wusste, dass es künftig vermutlich oft Situationen geben würde, in denen sie mit Ghost sprechen wollte und er nicht verfügbar war, weil er die Welt retten musste.

Zehn Tage später steckte Rayne ihren Schlüssel in ihre Handtasche und legte sie auf den kleinen Tisch in ihrer Wohnung. Sie rollte ihren kleinen Koffer in ihr Schlafzimmer und ließ ihn dort stehen. Sie würde sich später darum kümmern. Sie ließ sich aufs Sofa fallen, legte den Kopf zurück und atmete erleichtert auf. Sie hatte während ihres ganzen Erholungsurlaubs keine hohen Schuhe getragen und ihre Füße dankten es ihr, dass sie sie endlich abgestreift hatte.

Sie hatte einen Tag frei, dann würde sie wieder im Flugzeug sitzen und nach London fliegen. Sie würde noch eine Woche lang auf dieser Strecke arbeiten, dann musste sie entscheiden, was sie als Nächstes tun wollte. Ihr Chef hatte angedeutet, dass ihre nächste Route die Strecke DFW-Paris-Südafrika sein würde, doch der Gedanke daran, wieder nach Afrika zurückzukehren, bereitete ihr Gänsehaut. Im Geiste wusste sie, dass Südafrika nicht Ägypten war, aber emotional war es zu nahe an ihren Erinnerungen.

Es war fast zwei Wochen her, seit sie sich von Ghost verabschiedet hatte, und sie hatte seitdem nichts mehr von ihm gehört. Ghost hatte sie vorgewarnt und ihr erklärt, dass er während seines Einsatzes nicht mit ihr sprechen könnte. Doch das war leichter gesagt als getan.

Obwohl sie sich in Ghosts Haus entspannt gefühlt hatte, nachdem er aufgebrochen war, hatte sie sich die ersten Tage nach seiner Abreise abends die Nachrichten angeschaut. Sie hatte sofort Mary angerufen, als sie den Bericht über einen terroristischen Bombenanschlag in einer U-Bahn in Japan gesehen hatte. Glücklicherweise hatte Mary sie beruhigen können und ihr gesagt, sie solle den verdammten Fernseher ausschalten und sich nicht gleich das Schlimmste vorstellen.

Am nächsten Tag hatte Mary sie in Ghosts Haus abgeholt, obwohl Chase versprochen hatte, sie zurück nach Fort Worth zu bringen, wann immer sie wollte. Rayne brauchte Zeit mit Mary und die Fahrt war es mehr als wert gewesen. Sie hatten auf dem ganzen Nachhauseweg geplaudert und als Mary vor Raynes Wohnung angehalten hatte, beschlossen sie, dass Rayne sich keine Nachrichten mehr anschauen durfte. Das war viel zu stressig für Rayne und löste Albträume aus.

Rayne wusste, dass sie aufstehen und sich bettfertig machen sollte, vielleicht etwas essen ... doch einfach dazusitzen und sich einen Moment lang zu entspannen fühlte sich so gut an, dass sie sich nicht bewegen konnte.

Ehe sie sich versah, klingelte ihr Handy neben ihr.

Sie sah sich verwirrt um. Ihre Wohnung war dunkel,

außer dem Licht im Flur, das sie angemacht hatte, als sie früher am Abend nach Hause gekommen war.

Als Rayne auf das Telefon schaute, sah sie, dass es zwei Uhr morgens war. Der eingehende Anruf kam von »Unbekannt«. Sie tippte hastig auf den Bildschirm, um zu antworten, und fragte sich, ob das Ghost war ... endlich. »Hallo?«

»Ich suche Rayne Jackson«, sagte die Stimme am anderen Ende mit einem leichten texanischen Akzent.

Raynes Herzschlag beschleunigte sich und sie setzte sich aufrecht auf die Couch. War das jemand von der Armee? Wer hatte ihre Nummer und rief sie um diese Zeit an? Sie dachte nicht, dass es einer von Ghosts Teamkollegen war, sie erinnerte sich nicht daran, dass einer von ihnen einen Akzent wie dieser Mann hatte.

»Wer spricht da?«

»Ist das Rayne?«

»Wer *spricht* da?« Ghost hatte ihr, kurz bevor er gegangen war, einen kurzen Vortrag gehalten und ihr gesagt, dass er nicht wollte, dass die gefährlichen Dinge, die er tat, sie auf irgendeine Art und Weise beeinträchtigten. Und obwohl das nicht der Fall sein *sollte*, hatte er sie trotzdem gebeten, immer vorsichtig zu sein in Bezug auf das, was sie über sich selbst, über ihn, über sie beide und darüber, wie er seinen Lebensunterhalt verdiente, preisgab.

Der Mann am anderen Ende der Leitung lachte. »Ich sehe schon, Ghost hat Sie gut geschult. Mein Name ist Tex. Ich bin einer seiner Freunde.«

Rayne dachte verzweifelt darüber nach, was sie tun sollte. Sollte sie ihm glauben? Oder lieber nicht? Wenn sie auflegte, versäumte sie vielleicht, etwas über Ghost zu erfahren und wann er zurückkommen würde. Sie beschloss, vorsichtig zu sein. »Und?«

»Und ich sehe auch, dass Ghost Ihnen nichts von mir erzählt hat.«

»Nein, hat er nicht.«

»Okay, wie ich schon sagte, mein Name ist Tex. Mein richtiger Name ist John, aber alle nennen mich Tex. Ich kenne auch Wolf und sein Team ... Sie haben Wolf vor ein paar Monaten in Ägypten getroffen, nicht wahr?«

Das überraschte sie. Erstens war sie nicht sicher, wer wusste, dass die SEALs und das Delta-Team in Ägypten gewesen waren. Zweitens nahm sie nicht an, dass es vielen Menschen bekannt war, dass ausgerechnet *sie* sich mitten im Geschehen in Ägypten aufgehalten hatte, und zwar wegen der Art und Weise, wie sie von Ghost aus dem Land geholt worden war.

»Ja, ich habe ihn kennengelernt.« Sie hielt ihre Antworten immer noch absichtlich vage.

»Braves Mädchen. Sie verraten mir nichts.«

Rayne wurde vor lauter Freude rot. Sie kannte diesen Mann zwar nicht, doch es fühlte sich trotzdem gut an, dass er anerkannte, dass sie keine Informationen preisgeben wollte.

»Sehen Sie, die Sache ist die. Sie mögen Ghost doch, oder?«

»Sind Sie etwa ein Heiratsvermittler?«

»Ich bin mir ziemlich sicher, dass Sie ihn mögen.« Tex ignorierte ihre abfällige Bemerkung. »Dies war sein erster Einsatz, seit ihr beide zusammen seid, und er denkt, dass er das Richtige tut, aber meine Frau und ich haben uns unterhalten und wir denken, dass er sich irrt. Deshalb dieser Anruf.«

Jetzt fühlte Rayne sich *wirklich* unwohl. »Wie bitte?«

»Vor zwei Tagen sind Ghost und sein Team nach Fort Hood zurückgekehrt. Ghost wurde wegen der Wunden, die er sich während eines Einsatzes zugezogen hatte, ins Krankenhaus eingeliefert. Soweit ich weiß, ist er immer noch da und sollte in den nächsten Tagen entlassen werden.«

Raynes Gedanken rasten. »Wie meinen Sie das? Soll das ein Witz sein?«

»Nein, Rayne. Über so etwas würde ich nie Witze machen. Rufen Sie Ihre Freundin an, steigen Sie ins Auto und fahren Sie *vorsichtig* dorthin. Das Team sollte im Krankenhaus sein, wenn Sie ankommen.«

»Geht es ihm gut?« Raynes Stimme war leise und voller Angst.

»Es wird ihm bald besser gehen. Und Rayne?«

Sie war bereits aufgestanden und in ihr Schlafzimmer gegangen, um sich Jeans und T-Shirt anzuziehen. Sie musste Mary anrufen, dann ihren Chef; sie musste herausfinden, mit wem sie ihre Schicht tauschen konnte, damit sie –

»Rayne.« Seine Stimme klang nun tief und gebieterisch, als ob er wüsste, wie aufgewühlt sie war.

»Ja?« Rayne stand stocksteif in der Mitte des Flurs und drückte das Telefon fest ans Ohr.

»Lassen Sie sich nicht von Ghost einschüchtern. Wenn er sich beschwert, dann zahlen Sie es ihm mit gleicher Münze heim. Sie sind das Beste, das ihm je passiert ist, und wenn Sie sich von ihm wegstoßen lassen, werdet ihr nur beide darunter leiden. Verstehen Sie?«

»Ja, okay.«

»Ich meine es ernst, Prinzessin. Ich habe Ghost noch nie so ... ruhig und ausgeglichen gesehen, wie er es ist, seit Sie in sein Leben zurückgekehrt sind.«

Dass er ihren Spitznamen verwendete, überzeugte sie davon, dass der Mann höchstwahrscheinlich die Wahrheit sagte. Er kannte Ghost und er war zurück von seinem Einsatz ... und verletzt. »Sie haben ihn gesehen?«

»Nein, das habe ich im übertragenen Sinn gemeint. Aber ich behalte alle meine Brüder ... und Schwestern im Auge. Ich weiß, dass Sie sich vor ein paar Wochen mit Tiger getroffen haben.«

»Tiger?« Rayne wusste nicht, wen er meinte.

»Entschuldigung, Penelope. Aber jetzt ist nicht der richtige Moment. Fahren Sie zu Ghost, Rayne. Er wird sich wieder erholen. Das verspreche ich.«

»Okay. Danke, dass Sie mich angerufen haben.«

»Gern geschehen. Los, jetzt rufen Sie Mary an. Wir sprechen uns später.«

Rayne legte auf, als sie am anderen Ende nichts mehr hörte. Das war extrem seltsam, aber sie hatte keine Zeit, wirklich darüber nachzudenken. Sie wählte schnell Marys Nummer, während sie in ihr Schlafzimmer eilte.

Innerhalb von zwanzig Minuten waren sie auf dem Weg. Trotz der späten Stunde hatte Mary sofort auf Raynes Anruf reagiert und war zu Raynes Wohnung gefahren. Sie hatte Rayne beim Packen geholfen und weit mehr Kleider in Raynes Koffer geworfen, als sie geplant hatte. Dann waren sie in Marys Auto gesprungen und hatten sich auf den Weg gemacht.

Glücklicherweise gab es am frühen Morgen um den Metroplex herum fast keinen Verkehr, sodass sie problemlos auf die Bundesstraße 35 gelangten und nach Süden fahren konnten.

Als Rayne endlich Zeit zum Nachdenken hatte, sagte sie reuevoll zu Mary: »Es tut mir so leid, du hättest heute arbeiten sollen, oder?«

Mary zuckte mit den Schultern. »Ich habe angerufen und David eine Nachricht hinterlassen. Ich habe ihm mitgeteilt, dass ich die ganze Nacht Durchfall hatte und nicht ins Büro kommen werde.«

Rayne war nicht zum Lachen zumute, aber Mary wusste immer genau, was sie sagen musste. »Das hast du nicht!«

»Oh doch, das habe ich. Dieser Mann hat keine Ahnung, wie er mit den Frauen umgehen soll, die für ihn arbeiten. Wir müssen nur andeuten, dass wir ein Frauenproblem oder etwas anderes haben, an das er nicht einmal *denken* will, und schon schubst er uns zur Tür hinaus. Es ist eigentlich lächerlich.«

»Wird das Büro heute unterbesetzt sein, wenn du nicht da bist?«

Mary schaute zu Rayne hinüber, die, obwohl sie entspannt klang, so aussah, als wäre sie mit ihrem Latein am Ende. »Rayne, ich arbeite bei einer Bank. Erinnerst du dich? Es ist alles in Ordnung. Wenn ein Kunde fünf Minuten länger warten muss, um Geld ein- oder auszahlen zu können, ist das nicht das Ende der Welt.«

»Ja, okay. Ich will nur nicht, dass du Schwierigkeit bekommst.«

»Es wäre mir egal, selbst wenn ich *gefeuert* würde. Wenn du mich brauchst, bin ich für dich da.«

Das war es. Rayne war am Ende. Bis jetzt hatte sie ihre Tränen zurückgehalten, doch die Worte ihrer Freundin brachten den Damm zum Bersten. Verdammt, sie war noch nie der weinerliche Typ gewesen und es kam ihr so vor, als ob sie in letzter Zeit nur geweint hätte.

Mary hielt nicht an, weil sie wusste, dass Rayne so schnell wie möglich ins Krankenhaus in Fort Hood gelangen wollte, doch sie klopfte ihrer Freundin auf die Schulter und ließ ihre Hand dort ruhen. Nach ungefähr zehn Minuten gelang es Rayne schließlich, mit dem Weinen aufzuhören.

»Was denkst du, was passiert ist? Warum hat er mich nicht angerufen?«

Das war die große Frage, die Rayne im Kopf herumschwirrte. Warum hatte dieser Tex sie angerufen und ihr gesagt, dass Ghost wieder im Land war? Warum hatte keiner seiner Teamkollegen sie kontaktiert? Warum hatte Ghost sich nicht selbst gemeldet? Hatte er bereut, dass er sich wieder mit ihr getroffen hatte? Hatte er versucht, es zu beenden? Rayne hatte nur Fragen und keine Antworten.

»Hey, hör auf!«, befahl Mary, während sie gelassen nach Süden fuhr. »Dir mit all den Fragen das Hirn zu zermartern bringt nichts, denn ich habe bestimmt keine Antworten darauf. Wenn wir ankommen, kannst du Ghost selbst fragen. Und wenn er nicht antwortet, werde ich mir Truck vorknöpfen und ihn dazu bringen, mir zu sagen, was zum Teufel hier los ist. Okay?«

Rayne nickte. »Ja, okay. Truck mag dich, das sollte eigentlich klappen.«

»Wie meinst du das? Truck mag mich nicht.«

Rayne schaute zu ihrer Freundin hinüber, obwohl sie sie in dem schwachen Morgenlicht, das am Horizont erschien, nicht gut sehen konnte. »Oh ja, Mary, das tut er. Und ich glaube, du magst ihn auch.«

»Da irrst du dich. Er ist ein großer, alter, hässlicher Arsch. Ich will Tom Cruise, nicht Quasimodo.«

»Mary Michelle Weston! Wie kannst du so etwas Schreckliches sagen!«, schimpfte Rayne schockiert. Mary war für ihre Direktheit bekannt, doch sie hatte sie noch nie so etwas Gemeines sagen hören.

»Es tut mir leid«, entschuldigte sich Mary sofort. »Ich habe es nicht so gemeint, aber er macht mich wahnsinnig. Er ist einfach so ... ich weiß nicht.«

»Stark? Männlich? Fordernd?«, neckte Rayne sie.

»Nervig«, entschied Mary.

»Ihr habt nur einen Tag zusammen verbracht, ich verstehe nicht, wie du dich so genervt fühlen kannst. Du kennst ihn ja eigentlich gar nicht«, sinnierte Rayne.

»Ich weiß«, seufzte Mary frustriert. »Ich verstehe es ja auch nicht. Aber ich schwöre dir, er hat absichtlich Dinge gesagt, die mich aufregen, nur um mich sauer zu machen. Normalerweise trauen sich Männer das bei mir nicht, und das hat mich verwirrt.«

»Ihr seid ein süßes Paar. Tu einfach nichts ... das bewirken würde, dass ihr euch nicht begegnen wollt. Er ist ein Teil von Ghosts Team und du bist meine beste Freundin. Ihr werdet euch wahrscheinlich oft sehen ... falls das mit uns klappt.«

»*Falls* das klappt? Rayne!«

»Was? Ich hatte angenommen, dass Ghost mich sofort anrufen würde, sobald er zurückkommt. Und erst recht, wenn er verletzt wurde. Und wenn er es wegen seiner Verletzungen nicht schaffen würde, würde er einen seiner Freunde anrufen lassen. Deshalb werde ich, bis ich weiß, was los ist, einfach ...« Sie verstummte.

Nicht einmal Mary konnte darauf etwas erwidern. Die Kilometer flogen an ihnen vorbei, während Mary zuversichtlich ihre beste Freundin zu ihrem Geliebten fuhr. Zu dem Mann, von dem Mary wusste, dass Rayne ihn mehr liebte als ihr Leben. Wenn dieser Mann dachte, dass er ihre Freundin einfach wie ein Stück Dreck von seiner Schuhsole kratzen konnte, hatte er sich mächtig geirrt.

KAPITEL DREIUNDDREISSIG

Mary und Rayne schafften es in Rekordzeit von Fort Worth zur Armeebasis und stürzten durch die Türen des Krankenhauses. Rayne hatte keine Ahnung, in welchem Raum Ghost sich befand, überraschenderweise hatte Tex es versäumt, ihr diese Information zu übermitteln, deshalb ging sie zur Rezeption.

»Ich bin hier, um Ghost zu sehen ... äh ... Keane Bryson.«

»Die Besuchszeit beginnt erst in einer Stunde«, sagte die Frau zu Rayne und schien nicht zu bemerken ... oder sich nicht dafür zu interessieren, wie verzweifelt die Frau war, die vor ihr stand. »Sie können da drüben im Wartezimmer warten«, sie zeigte in Richtung Flur, »mit allen anderen.«

Rayne wusste, dass es sinnlos war zu widersprechen, und ging mit Mary den Flur entlang. Sie nahm an, dass die Frau mit »allen anderen« die Verwandten und Freunde anderer Patienten im Krankenhaus gemeint hatte, doch als sie in den kleinen Warteraum trat, merkte sie, dass sie mit »alle anderen« alle gemeint hatte, die darauf warteten, *Ghost* zu sehen.

DIE RETTUNG VON RAYNE

Sie waren alle da. Fletch, Coach, Hollywood, Beatle, Blade und Truck, und sogar Wolf und Penelope waren da. Als sie sah, wie alle Freunde von Ghost besorgt aussahen, ergriff sie die Furcht vor Gott. Waren Ghosts Verletzungen schlimmer, als Tex angedeutet hatte? Hatte sie deshalb niemand kontaktiert? Sie war so verwirrt, besorgt und gestresst, dass sie nicht klar denken konnte.

Fletch kam zu ihnen hinüber. Er berührte Raynes Ellbogen und führte sie zu einem Stuhl. »Was machst du hier, Rayne?«

Bevor Rayne überhaupt etwas sagen konnte, antwortete Mary an ihrer Stelle. »Was sie hier macht? Bist du bekloppt? Sie ist hier, weil ihr *Freund* hier ist. Der, den sie seit über zwei Wochen nicht gesehen hat, weil er wer-weiß-wohin gefahren ist und wer-weiß-was getan hat und dabei *verletzt* wurde. Sie hat es erst *vor Kurzem* erfahren, obwohl er anscheinend schon seit *Tagen* hier ist.«

»Woher weiß sie es?«

Diese Frage kam bei Mary auch überhaupt nicht gut an.

»Das ist ja wohl der Hammer«, zischte sie. »Ihr seid alle hier, um euren Teamkollegen zu unterstützen, und keiner von euch hatte den Mut, Rayne anzurufen und ihr mitzuteilen, dass er im Krankenhaus liegt? Dass ihr zurück seid?«

Rayne beschloss einzuschreiten, bevor sie dank Mary alle rausgeschmissen wurden. Ihre Stimme war viel zu laut für diese Zeit morgens in einem Krankenhaus – eigentlich zu laut im Allgemeinen, egal wie spät es war.

»Geht es euch allen gut?« Ihre dünne Stimme durchdrang die Spannung im Raum und brachte Marys Tirade erfolgreich zum Stillstand.

Hollywood antwortete: »Ja, es geht uns allen gut.«
»Und Ghost?«
»Er wird sich wieder erholen«, erklärte Hollywood vage.

Rayne saß unbeholfen da und schaute Ghosts Teamkollegen an. Sie wusste nicht, was sie sagen sollte. Sie fühlte sich, als hätte sie einen Stein im Magen.

Mary räusperte sich und kündigte an, sie würde Kaffee holen. Rayne saß still da, starrte auf die Uhr und wartete auf den Beginn der Besuchszeit, damit sie selbst sehen konnte, ob Ghost »in Ordnung« war, und um herauszufinden, warum seine Teamkollegen sich benahmen, als wäre sie einer der Watergate-Einbrecher.

Schließlich, nach einer Stunde, stand Rayne, ohne ein Wort zu sagen, auf und ging zur Tür. Sie drehte sich um und fragte leise: »In welchem Zimmer liegt er?«

Fletch stand auf. »Ich komme mit dir.«

»Ich auch«, erklärte Mary, wurde aber von Truck, der seine Hand auf ihre Schulter legte, aufgehalten.

»Lass sie gehen.«

Rayne hörte nur noch, wie Mary Truck beschimpfte, weil er sie nicht aus dem Raum ließ. Normalerweise hätte Rayne darüber geschmunzelt, doch im Moment war ihr nicht zum Lachen zumute. Fletch brachte sie schweigend zu Zimmer 227. Er klopfte an und öffnete die Tür.

»Hey Mann, du hast Besuch.«

Besuch? Sie hätte es vorgezogen, wenn Fletch gesagt hätte: »Deine Freundin ist hier«, nahm es ihm jedoch nicht wirklich übel. Rayne trat in den Raum und bemerkte, dass Fletch auch hereinkam, doch er blieb an der Tür stehen und trat nicht näher.

Ghost saß aufrecht da, mit drei Kissen hinter dem Rücken. Sein linker Arm lag auf einem Kissen in seinem Schoß und war vom Handgelenk bis zum Oberarm verbunden. Er trug weder ein T-Shirt noch eines dieser Krankenhaushemden und sein muskulöser Oberkörper war unbekleidet.

Sein braunes Haar war auf der einen Kopfseite versengt worden und ließ ihn etwas schief aussehen. Seine Lippen waren zusammengepresst und nur als gerade Linie sichtbar. Seine feurigen Blicke hätte töten können.

Rayne hatte Ghost schon in verschiedenen Stimmungen erlebt. Lachend, besorgt, konzentriert, verloren im Orgasmus, zufrieden. Doch so wütend, wie er im Moment war, hatte sie ihn noch nie gesehen.

Da sie wusste, dass sie zu weit gegangen war, um sich jetzt zurückzuziehen, sagte sie vorsichtig: »Hey, Ghost.«

Er schaute sie nicht einmal an. Sein Blick war auf Fletch gerichtet. »Verflucht, was soll das?«

Fletch sah nicht im Geringsten beeindruckt aus. Er lehnte sich gegen die Tür und zuckte mit den Schultern. »Sie ist heute Morgen zusammen mit Mary hier aufgetaucht.«

Rayne weigerte sich, vom Bett wegzutreten, doch der Blick, den Ghost ihr zuwarf, ließ sie erzittern. »Woher weißt du, dass ich hier bin?«

»Tex hat mich angerufen.« Rayne dachte nicht einmal daran zu lügen, so sauer war er.

»Verdammter Tex«, murmelte Ghost und schaute wieder zu Fletch hinüber. »Bring sie von hier weg.«

»Moment mal«, protestierte Rayne, doch sie spürte Fletchs Hand auf ihrem Arm. Sie versuchte, sich aus seinem Griff zu befreien, aber es schmerzte nur. Sie schrie auf und befahl: »Au! Lass los!«

»Fletch …« Ghosts Stimme klang leise und streng – er warnte seinen Freund.

Rayne hatte keine Ahnung, ob er damit meinte, dass er sie aus dem Raum schaffen oder ihr nicht wehtun sollte. So oder so, Ghost hatte ihr bereits selbst Schmerzen zugefügt.

Sie richtete sich auf und starrte ihn an. »Ich verstehe nicht. Ghost, rede mit mir.«

Doch er hatte bereits den Kopf abgewandt, schaute aus dem Fenster und ignorierte sie.

Fletch führte sie aus dem Raum und den Flur hinunter zum Wartebereich, ohne ihren Arm loszulassen.

Was führte sie seiner Meinung nach im Schilde? Glaubte er, sie würde sich von ihm losreißen und zu Ghost zurücklaufen? Als ob. Der Mann hatte ihr deutlich gezeigt, was er von ihrem Besuch hielt. Mehr als deutlich.

Mary kam auf sie zu und die anderen Männer standen alle auf, als sie den Raum betraten. Rayne sah, wie Fletch in einer Art stiller Kommunikation mit seinen Teamkollegen den Kopf schüttelte.

»Was ist passiert? Geht es ihm gut? Was ist los?«, fragte Mary fordernd.

»Er wollte sie nicht sehen«, erklärte Fletch ruhig.

»Wie bitte?«, kreischte Mary und sah so aus, als wollte sie sich auf Fletch stürzen.

»Setz dich, Mary«, bat Rayne, ließ sich auf einem Stuhl nieder und verschränkte kriegerisch die Arme vor der Brust.

»Rayne?« Mary zog ihren Namen in die Länge, als ob sie vier Fragen mit nur diesem einen Wort stellen wollte.

»Wenn Ghost denkt, dass er mit mir fertig ist, hat er sich geschnitten. Was für ein Arschloch. Ich kann nicht glauben, dass er das eben getan hat«, donnerte Rayne los und bemerkte nicht, wie die besorgten Gesichtsausdrücke von Ghosts Freunden sich in ein Grinsen verwandelten. »Ich weiß nicht, was er für ein Problem hat, ich bleibe jedenfalls hier.«

»Aber Rayne, er hat dich rausgeworfen«, sagte Mary verwirrt.

»Ja, das hat er. Aber ich nehme an, dass er auch all *diese*

Idioten rausgeschmissen hat, denn sonst wären sie bei ihm im Zimmer oder würden sich zumindest abwechseln«, beschwerte sich Rayne und deutete mit dem Kinn zu den Männern im Raum. »Er ist viel zu stur. Wir mögen noch nicht lange zusammen sein, aber *das* weiß ich über ihn. Er hat wahrscheinlich die beknackte Idee, dass er mich nicht verletzen will oder irgend so einen Schwachsinn, und denkt, dass er mich so beschützt. Vergiss es. Arschloch.«

Rayne schaute zum ersten Mal zu den Männern im Raum auf. Fletch konnte die Verzweiflung in ihren Augen sehen, war aber stolz darauf, dass sie sich nicht von Ghost einschüchtern ließ und davonlief.

»Wie –«

»Du weißt, dass wir nicht über den Einsatz reden dürfen«, unterbrach Beatle sie.

Rayne zuckte mit dem Kiefermuskel, als sie die Zähne zusammenbiss. »Das. Weiß. Ich«, sagte sie monoton und verzichtete offensichtlich darauf, das Wort »Arschloch« hinzuzufügen. »Ich wollte nur wissen, wie es ihm geht.«

Fletch antwortete für die Gruppe. »Es geht ihm gut.«

»Gut«, murmelte Rayne. »Es ist einfacher, Blut aus einem Stein zu quetschen.« Sie stellte die Frage erneut, diesmal lauter und auf andere Weise. »Es sieht so aus, als hätte er Verbrennungen. Wie schlimm sind sie?«

Es war Coach, der Mitleid mit ihr hatte und ihr erzählte, was sie hören wollte. »Hauptsächlich zweiten Grades. Ein paar dritten Grades auf seinem Arm. Die Explosion war viel näher, als uns lieb war, doch er hat sich besonnen zu Boden fallen lassen, sich zusammengerollt und uns alle so schnell wie möglich da rausgeholt.«

»Hauttransplantationen?«

»Ja, sie haben etwas Haut von seinem Bein genommen und damit seinen Arm zusammengeflickt.«

»Von seinem Bein?«, bohrte Rayne nach und ihre Stimme klang zum ersten Mal von Panik erfüllt.

»Von der Innenseite seines Oberschenkels. Nicht von seiner Wade«, beruhigte Fletch sie und wusste genau, worüber sie sich Sorgen gemacht hatte. »Die Ärzte verwenden keine tätowierte Haut für Transplantationen.«

Rayne atmete erleichtert auf. Es wäre schlimm gewesen, wenn seine Tätowierung hätte zerstört werden müssen. »Okay, und jetzt? Geht ihr abwechselnd zu ihm rein, um ihn wütend zu machen? Ist das der Plan?«

Penelope lächelte sie von der gegenüberliegenden Seite des Raumes an und sagte zum ersten Mal etwas. »So ungefähr. Hat Tex dich auch angerufen?«

Rayne nickte.

»Ja, mich ebenfalls. Ich schwöre dir, der Mann mischt sich gern ein.«

»War es schlimm, Rayne?«, fragte Blade, der dastand und sich gegen die Wand lehnte.

Rayne wusste, was er meinte. »Es war sicherlich nicht der Empfang, den ich erwartet hatte, das kann ich dir sagen.«

»Gott sei Dank bist du nicht weinend weggelaufen«, sagte Beatle. »Im Ernst. Er hat uns verboten, dich anzurufen, und so scheiße das auch war, wir befolgen seine Befehle. Aber der Mann braucht dich. Als wir endlich in Sicherheit waren, meckerte er als Erstes darüber, dass dich das umbringen würde.«

»Es wird mich nicht umbringen«, protestierte Rayne. »Was denkt er sich bloß?«

»Das weiß ich nicht, aber ernsthaft, wir werden alles daransetzen, dir zu helfen, obwohl es ihm überhaupt nicht passt, dass du hier bist«, sagte Fletch.

»Was du nicht sagst, Sherlock«, murmelte Rayne. Dann

meinte sie laut: »Mir passt es auch nicht, dass er hier ist, aber es wird mich nicht umbringen. Und ich sage euch eins, ich gehe nirgendwo hin.«

»Solltest du nicht morgen früh nach London fliegen?«, fragte Mary, stets die Stimme der Vernunft.

Rayne sank auf ihrem Stuhl zusammen. »Oh. Ja. Das habe ich vergessen. Verdammt.«

»Ich werde mich darum kümmern«, versicherte ihr Truck und ging in Richtung Tür.

»Wie meinst du das? Wie?«, protestierte Rayne, doch er verließ ohne ein weiteres Wort den Raum. Sie schaute die anderen Männer an. »Was hat er vor?«

Hollywood zuckte mit den Schultern. »Keine Ahnung. Aber wenn Truck sagt, dass er sich darum kümmern wird, dann kümmert er sich auch darum.«

Rayne wusste, dass sie wahrscheinlich etwas kräftiger hätte protestieren sollen, aber ehrlich gesagt genoss sie es, dass sie sich deswegen im Moment keine Sorgen machen musste. Ghosts Worte und sein Verhalten hatten sie schockiert und verletzt, doch sie erinnerte sich immer wieder an das, was Penelope zu ihr gesagt hatte und was Ghost ihr vor Monaten zu erklären versucht hatte: dass er kein romantischer Typ war.

Diese Männer würden sich nie in Märchenprinzen verwandeln. Ghost würde sie nie mit Geschenken und schönen Worten überhäufen. Er konnte zwar sehr *süß* sein, aber eher auf eine raue und abgehärtete Art und Weise. Ghost wollte sie beschützen und hätte lieber *sich selbst* Schmerzen zugefügt, als sie leiden zu sehen.

Mit all diesen Gedanken, die sich in ihrem Kopf tummelten, ergaben seine Worte und Taten auf eine kranke Art Sinn. Es gefiel ihr nicht und sie würde ihm später sagen, dass er behutsamer mit ihr umgehen musste, doch tief im Inneren wusste sie, dass er sie beschützen wollte.

Er hatte sie nicht angerufen, weil er nicht wollte, dass sie ihn in diesem Zustand sah. Verletzt und ausgeliefert. Ihre Beziehung war noch frisch und Rayne wusste, dass er nicht wollte, dass sie sich um ihn Sorgen machte. Er beschützte nicht nur sie, sondern auch sich selbst. Zumindest hoffte sie, dass er das tat.

Und obwohl sie das wütend machte, verstand sie es. Während ihres Krankenhausaufenthalts hatte es Momente gegeben, in denen sie Ghost am liebsten weggeschickt hätte. Sie war nicht in Höchstform gewesen und hatte sich scheiße gefühlt und nicht gewollt, dass er sie so sah. Für einen Mann wie Ghost musste es zwanzigmal schlimmer sein. Sich hilflos und schwach zu fühlen, war er nicht gewohnt.

Deshalb ... würde sie einfach abwarten. Sie würde mit den Jungs und Penelope zusammen abhängen und warten, bis Ghost entlassen wurde. Dann würde sie ihm verständlich machen, was für ein Idiot er war. Wenn er dachte, dass sie weggehen würde, nur weil er es befohlen hatte, kannte er sie offensichtlich schlecht.

KAPITEL VIERUNDDREISSIG

Später an diesem Abend schlich Rayne den Flur entlang zu Ghosts Zimmer. Die Krankenschwestern im Vorzimmer ignorierten ihren ungeschickten Versuch, unentdeckt zu bleiben. Entweder weil sie Mitleid mit ihr hatten oder weil einer von Ghosts Teamkollegen sie dazu überredet hatte, sie vorbeizulassen. Es spielte keine Rolle weshalb, solange sie die Gelegenheit hatte, Ghost zu sehen.

Seine Verbrennungen heilten gut und er würde am nächsten Tag nach Hause gehen können. Fletch hatte sie zu Ghosts Haus gefahren, damit sie duschen und ihre Sachen abstellen konnte. Sie hatte Fletch gebeten, in zwei Stunden wiederzukommen, und hatte so gut wie möglich aufgeräumt, bis er zurückkam.

Das Haus war immer noch genau so, wie sie es vor ein paar Wochen verlassen hatte, außer dass Ghosts Seesack im Windfang gelegen hatte. Sie hatte ihn ausgepackt und seine Wäsche gewaschen. Sie wechselte die Bettwäsche, sodass sie frisch und sauber war, und schaute nach, wie es um Lebensmittel stand. Sie musste daran denken, Fletch zu bitten, am Laden anzuhalten, bevor er sie zurückbrachte.

Rayne öffnete die Tür zu Zimmer 227 und spähte hinein. Ghost befand sich in der gleichen Position wie am Morgen. Er saß aufrecht im Bett und sein verletzter Arm ruhte auf einem Kissen auf seinem Schoß. Seine Augen waren geschlossen und seine Atemzüge waren langsam und gleichmäßig.

Rayne wollte nicht, dass er aufwachte und sie wieder beschimpfte, deshalb ging sie auf Zehenspitzen zu dem Stuhl am Fuß des Bettes. Sie hob ihn vorsichtig an, damit er kein Geräusch machte, und setzte ihn sanft neben Ghosts Bett an seiner unverletzten Seite nieder. Sie zog den Stuhl so nahe wie möglich ans Bett und setzte sich leise hin.

Eine Weile beobachtete sie Ghost beim Schlafen und prägte sich erneut sein Gesicht ein. Sie hatte ihn so sehr vermisst und allein seine Gegenwart ließ die Schmetterlinge in ihrem Bauch zum ersten Mal seit seiner Abreise zur Ruhe kommen.

Seine rhythmischen Atemzüge versetzten Rayne in eine Art Trance und sie schwankte auf ihrem Sitz. Rayne legte vorsichtig den Kopf auf die Decke neben Ghosts Hüfte – sie wollte auf keinen Fall die Matratze erschüttern, oder besser gesagt seinen verletzten Arm. Sie würde nur für einen Moment die Augen schließen. Sie war schon viel länger wach, als sie es gewohnt war, und hatte im Laufe des Tages mehrere Adrenalinschübe erlebt. Sie war erschöpft.

Ghost spürte genau, wann sie eingeschlafen war. Er öffnete die Augen und schaute zu der Frau hinunter, die er liebte. Er hatte sie sofort bemerkt, als sie das Zimmer betreten hatte. Er konnte nicht nur ihr lieblich duftendes Shampoo riechen, sie war auch nicht annähernd so verstohlen gewesen, wie sie gedacht hatte. Außerdem war er ein Delta. Es war höchst unwahrscheinlich, dass sich jemand an ihn heranschleichen konnte, ob er nun verletzt war oder nicht.

Rayne sah erschöpft aus. Sie hatte dunkle Ringe unter den Augen und ihr Gesicht war blasser, als Ghost es in Erinnerung hatte. Er hob die Hand, um ihr das Haar aus dem Gesicht zu streichen, und erstarrte. Er ließ seine Hand wieder neben sich sinken und seufzte. Sie sollte nicht hier sein. Sie hatte es ihm bereits erzählt, doch Coach hatte ihn daran erinnert, dass es Tex gewesen war, der sie und Penelope angerufen hatte, um ihnen mitzuteilen, dass er zurück und im Krankenhaus war. Verdammt sollte er sein.

Es gab niemanden, den Ghost dringender sehen wollte als Rayne, doch es war ihr gegenüber nicht fair. Er wollte sie nicht beunruhigen und dass er gleich bei dem ersten Einsatz, seit sie zusammen waren, verletzt wurde, trug bestimmt nicht dazu bei, dass sie sich keine Sorgen machte. Sein Plan war gewesen zu warten, bis seine Wunden verheilt waren, und dann so zu tun, als ob nichts passiert wäre, wenn sie sich wiedersahen. Er hatte versucht, sich einzureden, dass es keine Lüge war, doch jetzt, wo er Rayne anschaute, wusste er, dass er es wieder versaut hatte. Er hatte versprochen, sie nie wieder anzulügen, und es trotzdem erneut getan. Eigentlich hatte er eher etwas weggelassen als gelogen, doch das spielte keine Rolle. Er war zum ersten Mal auf die Probe gestellt worden.

Er hatte sich an diesem Morgen wie ein Arschloch benommen. Dass Rayne plötzlich in seinem Zimmer stand und noch besser aussah, als er sie in Erinnerung hatte, war zu viel gewesen. Damit hatte er nicht gerechnet. Er wollte nicht, dass sie ihn verletzt und ausgeliefert sah. Er wollte unversehrt für sie sein. Ihr Fels in der Brandung sein, der unzerstörbare Mann, der sie immer beschützen würde.

»Du hättest sie heute Morgen sehen sollen.«

Ghost wandte den Blick von Raynes Gesicht ab, schaute in Richtung Tür und sah Fletch dort stehen. Seine Worte waren so leise, dass sie kaum hörbar waren, doch Ghost konnte ihn gut verstehen.

Ghost schaute wieder zu Rayne hinunter. Er konnte nicht widerstehen, nahm eine Haarsträhne und rieb sie zwischen seinen Fingern. Es gefiel ihm, wie weich sie war.

»Ich dachte, du hättest sie vergrault. Du warst so ein Arschloch. Ich war bereit, dich zu verteidigen, sie zu trösten und ihr meine Schulter anzubieten, um sich auszuweinen. Doch ehe ich mich versah, ist sie in den Warteraum marschiert, hat sich auf einen Stuhl gesetzt und verkündet, dass sie nicht von der Stelle weichen würde. Sie ist dir ebenbürtig, Ghost. Sie ist die perfekte Partnerin für dich.«

Ghost hielt stur den Mund.

Fletch fuhr fort, als würde er tatsächlich ein Gespräch mit seinem Teamleiter führen, anstatt einen Monolog zu halten. »Ich habe sie auf ihren Wunsch hin heute zu dir nach Hause gebracht. Sie hat geduscht, was auch dringend nötig war, da sie letzte Nacht, ohne überhaupt einen Gedanken an sich selbst zu verschwenden, aus dem Bett gesprungen ist, nachdem Tex sie angerufen hatte. Sie hat deine Wäsche gewaschen und eine Einkaufsliste für später gemacht. Voll mit gesunden Sachen wie Hühnernudelsuppe und Orangensaft. Ich habe sogar gesehen, dass sie Kondome notieret hat.«

Ghost schaute auf und sah, wie sein Freund spöttisch das Gesicht verzog. »Ja, du Arsch. Du hast sie wie ein Stück Scheiße behandelt und doch liegst du ihr immer noch am Herzen und sie will mit dir zusammen sein. Ich weiß, du wolltest nicht, dass sie dich im Krankenhaus sieht, doch nun ist es passiert. Überwinde dein Ego und entschuldige dich. So wie Mary mir erzählt hat, hat sie außer dir noch anderen

Mist, um den sie sich kümmern muss. Krieg endlich deinen Arsch hoch und rede mit deiner Frau. Hilf ihr, Ghost. Ihr Job belastet sie und sie quält sich. Und dass du sie wegschiebst, hilft nicht. Hör auf, ein Arsch zu sein, und fang an, dich um die wichtigen Dinge zu kümmern. Das Entscheidende hast du genau vor dir.«

Er gab ihm nicht die Chance, sich zu verteidigen, und verließ den Raum. Nicht dass Ghost das überhaupt getan hätte, denn jedes einzelne Wort, das sein Freund von sich gegeben hatte, stimmte.

Ghost schaute wieder zu Rayne hinunter. Sie hatte sich halb über sein Bett gebeugt, ihre Hände lagen in ihrem Schoß und sie schlief den Schlaf der Gerechten. Sie hätte in ein Hotel oder zu ihm nach Hause gehen können. Sie hätte an diesem Morgen fliehen sollen, nachdem er so schrecklich zu ihr gewesen war. Ehrlich gesagt hatte er das erwartet. Doch hier war sie. Schlief an seiner Seite. Aus irgendeinem Grund wollte sie mit ihm zusammen sein, sogar wenn sie dachte, dass er es nicht wusste.

Er war stolz gewesen, als er gehört hatte, dass sie nicht weinend davongelaufen war, doch er hatte ihr wehgetan und das tat ihm leid. Er wollte sie nur vor diesem Aspekt seiner Arbeit beschützen. Aber sie war schließlich nicht dumm. Sie war mitten in einem seiner Einsätze gewesen. Sie wusste genau, was er tat und welche Risiken er einging.

Er stöhnte leise. Er hatte es vermasselt. Total. Er hatte viel wiedergutzumachen bei dieser Frau. Er hatte gehofft, dass sie das zulassen würde, und die Tatsache, dass sie jetzt hier neben ihm saß, ließ ihn glauben, dass er eine Chance hatte.

Ghost legte den Kopf zurück auf sein Kissen und versuchte, das Pochen in seinem Arm zu ignorieren. Verbrennungen dritten Grades taten höllisch weh. Er weigerte sich, den Knopf zu drücken, der die schmerzlindernden Medikamente durch die Infusion in seinen Körper leitete, und schloss die Augen. Raynes Haarsträhnen zwischen den Fingern seiner unverletzten Hand zu spüren beruhigte ihn. Sie war hier. Seine Prinzessin war hier.

Das nächste Mal, als Ghost die Augen öffnete, sah er Marys braune Augen, die ihn anstarrten. Er schaute sich um und hoffte, noch jemand anderen zu sehen, doch er und Mary waren alleine im Raum. Sie ließ ihm kaum Zeit, zu sich zu kommen.

»Sie rief mich um halb drei morgens völlig aufgeregt an und bat mich, sie zu dir zu fahren. Sie wollte eigentlich selbst fahren ... und hätte wahrscheinlich in dem Zustand, in dem sie sich befand, entweder sich selbst oder jemand anderen getötet. Im Moment sollte sie eigentlich am Flughafen sein und sich auf ihren Flug vorbereiten ... du weißt schon ... sie hat einen *Job*. Stattdessen läuft sie in der Gegend herum und sorgt dafür, dass du alles hast, was du brauchst, wenn du nach Hause kommst. Sie weiß nicht einmal, ob du nett zu ihr sein wirst, wenn du dann da bist. Sie hat die Ärzte und Krankenschwestern regelrecht angefleht, dir Schmerzmittel zu geben, und ich weiß, dass sie eine kilometerlange Einkaufsliste angefertigt hat und später am Morgen einen der Jungs dazu überreden will, sie in den Supermarkt zu fahren, damit sie deine Speisekammer füllen kann. Wenn du auch nur eine Sekunde lang denkst, dass dein arschiges Benehmen sie vertrieben hat, liegst du falsch.«

Mary atmete tief durch und beugte sich zu Ghost vor, ohne den Blick von ihm abzuwenden. »Sie liebt dich, du Idiot. Ich habe zwar momentan keine Ahnung warum, doch sie liebt dich. Es ist immer noch alles frisch zwischen euch und ich muss gestehen, dass ich geneigt bin, sie bei jeder

Gelegenheit vor dir zu warnen. Sie mag dich zwar vergöttern und die Jungs in deinem Team mögen dir aus der Hand fressen, aber du bist immer noch meilenweit davon entfernt, mich davon zu überzeugen, dass du der Richtige für sie bist.«

»Du hast recht.«

»Und wenn du denkst, ich werde zulassen, dass du sie psychisch missbrauchst und ...« Mary unterbrach ihren Satz, als Ghosts Worte zu ihr durchdrangen. »Wie bitte?«

»Ich sagte, du hast recht. Ich habe mich wie ein Arschloch benommen. Ich wollte warten, bis ich aus dem Krankenhaus entlassen werde, und sie erst dann anrufen. Eigentlich wollte ich nach Fort Worth fahren und sie überraschen.«

»Das hat vielleicht bei anderen Frauen funktioniert, aber bei Rayne kannst du das vergessen«, informierte Mary ihn. »Sie würde wissen, dass du verletzt bist, und sich Sorgen machen. Sie würde denken, dass du etwas vor ihr verheimlichst, und am Ende wahrscheinlich *dich* wegstoßen, weil sie annehmen würde, dass du sie loswerden willst.«

Mary lachte, als sie Ghosts verwirrten Gesichtsausdruck sah, aber nicht, weil sie ihn lustig fand. »Ja, es ist echt verkorkst. Doch Rayne ist seit sieben Monaten in dich verliebt. Sie würde es nie zugeben, aber sie liebt dich schon seit London. Sie hat die Tendenz, mehr für andere zu tun, als sie für sich selbst einfordern würde.«

»Das wird sich ändern.«

»Siehst du? Das sagst du zwar, aber du machst nichts.«

»Hol einen Arzt, Mary. Ich will verdammt noch mal hier raus.«

Mary stand auf und schaute Ghost einen Moment lang an, bevor sie nickte. »Ich habe es zwar schon einmal gesagt, aber ich werde es wiederholen. Das Urteil wurde noch nicht gefällt. Wenn du meine Freundin gut behandelst, wirst du keine Probleme mit mir haben. Aber wenn ich auch nur den *leisesten* Verdacht habe, dass du sie herabsetzt, Schuldgefühle in ihr auslöst oder sie einfach nur traurig machst, werde ich sie so schnell von dir wegholen, dass du gar nicht wissen wirst, was überhaupt los ist.«

»Von jetzt an wirst du dir keine Sorgen mehr um mich machen müssen. Ich gebe dir mein Wort als Mann und als Delta.«

Mary nickte erneut und machte sich auf die Suche nach einem Arzt.

KAPITEL FÜNFUNDDREISSIG

»Fletch? Bist du das? Ich bin gleich da!«, rief Rayne, während sie die letzten Dosen in den Schrank stellte. »Hast du etwas gehört? Kommt Ghost heute nach Hause?«

Als Fletch nicht antwortete, drehte Rayne sich um und fragte erneut, da sie wissen wollte, ob Ghost aus dem Krankenhaus entlassen werden würde. Sie wusste, dass er wahrscheinlich kurz vor dem Durchdrehen war. Sie hatte immer noch nicht entschieden, ob sie bei seiner Ankunft in seinem Haus sein wollte oder nicht. Sie würde nirgendwo hingehen, bis sie sich mit ihm ausgesprochen hatte. Doch wenn er Schmerzen hatte und ein oder zwei Tage brauchte, um sich zu erholen, würde sie ihm gern diese Zeit geben, bevor sie ihn konfrontierte.

Sie erstarrte, als sie nicht Fletch auf der anderen Seite des Tresens stehen sah, sondern Ghost.

»Oh, Ghost. Wurdest du entlassen?«

Ihre Frage brachte Ghost zum Grinsen, denn es war offensichtlich, dass das geschehen war, da er ja direkt vor ihr stand. »Ja, Prinzessin. Ich musste die Jungs nicht unbedingt verdeckte Aufklärungsarbeit durchführen lassen, damit die Ärzte mich aus dem Krankenhaus entlassen.«

Die Schamesröte stieg ihr ins Gesicht.

»Gut, ja, das ist gut. Ich, äh, habe dir ein paar Sachen besorgt, jetzt hast du alles, was du brauchst. Du hattest nicht viel zu essen da. Ich hatte alles ausgeräumt, bevor ich gegangen war. Deine Wäsche ist sauber und verstaut. Du hast, ähm –«

Rayne unterbrach den Satz, als Ghost auf sie zukam. Für jeden Schritt, den Ghost auf sie zumachte, trat sie einen Schritt zurück, bis sie mit dem Hintern an den Tresen stieß und ihre Rückwärtsbewegung gestoppt wurde.

Rayne hatte eigentlich keine Angst vor Ghost. Obwohl er größer war als sie und sie sich bewusst war, dass sie ihm zweifelsohne körperlich unterlegen war, wusste sie, dass er ihr nie ein Haar krümmen würde. In diesem Moment waren es seine Worte, die sie nervös machten. Er konnte sie mit seiner Wortgewalt zur Strecke bringen und dafür war sie noch nicht bereit. Sie hatte sich vorgenommen, ihn dafür zur Schnecke zu machen, dass er sie wie Dreck behandelt hatte. Doch jetzt, wo die Gelegenheit da war, traute sie sich nicht.

Ghost sah die Angst in ihren Augen und hasste es, der Grund dafür zu sein. »Prinzessin. Mein Gott. Ich würde dir nie wehtun.«

»Ja, das weiß ich.« Das sagte sie zwar, vermied es jedoch, ihm in die Augen zu schauen.

»Als ich gestern aufwachte, hatte ich Schmerzen und ich hatte bereits angefangen, meine Entscheidung zu bereuen, dir nichts von meiner Rückkehr erzählt zu haben. Auf dem Nachhauseweg schien es das Richtige gewesen zu sein. Sobald ich diese Worte ausgesprochen hatte und deine

Reaktion sah, war es, als hätte ich dir einen Schlag ins Gesicht verpasst.«

»Ghost, ich –«

»Ich war frustriert, verletzt und verärgert darüber, dass ich nicht aufstehen und dir folgen konnte.«

Rayne schwieg und hörte zu. Ghost fuhr damit fort, sich zu offenbaren.

»Ich liebe dich, Rayne. Für mich sind das nicht nur leere Worte. Ich habe sie noch nie in meinem Leben zu einer Frau gesagt. Während unseres Aufenthalts in London habe ich zu dir gesagt, dass ich kein Typ für eine Beziehung bin. Und ich glaube, im Moment würdest du dem zustimmen müssen. Doch egal, welchen Scheiß ich von mir gebe oder was ich auch tue, du darfst nie denken, dass ich dich nicht liebe.«

»Sie haben deine Tätowierung nicht zerstört, oder?«

Diese Worte hatte Ghost nicht erwartet und es dauerte einen Moment, bis er einen klaren Gedanken fassen konnte. »Nein. Das Transplantat wurde von der Innenseite meines Oberschenkels genommen. Ich habe allen Krankenschwestern und Ärzten damit gedroht, dass sie ihr Leben riskierten, sollten sie meine Tätowierung anfassen.«

Rayne drehte den Kopf, als ob sie über das nachdachte, was er sagte. »Dann musst du dich hinsetzen.«

»Rayne ...«

Sie schüttelte den Kopf. »Los. Du kannst dich auf die Couch setzen, wenn du willst, aber das Bein muss schmerzen. Mir ist bekannt, dass du ein paar Verbrennungen dritten Grades hast, und Gott weiß, warum die Ärzte dich schon entlassen haben. Wahrscheinlich hast du sie solange genervt, bis sie nachgegeben haben. Wenn du schon so entschlossen warst, aus dem Krankenhaus zu kommen, dann musst du dich jetzt mit *mir* herumschlagen. Also, setz dich hin.«

Ghost tat, was Rayne verlangte, und wich zurück, ohne den Blickkontakt zu verlieren, bis sie sich zum Schrank umdrehte und nach etwas griff. Er saß in der Mitte der Couch und beobachtete, wie sie in seiner Küche herumhantierte.

»Hast du Hunger?«, fragte sie.

»Nein.«

»Durst?«

»Nein.«

»Es sind ein paar belegte Brötchen im Kühlschrank, falls du später Hunger bekommst. Du solltest es nicht übertreiben und den Arm noch mehr verletzen, als er schon ist.«

Ghost wollte so gern zu Rayne hinüber stolzieren, sie hochheben und zu seinem Bett – zu *ihrem* Bett – tragen, sie fallen lassen und auf bestimmte Weise zum Schweigen bringen, doch er wusste nicht, was in ihrem Kopf vor sich ging. Und das musste er erst herausfinden, bevor er noch einmal etwas tat, das ihrer Beziehung schaden könnte.

Endlich kam sie aus der Küche zurück und setzte sich neben ihn aufs Sofa. Sie berührte ihn nicht, doch zumindest hatte sie nicht auf dem Stuhl gegenüber Platz genommen.

»Mach das nicht noch einmal.«

Ghost war sich nicht sicher, was sie mit »das« meinte, doch er stimmte sofort zu. »Werde ich nicht.«

Rayne war klüger als alle anderen, die er kannte. Sie forderte ihn sofort heraus. »Was wirst du nicht machen?«

»Alles. Fluchen. Dich böse anschauen, wenn ich eigentlich auf mich selbst sauer bin. Dir nicht sofort sagen, wenn ich wieder zurück in den Staaten bin. Dich nicht mit einem Kuss begrüßen, wenn ich dich wiedersehe.«

»Und was ist damit, mir wehzutun?«

Ghost seufzte. »Prinzessin, das kann ich leider nicht versprechen. Ich bin ein Arsch. Das weißt du. Ich werde höchstwahrscheinlich auch in Zukunft Dinge sagen und tun, die dich verletzen werden. Ich kann dir allerdings versprechen, dass ich es nicht absichtlich tue. Wenn du mich darauf aufmerksam machst, werde ich mein Bestes tun, um mich zu zügeln.«

Sie schwieg eine Weile und sagte schließlich mit leiser Stimme: »Als du und Wolf in diesen Raum in Ägypten eingedrungen seid und ich erkannte, dass du es warst – nicht irgendein Soldat, sondern *du* –, war mein erster Gedanke, dir zu sagen, dass du verschwinden sollst. So sehr ich auch gerettet werden wollte, es war mir peinlich, dass ich so ausgeliefert war. Ich wollte, dass du dich so an mich erinnerst, wie du mich zuletzt gesehen hattest ... wie ich auf allen vieren vor dir kniete und fast nicht erwarten konnte, was du mir geben wolltest.«

Ihre Worte brachten Ghosts Schwanz zum Pochen, doch er setzte sich ruhig neben sie und ließ sie ausreden.

»Doch stattdessen musstest du mich gefesselt und hilflos sehen ... und halbnackt. Ich war gedemütigt und habe mich geschämt. Ich hatte davon geträumt, dass ich mich bei unserem Wiedersehen sexy und schön fühlen würde. Als du mir sagtest, ich solle verdammt noch mal aus deinem Zimmer verschwinden, und du mich mit diesem eiskalten Blick angestarrt hast, habe ich genau das in dir gesehen, was *ich* in Ägypten gefühlt habe.«

Sie schaute ihn an und wollte, dass er verstand. »Ich verstehe es, Ghost. Ich weiß, warum du es getan hast. Wirklich. Aber *du* musst verstehen, dass du immer mein supergeheimer Spion sein wirst. Der Typ, der Drachen und unheimliche Taxifahrer mit einem Blick töten kann. Nur weil du verletzt bist, heißt das noch lange nicht, dass du nicht immer noch mein über-maskuliner Spion bist. Ich weiß, dass du ein knallharter Typ bist. Jeder, der bei klarem Verstand ist, weiß das, wenn er dich ansieht. Bitte schließ mich nicht aus. Wenn du das tust, wird das nicht funktionieren. So wirst du mich jeden Tag ein wenig mehr umbringen, denn ich weiß, dass du einen Teil von dir vor mir verbirgst.«

»Komm her, Prinzessin.« Ghost streckte seinen guten Arm aus und hielt den Atem an, in der Hoffnung, dass sie trotz allem tun würde, worum er sie bat.

Rayne zögerte einen Moment und warf sich dann an Ghosts Brust. Sie schlang einen Arm um seinen Körper und schob den anderen hinter seinem Rücken gegen das Kissen. Sie schmiegte ihr Gesicht an seinen Oberkörper und drückte ihn.

Ghost hatte kaum Zeit, seinen verletzten Arm in Sicherheit zu bringen, bevor sie sich auf ihn stürzte, und unterdrückte ein schmerzerfülltes Stöhnen. Rayne in den Armen zu haben war himmlisch. Besser als jede Medizin, die die Ärzte ihm geben konnten. »Ich liebe dich. Ich werde dich nie wieder ausschließen. Ich schwöre es.«

Rayne nickte. Sie wusste, dass sie vielleicht eine Närrin war, weil sie ihm so leicht verzieh, doch sie liebte ihn. Er hatte etwas Dummes getan, aber sie verstand es. Das tat sie wirklich. »Ich liebe dich auch, Keane.«

»Ghost. Nenn mich Ghost.«

Rayne lächelte ihn an. »Ich liebe dich, Ghost.«

»Mein Gott, Prinzessin. Es tut mir so leid, ich –«

»Genug. Wir haben darüber geredet, du hast dich entschuldigt, es ist erledigt. Okay?«

»Okay.«

»Ich behalte mir das Recht vor, es wieder anzusprechen, falls du etwas Ähnliches tust. Sieh es als Warnung an. Vielleicht ist das ein Anreiz für dich, in Zukunft kein Arsch mehr zu sein. Und ... wie geht es deinem Arm? Tut dein Bein weh? Was muss ich tun, um es sauber zu halten? Darf es nass werden? Was macht –«

Ghost bedeckte ihren Mund mit seinem, um sie zum Schweigen zu bringen. Als er schließlich den Kopf hob, versicherte er ihr: »Es geht mir gut. Ich muss während der nächsten Woche täglich ins Krankenhaus gehen, um die Verbände wechseln und etwas schrecklich Schmerzhaftes mit der abgestorbenen Haut auf meinem Arm machen zu lassen. Meinen Arm sollte ich nicht unter Wasser halten, doch mein Bein dürfte ziemlich schnell heilen. Morgen Abend werde ich duschen können, ohne mir Sorgen machen zu müssen.«

Rayne legte Ghost ihre Hand auf die Wange. »Du musst beim nächsten Mal vorsichtiger sein. Diesen bösen Feuerstürmen aus dem Weg gehen. Okay?«

»Einverstanden, Prinzessin.«

»Kommst du ins Bett?«

»Ja, verdammt, ich dachte schon, du würdest nie fragen.«

»Aber keine Fummeleien, Mister. Dafür bist du noch nicht bereit.«

Ghost lachte. »Ich bin *immer* bereit, wenn es um dich geht.«

»Ach was. Komm, ich habe unsere Bettwäsche gewechselt. Du wirst hier so viel besser schlafen als im Krankenhaus.«

»Das gefällt mir.«

»Was meinst du? Schlafen?«

»*Unsere* Bettwäsche.«

Rayne lächelte und half ihm aufzustehen.

Als sie später im Bett lagen, nachdem Rayne ihm geholfen hatte, sein Hemd auszuziehen, und sanft die

Verbände auf seinem Arm geküsst hatte, sagte Ghost leise: »Wir haben viel zu besprechen, Prinzessin.«

»Ich dachte, wir hätten genug geredet.«

»Haben wir auch ... was meine dumme Entscheidung betrifft. Aber wir müssen über uns reden. Wir haben noch vieles zu klären.«

Rayne nickte schläfrig und schmiegte sich an seinen Oberkörper. »Nicht wirklich, Mary und ich haben bereits alles entschieden.«

»Wirklich?« Das machte Ghost wirklich nervös, denn Mary war im Moment nicht sein größter Fan.

»Mhm.« Sie hielt inne, gähnte und fuhr dann fort: »Wir ziehen beide hierher. Ich, um bei dir zu sein, und Mary, weil sie mich lieb hat und sagt, dass sie bei jeder x-beliebigen Bank einen Job bekommen kann. Ich weiß nicht, ob das stimmt, aber ich bin mir ziemlich sicher, dass sie sich versetzen lassen kann oder so.«

»Du ziehst nach Belton?«

Rayne wusste offensichtlich nicht, wie wichtig dieser Moment für Ghost war, denn sie murmelte einfach: »Mhm ...«

Ghost drehte sich, bis Rayne auf ihm lag. Natürlich versuchte sie sofort, sich von ihm wegzubewegen.

»Ich werde dir wehtun.«

»Nein, das tust du nicht, rutsch nach oben.«

»Wie bitte?«

Ghost legte seine unverletzte Hand auf Raynes Hintern und schob ihn zu seinem Gesicht hoch, darauf bedacht, seinen verletzten Arm aus dem Weg zu halten. »Ich brauche dich, Prinzessin.«

»Das kannst du nicht machen! Ghost, du wirst dir wehtun.«

»Nicht wenn du die ganze Arbeit machst. Ich will dich

schmecken. Ich will diese wunderschönen Falten an meinem Mund haben. Ich kann nicht auf dem Bauch liegen, deshalb musst du hier rauf rutschen und über meinem Gesicht knien. Du musst nur auf meinen Arm achten.«

»Ghost! Du wirst ersticken.«

»Nein, das werde ich nicht. Ich verspreche es dir.«

Rayne zögerte noch einen Moment, bewegte sich dann jedoch in Richtung seines Gesichts. Sie hatte im Bett keine Unterwäsche getragen, nur eines seiner großen Armee-T-Shirts. Sie konnte spüren, wie sie eine feuchte Spur auf Ghosts Brust hinterließ.

»Mein Gott, du bist wunderschön. Ich kann nicht glauben, dass du mir gehörst. Du hast keine Ahnung, was es für mich bedeutet, dass du bereit bist hierherzuziehen, um bei mir zu sein.« Ghost betrachtete Raynes Körper, als sie sich über ihm in Position brachte. Er konnte ihre Erregung riechen und sehen, wie ihre Brust sich mit schnellen Atemzügen auf und ab bewegte. »Ich liebe dich. Du hast keine Ahnung, wie sehr. Jetzt komm, mach dich an die Arbeit, Frau. Ich will dich überall auf meinem Gesicht spüren.«

Rayne schaute verlegen auf, bewegte sich jedoch dorthin, wo Ghost sie haben wollte. Sie dachte nicht im Traum daran, Ghost seinen Wunsch zu verweigern ... besonders wenn sie die Empfängerin seiner Großzügigkeit sein würde.

EPILOG

Rayne wusste, dass Truck unten wartete und Fletch jede Minute da sein würde, doch sobald Ghost in Jeans und einem engen T-Shirt aus dem Badezimmer kam, musste sie ihn haben. Sie ließ ihm keine Gelegenheit, sich zu wehren; sie fiel vor ihm auf die Knie und machte sich an seinem Gürtel und seinem Reißverschluss zu schaffen.

»Rayne! Dazu haben wir keine Zeit.«

»Ich werde mich beeilen.«

Ghost legte eine Hand auf ihren Kopf, während sie seine Boxershorts herunterzog und seinen Schwanz befreite. »Prinzessin, ernsthaft –«

Das war alles, was er sagen konnte, bevor Rayne ihn ganz in den Mund nahm und stöhnte.

»Oh Gott. Ja. Nimm ihn. Gott, ja.«

Rayne hatte sich nicht immer getraut, Ghost auf diese Weise zu verwöhnen, sie war jedoch nicht nur eine gute Schülerin, sondern sie hatte auch entdeckt, wie sehr sie es mochte, seinen Schwanz tief in ihrem Hals versinken zu lassen. Sie hatte ihm einmal gesagt, dass es ihr großes

Vergnügen bereitete, ihren Mann zum Schmelzen zu bringen.

Ghost kontrollierte ihre Bewegungen, indem er eine Hand an ihren Hinterkopf und die andere unter ihr Kinn legte. Er stieß sanft in ihren Mund, stets darauf bedacht, ihr nicht wehzutun.

»Es gefällt dir, mich zu lutschen, nicht wahr, Prinzessin?« Als Rayne stöhnte, spürte er es bis zu den Zehen. »Bist du feucht?« Sie nickte, hörte jedoch nicht auf, zu lecken und zu saugen, während ihr Kopf sich auf und ab bewegte.

»Sobald ich gekommen bin, zieh deine Hose aus und leg dich aufs Bett. Spreiz die Beine, damit ich dich lecken kann, bis du kommst. Okay?«

Rayne stöhnte erneut. Ghost hatte keine Ahnung, warum es sie so antörnte, ihn auf diese Weise zu befriedigen. Er konnte nie wissen, wann der Teufel sie ritt und sie seinen Schwanz in den Mund nehmen wollte. Er ließ es nie zu, wenn sie erwischt werden konnten, doch sie überraschte ihn immer wieder, sobald sie sich zu ihm herunterbeugte, wenn sie im Auto waren oder sich an einem halböffentlichen Ort befanden.

Ghost stöhnte und konnte spüren, wie sich eine heiße Ladung in ihm zusammenbraute. »Ich bin gleich so weit, Prinzessin. Fast ... Oh ja, genau so ...« Er fühlte, wie Rayne mit ihrer weichen Hand nach seinen Hoden griff und sie fest drückte, bevor sie etwas unsanft mit ihnen spielte. Das war alles, was er brauchte.

Er ließ Raynes Kopf los. Er wollte sie nie dazu zwingen, etwas zu tun, was sie nicht tun wollte ... nämlich sein Sperma zu schlucken. Er verschränkte die Hände hinter seinem Kopf und wölbte den Rücken, während er explodierte.

Als er keine Sterne mehr sah, öffnete Ghost die Augen und schaute zu der Frau hinunter, die er mehr liebte als sein eigenes Leben. Rayne saß zu seinen Füßen und streichelte seinen Schwanz, der langsam weich wurde, während sie ihn liebevoll sauber leckte.

»Was hat dich diesmal dazu gebracht?«, fragte er neugierig. Er war aus dem Badezimmer gekommen, nachdem er sich die Zähne geputzt hatte, und sie hatte sich einfach auf ihn gestürzt.

»Du.«

Er lächelte und ließ seine Hand über ihr Haar streichen. Er genoss das warme Gefühl, das er kurz nach dem Orgasmus hatte, und ihre Hände, die ihn liebkosten.

»Ich konnte dein Rasierwasser riechen. Und du trägst nicht oft Jeans ... du siehst einfach ... heiß aus.«

Ghost lächelte wieder. Sie war so verdammt süß und gehörte ihm. Er griff nach unten, steckte seinen Schwanz wieder in die Hose, knöpfte sie zu und zog seinen Gürtel fest. »Leg dich aufs Bett, Prinzessin. Du bist dran.«

»Aber Fletch und Truck –«

»Die müssen warten.«

»Aber sie werden wissen ...« Sie verstummte und ging zum Bett, wie er verlangt hatte.

»Das hättest du dir überlegen sollen, bevor du dich auf mich gestürzt hast.«

Ghost beobachtete, wie Rayne lächelte und errötete. Sie öffnete den Verschluss ihrer Shorts und zog sie herunter.

»Zieh sie nicht ganz aus. Nur bis zu den Knien.«

»Aber –«

»Los, mach schon.«

Ghost kniete sich auf den Boden und zog Raynes Beine hoch, bis er sie um seinen Hals legen konnte. Ihr Höschen und ihre Shorts verhinderten, dass sie die Beine spreizen konnte. Obwohl es eher eine Herausforderung für Ghost war, wusste er, dass es sehr frustrierend und aufregend für Rayne sein würde.

Er beugte sich vor und leckte sie einmal. Es gefiel ihm, wie feucht sie war. Er hatte noch nie eine Frau getroffen, die so gern Blowjobs gab wie sie. Sie hatte behauptet, dass sie das vorher nie gemocht hatte und jetzt nur für ihn tat, und das machte ihn mächtig stolz.

Rayne stöhnte, als er einen Finger in ihre Öffnung drückte, ohne ihr die Chance zu geben, sich auf seine Invasion vorzubereiten. Sie war tropfnass und er konnte spüren, wie ihre Muskeln seinen Finger umschlossen. Er wünschte, sie hätten mehr Zeit gehabt – er hätte sie stundenlang lecken können, doch Fletch und Truck warteten unten auf sie –, also machte Ghost sich daran, seine Frau zu verwöhnen.

Innerhalb von fünf Minuten hatte Rayne ihren zweiten Orgasmus. Er hatte ihre Klitoris bearbeitet und ihr keine Chance gegeben, sich zurückzuziehen oder sich nach ihrem ersten schnellen Orgasmus zu erholen. Sie lag schlaff unter ihm, als er seinen Finger aus ihrem warmen Körper zog. Er beugte sich vor, leckte mit der Zunge über ihre Falten und fing die Flüssigkeit auf, die aus ihr tropfte, nachdem er seinen Finger herausgezogen hatte.

»Du wirst noch eine Weile feucht bleiben, Prinzessin.«

»Ähm.«

»Glaubst du, dass du dich ein paar Stunden lang beherrschen kannst und mir nicht den Schwanz aus der Hose ziehst, während wir Zeit mit dem Team verbringen?«

»Solange du nichts Anzügliches tust ... vielleicht.«

Ghost lachte und küsste die Innenseite ihres Oberschenkels. Er duckte sich und hob ihre Beine über seinen Kopf. Er zog sie weiter aufs Bett hinauf und beugte sich über sie, während sie ihre Kleidung wieder in Ordnung brachte.

»Ich liebe dich«, murmelte Ghost, als ihre Lippen sich berührten und er wusste, dass sie sich selbst schmecken konnte.

Rayne leckte seine Unterlippe, lächelte ihn an und errötete.

Ghost half ihr, sich aufzurichten. »Komm. Jetzt müssen wir *wirklich* los.«

»Ich liebe dich, Ghost. Ich hätte nie gedacht, dass ich das sagen würde, aber ich bin froh, dass ich eine Geisel in Ägypten war.« Bevor Ghost explodieren konnte, sagte sie schnell: »Weil dich das zu mir zurückgebracht hat.«

»Jetzt komm, bevor ich meinen Freunden sage, dass wir es doch nicht zum Grillfest schaffen.«

Rayne kicherte, während Ghost sie zur Tür hinauszog.

»Komm schon, sag mir, was du getan hast«, schmeichelte Rayne Truck, während sie in Fletchs Auto fuhren.

Der große Mann zuckte mit den Schultern. »Ich habe Tex angerufen.«

»Du hast Tex angerufen«, wiederholte Rayne emotionslos.

»Prinzessin, lass gut sein«, sagte Ghost, legte seine Hand auf ihren Nacken und drückte liebevoll zu.

»Aber Ghost –«

»Macht dir dein neuer Job Spaß?«

»Ja.«

»Warum interessiert es dich dann?«

»Einfach so!«, protestierte Rayne. »Es ist nicht normal, dass ein Typ namens Tex – den ich übrigens noch nie getroffen habe – mich nicht nur mit einer hervorragenden Empfehlung aus meinem Job rausholen kann, sondern mir auch ohne Vorstellungsgespräch einen Job bei einer Fluggesellschaft besorgt, die anstatt von DFW von Austin aus fliegt!«

»Ich werde noch einmal nachfragen«, versprach Ghost äußerst geduldig. »Würdest du lieber wieder die internationalen DFW-Strecken fliegen und das Risiko eingehen, dass du nach Kairo, in die Türkei oder in ein anderes Land im Mittleren Osten reisen musst?«

»Nein.«

»Dann lass gut sein, Prinzessin. Ernsthaft.«

Rayne schnaubte. »Okay. Aber nur, weil du diesem mysteriösen Tex vertraust und ihn magst.«

Ghost lächelte sie an.

Rayne schaute Fletch an. Die vier waren endlich auf dem Weg zu Fletchs Wohnung für einen Grillabend. Da er sowieso hatte Bier kaufen müssen, hatte er angeboten, sie abzuholen ... und auch Truck, der Ghost besucht hatte. Die zusätzlichen fünfzehn Minuten, die Rayne und Ghost gebraucht hatten, um sich »fertigzumachen«, waren nicht eingeplant gewesen, doch keiner der beiden sagte etwas, da sie sich höllisch darüber freuten, dass ihr Teamleiter und seine Frau sich so gut verstanden.

»Ich denke immer noch, dass ich etwas hätte mitbringen sollen«, meckerte Rayne.

Fletch zuckte mit den Schultern. »Ich habe alles, was ich brauche. Es gibt nichts, was du hättest mitbringen können.«

»Aber zum Beispiel ... Brownies? Kartoffelchips? Irgendetwas?«

Fletch lachte. »Nein. Habe ich alles.«

Sie fuhren in Fletchs Einfahrt und Rayne schaute auf

die Wohnung über der Garage. »Kommt deine Mieterin auch?«

»Nein.«

Das klang zerknirscht.

»Warum nicht? Ich dachte, du hättest gesagt, sie sei nett?«

»Das ist sie auch. Aber sie hat etwas anderes vor«, entgegnete Fletch.

»Oh. Hast du nett gefragt?«, wollte Rayne wissen. »Du kannst manchmal etwas ruppig sein. Du hast gesagt, sie hätte eine kleine Tochter. Vielleicht können sie ja beide rüberkommen.«

»Natürlich habe ich das. Ich bin kein Neandertaler. Und sie hat einen Freund, du kannst dir also die Verkuppelungsversuche sparen, Rayne«, sagte Fletch warnend und parkte das Auto.

»Oh wie schade. Dann ist da aber immer noch Mary.«

Fletch lachte, besonders weil Truck sich neben ihm anspannte. »Mit diesem Teufelsbraten lasse ich mich auf keinen Fall ein. Deine Freundin ist vor mir sicher.«

»Schade. Ich denke immer noch, dass *einer* von euch beiden sie sich schnappen sollte.« Rayne war begeistert gewesen, als Mary endlich ihr Vorhaben in die Tat umgesetzt hatte, ihren Job gekündigt und in die Gegend von Fort Hood gezogen war. Ihr war eine neue Anstellung in einer Filiale der gleichen Bank angeboten worden und der Umzug hatte sie nicht einmal allzu viel Zeit gekostet.

Rayne wollte bei Mary einziehen, nachdem sie eine Wohnung in der Nähe gefunden hatte, doch Ghost hatte sie auf die bestmögliche Weise vom Gegenteil überzeugt – nämlich indem er ihr immer wieder einen Orgasmus beschert hatte, und zwar so lange, bis sie zugestimmt hatte, bei ihm einzuziehen. Und obwohl sie manchmal Unstimmigkeiten hatten, hatte sie es bisher nicht bereut.

Sie stürmten alle ins Haus und freuten sich auf gutes Essen und eine gesellige Zeit unter Freunden.

Und doch bemerkten sie nicht, dass Fletch sich umdrehte, während er seine Haustür schloss, und sehnsüchtig auf die Wohnung über seiner Garage schaute, bevor er sich seufzend den anderen Teamkollegen anschloss.

BÜCHER VON SUSAN STOKER

Die Delta Force Heroes:

Die Rettung von Rayne (Buch Eins)
Die Rettung von Emily (Buch Zwei)
Die Rettung von Harley (Buch Drei)

Und auch die folgenden Bücher von Susan Stoker werden in Kürze auf Deutsch erhältlich sein:
Aus der Reihe »Die Delta Force Heroes«:
Marrying Emily (Buch 4)
Rescuing Kassie (Buch 5)
Rescuing Bryn (Buch 6)
Rescuing Casey (Buch 7)
Rescuing Wendy (Buch 8)
Rescuing Mary (Buch 9)
Rescuing Aimee (Buch 10)

BIOGRAFIE

Susan Stoker ist die New York Times, USA Today und Wall Street Journal Bestsellerautorin der Buchreihen »Badge of Honor: Texas Heroes«, »SEAL of Protection«, »Die Delta Force Heroes« und einigen mehr. Stoker ist mit einem pensionierten Unteroffizier der US-Armee verheiratet und hat in ihrem Leben schon überall in den Vereinigten Staaten gelebt – von Missouri über Kalifornien bis hin zu Colorado. Zurzeit nennt sie die Region unter dem großen Himmel von Tennessee ihr Zuhause. Sie glaubt ganz und gar an Happy Ends und hat großen Spaß daran, Geschichten zu schreiben, in denen Romantik zu Liebe wird.

Besuchen Sie Susan im Netz!
www.stokeraces.com
facebook.com/authorsusanstoker
twitter.com/Susan_Stoker
bookbub.com/authors/susan-stoker

instagram.com/authorsusanstoker
Email: Susan@StokerAces.com